Renate Eckert

Schweigegebot

Unterfranken-Krimi

mainbook

ISBN 978-3-947612-57-4

Lektorat: Gerd Fischer
Covergestaltung: Olaf Tischer
Bildrechte: © DC Studio/AdobeStock

Auf der Verlagshomepage finden Sie weitere spannende Bücher:
www.mainbook.de

Die Autorin

Renate Eckert, 1946 in Schweinfurt geboren, war von 1977 bis 1987 Journalistin beim Schweinfurter Tagblatt, von 1987 bis 2005 Pressereferentin im Landratsamt Schweinfurt, arbeitet seit 2005 als freie Autorin und hat sich dem psychologischen Krimi/Thriller verschrieben. Ihr Roman „Hungrige Schatten" ist erstmals im Heyne-Verlag (2007) erschienen, neu aufgelegt im mainbook Verlag (Frankfurt 2018). Weiterhin liegen bei mainbook von der Autorin zwei Romane vor: „Novemberfeuer" (2016) und „Brunnenkind" (2017).

Die Autorin ist verheiratet, hat eine Tochter und eine Enkelin und lebt in der Nähe Schweinfurts.

Pfarrhofen in der Nähe von Schweinfurt. Um es gleich vorneweg zu sagen, diesen Ort gibt es nicht. Er ist fiktiv, genauso wie die darin agierenden Figuren. Jede Ähnlichkeit mit lebenden Personen ist also rein zufällig. Dennoch hat mich das Schreiben von „Schweigegebot“ an den Rand des noch emotional Aushaltbaren gebracht. Denn nicht nur mir, jedem am Zeitgeschehen interessiertem Menschen dürfte nicht entgangen sein: Pfarrhofen ist überall.

Prolog

Sie hört sie kommen, das Flüstern und Murmeln. Sie hört das Hecheln der Hunde, zischende Befehle, Stille. Ihr Fluchtinstinkt treibt sie zu sinnloser Bewegung. Sie sind vor der Tür. Wenn sie sie öffnet, läuft sie ihnen direkt in die Arme. Das Handy auf dem Tisch. Vielleicht ihre Rettung. Sie drückt ein paar Tasten und flüstert: „Sie kommen, ich muss weg.“ Der Hieb auf die Tür lässt die Wände erzittern. Das Handy fällt ihr aus der Hand.

„Wir wissen, dass du drinnen bist.“ Sie erkennt die Stimme und das verächtliche Lachen. „Du hast keine Chance. Ausräuchern werden wir dich wie Ungeziefer.“

„Wo ist sie?“, schreit die bekannte Stimme. Sie duckt sich unter das Gestrüpp vor dem Fenster. Der Waldrand, eben noch so nahe, ist unendlich weit weg. Sie muss es versuchen, hat keine andere Wahl, läuft gebückt im Schatten der dichten Weißdornhecke. Die Nacht ist dunkel, aber längst nicht dunkel genug. Der Wald. Nur noch wenige Schritte. Die Stimme gellt in ihren Ohren.

„Dort hinten am Waldrand, los ihr nach.“

Ihr Herz hämmert, sie verfängt sich in den Ranken von Heckenrosen, die Dornen zerstechen ihre Hände. Wenn sie nur nicht die Hunde von der Leine lassen. Sie kämpft sich durch Unterholz und Hecken, ihre Muskeln zittern.

Der Wald wird lichter, sie hetzt weiter, stolpert und rappelt sich auf. Ihre Verfolger haben den Wald erreicht, das Hundegebell kommt näher, ein Schäferhund und eine Dogge. Sie kennt die Hunde, kennt ihre Besitzer.

Dort drüben eine Höhle. Schutz? Nein, die Hunde würden sie stellen wie ein Tier in der Falle.

Weiter! Sie hat die Orientierung verloren, läuft vielleicht im Kreis. Ein Nachtvogel flattert auf, sie folgt ihm, hat keine bessere Alternative. Der Wald wird dichter, auch für ihre Verfolger. Sie kriecht erneut durch Unterholz und Gestrüpp, tritt in ein Kaninchenloch, verstaucht sich den Fuß. Der Schmerz treibt ihr Tränen in die Augen. Sie hinkt, verstrickt sich in Brombeergebüsch.

Das Gemurmel, das Hecheln der Hunde, „Hasso, lauf!" Da, der alte Steinbruch, der Stein glänzt hell im Widerschein des Mondes. Sie sprintet los, reißt das Absperrband vor dem Abgrund mit sich. Sekundenbruchteile später blendet sie eine nie gekannte gleißende Helle. Dann ist alles schwarz.

Auf dem Kiesweg, der zum Haus ihrer Großmutter führte, wuchs Löwenzahn. Die kleinen Blütensonnen zwängten ihre Köpfe durch die weißen und grauen Steine. Viel zu früh würden sie ergrauen, dachte Tessa, bevor sie ihren klapprigen Golf abschloss. Sie war froh, die lange Fahrt hinter sich gebracht zu haben. Seit dem Unfalltod ihrer Eltern fühlte sie sich nicht mehr wohl auf der Autobahn.

Dieses Haus, es barg so viele Erinnerungen. Sie hatte es beim Begräbnis ihrer Großmutter vor wenigen Wochen tunlichst vermieden, hierherzukommen. Der Schmerz wäre übermächtig geworden. Jetzt blieb ihr nichts mehr anderes übrig, als sich der Vergangenheit zu stellen. Tessa ging um das Haus herum, sah die halb offene Gartentüre und ging hinein.

Eigentlich sah der Garten aus wie immer, der winzige Teich unter dem alten knorrigen Kirschbaum, die morsche Holzbank davor, das Gemüsebeet mit dem mit Tannenwedeln abgedeckten Wirsingkohl daneben. Großmutter hatte ihn nicht mehr ernten können. Im Blumenbeet davor sprießten schon Vergissmeinnicht und Narzissen, zwar zaghaft noch, aber sicher in wenigen Tagen in voller Blüte. Der Forsythienstrauch in der Ecke verlor schon seine goldgelbe Blütenpracht und war durchzogen von grünen Blättern. Es hatte sich auf den ersten Blick nichts verändert, doch Tessa zwang sich, genauer hinzuschauen, und es gefiel ihr nicht, was sie sah.

Was früher als ein bisschen verwunschen erschien, zeigte sich heute als Vernachlässigung. Altes Laub zwischen den bemoosten Gehwegen, die noch immer umgedrehte Regentonne verschmutzt, verdorrte Grasbüschel daneben.

Sie setzte sich auf die Bank und dachte nach. Pfarrhofen, schon wieder. Dabei wollte sie diesen kleinen Ort in Unterfranken nach ihrem letzten Besuch für immer aus dem Bewusstsein streichen.

Der Brief des Notars hatte es vereitelt. Eigentlich hätte sie vor Freude tanzen müssen, schließlich unterrichtete er sie davon, dass sie geerbt hatte und ein Ende ihrer finanziellen Probleme endlich möglich schien.

Ihr Blick fiel auf einen Ast des Kirschbaums. Eine winzige Spinne seilte sich an ihrem Faden ab und sie beneidete sie um die Sicherheit, mit der sie vorging. Ihr schien, als sei das provisorische Sicherheitsnetz, das sie sich seit dem Tod ihrer Eltern gewebt hatte, zerrissen. Wieder einmal. Warum erschien ihr das Erbe nicht als Glück?

Es konnte nicht nur an Pfarrhofen liegen, dass sie sich so fühlte.

Dieses kleine bigotte Nest, mit seinen überholten Moralvorstellungen, konnte sie doch wieder in die enge Schublade ablegen, in die es gehörte, wenn sie nach ihrer Rückkehr wieder Hamburgs frischen Wind spüren würde.

Der Brief war es, der sie die ganze Zeit verstörte. Wie ein Stein lag er in ihrer Tasche, und es ging etwas Bedrohliches von ihm aus. Lächerlich, dachte sie und griff entschlossen in ihre Handtasche. Sie nahm ihn heraus und zwang sich dazu, ihn endlich nicht nur zu überfliegen. Erst jetzt konnte sie die Passage benennen, die sich in ihr Unterbewusstsein eingegraben hatte: ‚Zu gleichen Teilen geerbt' mit ihrer Cousine Monika Huber. Das war es! Mona, nur zwei Jahre jünger als sie und ebenfalls Einzelkind, hätte ihr eigentlich, wenn schon nicht eine Schwester, dann zumindest eine Freundin sein können. Aber sie fühlte nur Unbehagen.

***

Lautes Scheppern weckte Mona und beendete einen Dämmerzustand, der mit Schlaf nicht viel zu tun hatte. Das Geräusch schickte Reize durch ihre Nervenbahnen, die sich wie Stromstöße anfühlten. Ein Motor heulte auf, ein Lastwagen schnaubte. Mona drückte ihren Kopf in das Kissen, ohne sich zu beruhigen. Wieder war er da, der Nervenschrei.

Widerstrebende Empfindungen kämpften in ihr. Einerseits trieb sie ihre innere Unruhe dazu, sofort aus dem Bett zu springen, andererseits wollte sie nur die Augen schließen und nie mehr aufstehen müssen.

Ihr Wecker zeigte 8.11 Uhr, und Mona fragte sich wieder einmal, wie sie diesen Tag überstehen sollte. Der Wind blähte die Gardinen vor der offenen Tür zum Balkon. Zwei Spatzen tschilpten laut. Selbst dieser unschuldige Lärm schmerzte sie.

Mona setzte sich auf den Bettrand und verbarg ihr Gesicht in den Händen. Hinter ihren Schläfen begann es zu klopfen und ihr

Herz hämmerte. Es war doch nur ein ganz normaler Tag, kein Grund für die Spannung, die ihre Organe verknotete.

Ihr Blick fiel zum leeren Kinderbettchen, in dem eigentlich ihr Sohn schlafen sollte. Wie rücksichtsvoll, dachte sie sarkastisch. Ihre Mutter hatte sie weiterschlafen lassen, um später mit vorwurfsvollem Blick kundzutun, dass sie Nick bereits das Frühstück bereitet hatte.

Sie hörte die Stimme ihrer Mutter unten im Esszimmer. In sie mischten sich Nicks Gebrabbel und der Bass ihres Vaters, der gereizt auf eine Frage antwortete. Warum ärgerst du dich? Eigentlich ist es dir doch ganz recht so. Du müsstest es nur ändern. Lediglich aufstehen und deinen Sohn selbst füttern. Warum war mehr Zuwendung für Nick eine so unüberwindliche Hürde? Sie war wieder einmal gefangen im Hin und Her ihrer Gefühle. Bedingungslose Liebe, die ihr die Tränen in die Augen trieb und der Instinkt, genau davor weit weg zu laufen. Überhaupt wäre ein Lauf die Lösung dieses Morgens, um den Knoten in ihrem Innern zu lösen. Laufen, bis sie so müde wurde, dass sie nichts mehr anderes spüren konnte als ihre schmerzenden Waden. Sie hatte es oft versucht. Wenn sie dazu nur nicht an der geballten Familie da unten vorbeimüsste. Erklärungen abgeben, ihren Vater, der sie mit durchdringendem Blick mustern würde, das abschätzige Lächeln ihrer Mutter ertragen? Nein. Eine Dusche musste reichen.

Die Haustür wurde zugeschlagen, kurz darauf hörte sie ihren Vater wegfahren. Monas Herzschlag stolperte, gleich darauf setzte er sekundenlang aus und kam mit einem Rauschen in den Ohren wie ein Trommelfeuer zurück. Ihr wurde schwindlig und Panik hielt sie wie ein Schraubstock fest. Sie sprang auf, riss sich den Schlafanzug vom Körper und schlüpfte in den Bademantel. Mit zitternden Händen nahm sie frische Wäsche aus dem Schrank. Wie unter Zwang fand ihre Hand den Weg hinter den Wäschestapel und griff nach der Wodkaflasche, die dort für Notfälle lagerte. Nein, nicht schon am Morgen, so tief war sie noch nicht gesunken.

Lautlos öffnete sie die Zimmertür und schlich ins Badezimmer. Ihr Gesicht im Spiegel war blass. Tiefe Schatten unter den Augen. Sie zog den Bademantel aus und erst jetzt sah sie den roten

Daumenabdruck an der Kuhle zu ihrem Schlüsselbein und die blauen Flecken auf ihren Brüsten. Mona flüchtete in die Dusche. Das heiße Wasser, das auf ihren Körper prasselte, übertönte kaum das Geräusch im Kopf, aber zumindest vermittelte es ihr die Illusion lebendigen Fließens. Nur war es nicht genug. Mit fiebrigen Händen durchsuchte sie ihr Schminktäschchen. Sie fand die Rasierklinge und setzte sich in die Duschwanne. Das Gesicht dem Wasserstrahl zugewandt, ließ sie die scharfe Klinge in zarte Haut auf der Innenseite ihres Oberarmes gleiten und sah dem erlösenden Rinnen des Blutes zu, das sich mit dem Wasser der Dusche vermischte und einen Teil der mörderischen Spannung mit sich nahm. Die neue Narbe, die neben all den bereits verblassten Streifen entstehen würde, nahm sie gerne in Kauf.

***

Tessa begann zu frösteln, irgendetwas musste sie tun. Hier auf der Bank zu sitzen, brachte sie nicht weiter. Nur war der Gedanke, bei ihrer Tante zu wohnen während ihres Aufenthaltes hier, so gar nicht verlockend. Warum zog sie nicht in das Haus ihrer Großeltern? Hier stand es, leer, und schließlich hatte sie es geerbt. Dazu brauchte sie allerdings erst einmal den Schlüssel. Sie schulterte ihre Handtasche und machte sich auf den Weg. Ein paar Schritte zu gehen, würde ihre vom Fahren verkrampften Muskeln lockern.

Sie verlangsamte unwillkürlich ihre Schritte, als das Haus von Tante Agnes und Onkel Alfred in seiner ganzen imposanten Mächtigkeit vor ihr auftauchte. Von der Sonne angestrahlt leuchtete der weiße Putz. Der sich über zwei Stockwerke erstreckende runde Erker, hatte er nur zufällig die Form eines gewaltigen Turmes? Sie ertappte sich bei einem boshaften Grinsen. Ob Tante Agnes bewusst war, was für ein Männlichkeitssymbol sich ihr Mann da errichtet hatte? Wie auch immer, der Eindruck, ein Landschloss vor sich zu haben, war sicher gewollt. Ein weißer Zaun umgab das Haus und die schwarzen Granitplatten des Eingangsweges waren makellos gefegt. Ein Blumentrog aus weißem Stein mit Narzissen stand vor der Haustüre. Ein Schwarm Mücken kreiste in unendlicher Sinnlosigkeit um die Blüten. Auf der von Säulen flankierten Terrasse stand ein Kinderwagen.

Hinter dem Haus hörte Tessa Kinder lärmen. Sie ging ein paar Schritte den Gartenweg entlang und ihren Augen bot sich ein beschauliches Bild. Auf der Rasenfläche, die das Haus von Tessas Onkel mit dem seiner Schwester Marietta verband, stand eine Schaukel, auf der ein kleiner Junge saß und vor Freude quietschte. Er streckte seine kleinen Füße in die Höhe und feuerte seine Schwester an, ihn höher und immer höher zu schubsen. Ein weiterer Junge bemalte die Steine des Hofes mit Pflasterkreide.

Die Kinder schienen sich wohlzufühlen, und Tessa bewunderte Marietta, die sich ihren Traum von einer großen Familie allen Widerständen zum Trotz doch noch erfüllt hatte. Gleich vier Pflegekinder hatte sie aufgenommen, nachdem ihr eigene Kinder versagt geblieben waren.

Ein schrilles Kreischen durchschnitt die Idylle wie eine Steinfräse. Sofort waren die Kinder still. Sie starrten auf die Quelle des hässlichen Geräusches. Auch Tessa wandte den Blick und sah ihre Cousine Mona, die ein etwa zwölfjähriges Mädchen im Klammergriff hielt, während ihre Fußspitze eine angelehnte Kellertür aufriss. „Ich werde dich lehren“, schrie Mona mit sich überschlagender Stimme. „Du hast es mir versprochen.“ Das Mädchen schrie wie am Spieß, doch Mona entwickelte offenbar Bärenkräfte. Sie hatte die Kleine fast schon in den Keller geschoben, bevor diese sich losreißen und davonrennen konnte. Schwer atmend schaute Mona ihr nach.

Verstört schlich Tessa zurück zur Eingangstür und fragte sich, was dieser Auftritt zu bedeuten hatte. Mona war eine erwachsene Frau. Was um aller Welt bewog sie, mit einer Zwölfjährigen zu raufen und sie in den Keller sperren zu wollen? Lange stand sie vor der Haustür, bis sie endlich klingelte. Die Haustür wurde aufgerissen und Mona, gerade noch Furie, stand lächelnd vor ihr.

„Bist du etwa zu Fuß gekommen? Ich habe aus dem Fenster gesehen und wollte meinen Augen nicht trauen“, begrüßte sie Tessa leicht und freundlich. Nichts mehr erinnerte an die Szene, die Tessa gerade beobachtet hatte und sie fragte sich, ob sie an Halluzinationen litt.

Zu einem kurzen, sonnengelben Rock trug Mona ein ausgeschnittenes, schwarzes Langarmshirt und um den Hals hatte sie in gekonnter Beiläufigkeit einen gelben Schal drapiert. Außerdem war sie schon wieder dünner geworden und erinnerte mit ihren schwarzen Augen und den dunklen Haaren inzwischen sehr an die abgehungerte Victoria Beckham. Make-up hatte sie mit ihrer olivfarbenen Haut eigentlich gar nicht nötig. Sie kam Tessa vor wie ein exotischer Vogel und prompt fühlte sie sich neben Monas strahlender Schönheit mausgrau und schrecklich bieder.

„Komm rein, Tessa, du glaubst gar nicht, wie ich mich auf dich gefreut habe. Das ist eine brillante Idee, dass du in Omas Häuschen wohnen willst. Ich werde dir Gesellschaft leisten, wenn es dir recht ist." Sie umarmte Tessa stürmisch und strahlte sie an. „Ist das nicht großartig? Wir beide in einem Haus, das uns allein gehört." Mona schwatzte, ohne ihr die Gelegenheit zu einer Erwiderung zu geben, und Tessa war vollkommen durcheinander. „Du bleibst doch noch eine Weile, oder fährst du nach dem Notartermin gleich wieder zurück nach Hamburg? Wir haben uns so lange nicht gesehen. Wo hast du denn dein Auto?"

„Nun lass doch Teresa erst einmal hereinkommen!" Tante Agnes trocknete sich die Hände an einem Geschirrtuch ab und gab ihr förmlich die Hand. „Und du solltest dich um deinen Sohn kümmern", wandte sie sich an Mona, „er ist nämlich aufgewacht."

Ihre Tante trug eine schwarze Hose und einen ebenso schwarzen Pullover, und Tessa zweifelte, dass die Trauerkleidung dem Tod ihrer Mutter galt. Sie verkniff sich ein spöttisches Grinsen. Was würden denn die Leute sagen, wenn sie nicht in Schwarz ginge, so kurz nach der Beerdigung. Agnes' dunkles Haar war zu einem festen Knoten im Nacken festgezurrt, was ihre strengen Züge unvorteilhaft betonte. Ihre Tante war immer sehr schlank gewesen, inzwischen sah sie jedoch hager und verhärmt aus.

„Magst du einen Kaffee, Teresa?"

„Mir wäre ein Glas Wasser am liebsten, Tante Agnes. Ich wollte eigentlich nur den Schlüssel zu Omas Häuschen holen und euch morgen früh besuchen."

„Ein Glas Wasser." Agnes' Stimme klang tadelnd. „Du hast doch sicher seit Stunden nichts mehr gegessen. Ich habe einen

Kuchen gebacken, ein Stück könntest du zumindest aus Höflichkeit probieren. Ich mache dir einen Tee dazu, wenn du keinen Kaffee trinken willst."

„Also gut, einen Kräutertee vielleicht?" Sie musste sich geschlagen geben, Tante Agnes würde keine Ruhe geben, bis sie ihren Kuchen gekostet und entsprechend gelobt hätte.

„Setz dich, Teresa." Agnes stieß die Tür zum Wohnzimmer auf, doch wie unter Zwang folgte sie ihr in die Küche. Die Einrichtung musste neu sein, sie kannte sie jedenfalls noch nicht. Die Frontflächen der Einbaumöbel waren schwarz, weiß abgesetzt, der weiße Stein der Arbeitsflächen wiederholte sich in den Bodenfliesen und blinkte mit dem Edelstahlherd um die Wette. Sie hatte die Vision, sich im Ausstellungsraum eines Küchenstudios zu befinden. Dazu passte der akkurat mit Puderzucker bestäubte Kuchen.

Tante Agnes öffnete eine Schiebetür. Dahinter befand sich eine ebenfalls voll eingerichtete Küche. Die hellen Holzmöbel kamen Tessa bekannt vor. Auf der Spüle stand Geschirr zum Abtropfen.

Ihre Tante griff zu einem Wasserkocher und füllte ihn.

„Um Himmels willen, warum kaufst du dir eine neue Küche, wenn du ohnehin die alte benutzt?" Die Worte waren heraus, bevor sie dachte.

Agnes errötete. „Eigentlich ist die Küche noch zu gut für den Sperrmüll", gab sie zurück und setzte murmelnd hinzu: „Man weiß ja schließlich nie, wer unerwartet auftaucht." Die ganze funktionale Pracht nur zum Anschauen für einen möglichen Besuch? Tessa dachte unwillkürlich an das ständige Chaos in der Küche ihrer Wohngemeinschaft. Inmitten all des sterilen Glanzes sehnte sie sich nach diesem Durcheinander.

Das Wohnzimmer wurde beherrscht von einer Mahagoni-Schrankwand. Davor stand ein Couchtisch aus weißem Marmor, flankiert von weißen Ledersesseln. Der chinesische Seidenteppich schimmerte auf dem blanken Parkett, eine Essgruppe mit rundem Tisch war im Erkerturm angeordnet. Die schräg stehende Nachmittagssonne fiel durch die Fenster, unter deren gerafften Vorhängen mehrere Orchideen standen. Doch nicht einmal ihre spektakulären Lichtspiele konnten ihr das Gefühl von Beengtheit nehmen, als sie sich vorsichtig auf den Rand eines Ledersessels setzte. Wie hielt es nur Mona in all der Spießigkeit aus?

Als hätte diese Tessas Gedanken gespürt, kam sie durch die Tür, während Tante Agnes geschäftig den Tisch deckte. Wieder einmal war eine totale Verwandlung mit ihr vorgegangen. Alle Lebendigkeit war von ihr abgefallen, völliges Desinteresse sprach aus ihren Zügen. Geistesabwesend trug sie ihren Sohn Nick auf der Hüfte.

„Hast du Nikolaus schon gefüttert? Er braucht jetzt sein Gläschen Gemüse.“ Mona streifte ihre Mutter mit einem schwer zu deutenden Blick, in dem ein Anflug von Verachtung lag, bevor sie in die Küche ging.

„Nick ist schon wieder größer geworden seit Omas Beerdigung. Wie alt ist er jetzt genau?“ Tessas Versuch, die gespannte Atmosphäre aufzulockern, erschien ihr mehr als trivial, doch Tante Agnes ging bereitwillig darauf ein.

„Nicht wahr? Ja, in vier Wochen wird er schon ein Jahr alt, ich kann es oft selbst kaum fassen, wie schnell dieses Jahr vergangen ist. Dabei glaubt man als junge Mutter es kaum erwarten zu können, bis die Kinder größer werden. Vielleicht denkt man ja als Großmutter anders. Obwohl ich mich schon fast wie seine Mutter fühle.“ Der Tadel war offensichtlich für Mona bestimmt, die mit einem Teller Karottenbrei hereinkam und sich anschickte, Nick zu füttern. „Warum hast du ihm denn nicht sein Lätzchen umgebunden? Ich habe Nick vorhin erst frische Wäsche angezogen.“ Tante Agnes ging hinaus und kam mit einem Latz zurück, den sie dem Kleinen um den Hals band.

„Es ist doch völlig gleichgültig, ob er einen Latz trägt oder nicht. Du wirst ihm doch ohnehin den Body kein zweites Mal mehr anziehen lassen.“ Mona klang resigniert, während sie Löffel um Löffel die pürierten Karotten in Nicks Mund schob.

„Du isst ja gar nichts, Teresa.“ Tante Agnes’ Ton weckte in Tessa das Bedürfnis wegzurennen. Weg von dieser aggressiven Spannung. „Kannst du mir bitte den Schlüssel geben, Tante Agnes? Ich muss noch das Bett beziehen in Omas Haus und ich bin recht müde.“ Tessa stand auf. „Vielen Dank für den Kuchen“.

Widerstrebend ging Agnes in den Flur und brachte den Schlüssel. „Musst du denn so störrisch sein? Wir haben doch so viel Platz!“

„Nun, das hatten wir alles schon, wir sehen uns morgen.“ Sie nahm den Schlüssel und flüchtete.

***

Die letzten Strahlen der Abendsonne beleuchteten das Haus ihrer Großmutter, als Tessa zurückkam. Einladend, dachte sie. Aber sie sah auch den bröckelnden Putz und die Spinnweben an Dachrinne und Haustüre.

Sie schloss auf und ließ ihre Taschen auf den Boden fallen. Es roch abgestanden und modrig, auf den Fliesen im Flur lag eine feine Staubschicht. Die geschlossenen Zimmertüren wirkten abweisend. Sie riss die Fenster auf und ließ frische Luft hereinströmen.

Die schweren Eichenmöbel im Wohnzimmer standen da wie strenge Wächter einer vergangenen Zeit. Auf dem Wohnzimmertisch lag eine Tischdecke, ein Keramikkrug stand darauf. Über dem Sofa hing eine bronzene Replik von Dürers betenden Händen, ein schmiedeeiserner Kerzenleuchter daneben.

Die geräumige Wohnküche war behaglicher. Auf dem neuen, hellen Laminatboden lagen bunte Flickenteppiche. Die Kühlschranktür stand offen. Tessa steckte den Stecker in die Steckdose und verstaute ihre mitgebrachten Lebensmittel. Dann ging sie in den Heizkeller, drückte einige Schalter, und mit rumpelndem Getöse sprang der Heizkessel an. Schlafzimmer und Bad lagen im ersten Stock. Das große Doppelbett war mit einer Tagesdecke abgedeckt, auf dem Nachttisch standen noch ein paar Medikamenten-Fläschchen und ihr wurde schmerzhaft bewusst, dass ihre Großmutter nie mehr in diesem Bett liegen würde. Wie oft hatte sie hier neben ihr geschlafen, eingelullt von ihren Geschichten und Anekdoten. Leise schloss sie die Schlafzimmertür wieder. Hier wollte sie nicht schlafen.

Sie bezog das Bett im Gästezimmer und stellte ihre Toilettensachen ins Bad, als sie das Geräusch einer zuschlagenden Tür im

Untergeschoss hörte. Tessa erschrak. Hatte sie etwa nicht abgeschlossen?

„Tessa, wo bist du? Kannst du mir mal helfen?“, hörte sie unverkennbar Monas Stimme. Sie stand mit erwartungsvoller Miene, ihren Sohn auf dem Arm, in der Haustüre.

„Hast du mich erschreckt. Kannst du nicht klingeln?“

„Du hast die Tür offengelassen, deshalb bin ich gleich ...“ Sie setzte Nick, der prompt zu weinen begann, auf den Boden. Tessa bückte sich zu ihm hinunter und streichelte seine flaumige Wange. Er weinte daraufhin noch heftiger und versteckte sich hinter dem Hosenbein seiner Mutter.

„Nick fremdelt seit einiger Zeit.“

Mona nahm ihren Sohn wieder auf den Arm und zog Tessa mit der anderen Hand nach draußen. Ihr BMW Z4 stand vor der Tür und sie sah, dass Mona ihn bis unters Dach vollgepackt hatte mit Taschen. Den Kindersitz hatte sie verbotenerweise auf dem Beifahrersitz befestigt.

„Du willst also tatsächlich hier einziehen? Das lohnt sich doch gar nicht für die kurze Zeit. Wir müssen doch morgen schon zum Notar.“ Tessas Tonfall musste etwas von ihren zwiespältigen Gefühlen verraten haben, denn sie erkannte Trotz in Monas Gesicht.

„Das Haus gehört uns beiden, nicht wahr?“

„Ich weiß nicht, ob das eine so gute Idee ist, deiner Mutter gefällt es doch schon nicht, dass *ich* hier schlafe.“

„Vielleicht bleibe ich ja hier, wenn du wieder weggefahren bist. Bin ich etwa nicht alt genug, um von zu Hause auszuziehen? Bitte schick mich nicht weg, Tessa.“ Ihr aufsässiger Tonfall verschwand, wurde fast flehend. „Ich halte es daheim nicht mehr aus.“

„Also gut, vielleicht können wir dann endlich einmal reden, Mona. Ich hätte schon ein paar Fragen.“

Mona holte aus dem Auto einen Buggy, der auf dem ganzen Sammelsurium von Kleidern, Babygläschen und Taschen gefährlich schwankte, klappte ihn auseinander und setzte Nick hinein. Erwartungsgemäß fing der Kleine sofort an zu brüllen. Er streckte die Ärmchen nach seiner Mutter aus. Ohne Erfolg.

„Kannst du mir ein bisschen helfen, bevor Nick die ganze Nachbarschaft zusammenschreit?"

„Nicht so ganz das richtige Fahrzeug für einen Umzug, oder?", konnte sich Tessa nicht verkneifen zu sagen, obwohl sie sich auf der Stelle schäbig fühlte. Welch krasser Gegensatz ihre beider Leben doch waren. Tessa musste nach dem Unfalltod ihrer Eltern die ehemals gemeinsame Wohnung in eine WG umwandeln, um wenigstens die Miete bezahlen zu können. Wohnungen waren teuer in Hamburg, ihr Bafög hätte gerade mal für ein kleines Zimmer in einem Wohnheim gereicht, während Mona mit einem Sportwagen durch die Gegend kutschierte und sich keine Sorgen um ihren Lebensunterhalt machen musste. Aber Tessa zog ihren Lebensentwurf doch vor. Sie hatte immerhin trotz aller Widrigkeiten ihr Innenarchitektur-Studium abgeschlossen und jetzt einen Studienplatz an der Filmhochschule zur Szenenbildnerin gefunden. Vielleicht würde sie ja durch das Erbe nicht mehr so viel kellnern müssen.

„Nimm's nicht so ernst, Mona. Ich bin mehr als nur ein wenig neidisch. So einen Wagen hätte ich schon auch sehr gerne."

„Möchtest du ihn haben? Wenn du ein bisschen nett bist, schenke ich ihn dir", sagte Mona beiläufig, während sie ihr eine Baby-Badewanne, einen Picknickkorb mit Tellern, Gläsern und einer Flasche Rotwein nebst Korkenzieher in die Arme drückte. Sie warf sich ein Bündel Kleider über den Arm, setzte den brüllenden Nick obendrauf und war schon im Haus verschwunden. Langsam trottete Tessa hinterher.

„Leg am besten alles auf den Küchentisch, wir sortieren es dann", wies Mona sie an und eilte zurück zum Auto. Sie kam mit mehreren Plastiktüten voller Babysachen zurück.

„So, gleich haben wir es geschafft, kommst du noch einmal mit?"

Sie gab ihr ein Paket Windeln, bückte sich und kramte mehrere Steine und ein Bündel Treibholz hervor, bevor sie die Autotür zuschlug.

„Was ist denn das? Hast du etwa vor, ein Lagerfeuer im Wohnzimmer zu machen?"

„Red nicht von Dingen, die du nicht verstehst, Cousinchen. Das sind meine Schamanensteine und das ist Jahrhunderte altes

Holz, das mich beschützt. Und jetzt komm!" Sie drehte sich schnell um, und Tessa sah einen Mann um die Ecke biegen, den sie vage erkannte.

„Ist das nicht? ..."

„Ja, und ich habe keine Lust auf größere Erklärungen, komm!" Langsam folgte Tessa ihr.

Zufällig fiel ihr Blick aus dem Fenster, und da sah sie ihn vorübergehen. Friedrich Bastheimer, das Idol ihrer Teenager-Jahre, ein langer, schlaksiger Mann von jetzt sicher 50 Jahren. Er schaute interessiert auf Monas BMW und wandte ihr sein Profil zu. Auch wenn die Jahre tiefe Falten in sein Gesicht gegraben hatten, war er noch immer ein sehr attraktiver Mann mit einem dichten Schopf grauer Haare. Die Zeit war gnädig mit ihm umgegangen.

Die Erinnerung kam plötzlich, ungefragt durch die Hintertür. Sie sah sich als Dreizehnjährige zusammen mit Carolin an einem Samstagabend auf jener Waldlichtung am See, dessen Wasser auch an einem sonnigen Tag ganz schwarz war. Sie hatte sich in diesem Sommer mit Carolin, Friedrich Bastheimers Tochter, angefreundet und beide zu einem Zeltausflug begleitet. Es war eine Tour mit den Jugendgruppen, die Friedrich als engagierter Lehrer auch in den Sommerferien betreute. Waren es eigentlich die Messdiener oder die Pfadfinder? Es fiel ihr nicht mehr ein. Carolin und sie sollten ein Auge auf die Kinder haben, doch sie waren vor allem damit beschäftigt, den Ghettoblaster zu bedienen. Kurz zuvor hatten sie den Film ‚Titanic' gesehen und hörten Celine Dions ‚My Heart will go on' den ganzen Nachmittag in Dauerschleife. Carolins Vater nahm ihnen das Gerät schließlich ab und verstaute es im Kofferraum seines Wagens. Sie sah wieder die schlanke Carolin, ihr langes, blondes Haar, sie roch den würzigen Rauch der Tannenzapfen, und sie hatte Friedrich Bastheimers lange, sehnige Finger vor sich, wie er Gitarre spielte, während sie Fahrtenlieder sangen. Noch immer trieb Tessa ihr Verhalten an jenem Abend die Schamröte ins Gesicht. Sie wollte nicht mehr daran denken.

Sie nahm auf einmal Monas prüfende Miene wahr. Sie musste sie die ganze Zeit beobachtet haben.

„Hat man eigentlich jemals wieder etwas von Carolin gehört?“, fragte sie, um die eigenartige Stimmung abzuschütteln, obwohl sie die Antwort bereits kannte.

„Nein, leider nicht. Sie ist und bleibt verschwunden. Aber wir haben jetzt keine Zeit für Vergangenheitsbewältigung, Tessa.“ Mona machte die Kühlschranktür auf. „Hast du zufällig Milch gekauft? Nick braucht seinen Abendbrei und ich habe sie vergessen.“

„Du hast Glück. Ich habe H-Milch gekauft, obwohl ich eigentlich nicht an Babybrei gedacht habe.“ Mona nahm ihr die Packung aus der Hand, wärmte die Milch auf dem Elektroherd und bereitete einen Haferbrei zu. Tessa fiel auf, wie gelöst sie ihren Sohn fütterte und mit welchem Geschick sie ihn wickelte. Alle Anspannung, die Tessa am Nachmittag in Gegenwart ihrer Mutter bemerkt hatte, schien weit weg. Sanft wiegte sie den Kleinen auf ihrem Schoß.

„Macht es dir etwas aus, uns beiden Omas Schlafzimmer zu überlassen?“, fragte Mona und klang kleinlaut dabei. „Ich weiß, du bist der Gast und ich sollte eigentlich dir die Wahl lassen, aber in dem großen Bett ist mehr Platz für Nick und mich.“

„Nein, schon in Ordnung. Ich habe mich für das Gästezimmer entschieden, bevor du gekommen bist, und auch das Bett bezogen.“

„Hilfst du mir im Schlafzimmer? Wenn du die Bettzipfel festhältst, geht es ganz schnell.“ Mona legte Nick mitten in eines der riesigen Deckbetten. Er begann zu schreien, als er völlig darin versank.

„Hast du keine Angst, dass er herausfällt?“, gab Tessa zu bedenken, als Mona den Kleinen in das frischgemachte Bett legte und die Vorhänge zuzog. „Das Bett hat keine Gitterstäbe.“

„Nein, ich hole ihn oft mit in mein Bett, Nick schläft sehr ruhig. Er bewegt sich kaum während der Nacht. Hier in der fremden Umgebung werde ich mich ohnehin zu ihm legen müssen.“

„Sag mal, Nick ist doch schon fast ein Jahr alt. Krabbelt er denn nicht, oder fängt gar schon an zu laufen?“

„Nick hat einen Gendefekt. Hat dir das etwa noch niemand gesagt? Wir dürfen froh sein, wenn er überhaupt irgendwann einmal laufen kann“, antwortete Mona in aggressivem Ton. „Schau nicht so schockiert, ich habe gelernt, damit umzugehen. Mach lieber schon mal den Rotwein auf, den ich mitgebracht habe. Ich komme gleich nach unten."

Nachdenklich ging Tessa zurück in die Küche. Nick hatte einen Gendefekt? Das war ihr neu. Aber es passte zu ihrer Familie, diese *Schande* so lange es möglich war, unter den Teppich zu kehren. Vielleicht war es ja doch eine gute Lösung, dass Mona hier eingezogen war. Hier hatte sie eher die Chance, in ihre Mutterrolle hineinzuwachsen als unter der strengen Fuchtel ihrer Mutter. Es war so vieles rätselhaft an Mona. Sie hatte das Gymnasium mit einem brillanten Abitur abgeschlossen. Warum hatte sie denn nicht Psychologie studiert, wie sie es vorgehabt hatte? War sie zu verwöhnt, wie Großmutter immer geargwöhnt hatte?

Fest stand, dass sie schon zu ihrer Schulzeit zusammen mit Carolin eine höchst fragwürdige Diskothek besucht hatte. Von Drogen wurde hinter vorgehaltener Hand gemunkelt. War Nicks Behinderung etwa das Ergebnis? Zumindest, was Carolin betraf, musste das Gerücht gestimmt haben. Sie war oft wochenlang von zu Hause verschwunden und eines Tages überhaupt nicht mehr heimgekommen. Auch eine Vermisstenanzeige und ein gewaltiger Polizeieinsatz führten zu keinem Ergebnis. Carolin hatte sich für immer abgesetzt.

Und Mona wurde schwanger. Bis heute weigerte sie sich, den Namen des Kindsvaters zu nennen. Nicht zum ersten Mal beschlich Tessa der Verdacht, dass sie ihn wohl selbst nicht wusste. Nick war vielleicht das Ergebnis einer spontanen Nummer auf dem Rücksitz irgendeines Autos. Immerhin hatten ihre Eltern Mona nicht im Stich gelassen. Nun ja, Onkel Alfred war sicher nicht böse darüber gewesen, dass sich damit alle Studienpläne zerschlagen hatten, er hatte sie nie unterstützt.

Tessa sah das Erbe ihrer Großmutter plötzlich in einem anderen Licht. Hatte sie ihrer Enkelin Mona damit die Möglichkeit auf ein selbstbestimmtes Leben schaffen wollen?

„Was stehst du erstarrt wie Lots Weib vor dem Fenster?" Monas Stimme schreckte sie aus ihren Gedanken. „Du solltest doch den Rotwein öffnen. Rotwein muss atmen können, damit er schmeckt. Und du willst eine erfahrene Kellnerin sein?"

„Sollten wir nicht wenigstens erst zu Abend essen, bevor du ans Trinken denkst? Also ich habe Hunger."

„Ja, natürlich, ich auch. Ich habe Käse und Baguette gekauft." Monas Augen glänzten. „Damit setzen wir uns auf die Gartentreppe und tun so, als säßen wir auf den Stufen zu Sacré Coeur."

„Sag mal, Mona, kannst du dich eigentlich noch gut an Großvater erinnern?"

„Was verstehst du unter *gut*?"

„Naja, immerhin hast du hier gewohnt und nicht wie ich weit weg in Hamburg. Ich bin doch eigentlich immer nur in den Sommerferien hier gewesen. Ich habe nur ein verschwommenes Bild von ihm und sehe ihn am Wohnzimmertisch hinter einem Stapel von Heften sitzen und korrigieren."

„Ich hörte ihn immer nur grummeln, wir sollten nicht so laut sein." Mona wandte sich ab und stapelte Teller und Gläser auf ein Tablett. Sie legte Brote, Butter und Käse dazu und stellte die Weinflasche daneben. „Komm mit raus auf die Gartentreppe, Tessa, bevor die Sonne ganz verschwunden ist."

„Was bist du nur für ein verrücktes Huhn!" Tessa schüttelte den Kopf. Sie wusste schon jetzt, dass es viel zu kühl sein würde, aber wieder einmal brachte sie es nicht über sich, Mona die kindliche Freude zu nehmen. Sie griff nach ihrer Jacke und holte zwei Kissen aus dem Wohnzimmer, bevor sie sich zu ihr auf die kalten Stufen setzte.

„Hier, setz dich auf ein Kissen. Ich nehme doch an, dass du dir auch keine Blasenentzündung holen willst, ich jedenfalls kann auf diese Erfahrung verzichten."

„Auf diese Erfahrung verzichten", äffte Mona sie nach. „Hörst du dir selber eigentlich manchmal zu? Du willst doch Szenenbildnerin werden, oder nicht? Also überlass das dramatische Fach lieber denen, die mehr davon verstehen."

Ihr streitsüchtiger Ton traf Tessa wie ein Schlag ins Gesicht. Redete sie wirklich so gestelzt? Und – viel schlimmer – hatte dies auch Daniel bemerkt? Sie stand auf und ging die wenigen Schritte in den Garten hinunter. Das fehlte noch, dass sie vor Mona die Fassung verlor. Die Erinnerung an den Abend vor ihrer Abfahrt nach Pfarrhofen schmerzte wie eine offene Wunde, jetzt da sie ein wenig zur Ruhe gekommen war. Daniel hatte sie ohne größere Gefühlsregung abserviert.

Dirk, ihr Mitbewohner, hatte sie schon vor Wochen gewarnt. „Der Kerl ist ein Windhund, Tessa. Er begleitet dich nicht einmal zur Beerdigung deiner Großmutter“, hatte er gesagt. War es damals schon so offensichtlich gewesen? Hatten denn alle vor ihr gewusst, dass Daniel sie nicht liebte?

Daniel Lermeer, aufstrebender Regieassistent und Schwarm aller Frauen, was hätte er auch an Tessa Hennigsen finden sollen? Sie war weder der Star der Serie noch überhaupt Schauspielerin, trotz der kleinen Statistenrolle, die sie ihr gegeben hatten. Gerade mal den Fotokopierer hatte sie im Hintergrund bedienen dürfen. Noch war sie nicht einmal Szenenbildnerin, nur eine unbedeutende Studentin. Was für eine dumme Gans war sie doch.

Nun, vielleicht würde ihr der Abstand zu Hamburg zumindest in dieser Frage guttun. Hier in diesem vertrauten Garten konnte Tessa fast daran glauben.

„Wir müssen den Garten auf Vordermann bringen, Mona, er gehört schließlich jetzt uns beiden.“ Und auf Monas verwunderten Gesichtsausdruck hin fügte sie hinzu: „Ein Erbe bringt eben auch Verpflichtungen mit sich. Und jetzt kannst du mich gerne eine Spielverderberin nennen, aber mir ist es wirklich zu kalt. Ich gehe ins Haus.“

Mona ging hinein und stellte wortlos das Tablett auf den Küchentisch, drehte sich um und umarmte Tessa. „Es tut mir leid, Tessa. Ich wollte dich nicht verletzen, ich weiß auch nicht, was manchmal über mich kommt“, flüsterte sie und erst jetzt fiel ihr Monas Bemerkung wieder ein. Sie verzieh ihr, angerührt von dem flehenden Ton ihrer Stimme und der Intensität ihrer unbeholfenen Umarmung.

Sie nahm etwas Brot und Käse und schenkte ein Glas Rotwein ein. „Setz dich, Mona. Hier drinnen ist es wärmer. Wir träumen uns eben vom Küchentisch aus nach Paris. Soviel Fantasie hast du doch, oder?“

„Mangelnde Fantasie war nie mein Problem“, warf Mona brüsk hin.

„Ja, du wolltest schon immer mit unorthodoxen Mitteln Zeichen setzen, ich weiß.“

Mona brummte etwas Unverständliches, in dem Tessa mit Mühe die Worte *du hast doch keine Ahnung* heraushörte. Dabei täuschte sie sich. Sie konnte Mona viel besser verstehen, als diese glaubte.

„Warum redest du dir nicht einfach mal alles von der Seele, Mona? Wenn du nur eine Minute nachdenkst, weißt du doch, dass ich auf deiner Seite bin. Ich bewundere dich ohnehin. Mit deiner Mutter unter einem Dach könnte ich beispielsweise nicht leben."

„Und was soll ich deiner Meinung nach tun?"

„Du wolltest immer studieren. Warum tust du es nicht? Andere junge Frauen schaffen es auch, mit einem Kind ihr Leben zu gestalten. Krempele die Ärmel auf und geh es an."

„Andere junge Frauen haben auch kein behindertes Kind. Ja, und meine Eltern würden mir sofort jede Zuwendung streichen." Hastig trank Mona ihr Glas aus und schenkte sofort wieder nach. „Sie halten mich einfach nicht für fähig, für mich selbst und Nick zu sorgen." Sie klang resigniert.

„Was ist eigentlich mit dem Vater deines Sohnes? Willst du ihn nicht zur Verantwortung ziehen?"

„Soll das jetzt ein Verhör werden?", antwortete Mona barsch.

Ihr Gesicht verschloss sich. Offensichtlich hatte Tessa einen wunden Punkt berührt, aber sie dachte nicht daran, Mona so schnell vom Haken zu lassen.

„Ich finde, du machst es ihm ganz schön leicht. Mich wundert, dass das Jugendamt nicht darauf besteht, dass du seinen Namen endlich nennst?"

„Fragen, Fragen, Fragen ..." Mona sprang auf und warf dabei ihr Weinglas um. Die rote Flüssigkeit spritzte über den Käse und saugte sich im Tischtuch fest, doch sie beachtete es nicht. „Ich will dir mal was sagen, verehrte Cousine, wenn du dir einbildest, du könntest in mich dringen und ich würde dir schluchzend alles gestehen, hast du dich getäuscht."

Sie lachte laut und hysterisch auf.

„Ich kann diese Fragerei einfach nicht ertragen. Das solltest du dir am besten gleich merken." Sie warf Tessa einen harten Blick und ein tückisches Lächeln entgegen. „Nie sollst du mich befragen“, wiederholte Mona immer wieder in einem so eigenartigen Sing-Sang, dass es Tessa ganz kalt wurde.

„Da gab es mal einen Meinungsforscher, der mich auch so ausquetschen wollte wie du jetzt“, begann sie mit monotoner Stimme zu berichten. „Was ich von der Klimaveränderung hielte, welche Zeitungen ich abonniert hätte und so weiter. Er stand bei uns auf der Treppe und gab keine Ruhe. Weißt du, was ich mit ihm gemacht habe?“ Monas plötzlich lauernder Gesichtsausdruck ängstigte Tessa, und sie wollte aufstehen, um aus Monas Reichweite zu kommen. Doch blitzschnell hielt diese sie an der Hand fest.

„Ich habe ihn einfach die Treppe hinuntergestoßen. Da lag er wie ein Käfer auf dem Rücken und versuchte, sich an der Mülltonne wieder hochzuziehen. Köstlich, sage ich dir, einfach köstlich.“

Tessa hätte nicht antworten können, selbst wenn sie es gewollt hätte. Lange musterte Mona sie, bevor ihre Miene verfiel und ihr Körper erschlaffte. Tessa atmete langsam aus. Hatte sie wirklich die ganze Zeit den Atem angehalten?

„Jetzt sag schon, was du denkst!“ Monas Stimme klang zunächst kraftlos, bevor sie aufstand, den Stuhl krachend unter den Tisch schob und schrie: „Du meinst, ich wäre verrückt, nicht wahr! Ich sehe es hinter deiner Stirn arbeiten, Tessa. Aber ich will dir etwas sagen, es ist mir so was von egal.“ Brüsk wandte sie sich ab. Tessa fühlte, wie aus Angst Ärger wurde. Sie setzte gerade zu einer scharfen Antwort an, als es klingelte.

Mona zog den Vorhang beiseite und schaute hinaus. Sie warf Tessa von der Seite einen schwer zu deutenden Blick zu. Bevor Tessa eine Erklärung dafür fand, blitzten die Augen ihrer Cousine schon wieder. Sie strahlte und eilte mit wenigen Schritten zur Haustür.

Tessa hörte die Stimme eines Mannes und Monas Antwort, in die sich ein silbriges Lachen mischte. Ein willkommener Besucher offenbar. Und in der Tat tauchte eine beschwingte Mona in der Küchentür auf, in ihrem Schatten ein junger Mann mit Bürstenhaarschnitt und verschmitztem Gesichtsausdruck. Wenn er lächelte, erschienen Grübchen auf seinen Wangen.

„Das ist Christian", verkündete Mona, „mein guter Geist, wenn mein Laptop Zicken macht, was ziemlich oft vorkommt." Sie nahm die Hand des jungen Mannes und zog ihn in den Raum. Nichts erinnerte mehr an ihren Ausbruch. Mona schäumte geradezu vor Lebensfreude.

„Ich weiß allerdings, dass es weniger mein Laptop ist, der nicht funktioniert, als vielmehr mein Unvermögen, mit dem Teil umzugehen. Christian ist jedoch viel zu höflich, das zuzugeben. Das ist Tessa, meine Cousine aus Hamburg." Mit beiläufiger Geste zeigte sie auf Tessa. „Christian Pfister." Der Mann gab Tessa artig die Hand und sie fand ihn auf Anhieb sympathisch.

„Ich habe dein Auto vor der Tür gesehen", sagte er, „und war neugierig, was du so spät am Abend im Haus deiner Großmutter treibst." Er lachte. „Das ist die ehrliche Variante. Wären deine Eltern dabei gewesen, hätte ich zu der Ausrede greifen müssen, deine neue Funkmouse sei da. Es stimmt übrigens, sie ist heute mit der Post gekommen."

„Danke, Christian, du kannst sie gerne vorbeibringen. Tessa und ich wohnen jetzt hier, wir haben Omas Haus geerbt", erklärte Mona. „Magst du ein Glas Rotwein mit uns trinken, Christian?" Geschäftig nahm sie ein frisches Glas aus dem Schrank, stellte es aber gleich wieder zurück. „Nein, ich habe eine bessere Idee, wir gehen alle zusammen in den Roten Ochsen." Ihr Blick fiel auf Tessa. „Du brauchst gar nicht die Augenbrauen zu heben wie eine Gouvernante. Mein erster Tag in Freiheit muss gefeiert werden."

„Ich finde, das ist überhaupt keine gute Idee, Mona, Nick schläft oben. Wenn er in einer fremden Umgebung aufwacht und niemand ist da ..." Tessa hörte selbst ihren belehrenden Ton. Sie ärgerte sich über die Rolle, in die sie ihre Cousine zwängte. „Wir müssen früh aufstehen. Hast du unseren Notartermin vergessen?"

„Deine Cousine hat recht, Mona." Sie spürte so etwas wie Respekt in Christians Blick. „Ich muss ohnehin gehen." Er küsste Mona auf die Wange, wobei er etwas länger als nötig ihre Schultern umfasste und wandte sich zum Gehen. An der Türe drehte er sich noch einmal um, winkte mit einem gemurmelten Abschiedsgruß und war verschwunden.

***

Graue Wolken hingen vor dem Fenster, als Tessa am nächsten Morgen das Badfenster öffnete, um die Dampfschwaden hinauszulassen. Sie vermischten sich mit Niesel und Nebel.

Sie legte etwas Make-up auf und zog den Kamm durch ihr dunkles Haar mit den hellen Strähnchen und scheitelte es in der Mitte. Es war im Nacken kurz geschnitten, vorne etwas länger, sodass es mit Schwung zum Kinn fiel. Einen Föhn brauchte sie nicht, die heiße Luft ruinierte nur den natürlichen Glanz. Auf ihr glänzendes Haar war sie stolz, es hatte ihr schon viele Komplimente eingebracht, ebenso wie ihre grünen Augen, ein Erbe ihrer Mutter.

Tessa schob die wenigen Kleidungsstücke, die sie mitgebracht hatte, im Kleiderschrank hin und her und fand nichts Passendes für den Notartermin. Das graue Kostüm, das sie vorgesehen hatte, würde sie neben Mona zu einem Nichts schrumpfen lassen.

Sie entschied sich für eine schwarze Jeans und eine honiggelbe Seidenbluse. Darüber zog sie einen schwarzen Pullunder mit überschnittenen Ärmeln und großem V-Ausschnitt. Sie ging in die Küche und kochte Wasser für einen Instant-Kaffee. Mona brachte Nick zu ihrer Mutter und würde wohl zu Hause frühstücken.

Der heiße Kaffee weckte ihre Lebensgeister. Sie hatte lange wachgelegen in dieser Nacht, obwohl die Matratze im Gästebett überraschend bequem war. Die vielen Eindrücke, die der Tag gebracht hatte, ließen sie nicht schlafen, aber vor allem kreisten ihre Gedanken um Mona. Sie hatte sich verändert und Tessa wusste noch nicht, wie sie ihr Verhalten einordnen sollte. Als einzige aus der Familie schien sie sich über ihren Besuch zu freuen, aber andererseits verletzte sie sie. Mit dem tröstlichen Gedanken, dass das kurze Intermezzo in Pfarrhofen ohnehin bald vorüber sein würde, hatte sie schließlich doch einschlafen können.

Als sie Motorengeräusche hörte, holte sie sich Lederjacke und Handtasche.

„Hast du deinen Personalausweis?“ Mona stieg aus. Sie hatte ihre dunklen Haare im Stil einer Flamenco-Tänzerin zu einem strengen Dutt gesteckt und wirkte mit ihrer schwarzen Marlene-Hose und einem knappen roten Jäckchen sehr dramatisch.

„Ja, habe ich, auch dir einen guten Morgen!" Mit gemischten Gefühlen kletterte Tessa in den Sportwagen. Lieber wäre sie mit ihrem Golf gefahren. Sie hatte kein rechtes Vertrauen in Monas Fahrkünste und fühlte sich auch schnell in ihrer Skepsis bestätigt. Mona zockelte kilometerlang hinter einem LKW her, obwohl sie längst hätte überholen können.

„Wir müssen um 9 Uhr beim Notar sein", drängte Tessa und erwischte sich dabei, wie ihr rechter Fuß auf ein imaginäres Gaspedal trat.

„Ich weiß", kam die lakonische Antwort. Dann verstummte sie wieder. Überhaupt war Mona sehr wortkarg und blockte alle Gesprächsversuche ab. Schließlich schwieg auch Tessa und schaute bewusst aus dem Fenster, wo das Schweinfurter Umland vorbeizog. Wie stumme Mahnmale standen im Hintergrund die Kühltürme des stillgelegten Grafenrheinfelder Kernkraftwerks. Mona steuerte das Parkhaus Kunsthalle an, das offenbar als modernes Labyrinth konzipiert war. Sie verirrten sich zweimal, bevor sie endlich nach draußen fanden.

Das Notariat befand sich gegenüber dem Theater, das in einem pittoresken Park lag und eingerahmt wurde von japanischen Kirschen. Mit knapp 20 Minuten Verspätung kamen sie schließlich im Notariat an. Die Sekretärin, eine Frau mittleren Alters mit grünem Lodenrock, schaute auch nach Tessas wortreicher Entschuldigung so mürrisch wie vorher. Sie fotokopierte ihre Ausweise und meldete sie an.

Notar Dr. Backhaus erwies sich als älterer Herr mit einem weißen Haarkranz und rosigem Gesicht. Er führte Mona und Tessa in einen Besprechungsraum mit ovalem Tisch, auf dem eine Glasvase mit Osterglocken stand. „Wir sind hier zusammengekommen, um den letzten Willen von Frau Anneliese Koch zu hören ..." Tessa hätte jedes einzelne Blütenblatt dieser Osterglocken beschreiben können. Die salbungsvolle Rede von Dr. Backhaus ging völlig an ihr vorbei. Immerhin bekam sie mit, dass das Erbe nicht nur Omas Häuschen, sondern auch ein Mehrfamilienhaus mit vier Mietwohnungen enthielt. Sie hätte auch noch etwa 50.000 Euro an Bargeld zu vererben, erklärte der Notar und setzte hinzu, dass diese Summe aber wohl kaum vor Begleichung der Erbschaftssteuer zur Verfügung stünde.

„Sie werden doch sicher diesen Wunsch unserer lieben Verstorbenen respektieren", hörte sie den Notar sagen, und es war dieser Gesprächsfetzen, der Tessa aus ihrem Dämmerzustand riss.

„Welchen Wunsch? Verzeihen Sie, ich habe Ihren letzten Satz nicht ganz verstanden?", stieß sie hervor. Die Augenbrauen des Notars hoben sich vorwurfsvoll, bevor er mit betonter Langsamkeit wiederholte: „Ihre Großmutter machte es zwar nicht zur Bedingung, aber sie formulierte ausdrücklich den Wunsch, dass ihre beiden Enkelinnen wenigstens ein paar Wochen zusammen in Pfarrhofen verbringen sollten, bevor sie das Erbe veräußern."

„Aber das geht nicht", entfuhr es Tessa, „ich muss zurück nach Hamburg."

„Nun, das ist Ihre Entscheidung." Dr. Backhaus klang reserviert. „Aber vielleicht warten Sie wenigstens, bis Ihnen das Nachlassgericht Ihren Erbschein aushändigt. Ich würde ohnehin dort sehr bald vorstellig werden." Tessa krümmten sich die Zehennägel. Welcher normale Mensch redete denn so? „Es dauert erfahrungsgemäß einige Wochen, bis Sie ihn erhalten."

Dr. Backhaus stand auf und kam mit ausgestreckter Hand auf sie zu. „Ich darf Sie sehr herzlich beglückwünschen." Er drückte ihr die Hand und wandte sich zu Mona, die auf ihrem Stuhl saß und leise weinte. Sie hatte die Hände vor das Gesicht geschlagen und die Tränen flossen durch ihre Finger.

„Mona", Tessa schüttelte sie sanft und kramte ein Taschentuch aus ihrer Handtasche, das sie ihr in die Hand drückte. „Komm, wir gehen." Der Notar starrte sie an, noch immer mit ausgestreckter Hand. Mona reagierte nicht. „Warum erst jetzt?", brach es aus ihr heraus, „warum nicht schon viel früher?" Jetzt verstand Tessa überhaupt nichts mehr, doch es war wohl kaum die Zeit und vor allem nicht der Ort, Monas Aussage zu vertiefen. Tessa zog sie hoch vom Stuhl und brachte sie zur Tür.

„Halt, die brauchen Sie noch." Die Sekretärin drückte Tessa die beiden Ausweise in die Hand. Sie dankte ihr, während Mona buchstäblich die Treppe hinunterstolperte.

Vor der Tür schüttelte Mona Tessas Arm ab und ging davon. Nach ein paar Schritten drehte sie sich um: „Ich muss noch etwas erledigen. Wir treffen uns in einer Stunde am Auto."

Tessa wusste, dass sie ihr nachgehen, sie nicht allein lassen sollte in diesem Zustand, doch sie war erleichtert und dankbar für die kurze Verschnaufpause. Sie ging ein paar Schritte und stand kurz darauf vor dem Theater in seiner gläsernen Pracht. Eingebettet in einen kleinen Park war es vielleicht nicht gerade die Elbphilharmonie, aber stattlich und ansprechend. Tessa stellte es sich beleuchtet vor und sah sich mit einem Sektglas in der Hand auf dem Rasen flanieren. Durch einen Torbogen gelangte sie in einen modernen Wohnungskomplex und kurz darauf zum städtischen Busbahnhof. Sie schaute gelangweilt in ein paar Schaufenster, setzte sich in ein Straßencafé, trank einen Cappuccino und beobachtete zwei Tauben, die Krumen von der Straße pickten. Ein Mann mit Baseballkappe trank aus einer Bierflasche, eine BILD-Zeitung auf dem Tisch, daneben ein leeres Glas. Alltag. Keine Aufregung. Leben in der kleinen Stadt. Endlich konnte Tessa wieder durchatmen. Nachdenken. Ordnung in ihren wirren Kopf bringen.

Sie war jetzt also tatsächlich eine wohlhabende Erbin und würde ihr Studium in Ruhe und mit etwas weniger Angst beenden können. Ein warmes Gefühl der Dankbarkeit durchströmte sie, verbunden allerdings mit einer Ahnung von Stolpersteinen auf dem Weg. Warum musste die Großmutter ihr großzügiges Geschenk mit einer Auflage verbinden? Sie würde sich wohl um Mona kümmern müssen.

Denn nichts anderes war es doch, was ihre Oma beabsichtigt hatte. Tessa, die Verantwortungsvolle, und Mona, die Exzentrische. Gerecht war das nicht. Mona, der schon immer jeder Wunsch von den Augen abgelesen wurde, war einfach nur verwöhnt und musste endlich erwachsen werden. Sie war – verdammt nochmal – nicht ihr Kindermädchen. Sofort schämte sie sich ihrer undankbaren Gedanken. Die Scham machte sie zornig und ihre Wut richtete sich auf Mona.

Was dachte die sich eigentlich? Einfach davonzulaufen, obwohl noch der Besuch des Nachlassgerichts anstand. Sicher hatten die dort nur am Vormittag Publikumsverkehr. Von der Kirchturmuhr von Heilig-Geist schlug es elf. Tessa zahlte und machte sich auf den Weg. Der Parkhaus-Irrgarten machte ihr zu schaffen und sie suchte Monas BMW. Ein solches Protzauto konnte man doch eigentlich nicht übersehen.

Mona wartete bereits davor. „Wo bleibst du denn so lange? Ich warte schon seit zehn Minuten“, warf sie ihr hin und lachte dabei. Verblüfft registrierte Tessa die Verwandlung, die in der vergangenen Stunde mit Mona vorgegangen war. Nichts mehr war übrig von dem kläglich weinenden Mädchen. Da stand sie an ihren Sportwagen gelehnt, lachend mit blitzenden Augen, eine pure Provokation. Hatte sie etwa getrunken?

„Du bist gut, erst lässt du mich einfach stehen und jetzt beschwerst du dich, dass ich mich nicht so gut auskenne wie du. Hast du vergessen, dass wir noch zum Nachlassgericht müssen?“ Tessa war wütend und wollte, dass ihre Cousine es spürte.

„Ach Tessa, entspanne dich.“ Sie strich ihr beiläufig über die Wange. Zum Gericht fahren wir morgen früh. Heute feiern wir unsere Erbschaft. Komm, lass uns fahren.“ Schon saß sie hinter dem Steuer. Widerwillig folgte Tessa ihr auf den Beifahrersitz.

Auf der Heimfahrt dachte sie an ihre Befürchtungen vom Morgen. Monas Fahrstil war nicht mehr wiederzuerkennen. Sie fuhr schnell, zu schnell. Tessa ertappte sich dabei, wie sie ständig auf das nicht vorhandene Bremspedal zu treten versuchte.

Während der Fahrt gingen Mona Pläne durch den Kopf, wie sie Großmutters kleines Haus zu Ferienwohnungen umbauen könnte. „Das ist ein lukratives Geschäft, Tessa, Schweinfurt mit seinen beiden hochkarätigen Museen wird mehr und mehr zum Touristenmagnet.“

„Stopp, stopp, Mona, das geht mir alles viel zu schnell. Vielleicht sollten wir zunächst einmal darüber nachdenken, wie wir die nächsten Tage einigermaßen geregelt bekommen. Willst du wirklich mit mir zusammenwohnen? Ich sage dir gleich, dass meine Qualitäten als Kindermädchen ziemlich begrenzt sind.“

„Ach, Nick ist pflegeleicht, das wirst du sehr schnell feststellen, wenn du ihn nur etwas näher kennenlernst.“

„Vielleicht hast du mich nicht richtig verstanden, Mona. Du bist seine Mutter und solltest die Erziehung nicht auf andere abschieben. Weder auf mich noch auf Tante Agnes. Ein Kind bedeutet eine Riesenverantwortung. Das macht man nicht einfach nebenher."

„Daran musst du mich weiß Gott nicht erinnern", sagte sie mit einem Auflachen und fügte, als sie die Ortsgrenze von Pfarrhofen erreichten, völlig übergangslos hinzu: „Wir kochen uns Spaghetti zum Mittagessen, was hältst du davon?"

„Warum nicht? Holst du denn Nick gleich wieder ab?"

Inzwischen waren sie vor dem Haus angekommen und Tessa sah eine etwa Zwölfjährige auf der Treppe sitzen. Tessa erkannte sie als das Mädchen wieder, das Mona am Tag ihrer Ankunft in den Keller sperren wollte. Sie hatte dichte, bronzefarbige Haare und eine Vielzahl von Sommersprossen auf der Nase. Neben ihr stand eine Schultasche. Als sie Monas Auto sah, sprang sie auf, die Schultasche kippte um und aus dem Mäppchen flogen Buntstifte.

„Was machst du denn hier, Sonja?" Mona stieg aus und ging auf das Mädchen zu, „du weißt doch, dass du nach der Schule nicht trödeln sollst. Deine Mutter wartet bestimmt mit dem Mittagessen."

„Du warst nicht da gestern Abend, ich habe auf dich gewartet." Tessa sah, dass ihre Lippen verdächtig zitterten. „Du wolltest rüberkommen und hast mich einfach warten lassen. Dabei hattest du es mir versprochen. Du bist richtig fies."

„Ich, ich konnte nicht", stammelte Mona und setzte sich neben das Mädchen. Was Tessa dann hörte, jagte ihr einen Schauder über den Rücken. „Du bist selber fies, du weißt ganz genau, dass ich überhaupt nichts dafür kann. " Monas Stimme war die eines kleinen Mädchens.

***

Tessa biss die Zähne zusammen, während sie sich und ihre Gutmütigkeit verwünschte. Sie sollte jetzt mit einem spannenden Buch in einem Sessel sitzen und Tee trinken, statt Mona auf dem Weg zum Roten Ochsen hinterher zu trotten. Sie hatte wahrlich versucht, Mona von dem Plan abzubringen, aber sie hatte in dem Augenblick verloren, als Sonja sich bereiterklärt hatte, eine Stunde auf Nick aufzupassen. Immerhin hatte Mona die Pflegemutter um Erlaubnis gebeten. Es konnte sich eben kaum jemand widersetzen, wenn ihre Cousine die Charme-Offensive startete.

„‚Der Rote Ochse' ist zwar nur eine spießige Dorfkneipe," Mona drehte sich zu Tessa um und griff nach ihrer Hand, „aber mit dir zusammen könnte es dort lustig werden. Und jetzt trödele bitte nicht, wir haben nicht allzu viel Zeit."

Von Monas aufgekratztem Getue ging etwas sehr Beunruhigendes aus. Vielleicht war es sehr unvernünftig, sie zu begleiten.

Das Gasthaus war bereits zu sehen, ein Mann und eine Frau waren vor dem Eingang in ein Gespräch vertieft. „Mein Vater", flüsterte Mona und zog Tessa hinter einen parkenden Lieferwagen, „er hat aber gleich Gemeinderatssitzung, lange kann er nicht mehr mit Helene palavern. Siehst du, wie sie ihn anhimmelt?"

„Was soll denn das, Mona? Warum darf dich denn dein Vater nicht sehen? Soll ich mich hier verstecken wie ein Schulkind, das vom Hausarrest ausgebüxt ist?"

„Sie hat ihn schon angeschmachtet, als ihr Mann noch lebte", überging Mona Tessas Einwand, „und er hat es natürlich genossen."

Helene Obermaier war die Wirtin des Roten Ochsen, erinnerte Tessa sich, und in der Tat ließ ihre Haltung mit dem kokett geneigten Kopf durchaus auf eine gewisse Anziehungskraft ihres Gesprächspartners schließen. Jetzt zog Alfred Huber seinen Hut, machte eine angedeutete Verbeugung und ging weiter, während Helene Obermaier nach dem Besen griff, auf den sie sich gestützt hatte, und im Haus verschwand.

Der Platz vor dem Gasthaus war blitzsauber gekehrt und bereits für den Frühling hergerichtet. Biergartengarnitur, Blumenkästen, Stiefmütterchen. An der Eingangstür stießen sie beinahe mit einem Mann zusammen. Vielleicht so um die dreißig, weiße Krankenpflegerkluft, Brille, gegeltes Haar.

„Du gehst in den Roten Ochsen, Moni?", fragte er mit hochgezogenen Augenbrauen, während er eine Zigarettenschachtel aus der Brusttasche seines weißen Kittels zog und sich eine Zigarette anzündete. „Auch eine?", fragte er und hielt Mona die Schachtel hin.

„Danke nein", beschied ihn Mona barsch, „außerdem heiße ich Mona."

Sein Blick flackerte kurz. Mona ließ ihn einfach stehen und flüsterte Tessa zu: „Wolfgang Schneider, widerlicher Grabscher, ein Glück, dass er nur alte Leute pflegen muss, sonst hätte er wahrscheinlich längst eine Klage am Hals.“

Unwillkürlich hielt Tessa den Atem an, als sie die Gaststube betraten. Die Szene, die sich ihr bot, schien ihr wie aus der Zeit gefallen. Blank geschrubbte Holztische, eine grob geschnitzte Theke und die Wirtin in Tracht dahinter. Ein Pärchen in Radlerhosen und eine Runde Kartenspieler in der Ecke, Friedrich Bastheimer daneben. Offenbar hielt man dieses Klischee tatsächlich für Tradition. Tessa erschien es eher als die Persiflage eines Bauerntheaters mit Mona im ersten Akt, die ungefähr so gut hineinpasste wie ein Flamingo in einen Hühnerhof.

Helene Obermaier hätte attraktiv wirken können mit ihren regelmäßigen Zügen und dem eisengrauen Haar. Aber da waren der gnadenlose, kalte Blick und die Art der Handbewegung, mit der sie die schmutzigen Gläser in das Wasserbecken tauchte.

„Lass die Gläser, Mutter“, meldete sich einer der Kartenspieler aus der Ecke. „Ich spüle gleich. Wir spielen nur noch ein Spiel, Ernst und Manfred müssen gleich in die Gemeinderatssitzung.“ Natürlich, das war Walter, Helenes Sohn. Jetzt erkannte ihn Tessa. Sein Haar war lichter geworden und sein Gesicht fleischiger, aber der gierige Blick war wie eh und je.

Mit aufreizender Langsamkeit ging Mona durch den Raum, hängte ihre Jacke an die Garderobe neben Tessas Lederjacke, bestellte zwei Gläser Bier und setzte sich zu Tessa an den Tisch. „Siehst du, wie sie uns nicht anzuschauen trauen und trotzdem lauern?“, flüsterte Mona. „Hinter ihren Karten können sie sich gut verstecken.“

„Ist da nicht der Mann deiner Tante Marietta?“, fragte Tessa.

„Ja, der überaus honorige Ernst Hinterleitner. Sieht er nicht aus wie ein Fuchs mit seinem Schnurrbart? Ihm gegenüber sitzt übrigens der ebenso ehrenwerte Ludwig Götz, Bäcker und Kirchenpfleger. Lass dich nicht täuschen von seinem harmlosen Blick und seiner schmächtigen Erscheinung. Der Kerl ist eine Natter. Aber alle miteinander werden gleich in die Gemeinderatssitzung verschwinden. Ich kann nicht sagen, dass ich traurig darüber wäre.“ Mona lachte unfroh auf.

„Wer ist denn der attraktive Typ im Trachtenjanker, der keinen Blick von dir wendet?“

„Manfred Remminger, Öko-Bauer und der einzige Grüne im Gemeinderat.“

„Unser Spiel, Walter? Du bist vorne.“ Ludwig Götz sah Walter erwartungsvoll an, und der spielte aus. Karten knallten auf den Tisch. Tessa fragte sich, ob sie die Gesetze des Wattens noch jemals begreifen würde.

„Da, bitte, der Hauptschlag.“ Mit triumphierendem Blick warf Ernst Hinterleitner eine Karte auf den Tisch, doch Manfred Remminger kassierte mit süffisantem Grinsen den Stich.

„Helene zahlen!“ Wütend stand Hinterleitner auf, ging zur Theke, zog seinen Geldbeutel aus der Tasche und warf einen Geldschein auf die inzwischen glänzend geputzte Abtropffläche. Dann griff er nach seiner Jacke und ging zur Tür. „Lass dich heut Abend bloß nicht auch so über den Tisch ziehen“, rief ihm Friedrich Bastheimer lachend nach. Man musste ihn schon gut kennen, um den aggressiven Ton dahinter wahrzunehmen. Tessa hörte ihn.

„Komm Ludwig, wir müssen auch. Das Bier von Ludwig zahle ich mit.“ Wie ein Schatten schlüpfte der kleine, schmächtige Bäcker an dem baumlangen Remminger vorbei nach draußen.

„Entschuldigt, das hat jetzt etwas gedauert“, die Wirtin stellte zwei Biergläser vor Tessa und Mona. „Du bist doch Teresa aus Hamburg? Ich bin mit deiner Mutter in eine Klasse gegangen. Du siehst ihr ziemlich ähnlich, weißt du das?“

„Danke.“ Tessa hörte den abweisenden Ton in ihrer Antwort, aber sie wollte nicht hier und jetzt und vor allem nicht mit dieser Frau über ihre Mutter sprechen.

„Bekomme ich noch ein Bier?“ Friedrich Bastheimer hielt Helene Obermaier seinen Bierkrug entgegen und setzte sich an den Tisch der beiden jungen Frauen. Als hätten Walter und der Krankenpfleger nur darauf gewartet, folgten die beiden seinem Beispiel. „Zu Besuch in Pfarrhofen?“, fragte Friedrich Bastheimer und gab Tessa die Hand. „Es ist schön, dich wieder mal hier zu haben. Hast uns viel zu selten besucht in den vergangenen Jahren. Bleibst du länger?“

„Das kommt darauf an", antwortete sie, während sie versuchte, ihre Verlegenheit zu verbergen, „wir waren heute beim Notar, Oma hat uns beiden ein bisschen was hinterlassen, und wir müssen erst sehen, wie wir damit umgehen."

„Dann wünsche ich euch viel Glück dabei."

„Aber hallo", mischte sich Walter ein, „da müsst ihr ja eine Lokalrunde schmeißen, wenn ihr jetzt reiche Erbinnen seid."

„Hören Sie es, Frau Obermaier?" Bastheimer schüttelte mit einem Lachen den Kopf. „Sie können stolz sein auf Ihren Sohn. Er ist genauso geschäftstüchtig wie Sie."

„Ja, Walter, bring uns eine Runde Obstler", lachte Mona, während sie ihre Hand auf Wolfgangs Arm legte und ihn kokett anlächelte. Hatte sie ihn nicht vorhin als „widerlichen Grabscher" bezeichnet? Sie schüttelte ihr Haar, quittierte jede Bemerkung des Krankenpflegers mit aufreizendem Lachen. Runde auf Runde folgte.

„Danke, für mich nichts mehr", sagte Tessa entschieden, als Walter wieder gefüllte Gläser auf den Tisch stellte. Im Stillen rechnete sie aus, ob ihr Geld reichte, denn Mona würde die saftige Rechnung, die auf sie wartete, wohl kaum bezahlen.

„Ich werde auch gehen, Walter, ich denke es reicht für heute Abend", warf der Lehrer ein. „Bring mir die Rechnung, die Zeche geht auf mich. So viel Gastfreundschaft muss sein für zwei Freundinnen meiner Tochter." Mit einer Handbewegung wischte er Tessas Protest beiseite. „Und ihr beiden solltet besser auch gehen, bevor die Honoratioren wieder aus der Sitzung kommen", setzte er mahnend hinzu. „Viel Glück bei euren Unternehmungen."

Er klopfte auf den Tisch und ging.

„Er hat recht, wir sollten wirklich gehen, ich bin schon ganz unruhig, außerdem haben wir viel zu viel getrunken." Tessas Stimme war drängend, doch Mona wendete nur kurz den Kopf. „Ach was, du willst nur deinem angebeteten Oberlehrer nachlaufen", warf sie ihr hin, bevor sie sich wieder Walter und Wolfgang widmete.

Tessa reichte es. Sie würde jetzt ganz einfach aufstehen und Mona sitzen lassen. Sie ging wortlos zur Garderobe, um ihre Jacke zu holen. „Habe ich noch etwas zu zahlen?", fragte sie die

Wirtin an der Theke. „Soweit ich weiß, nicht, aber frage doch am besten Walter“, antwortete Helene Obermaier und rief nach ihm, aber er reagierte nicht.

Tessa allerdings hatte nicht die geringste Lust, noch einmal an den Tisch zurückzukehren und ging einfach nach draußen.

In diesem Augenblick fuhren zwei Autos vor. Aus ihnen stiegen ein glatzköpfiger Mann, der fast verzweifelt an einer Pfeife zog, eine Frau mit wilden rotbraunen Locken und Manfred Remminger.

„Nein, das kann er nicht mit uns machen“, ereiferte sich die Frau und stieß ihren Finger in Richtung Remminger. „Diese windigen Geschäfte kann der Bürgermeister vielleicht seiner eigenen Fraktion verkaufen. Ich zähle auf deine Unterstützung, Manfred, und hoffe, dass du mich und Josef Ferner unterstützt. Die Zeiten absolutistischer Herrschaft sind auch in Bayern vorbei.“

Aufgebracht eilten die drei in die Gaststube und ließen Tessa vor der Tür stehen. Jetzt sah sie auch Monikas Vater um die Ecke kommen. Mit zorngerötetem Gesicht diskutierte er wild mit seinen Begleitern und steuerte auf die Gaststätte zu.

Tessa trat aus dem Lichtschein der Eingangslampe und ging die Treppe hinunter in den dunklen Biergarten. Sie wollte wirklich nicht von ihrem Onkel bemerkt werden. Auf der Suche nach einem Papiertaschentuch fand sie in ihrer Jackentasche einen kleinen Zettel, der offenbar aus einem Notizbuch gerissen war. Sie entfaltete ihn und ging ein paar Schritte zum Licht, das aus dem Fenster der Gaststube fiel.

Sie las ihn und runzelte die Stirn. *Morgen, gleiche Zeit, gleicher Ort* stand da. Wer wollte sie morgen wo sehen? Das ergab doch überhaupt keinen Sinn. In ihre Überlegungen drang wie ein Donnerschlag die Stimme ihres Onkels aus dem geöffneten Fenster: „Was tust du denn hier?“, brüllte er, „schau, dass du heimkommst. Auf der Stelle, sage ich dir. Du musst dich nicht in der Öffentlichkeit wie eine Hure benehmen, auch wenn du eine bist.“

Als die Tür zuschlug und eine weinende Mona auf die Treppe trat, fiel ihr des Rätsels Lösung ein. Wer auch immer den Zettel in ihre Tasche gesteckt hatte, hatte nicht sie gemeint. Mona war die Adressatin. Der Briefchenschreiber hatte nur ihre beiden Jacken verwechselt.

***

Die Dorfstraße war ausgestorben, als Tessa mit Mona zurückging. Ein scharf abgezirkelter Dreiviertelmond beleuchtete ihren Weg und von Ferne war das Aufheulen eines Mopeds zu hören. Tessa war wütend auf sich. Warum hatte sie sich auf Monas Vorschlag eingelassen? Sie hätte dieser Schnapsidee, ausgerechnet im Dorfgasthaus zu feiern, viel mehr Widerstand entgegensetzen müssen.

Mona lief schweigsam und in sich gekehrt neben ihr her. Wie schnell sich wieder einmal ihr Verhalten verändert hatte. Aus der Circe, die unbedarfte Dorfbuben in veritable Womanizer verwandelte, war in Bruchteilen von Sekunden ein kleines Mädchen geworden, das nur noch gehorsam Papas Befehle ausführte.

Zu Hause ging das Durcheinander weiter. Marietta Hinterleitner, Monas Tante, stand in der Türe, als sie aufschlossen. „Hast du völlig den Verstand verloren, Mona?“, blaffte sie. Ihre Brillengläser funkelten und ihr riesiger Busen wogte vor Empörung. Fast musste Tessa lächeln, als sie sich den schmächtigen Ernst neben dieser Walküre von Ehefrau vorstellte. Kein Wunder, dass er von Tag zu Tag mehr zu schrumpfen schien.

„Es ist schon halb zehn und du hast mir erzählt, du müsstest nur kurz weg, sonst hätte ich niemals erlaubt ...“

„Meine Güte, Tante Marietta, Sonja ist zwölf und keine sieben mehr“, fiel ihr Mona ins Wort.

„Auf jeden Fall ist sie damit überfordert, auf Nick aufzupassen. Sie hat auf der Couch im Wohnzimmer geschlafen, als ich geklingelt habe. Mit deinem Sohn hätte sonst was passiert sein können.“

Mona ließ ihre Tante stehen und nahm Sonja, die an der Wohnzimmertür stand und aussah, als würde sie gleich zu weinen beginnen, in den Arm.

„Danke dir, Schätzchen, morgen kaufe ich dir die Buntstifte, die du dir so gewünscht hast“, sagte sie und Tessa war überrascht, wie liebevoll ihre Stimme klang. Sonja gab keine Antwort und riss sich los.

„Das hat ein Nachspiel, Mona“, ereiferte sich Marietta. „Du bist einfach nicht fähig, Verantwortung zu tragen. Ich weiß nicht, was die im Jugendamt dazu sagen, wenn sie erfahren, wie du ohne deine Mutter für dein Kind sorgst."

„Sonja, wir gehen", wandte sie sich an ihre Pflegetochter, doch diese hatte längst ihren Schulranzen aufgesetzt und eilte nach draußen. Marietta folgte ihr, nicht ohne feindliche Blicke zurückzuwerfen.

„Dumme Kuh", schimpfte Mona, kaum dass sich die Tür hinter den beiden geschlossen hatte.

„Na, so ganz unrecht hat sie nicht, Mona, ich hatte auch den ganzen Abend ein schlechtes Gefühl wegen unseres unüberlegten Kneipenbesuchs."

„Ach Blödsinn, wenn Nick erst einmal schläft, wecken ihn nicht einmal die Posaunen des Jüngsten Gerichts. Ich sollte das doch schließlich am besten wissen."

„So ganz nebenbei, willst du nicht einmal nach ihm sehen?", warf Tessa ein.

„Wenn er wach wäre, hätten wir das längst gehört." Dabei riss sie alle Schubfächer auf. „In diesem ganzen verdammten Haushalt gibt es doch rein gar nichts zu knabbern. Wir müssen morgen dringend ein paar Chips und Schokolade kaufen".

„Sei froh, dass nichts da ist, diese Frustfresserei macht bloß fett. Es wäre vernünftiger, sich stattdessen den Frust von der Seele zu reden. Ich kann gut zuhören."

Mona beendete ihre ergebnislose Suche, griff nach der Rotweinflasche auf der Spüle und goss den Rest in die Gläser, die noch ungespült danebenstanden. Sie hob provokant ihr Glas. „Und jetzt erzähle mir bloß nicht, ich hätte schon genug getrunken, ich bin glasklar im Kopf." Sie prostete Tessa zu, sich auf dem Stuhl fläzend.

„Deine Tante Marietta", begann Tessa ein Gespräch, „kommt ihr eigentlich gut miteinander aus, wenn du nicht gerade so wütend auf sie bist wie heute Abend? Ihr müsst doch viel Zeit zusammen verbringen, so nah wie ihr beieinander wohnt."

„Meine Tante geht sogar meiner Mutter auf die Nerven. Und mein Vater sucht das Weite, sobald sie auftaucht."

„Immerhin hat er ihr und ihrem Mann ein Haus gebaut direkt neben seinem eigenen", wandte Tessa ein, „also muss er doch eine ganze Menge für seine Schwester übrighaben. Ich kann mir nicht vorstellen, dass er bei diesem Bau den ganz großen Gewinn gemacht hat."

„Mein Vater vergisst keine Minute seinen Gewinn, liebste Tessa".

Ein verächtliches Schnauben begleitete Monas Worte, und Tessa fragte sich langsam, ob ihre bisherige Einschätzung des Verhältnisses zwischen Vater und Tochter richtig war. Bis zu dem Zwischenfall in der Gaststätte hatte sie Onkel Alfred nie so aggressiv mit Mona reden hören. Ihr Bild von dem großzügigen Papa, der seiner Prinzessin jeden Wunsch erfüllte, hatte einen Riss bekommen. Tessa war nie so verwöhnt worden wie ihre Cousine, schon gar nicht hatte sie einen Sportwagen zum Abitur bekommen. Aber so wie Onkel Alfred seine Tochter heute Abend behandelt hatte, das hatte Tessa nie erfahren. Sollte sie Mona darauf ansprechen? Nein, wenn sie darüber reden wollte, musste Mona von sich aus damit beginnen.

„Das Haus für Tante Marietta und Onkel Ernst hat Papa gebaut, als Tante Marietta gerade ihre Friseur-Meisterprüfung gemacht hatte", erzählte Mona, „das war noch vor ihrer sozialen Erweckung, wie meine Mutter immer sagt." Ein kleines, zynisches Lächeln huschte um ihren Mund, „damals gingen alle noch davon aus, dass sie ihren eigenen Salon aufmacht und eine Menge Zaster scheffelt. Stattdessen hat sie gleich drei kleine Kinder in Pflege genommen."

„Sei nicht so böse, Mona. Irgendwie kann ich das schon verstehen. Sie kann keine eigenen Kinder bekommen, nicht wahr?"

„Wenn das nur der Grund wäre ..." Monas verächtliches Lachen ließ Tessa frieren. „Du solltest dich der allgemeinen Dorfmeinung anschließen. Die Leute hier sehen Tante Marietta als legitime Erbin von Mutter Teresa. Und du hast sie ja vorhin gehört. Sie ist offenbar nicht nur ein Gutmensch, sondern ein Bessermensch."

„Übrigens", Tessa nahm den Zettel aus ihrer Jackentasche, „hier ist eine Einladung zu einem Date für dich. Da hat wohl jemand unsere Jacken verwechselt. Na, willst du mir nicht verraten, um wen es hier geht?"

Mona riss ihr die Notiz aus der Hand, trank ihr Glas aus und knallte es auf die Spüle. „Ich mag nicht darüber reden, ich bin müde und gehe ins Bett." Und weg war sie.

***

Tessas Nacken war steif, als sie am nächsten Morgen aufwachte. Sie musste sich ein anderes Kopfkissen suchen. Warum hatte sie nicht daran gedacht, ihr Dinkelkissen mitzubringen? Sie machte ein paar halbherzige Dehnübungen und öffnete das Fenster. Vereinzelte Nebelschwaden hingen über dem Garten wie ein zerrissener Bühnenvorhang, der nur Bruchstücke der Kulisse dahinter freigab.

Sie hörte Lärm in der Küche und warf einen Blick auf den Wecker. Erst acht Uhr und Mona war schon wach? Sie bemühte sich, ohne allzu viel Geräusche das Bad zu erreichen, und schloss ab. Zumindest eine ungestörte Dusche brauchte sie erst einmal. Sie ließ das heiße Wasser in ihren Nacken prasseln und spürte, wie sich ihre verkrampften Muskeln lösten. Auch der Kaffeeduft ließ Tessa aufatmen.

Mona hatte den Frühstückstisch liebevoll gedeckt, sogar frische Brötchen und Obst standen bereit. Nick saß in seinem Hochstuhl und hielt einen Plastiklöffel umklammert, den er schwenkte wie ein Dirigent seinen Taktstock.

„Wann bist du denn aufgestanden um alles in der Welt?", fragte sie. „Du hast ja schon eingekauft. Und der Stuhl stand doch gestern auch noch nicht da."

„Ausschlafen ist nicht mehr drin, wenn du ein Kind hast. Ich bin froh, dass Nick inzwischen wenigstens bis halb sieben schläft." Mona öffnete eigenartigerweise selbst den Mund, wenn sie ihrem Sohn einen Löffel Brei in den Mund schob. „Ich werde dir heute mal unsere neuen Besitztümer zeigen, Tessa. Oder hast du etwas Besseres vor?"

„Ja, lass uns eine Bestandsaufnahme machen", *damit ich möglichst schnell wieder zurück nach Hamburg komme,* fügte sie in Gedanken hinzu.

„Sag mal", begann Tessa, als sie auf dem Weg waren, Nick warm verpackt in seinem Buggy, „hat es dich denn nicht überrascht, dass unsere Großmutter gleich drei Häuser zu vererben hat. Sie muss doch jeden Pfennig dreimal umgedreht haben?"

„Oma hat sparsam gelebt, das stimmt schon. Aber sie hatte ja doch eine recht satte Pension. Großvater war immerhin Rektor. Außerdem hat auch sie geerbt, nachdem alle ihre Brüder im Krieg gefallen waren. Ihre Eltern hatten einen recht großen Bauernhof. Und die Felder konnte sie ziemlich gewinnbringend verkaufen, nachdem hier der große Boom um den Windpark begann. Davon hat mein Vater dann das Mehrfamilienhaus gebaut, das unsere Großmutter vermietete." Mona lachte verächtlich. „Er hat ganz schön alt ausgesehen, als er begriff, dass er bei diesem Erbe leer ausgegangen ist."

„War er deshalb so wütend gestern Abend in der Gaststätte?"

„Wahrscheinlich", antwortete Mona knapp und verstummte. Tessa konnte beinahe sehen, wie sich Mona in ihrem Schneckenhaus einrichtete. Schweigend gingen sie weiter. Der Ort schien belebter heute Morgen. Ein Mann in einem abgewetzten Overall, zu dem er eine Strickmütze trug, kehrte die Straße vor seinem Haus, Autos fuhren vorbei, und gegenüber hielt ein in die Jahre gekommener BMW. Ein junger Mann in Bomberjacke und mit einer Baseballkappe stieg aus und wuchtete einen Bierkasten aus dem Kofferraum. Er knallte den Deckel zu, und Tessa befürchtete, dass ihr gleich einige Metallteile um die Ohren fliegen würden.

„Heute ist ja richtig was los hier in Pfarrhofen", startete sie den Versuch eines Gesprächs.

„Nicht mehr als an jedem gewöhnlichen Samstagmorgen", gab Mona einsilbig zurück. „Die Leute müssen einkaufen." Unvermittelt schob Mona den Buggy auf die Straße, als ein Auto wütend hupte. Neben dem Bordstein hielt ein nagelneuer grauer VW Caddy, auf dessen Türen der Schriftzug *Bayerischer Rundfunk* angebracht war.

„Das war knapp, junge Frau", sagte der junge Mann, als er sich zu seiner vollen Größe von mindestens 1,85 m aufrichtete. „Ich hatte heute Morgen eigentlich nicht vor, die berühmten *Jagdszenen* von Niederbayern nach Unterfranken zu verlegen." Ein Lachen versteckte sich in seiner klangvollen Stimme, die nicht den leisesten Hauch eines Dialekts verriet.

Schauspielschule, dachte Tessa und fühlte sich unwillkürlich an die Akteure am Set erinnert. Sein dichtes blondes Haar war sehr kurz geschnitten und in seinen Augen hinter der schwarz geränderten Brille blitzte der Schalk. Seine Augen glitten interessiert über Mona, aber sein Blick blieb an Tessa hängen. Welche Überraschung!

„Jan Niemeyer“, stellte er sich vor und gab erst ihr, dann Mona die Hand. „Es trifft sich gut, Sie beide hier zu treffen. Ich habe eine Verabredung mit dem Bürgermeister und weiß nicht, wo er wohnt.“ Er lachte. „Wenn man die Adresse nicht kennt, ist auch ein Navi keine wirkliche Hilfe.“

„Sie sind schon ganz nahe dran“, begann Tessa, „einfach die Straße hier weiter geradeaus und an ihrem Ende rechts abbiegen. Dann sehen sie schon das Haus, es liegt am Ende des Birkenwegs.“

„Was wollen Sie denn von meinem Vater“, unterbrach sie Mona. Sie klang regelrecht alarmiert. Ganz langsam löste er seine Augen von Tessa und wandte sich Mona zu, es schien ihm zu gefallen, was er sah, denn ein breites Lächeln ließ sein Gesicht strahlen.

„Sie sind Alfred Hubers Tochter?“, fragte er ungläubig. „Wohnen Sie auch hier in Pfarrhofen?“

„Warum überrascht Sie das?“

„Auch wenn ich jetzt alle Klischees bediene, aber jemanden wie Sie erwartet man nicht in einem Kaff wie Pfarrhofen.“

Tessa kannte dieses Phänomen und hätte eigentlich nicht überrascht sein dürfen, neben Monas Erscheinung verblasste jeder, und doch traf sie die Reaktion des jungen Mannes heute besonders hart. Warum hatte sie gerade von ihm erwartet, dass er sich nicht blenden ließe? Sie musste den Impuls, weiterzugehen und die beiden stehen zu lassen, mit einiger Anstrengung niederkämpfen.

„Ich habe nur einige Fragen zur Gemeinderatssitzung gestern Abend, eine Frau Böhm hat mich angerufen, von ihr habe ich den Tipp.“

Er lachte und wider Erwarten wandte er sich wieder Tessa zu. „Sie klingen aber auch nicht an wie eine Einheimische.“ Sie fühlte eine eigenartige Wärme und schalt sich eine dumme Gans. Spätestens in einer Stunde würde sie den Typen vergessen haben. Außerdem hatte sie nicht die geringste Lust, sich mit den Krumen zu begnügen, die von Monas Tisch fielen.

„Meine Cousine kommt aus Hamburg“, antwortete Mona brüsk und Tessa registrierte ihr ärgerliches Stirnrunzeln. „Komm“, sagte sie, „wir müssen weiter.“

„Ja, dann“, sagte sie und folgte Mona, die schon ein paar Schritte weitergegangen war.

„Augenblick noch“, rief ihnen der Rundfunkreporter nach, „haben Sie eine Handy-Nummer für mich? Es kann sehr leicht sein, dass ich auch an Sie beide noch einige Fragen habe.“

„Wir sind unter der Festnetznummer von Anneliese Koch hier in Pfarrhofen zu erreichen“, rief ihm Mona zu und überquerte die Straße, während Tessa noch immer dem wegfahrenden Auto nachsah.

„Der muss neu sein“, sagte Mona, „ich kenne nur einen älteren Typen, der bei den wenigen Besuchen bei uns regelmäßig Papas Schnaps wegsoff. Aber so richtige Interviews hat der nicht aufgezeichnet.“

„Vielleicht wittert der Rundfunk eine richtig große Story?“, wandte Tessa ein. „Die Gemeinderäte waren doch auf hundertachtzig gestern Abend. Das habe ich sogar aus der Entfernung bemerkt.“

„Ach, die sind sich doch öfters nicht grün nach Gemeinderatssitzungen.“ Mona klang gelangweilt.

Sie kamen an der Kirche und an dem ihr gegenüberliegenden alten Schulhaus vorbei. Aus den offenen Fenstern des ehemaligen Klassenzimmers im ersten Stock erklang Chormusik, irgendein Kirchenchoral, dazwischen die ärgerliche Stimme eines Mannes.

„Da probt dein alter Schwarm Friedrich Bastheimer mit dem Kirchenchor die Passion für den Palmsonntags-Gottesdienst“, teilte Mona auf Tessas fragenden Blick hin mit. „Es ist ein solcher Segen, dass ich mir den morgen sparen kann, ich muss erst an Ostern mitsingen.“

Sie seufzte erleichtert. „Du kannst natürlich gerne gehen, wenn es dir ein Anliegen ist. Gehst du eigentlich in Hamburg in die Kirche?“

„Eher selten", bekannte Tessa lachend, „meine Eltern waren nicht so gottesfürchtig wie deine."

„Spare dir deine Überheblichkeit, Tessa", fauchte Mona. „Ich bin nicht das dumme Landei, als das du mich siehst."

„Aber das wollte ich doch damit überhaupt nicht ausdrücken, und das weißt du auch ganz genau."

Mona quittierte ihre Bemerkung mit erneutem Schweigen. Tessa fragte sich, warum sie so empfindlich war. Außerdem spukte ihre Bemerkung von vorhin in ihrem Kopf herum. *Da probt dein alter Schwarm Bastheimer ...* Wie kam sie nur darauf? Sie konnte sich nicht erinnern, Mona jemals ihr Herz ausgeschüttet zu haben.

Sie begegneten einem jungen Mädchen mit einer Hundeleine in der Hand, der dazugehörige Dackel schnüffelte weit hinter ihr auf dem Gehsteig. Ihre Arme schwangen rhythmisch zu der Melodie, die aus ihrem Handy kam. Sie waren schon an ihr vorbeigegangen, als der Dackel sie entdeckte und mit wildem Gekläff auf sie zusteuerte. Vor Nicks Buggy blieb er stehen und schnupperte. Nick beantwortete sein Interesse mit lautem Gebrüll und Mona nahm ihren Sohn auf den Arm.

„Kannst du nicht auf deinen verdammten Köter aufpassen?", rief sie der jungen Frau nach, doch diese war völlig absorbiert von ihrer Musik und ging einfach weiter. Tessa schob den Kinderwagen, während Mona Mühe hatte, den schluchzenden Nick zu beruhigen.

Inzwischen hatten sie den Ortsrand erreicht. Mona zeigte auf einen Bauernhof, der eindeutig schon bessere Tage gesehen hatte. Irgendwann war das Haus mit Eternit verkleidet worden, die Scheune und der Stall, die es umgaben, standen kurz vor dem Verfall. Das Haus lag inmitten eines verwilderten Gartens mit einem Jägerzaun. Zum ersten Stock führte eine wackelige Außentreppe. An einem Holzstapel lehnte ein Moped. Aus den weit geöffneten Fenstern drang lauter Techno-Sound, vermischt mit der Stimme eines Fernseh-Kommentators. Zu sehen war niemand.

„Ist das nicht ein beeindruckender Besitz, den wir hier geerbt haben?", fragte Mona mit einem spöttischen Grinsen, während sie Nick auf den Boden stellte.

„Das soll Oma gehört haben?"

Halb hoffte Tessa, dass Monas Sinn für seltsame Witze mit ihr durchgegangen wäre, während ihr gleichzeitig die Erinnerung dämmerte. Das Gehöft war Omas Elternhaus und hatte in ihrer Kindheit leer gestanden. Sie fühlte die Enttäuschung wie einen sauren Geschmack im Mund, als sie aus dem glitzernden Palast ihrer Illusionen wieder auf dem Boden der Tatsachen landete.

Tessa wandte sich Mona zu, deren Gesichtsausdruck verriet, dass sie ihre Ernüchterung in vollen Zügen genoss. Tessa war jetzt richtig ärgerlich. Sie erkannte, welcher Sadismus in Mona steckte.

Nick hatte sich inzwischen selbständig gemacht und wackelte durch die offene Gartentür geradewegs auf einen Rechen zu, der mit den Zinken nach oben im Gras lag. Tessa rannte los und erwischte Nick in letzter Sekunde, bevor er darüber stolpern konnte. Er zappelte in ihrem Arm und plärrte wütend. Im Erdgeschoss öffnete sich eine Tür und ein Mann, in der Hand eine Bierflasche, kam heraus.

Er blinzelte in das Tageslicht, und Tessa hatte die Vision von einer überdimensionalen Feldmaus, denn an dem Mann war alles grau. Zipfelmütze, verwaschener Overall, fingerlose Handschuhe. Alles grau. Auch die Hände.

„Was ist denn das für ein Geschrei hier?“, nuschelte er, und sogar seine Stimme klang grau.

„Sollten nicht eher wir fragen, was ihr hier für einen Krach macht? Guten Morgen, übrigens.“ Mona ging auf den Mann zu und schüttelte ihm die Hand. „Wo ist denn dein Kompagnon, German, und ist das nicht ein bisschen früh für ein Bier?“

„Für Bier ist es nie zu früh, willst du auch eines?“

„Wenn du mich so direkt fragst ...“

„Bist du jetzt völlig abgedreht?“, fragte Tessa, während der Mann in seine Wohnung oder besser in seinen Bau zurückging, „es ist gerade mal halb elf am Vormittag.“

„Jetzt stell dich nicht so an. Ich werde wegen eines Schluck Biers am Vormittag nicht gleich zur Alkoholikerin.“ Tessa hatte da so ihre Zweifel, wenn sie an Monas labilen Charakter dachte.

„Für dich auch eins?“ Der seltsame Bewohner ihres geerbten Objekts hielt auch Tessa eine Flasche Bier hin, als er zurückkam. Sie schüttelte den Kopf, und mit einer flinken Bewegung ließ er die Flasche in seine Jackentasche gleiten, während er gleichzeitig ein Schlüsselbund mit einem Flaschenöffner herauszog. Gewandt kippte er den Kronkorken ab und reichte Mona die Flasche.

„Wollt ihr mit reinkommen?", fragte er, „ich habe heute aber noch nicht aufgeräumt." Tessa schien es geraten, sein freundliches Angebot abzulehnen, wenn sie vom Zustand seiner Kleidung auf den seiner Wohnung schloss und selbst Mona war so viel Verbrüderung zu viel.

„Nein, German, vielen Dank, wir gehen gleich wieder. Wir wollten uns nur vorstellen. Das Haus gehört nämlich jetzt uns, meiner Cousine und mir." Sie setzte sich auf den Holzstapel und prostete ihm zu. „Du musst jetzt deine Miete an uns zahlen."

„Die Miete zahlt mein Betreuer", versetzte German mit Würde, „Dr. Stock aus Schweinfurt. Ich hole euch seine Adresse." Er verschwand wieder hinter der Tür.

„Betreuer?", wandte sich Tessa fragend an Mona.

„Ja, German braucht einen Aufpasser, wenn er nicht gerade im Knast sitzt", antwortete sie. „Ich habe diesen Dr. Stock einmal bei Oma kennengelernt. Er ist Psychotherapeut in Schweinfurt und arbeitet ehrenamtlich mit dem Sozialamt zusammen."

„Das wurde ja Zeit, dass sich endlich mal jemand hier umschaut."

Am Gartentor stand eine ältere Frau in einem dunklen Wollmantel. Ihr Haar war unter einer Baskenmütze verborgen. In der Hand hielt sie eine Plastikmappe mit Notenblättern. „Die Anneliese ist jetzt schon seit Wochen tot und das Gesocks, das sie hier einquartiert hat, feiert die Feste, wie sie fallen. Wir machen das nicht mehr mit, kann ich euch sagen, diesen Krach Tag und Nacht hält niemand aus. Ruhe!", keifte sie in Richtung Obergeschoss. Der Techno-Sound verstummte abrupt. Ein bärtiges Gesicht erschien im Fenster. Der Mann, dem es gehörte, gähnte. Gelbe Zähne mit Lücken, rote Nase.

„Wir kennen die Problematik, Frau Kreuzinger", antwortete Mona, „aber Großmutter hatte eben ein weiches Herz. Meine Cousine und ich haben das Anwesen geerbt, und wir hoffen, dass wir es sehr bald verkaufen können."

Tessa war überrascht, dass Mona so verständnisvoll reagierte. Dennoch – ihr maliziöses Lächeln verriet sie. Tessa hätte schwören können, dass sie den Ärger der älteren Frau genoss.

„Dann beeilt euch damit", grummelte die Frau, „es wird Frühjahr jetzt und wenn es warm wird, ist es erst richtig schlimm. Meine Schwiegertochter verbietet sogar meinen Enkelkindern, mich zu besuchen, wenn hier lauter Besoffene herumtorkeln." Sie drehte sich um und ging. Ihr verärgertes Gemurmel war allerdings noch länger zu hören.

Inzwischen war German zurückgekommen. Er gab Mona einen fleckigen Fetzen Papier, auf dem in ungelenker Schrift die Adresse des Betreuers geschrieben war. „Komm runter, Matze", rief er zu dem Mann am Fenster hinauf. „Hier sind die neuen Besitzerinnen."

„Lass den Matze, wir müssen weiter", ließ sich Mona vernehmen und drückte dem Mieter die angebrochene Bierflasche in die Hand. „Sag ihm einen schönen Gruß, er soll sich mein Bier schmecken lassen. Und richte ihm aus, dass er sofort rausfliegt, wenn er seine Miete nicht zahlt."

Sie setzte Nick wieder in seinen Buggy und wandte sich zum Gartentor.

„Na, Tessa, Kulturschock überwunden?", fragte sie grinsend. „Falls du hochfliegende Pläne hattest, wirst du wohl ein paar Abstriche machen müssen."

„Hast du noch mehr solcher Überraschungen? Dieses Haus kauft uns doch niemand ab."

„Oh doch", antwortete Mona. „Dieses Haus zu verkaufen, wird mein Lebenswerk. Schon allein deshalb, weil dann die Gemeinde eine Unterkunft für diese Alkis bereitstellen muss. Was glaubst du wohl, warum mein Vater Oma beschwatzt hat, diese Typen aufzunehmen? Da haben übrigens noch zwei gefehlt. Die beiden, die wir heute kennengelernt haben, sind harmlos. Aber der Klaus, der bei Manfred wohnt, ist ein ausgefuchster Knacki mit echter krimineller Energie, ein Dealer und Zuhälter, dem ich nicht im Dunkeln begegnen möchte. Und Albert, der ist ein anderes Kapitel, ein richtiger Philosoph."

„Zurück zu deiner Ansage, dieses Haus zu verkaufen, Mona. Wie willst du denn das anstellen? Ich denke, es wäre am vernünftigsten, sich einen Makler zu suchen."

„Ja, wir gehen am Montag zur Immobilienabteilung der Sparkasse. Die haben doch die besten Verbindungen."

Nachdenklich folgte Tessa Mona, die entschlossen durch die Dorfstraßen eilte.

„So, da wären wir." Mona stoppte den Kinderwagen vor einem gepflegten, weiß verputzten Mehrfamilienhaus, dessen Holzbalkone schon vereinzelt Blumenkästen mit Frühlingsblumen schmückten. In einem Fenster standen Deko-Kissen, aufgereiht wie Soldaten auf dem Exerzierplatz, mit einem scharfen Knick in der Mitte. Dahinter wedelte ein Vorhang im Wind.

„Schau es dir genau an, Cousinchen. Dieses Haus gehört uns nämlich auch."

„Wow", entfuhr es Tessa, „das sind doch ..."

„Sechs Wohnungen, vier große mit jeweils 90 qm und zwei kleine mit 70 qm", führte Mona Tessas Satz zu Ende. „In einer der kleinen hat mein Vater das Büro für seine Baufirma."

Diese Überraschung war Mona gelungen, sie hatte offensichtlich einen gut entwickelten Sinn für Dramaturgie. Langsam erinnerte sich Tessa wieder. Ihre Eltern hatten sich natürlich über Omas Bauprojekt unterhalten und waren von ihrer Idee alles andere als begeistert gewesen. Aber was hatten sie damals die Baupläne ihrer Großmutter gekümmert.

„Meine Güte, die Leute zahlen doch Miete ..."

„Ja, über 3000 Euro im Monat. Geld, auf das mein Vater schon lange begehrlich schielt. Verstehst du jetzt, warum ich gestern feiern wollte? Wir sind reich, Tessa. Spontan ließ sie den Griff des Kinderwagens los und fiel ihr um den Hals. Tessa sah aus den Augenwinkeln, dass der Buggy losrollte. Sie konnte ihn gerade noch halten, bevor das herannahende Auto ihn samt Nick erwischte.

Der Beinahe-Unfall brachte Tessa jenen Tag zurück, der ihr Leben für immer veränderte. Es hatte in Strömen geregnet an diesem Sommertag und sie würde wohl immer das Platschen der Tropfen auf dem Boden vor der Umkleidekabine hören und das Schimpfen des Hausmeisters über das undichte Dach. Allerdings konnte sie sich immer noch nicht erinnern, wie sie mit den beiden Polizisten auf die Bank im Gang der Sporthalle gekommen war, in der sie Volleyball gespielt hatte. Die Fahrbahn war vom Regen rutschig gewesen, der junge Fahrer des anderen Wagens war auf die linke Fahrbahn gekommen, hatte sie viel später begreifen müssen. Ihre Eltern starben noch am Unfallort.

Es war jetzt schon fast vier Jahre her und noch immer konnte sie kein Bedauern darüber empfinden, dass der junge Mann, der viel zu schnell für die nassen Straßen gefahren war, im Rollstuhl saß.

Tessa sah wie durch eine Milchglasscheibe, dass Mona ihren Mund bewegte und ganz langsam kam sie in die Gegenwart zurück. „Ich bin ja so froh, dass wir zu zweit sind, Tessa", zwitscherte Mona. „Allein hätte ich mich niemals gegen meinen Vater durchsetzen können. Er behandelt meine Mutter wie Dreck, seit er erfahren hat, dass sie mir zuliebe auf ihr Erbe verzichtet hat." Die letzten Worte Monas klangen so hoffnungslos, dass es Tessa ins Herz schnitt. Armes, reiches Mädchen! Sie begriff, was die Großmutter beabsichtigt hatte. Sie wollte Monas Traurigkeit auf den Grund gehen. Unbedingt. Auch wenn Mona sich wehrte.

***

Der Küchentisch stand voller gebrauchter Teller und Schüsseln mit einer gusseisernen Pfanne in der Mitte. Tessa lieferte sich mit dem Geschirr einen Kampf ohne Worte. Sie hatten Steaks gebraten und Salat dazu gegessen, und sie war satt und müde. Vorsichtig hatte sie mit Mona über eine einigermaßen gerechte Aufteilung der Haushaltskosten gesprochen. Mona war spontan losgelaufen, um Geld abzuheben. „Verzeih mir meine Gedankenlosigkeit, Tessa, du musst natürlich nicht alles allein bezahlen", und weg war sie. Es wäre vernünftiger gewesen, sie hätten gleich einen Termin in der Sparkasse ausgemacht, um über den Verkauf der Immobilien zu reden. Außerdem hatte der Notar doch auch über ein Sparkonto ihrer Großmutter gesprochen.

Hatte Mona ein eigenes Girokonto? Tessa konnte es sich schwer vorstellen. Onkel Alfred würde sich doch wohl kaum die

Gelegenheit nehmen lassen, Mona gönnerhaft Bargeldgeschenke zu machen.

Ein Klappern riss sie aus ihren Gedanken. Der Löffel, den Nick geschwungen hatte, war heruntergefallen, und ihm selbst fielen die Augen zu. Wie war das noch? Kleinkinder schliefen doch in der Regel am Nachmittag. Und sicher eignete sich ein Bett dazu besser, als der Kinderstuhl, auf dem er noch immer thronte. Aber wenn sie ihn jetzt hochnahm, würde er aufwachen und losbrüllen. Außerdem ging ein strenger Geruch von ihm aus. Tessa würde ihn wohl auch noch wickeln müssen. Sie wurde ärgerlich. Hätte Mona ihren Sohn nicht hinlegen können, bevor sie losstürmte?

Es half nichts, irgendwie musste sie wohl jetzt aktiv werden. Sie nahm Nick aus seinem Stuhl. Mit einem leisen Murmeln fiel sein Köpfchen an ihre Schulter, wo er einfach weiterschlief. Sie drückte ihre Wange auf sein feines Flaumhaar. Sie war glücklich. Im Bad fand sie Windeln und Feuchttücher, allerdings war es dort eisigkalt. Hatte sie am Morgen aus purer Gewohnheit die Heizung abgedreht? Sie nahm beides mit ins Wohnzimmer, legte Nick auf die Couch und befreite ihn von seiner vollen Windel. Er schien ganz zufrieden damit, was sie mit ihm anstellte, denn er brabbelte nur leise vor sich hin und schien gar nicht richtig aufzuwachen. Die neue Windel hing leicht schräg um seine Beine, aber Tessa war dennoch stolz auf ihr Werk. Sanft bettete sie ihn in ihre Arme und trug ihn ins Schlafzimmer. Sie legte ihn ins Bett und sich gleich daneben. Ein Kind braucht doch Körperwärme.

Das Klingeln an der Haustür durchfuhr sie wie ein elektrischer Schlag. Offenbar war sie schneller eingeschlafen als Nick. Die verflixte Mona. Jetzt hatte sie wohl auch noch den Haustürschlüssel vergessen. Vorsichtig stand sie auf, um Nick nicht zu wecken. Er würde doch wohl nicht gleich aus dem Bett fallen, wenn sie ihn kurz allein ließe?

„Ich bin gleich da“, rief sie beim Hinunterlaufen. Nick würde sicher gleich aufwachen von der Klingelei. „Hast du deinen Schlüssel vergessen?“ – Tessa riss die Tür auf. „Oh, Entschuldigung, ich habe Mona erwartet.“ Vor ihr stand der Pfleger, der Mona gestern Abend angeschmachtet hatte.

„Ich auch“, lachte er. „Ist sie nicht da? Sie hat mich für heute Nachmittag auf eine Tasse Kaffee eingeladen.“

„Nein, und ich weiß auch nicht, wann sie wieder zurückkommt", sagte sie barscher, als es die Höflichkeit gebot. Das fehlte noch, dass sie die Gastgeberin für Monas versetzte Galane spielte. Sie dachte an das Chaos in der Küche und schlug dem jungen Mann – hieß er nicht Wolfgang? – die Tür vor der Nase zu. Ein Rest guter Kinderstube veranlasste sie, die Tür gleich wieder zu öffnen. „Sie haben doch sicher ihre Handy-Nummer. Ich habe keine Ahnung, wo sie ist. Sie wollte zur Bank", sagte sie versöhnlich, doch Wolfgang schüttelte den Kopf und ging zu seinem Auto. Er ließ den Kopf hängen und Tessa schloss schnell die Tür, bevor sie ihm aus Mitleid doch noch eine Tasse Kaffee anbieten würde.

Aus dem Obergeschoß hörte sie Nick vor sich hin krähen. War er schon lange wach und hatte sie ihn mit ihrem Geschirrklappern überhört? Seine murmelnden Juchzer verwandelten sich in ein forderndes Schreien, und Tessa sprintete los.

„Nicht weinen, Nick, Mama kommt gleich wieder." Glaubte sie denn selbst, was sie da erzählte? Auch Nick schien von ihren Worten nichts zu halten, denn er drehte sein Geschrei um einige Dezibel höher, während ihm dicke Tränen über die Pausbacken kullerten. „Sch, sch ..." Sie nahm den Kleinen hoch und redete beruhigend auf ihn ein. Wiegte ihn in ihren Armen, streichelte ihn und trug ihn hin und her.

Sie warf einen Blick auf die Uhr. Es war schon nach vier, Mona war jetzt geschlagene drei Stunden weg. Langsam dämmerte ihr, warum Nick so überhaupt nicht zu beruhigen war. Er musste Hunger haben. „Gleich Nick, es tut mir leid", versuchte sie es, „gleich kriegst du was zu essen." Aber was? – fragte sie sich, während sie ihn in seinen Hochstuhl setzte. Wie bereitete man um Himmels willen ein Fläschchen zu? Sie durchwühlte Monas Tasche und fand ein Gläschen mit pürierten Früchten. Sie band Nick sein Lätzchen um und begann ihn zu füttern. Hätte sie die Früchte anwärmen müssen?, fragte sie sich, aber Nick schluckte zwischen abebbenden Schluchzern so gierig, dass es ihm schmecken musste. So viel konnte sie also nicht falsch gemacht haben. Wie verblödet war sie eigentlich, nicht auf das Nächstliegende gekommen zu sein? Babys hatten doch meistens Hunger.

Nick hatte seine Mahlzeit beendet und schien tatsächlich fürs erste beruhigt. Tessa setzte ihn mit einer Decke und ein paar Bauklötzchen auf den Wohnzimmerteppich. Wo war denn bloß Mona? Langsam begann sie sich zu sorgen. Was sollte sie tun, wenn Mona bis zum Abend immer noch nicht zurück war? Sie konnte doch Nick nicht noch einmal Früchte füttern.

Tessa warf einen Blick aus dem Fenster. Der Platz, auf dem Monas Sportwagen gestanden hatte, war noch immer leer. Sollte sie Nick zu Tante Agnes bringen und nach Mona suchen? Aber wo? Sie konnte überallhin gefahren sein. Tessa griff zum Telefon. Vielleicht saß sie ja seelenruhig zu Hause bei ihren Eltern? Sie zögerte und ließ den Hörer wieder sinken. Wenn sie nicht daheim wäre, lieferte sie Onkel Alfred wohl eine Steilvorlage für den nächsten Krach.

Christian Pfister fiel ihr ein. Hatte der junge Mann gestern nicht erzählt, er hätte eine neue Funkmouse für Mona? Sie beschloss, ihn aufzusuchen. Er kannte Mona auf jeden Fall besser als sie und würde eine Idee haben, wo ihre Cousine stecken könnte. Aber wo wohnte er? Danach würde sie fragen können. Sie zog Nick warme Kleidung an und steckte ihn in seinen Buggy.

Die Straßen waren wie leergefegt, dachte sie. Gleichzeitig ging ihr auf, dass dieser Gedanke an einem Samstagnachmittag in Pfarrhofen durchaus wörtlich und nicht nur als Metapher zu verstehen war. Samstag – siedend heiß fiel ihr ihre ganze Misere wieder ein. Sie musste noch einkaufen. Wo blieb Mona mit dem abgehobenen Geld?

Ein Auto fuhr an ihr vorbei in eine Seitenstraße. Tessa lief los und erwischte gerade noch eine junge Frau, die mit einer vollen Einkaufstüte in ihrer Haustür verschwinden wollte. Auf Tessas Frage beschrieb sie den Weg zu Christians Wohnung. „Da gleich hinter der Kirche, im ersten Stock. Sie können es von hier aus sehen, es brennt Licht in der Wohnung."

Dankbar stellte Tessa fest, dass es nur ein paar Schritte waren.

Christians Wohnung lag im Obergeschoss des Nebengebäudes eines Bauernhofes, das als eine Art Garage für Traktoren und andere landwirtschaftliche Geräte diente. Eine Außentreppe führte zu einer Tür, an der sich hoffentlich eine Klingel befand. Tessa nahm Nick aus seinem Buggy und stieg die Treppe hinauf. Im gegenüberliegenden Wohnhaus flammte Licht auf. Ein Vorhang bewegte sich. Sie fühlte fremde Blicke wie ein Kribbeln auf der Haut. Offenbar wachte hier jemand genau über das Kommen und Gehen bei dem jungen Mann.

METATALK– Christian Pfister stand auf einem Schild über der Klingel, auf die sie entschlossen drückte. Die Tür wurde schwungvoll aufgerissen, und Christian musterte Tessa und Nick mit einem Stirnrunzeln, bevor ein Lächeln über seine Züge glitt.

„Tessa, du? Zusammen mit Nick. Wo ist denn Mona? Aber kommt doch rein. Ich bin noch am Telefon und gleich für euch da."

Sie wusste nicht, was sie von Christians Zuhause erwartet hatte. Wie auch? Bisher hatte sie keinen Gedanken an ihn verschwendet und noch weniger hatte sie gekümmert, wie er seinen Lebensunterhalt bestritt. Vielleicht war sie deshalb so überrascht von dem hochtechnisierten Büro, in das er sie führte. Er warf einen Ordner von einem Sessel auf den Boden und bedeutete ihr mit einem Blick, dort Platz zu nehmen, bevor er wieder zum Telefon griff.

Tessa setzte sich und nahm Nick auf den Schoß. Während Christian telefonierte, hatte sie Muße, die Einrichtung zu betrachten.

Auf einem großen Schreibtisch standen vier Monitore, auf denen verschiedene Programme flimmerten, daneben ein übervoller Aschenbecher, mehrere Computer standen darunter. In der Ecke sah sie einen gewaltigen Laserdrucker und in einem Regal waren Kästen übereinandergestapelt mit so seltsamen Beschriftungen wie *Video, Tinte, USB, Tools, DSL* und *Gadgets.* Gebannt lauschte sie Christians Telefonat. Er musste den Bildschirm seines Partners vor sich haben, denn seine Befehle wie „jetzt runterscrollen und auf den gelben Icon gehen", führte er auch selbst aus. „Das dauert jetzt zu lange", hörte sie ihn sagen, während er gleichzeitig das Kunststück schaffte, eine Zigarette in dem überquellenden Aschenbecher auszudrücken, „ich rufe gleich wieder zurück. Ich habe inzwischen Besuch bekommen."

„Faszinierend", sagte Tessa, als er aufgelegt hatte. „Siehst du etwa den Bildschirm deines Gesprächspartners."

„Ja, Fernwartungsprogramm nennt man diese Einrichtung. Ich kann mich mit einem Passwort in den Computer meiner Kunden einloggen. Mona allerdings nennt es mein Schutzengelprogramm. Von Zeit zu Zeit richtet sie nämlich ein ganz schönes Chaos auf ihrem Computer an.“ Dies schien ihm aber ganz und gar nicht zu missfallen. Das sah man seinen Augen an.

„Aber du bist sicher nicht gekommen, um über mein Equipment hier zu plaudern.“

„Nein, und damit sind wir sind schon mitten in Thema. Mona wollte nur ganz kurz zur Bank und ist bis jetzt nicht zurückgekommen. Ich hoffte eigentlich, sie hier bei dir zu finden.“

„Nun“, er schaute unter seinen Schreibtisch, „hier ist sie nicht.“

„Mir ist ganz und gar nicht nach Witzen zumute“, sagte Tessa und ärgerte sich gleichzeitig über ihren mimosenhaften Tonfall. „Wir müssen noch einkaufen und Nick braucht etwas Vernünftiges zu essen. Hast du irgendeine Ahnung, wo sie stecken könnte? ... Halt, Nick!“ Tessa griff nach dem Jungen, der gerade ein mächtiges Kabel in seinen Händen drehte, und setzte ihn auf ihren Schoß.

„Nein, aber eines möchte ich dir raten, sozusagen als erste Lektion für einen einigermaßen reibungslosen Umgang mit Mona. Sie tut, was sie will, wann, und wie sie es will. Chaos ist Monas natürlicher Lebensraum. Je eher du das akzeptierst, desto besser kommst du mit ihr klar. Glaube mir, ich weiß, wovon ich rede.“

„Das mag schon sein, aber ganz akut sorge ich mich schon ein bisschen. Es könnte ihr ja durchaus auch etwas zugestoßen sein. Vielleicht liegt sie mit ihrem Flitzer irgendwo und ist verletzt.“

Offenbar hatte ich Christian jetzt aufgerüttelt, sein Schmunzeln verflüchtigte sich ebenso schnell wie der Rauch seiner Zigarette. Wortlos stand er auf und griff nach einer Jacke, die über einem beeindruckenden Mischpult lag. „Gehen wir, allerdings habe ich keinen Kindersitz im Auto, du wirst Nick auf den Schoß nehmen müssen. Hoffentlich kommen wir nicht in einen Polizeieinsatz.“

Überraschenderweise nahm er den Kleinen auf den Arm und streichelte ihn so sanft, dass sich plötzlich ein ganz und gar ungehöriger Gedanke in Tessas Hirn einnistete. Wie stand denn Christian wirklich zu Mona – und vor allem zu ihrem Sohn?

Christian fuhr einen Peugeot-Kombi älteren Jahrgangs. Tessa musste erst einige verhedderte Kabel zur Seite räumen, bevor sie sich auf den Rücksitz setzen konnte. Sie drückte Nick so fest an sich, als könnte ihm die Kraft ihrer Arme den fehlenden Sicherheitsgurt ersetzen.

„Hast du überhaupt irgendeinen Anhaltspunkt, wo wir Mona suchen sollen?“

„Nicht den geringsten, aber ich schlage vor, dass wir gezielt nach ihrem BMW Ausschau halten.“

Tessa hatte durchaus einen Verdacht, aber Mona würde doch nicht gleich wieder im ‚Roten Ochsen‘ auf ihren Vater treffen wollen. „Halt“, rief sie, als Christian zum Ortsausgang fuhr, „dreh noch mal um, mir ist gerade ein Gedanke gekommen. Du kennst doch sicher den alten Bauernhof, den wir geerbt haben?“ Als Christian sich fragend zu ihr umwandte, fügte sie hinzu: „Dieses Haus, in dem all die Alkis wohnen, die wir offenbar mitgeerbt haben.“

„Und da willst du Mona finden?“ Christian klang entrüstet.

„Wir waren heute Morgen dort“, antwortete Tessa unbestimmt, „es ist nicht besser oder schlechter als jeder andere Platz, an dem wir suchen. Vielleicht sollten wir überhaupt erst einmal Pfarrhofens Seitenstraßen abklappern, bevor wir weiterfahren.“

Christian nickte und bezog jede noch so winzige, versteckte Gasse in die Suche ein. Sie hätten sich die Mühe sparen können, Monas Z4 stand doch tatsächlich deutlich und für jeden sichtbar vor dem ‚Roten Ochsen‘.

„Voila“, sagte Christian beim Aussteigen, während er ihr einen grimmigen Blick zuwarf. „Fast hätte ich mich von deiner Panik anstecken lassen.“

„Die kann jetzt was erleben“, wütend stieg Tessa aus und nahm Nick wohl etwas zu grob auf ihren Arm, denn er wehrte sich mit lautem Weinen.

„Nein, warte!“, bremste sie Christian. „Es ist vielleicht keine so gute Idee, wenn du mit Nick im Gasthaus auftauchst. Ich gehe schauen.“

Tessa zögerte kurz, ging aber dann Christian nach bis vor den Gastraum. Durch die halbgeöffnete Tür sah sie Wolfgang brütend vor seinem Bier sitzen. Christian kam zurück und schüttelte mit dem Kopf. Er hatte die Tür schon fast geschlossen, als Wolfgang ihm nachrief. „Schau doch mal, wo du Remmingers SUV findest“, sagte er, „dann hast du wahrscheinlich auch Mona gefunden.“ Obwohl er verächtlich klang, sah Tessa doch die Trauer in seinem Blick.

„Komm“, Christian schob sie ins Freie, „sie zerreißen sich ohnehin schon genug die Mäuler da drinnen, sie müssen uns wirklich nicht noch als geballte Suchmannschaft erleben.“

„Ja, was ist denn nun? Konntest du etwas herausfinden?“

„Die Wirtin hat mir mit süffisantem Grinsen erklärt, Mona sei hier gewesen und ausgesprochen guter Laune. Wo sie aber jetzt sei, wisse sie wahrlich nicht. Sie hätte sich schließlich nicht bei ihr abgemeldet.“

Schnell und aufgebracht ging Christian zum Auto zurück, während Tessa versuchte, mit ihm Schritt zu halten. Er war sehr blass geworden.

„Ich weiß ja nicht, was du jetzt vorhast“, sagte er, die Lippen zu einem Strich zusammengepresst, „ich für meinen Teil werde sicher nicht länger den Schutzpatron für Mona spielen. Es geht ihr gut, so viel steht fest. Ich würde dir raten, Nick zu Monas Mutter zu bringen und einfach zu warten, bis sie wieder auftaucht. Sie wird dich und dein Verständnis dann sicher nötig haben.“

„Und was ist mit diesem Remminger?“, fragte Tessa kleinlaut. „Wer ist das überhaupt?“

„Öko-Bauer und Gemeinderat, kann die Finger von keiner Frau lassen, die nicht bei drei auf dem nächsten Baum ist. Jeder hier weiß es, nur seine Frau nicht. Aber so was gibt’s ja nicht nur in Pfarrhofen.“

„Aber, wenn er verheiratet ist, wird Mona doch nicht ...“

„Oh doch, Mona wird. Aber zerbrich dir nicht den Kopf über deine Cousine, Tessa.“ Christian schaute sie mitleidig an. „Sie wird es dir entweder erzählen oder, was wahrscheinlicher ist, eben nicht. Jetzt steig ein. Ich fahre dich am besten gleich zu Monas Eltern.“

Christian wendete sein Auto und fuhr los, während der Motor wütend aufheulte.

Tessa saß verzweifelt auf dem Rücksitz und versuchte, ihn davon abzubringen, zu Tante Agnes zu fahren. Obwohl er wahrscheinlich recht hatte, Nick wäre bei seiner Großmutter sicher besser aufgehoben als bei ihr, wehrte sie sich gegen den Gedanken, ihrer Tante gegenübertreten zu müssen.

„Bitte warte doch, Christian!“, bettelte sie, als er schon die Ortsmitte hinter sich gelassen hatte und auf den Weg zum Haus von Monas Eltern einbiegen wollte. „Halte doch noch einmal kurz an, ich weiß doch überhaupt noch nicht, was ich sagen soll. Außerdem ist Nick inzwischen eingeschlafen, schau doch.“ Tatsächlich schlummerte der Kleine inzwischen friedlich auf dem Rücksitz und nuckelte an seinem Daumen.

Wider Erwarten bremste er am Straßenrand, von dem ein schmaler Wirtschaftsweg direkt in die Felder führte. Tessa wandte den Blick zur Seite und sah im Licht der untergehenden Sonne etwas hinter dem Gebüsch auf dem Weg blitzen.

„Schau mal da hinten.“ Sie zerrte an Christians Ärmel. „Das ist doch ein grauer Geländewagen. Sollen wir nicht nachsehen?“

„Tessa, denk nicht mal daran, da jetzt hinzugehen. Wir warten. Es ist besser so.“

Den Eindruck hatte sie allerdings auch, als sie Christians aschfahles Gesicht sah und seine mahlenden Kiefer. Sie mochte sich nicht vorstellen, was geschehen würde, wenn er Mona in eindeutiger Situation fände. Tessas Gedanken rasten, während sie versuchte, Nick zu beruhigen, der wieder aufgewacht war und zu quengeln begann. „Vielleicht ist ja alles ganz anders, Christian, und wir tun Mona bitter Unrecht. Ich gehe jetzt.“

„Nein, wir fahren da jetzt ganz langsam hin“, entschloss sich Christian. „Das sollte den beiden die Möglichkeit geben ...“ Er beendete seinen Satz nicht, weil sich die Tür des SUV öffnete und Mona heraus stolperte. Sie ging unsicher einige Schritte und erbrach sich ins Gebüsch.

Tessa und Christian liefen gleichzeitig los. Christian stürzte zur Autotür und Tessa zu Mona. Ihr T-Shirt war zerrissen und sie roch penetrant nach Alkohol. Tessa gab ihr ein Taschentuch, worauf sie sie mit glasigen Augen ansah, als würde sie sie gar nicht erkennen.

„Tessa? Wo kommst du denn her?“

„Das ist eine längere Geschichte, Mona, und ich glaube nicht, dass jetzt der Zeitpunkt ist, sie dir auseinander zu setzen, wenn ich sehe, in welcher Verfassung du bist.“

„Im Wagen ist niemand.“ Christian kam zurück und schüttelte den Kopf. Tessa erwartete, dass er Mona mit Vorwürfen überschütten würde, aber er fasste sie besorgt um die Schultern. „Du bist ja eisigkalt, Mona, komm jetzt mit. Wir müssen gehen, Nick ist im Auto."

Fürsorglich führte Christian die torkelnde Mona zurück zu seinem Auto und Tessa fragte sich nicht ohne Neid, wie blind ein Mensch sein konnte. Sah Mona Christians Liebe nicht? Oder wollte sie seine Liebe nicht sehen?

***

Tessa erwachte vom sonntäglichen Läuten der Glocken und sprang aus dem Bett. Kein Wecker hatte auch nur annähernd einen solchen Effekt. Beim Klang dieser Glocken wäre selbst Lazarus ohne göttliches Zutun aus seinem Grab aufgestanden. Wie stark doch die Kirche noch in mir steckt, dachte sie kopfschüttelnd.

Ihr Wecker zeigte neun Uhr, sie musste also trotz all der Aufregung gestern tief und traumlos geschlafen haben. Sie öffnete das Fenster und lehnte sich aus purer Gewohnheit hinaus, zuckte aber sofort wieder zurück, als sie die vielen, festtäglich gekleideten Menschen zur Kirche strömen sah und zog den Vorhang vor. Ihr Schlaf-Shirt mit zerzausten Haaren war alles andere als öffentlichkeitstauglich. Fasziniert beobachtete Tessa den Strom der Kirchgänger, unter ihnen Mitglieder der Blaskapelle in Tracht.

An Pfarrhofen schien der säkulare Geist des beginnenden dritten Jahrtausends bislang noch vorübergegangen zu sein. Offenbar befand sich dieser Ort buchstäblich auf einer der letzten Inseln der Seligen.

Im Haus war noch alles still. Sie hatte am Vorabend noch ihr Konto geplündert und einige Lebensmittel eingekauft, und als sie nach Hause kam, hatten Mona und Nick bereits geschlafen. Von Christian liebevoll ins Bett gebracht wahrscheinlich. Obwohl ihr davor graute, hatte sie sich vorgenommen, ein ernstes Wort mit Mona zu reden. Sie setzte Kaffeewasser auf und schälte gerade Äpfel für ihr Morgenmüsli, als sie Geräusche an der Haustür hörte.

„Tessa, kannst du mir mal helfen?" Mona wuchtete eine große Einkaufstasche durch die Tür. Nick saß auf ihrer Hüfte. „Ein

Glück, dass du schon wach bist. Den Kinderwagen muss ich auch noch hereinholen."

„Und ich dachte, ihr schlaft beide noch. Du musst ja in aller Frühe losgegangen sein."

„Ja, ich habe von daheim noch ein paar Sachen gebraucht, der Kinderwagen ist viel praktischer als der Buggy. Eigentlich wollte ich noch vor dem ganzen Kirchenandrang zurück sein, das habe ich leider nicht geschafft. Den Kinderwagen stellen wir am besten auf die Terrasse, hier im Gang stört er nur, meinst du nicht?"

Mona klang etwas atemlos, dennoch wirkte sie mit ihren wehenden Haaren, die Wangen leicht gerötet, wie die Inkarnation von Vitalität. Tessa konnte sich nur wundern. Wie hatte sie bloß den Alkoholkonsum vom Vortag weggesteckt?

„Im Übrigen sind wir heute zum Mittagessen bei meinen Eltern eingeladen, es gibt Burgunderbraten. Ich konnte meine Mutter nur mit dem Versprechen, dass du auch mitkommst, loswerden. Das geht doch in Ordnung, Tessa, oder?"

„Nein, das geht nicht in Ordnung, Mona. Du kannst doch nicht einfach über meinen Kopf hinweg irgendwelche Dinge ausmachen. Ich hatte auf einen ruhigen Sonntag gesetzt. Nach all der Aufregung gestern. Eine Familienidylle mit deinen Eltern gehört definitiv nicht dazu."

„Aufregung?" Monas Augen waren kreisrund vor Erstaunen. „Ich weiß nicht, was du meinst."

Tessa war fassungslos, Monas Reaktion schien echt zu sein. So gut konnte niemand Verblüffung spielen. Wenn sie tatsächlich schauspielerte, hätte sie für diese Darbietung den Oscar verdient.

„Willst du damit sagen, du weißt nicht mehr, was gestern war? Du wolltest nur zur Bank, um Geld zu holen. Dämmert es dir jetzt?"

„Natürlich war ich auf der Bank, aber das weißt du doch. Wir kriegen kein Geld von Omas Konto, sie haben alles eingefroren, bis wir die Erbschaftssteuer bezahlt haben."

„Und woher soll ich das wissen? Du warst nicht sehr mitteilsam nach deiner Eskapade gestern. Du verwechselst mich offensichtlich mit Christian. Vielleicht hast du es ihm ja erzählt, obwohl ich, mit Verlaub, nicht glaube, dass du dazu fähig warst."

„Christian? Christian war hier? Gestern?“ Mona flüsterte fast, ihr Gesichtsausdruck war starr. Hatte Tessa sie jetzt endlich erreicht? Die Erwähnung Christians schien doch eine, wenn auch ferne Erinnerung auszulösen. Wie viel hatte sie getrunken, um einen solchen Black-out zu rechtfertigen? Aber sie musste doch wenigstens noch wissen, dass sie in den ‚Roten Ochsen‘ gegangen war.

„Hast du denn dein Auto heute Morgen nicht vermisst?“

„Nein, ich wollte doch zu Fuß gehen wegen des Kinderwagens.“ Mona stürzte zum Fenster. „Aber es ist ja wirklich nicht da. Wo ist es denn?“

„Es steht vor dem ‚Roten Ochsen‘, Mona. Ich habe es ganz bestimmt nicht dort geparkt.“

„Wo ist denn der Schlüssel?“ Fieberhaft begann Mona, in ihren Taschen zu suchen.

„In dieser Jacke ist er sicher nicht, du hast gestern eine andere angehabt.

Mona sackte auf einen Stuhl, verbarg ihr Gesicht in beiden Händen, Tränen quollen durch ihre Finger. Mona tat Tessa nur noch leid.

„Glaub mir, Tessa“, würgte Mona, „ich weiß wirklich nicht, was du mir mit deinen Andeutungen vorwirfst. Ich war doch auf der Bank.“

***

Sonntag in Pfarrhofen. Burgunderbraten am Familientisch. Betulich und schrecklich. Natürlich hatte sie nachgegeben und war mit Mona zu deren Eltern gegangen. Sie hatte erfolgreich das Theater eines echten Gutmenschen gegeben. Aber jetzt verstand sie Mona besser. Wahrscheinlich konnte sie sich aus Onkel Alfreds Selbstgefälligkeit und der devoten Opferhaltung ihrer Mutter nur durch ihr unberechenbares Verhalten retten.

Onkel Alfreds Schwester hatte zum gemeinsamen Kaffee einen Kuchen beigesteuert, ihre Pflegekinder saßen in ihrem Sonntagsstaat am Tisch, Bilderbuchkinder mit vollendeten Manieren. Agnes, die Nick nicht aus ihren Armen ließ. Mona war den ganzen Tag über verdächtig still trotz der Sticheleien ihres Vaters, und

Tessa erwischte sich bei der Frage, wann der Vulkan, der in Mona schwelen musste, wohl ausbrechen würde.

Vielleicht war es ein Glück für alle, dass sich die Unterhaltung fast nur um die vergangene Gemeinderatssitzung drehte.

So ganz genau verstand Tessa nicht, worüber sich ihr Onkel so echauffierte. Es ging wohl um einen Grundstücksankauf, von dem die Ratsmitglieder nicht informiert waren. „Ich habe es doch allen gesagt, Ernst, das weißt du doch noch.“ Natürlich pflichtete ihm die Familie bei.

Montag in Pfarrhofen. Tessa wendete sich der Gegenwart zu. Sie mussten endlich eine to-do-Liste aufstellen, wenn sich diese Erbschaft nicht noch länger verzögern sollte.

Der Immobilienmakler bei der Sparkasse stand ganz oben. Die Häuser waren schnellstens zu verkaufen, um die Erbschaftssteuer bezahlen zu können. In diesem Punkt stimmte Tessa sogar Onkel Alfred zu.

Ein Geräusch vor der Terrassentür ließ sie hinausschauen. Dort saß ein weißes Kätzchen mit schwarzen Pfoten, das erbärmlich zu miauen begann, als es Tessa sah. Es fegte an ihr vorbei in die Wohnung, als sie die Tür öffnete und strich ihr miauend um die Beine. Es sah abgemagert aus, und sie stellte ihm einen Teller mit Milch hin, die es gierig aufleckte und sich dann zu putzen begann. Sie würde es wieder hinausbringen müssen, es war sicher von zu Hause weggelaufen, dachte Tessa, aber noch nicht gleich. Als sie es streichelte, begann es wohlig zu schnurren.

Ein Blick auf die Uhr sagte ihr, dass es schon auf acht ging. Sie hörte noch immer keinen Laut aus Monas Schlafzimmer. Es half nichts, sie würde sie jetzt wecken. Tessa machte die Tür einen Spalt auf und sah Mona in ihrem Schlafanzug auf einem Stuhl sitzen, unbeweglich wie eine Statue. Ihr Blick ging durch sie hindurch, Nick lag noch im Bett.

„Mona, bist du schon lange wach?“ Während sie noch fragte, ging ihr auf, dass hier etwas ganz und gar nicht stimmte. Sie sah zu Nick, der eigentümlich regungslos dalag, zu leblos, um zu schlafen. Tessa spürte, wie sie zu Eis erstarrte und sich Entsetzen in ihr ausbreitete. In ihrem Nacken und auf ihren Armen sträubten sich die Haare, während sie dem Impuls widerstand, die Tür wieder zuzumachen und davonzulaufen.

„Mona“, schrie sie und lief zu Nick, um ihn hochzunehmen, doch Mona stoppte ihre Bewegung.

„Es hat keinen Sinn, Tessa.“ Monas Stimme klang, als käme sie aus den Weiten des Alls. „Nick ist tot.“

„Aber warum rufst du denn keinen Arzt?“, rief Tessa hysterisch. „Du kannst doch nicht einfach nur hier sitzen.“

„Nick ist tot“, wiederholte sie stereotyp, „ich habe heute Nacht mein Kind umgebracht.“

Ihre Worte trafen Tessa wie ein K.O.-Schlag. Blödsinn, wollte sie sagen, was redest du denn für einen Schwachsinn? Doch sie blieb stumm. Später sollte sie sich noch oft fragen, warum sie so reagiert hatte. Die Antwort war niederschmetternd. Sie konnte es sich durchaus vorstellen.

Sie musste etwas tun, von Mona war keine Unterstützung zu erwarten, sie saß weiter wie festgefroren auf ihrem Stuhl. Zunächst brauchen wir auf jeden Fall einen Arzt, sagte sie sich und lief in die Küche. Aus dem Backofen drang Brandgeruch. Sie verbrannte sich die Finger, als sie die schwarzen Brötchen herausholte. Das Kätzchen saß inzwischen auf einem Stuhl und putzte sich noch immer hingebungsvoll.

Warum bemerkte sie dies überhaupt? Der menschliche Geist reagiert doch eigenartig, flog es ihr durch den Kopf, während sie fieberhaft nach einem Telefonbuch suchte. Gab es nicht eine einheitliche Telefonnummer für die Rettungsleitstelle? Sie war sich sicher, sie irgendwann gekannt zu haben.

Wenn sie 110 wählte, käme dann die Polizei? Besser nicht, irgendwo musste doch das verdammte Telefonbuch sein. Sollte sie Tante Agnes benachrichtigen? Später – erst ein Arzt. Tessa nahm den Telefonhörer von der Basis und dankte augenblicklich ihrer Großmutter für ihren Weitblick. Sie hatte unter das Telefon eine Liste von Telefonnummern gelegt, Polizeinotruf, Feuerwehr, und die Nummer der Rettungsleitstelle: 116117. Mit fliegenden Fingern drückte sie die Tasten.

Eine sonore Männerstimme meldete sich. „Wir brauchen dringend einen Arzt“, schrie sie ins Telefon, „der kleine Sohn meiner Cousine liegt regungslos in seinem Bett, ich fürchte, ich glaube ...“

„Hatte er Krämpfe, ist er blau angelaufen?“

„Ich weiß es nicht, ich habe ihn gerade erst gefunden. Er sieht so eigenartig aus, ja, ich meine, seine Hautfarbe ist verändert. Aber bitte beeilen Sie sich doch!“

„Ganz langsam, jetzt beruhigen Sie sich bitte und nennen Sie mir Ihre genaue Adresse. Ich schicke Ihnen den nächsten verfügbaren Arzt vorbei. Pfarrhofen, sagen Sie? Ein bisschen müssen Sie sich da schon noch gedulden, es wird einige Minuten dauern.“

Tessa hatte sich nicht mehr unter Kontrolle. Sie ließ sich auf einen Stuhl fallen, drückte ihren Kopf auf die Knie, schloss die Augen. Sofort sah sie Nick wieder mit seinem starren, eigenartig wächsernen Gesicht vor sich.

Wann kam denn endlich der Arzt? Die Minuten dehnten sich wie Stunden, bis sie endlich den Notarztwagen hörte. Tessa lief auf die Straße und winkte, aber er hielt bereits direkt vor der Tür.

Zwei Sanitäter mit einer Trage stiegen aus, zusammen mit einer jungen Frau, wohl die Notärztin.

„Wo ist denn das Kind?“, fragte sie ruhig. „Sind Sie die Mutter?“

„Nein, meine Cousine und ihr Sohn sind oben.“ Tessa wollte vorausgehen, aber die Ärztin eilte schon die Treppe hinauf, gefolgt von den Sanitätern.

Die Szene, die sich ihnen bot, war unverändert, als hätte jemand bei einem Videodurchlauf die Stopp-Taste gedrückt. Mona starrte ins Leere, Nick lag genauso im Bett, wie Tessa ihn verlassen hatte. Die Ärztin warf ihr einen ernsten Blick zu, bevor sie an Nicks Halsschlagader den Puls fühlte und ihm mit einer Taschenlampe in die Augen leuchtete.

„Hier kann ich nicht mehr helfen, das Kind ist schon seit einigen Stunden tot.“ Sie richtete ihren Blick abwechselnd auf Mona und auf Tessa, während sie Mona fragte, ob sie Nicks Mutter sei.

„Wann haben Sie denn bemerkt, dass Ihr Kind nicht mehr atmet?“, fragte sie Mona. „Sie haben doch wohl hier in dem zweiten Bett geschlafen.“

Mona reagierte nicht. Die Ärztin ging zu ihr, hob Monas Kopf hoch und leuchtete auch ihr in die Augen.

„Sie haben einen Schock“, stellte sie fest, „hören Sie mich überhaupt?“ Keine Reaktion. „Sie sollten sich hinlegen.“ Ihr Blick ging zu den Sanitätern, die unaufgefordert an ihre Seite eilten. Als beide versuchten, Mona vom Stuhl hochzuziehen, drang aus deren Kehle ein langgezogener Schrei, der sich kaum menschlich anhörte.

„Sie können hier nicht sitzen bleiben.“ Die Ärztin klang beruhigend. „Wir bringen Sie am besten in einen anderen Raum, dort legen Sie sich hin. Ich sollte Ihnen auch eine Spritze geben.“

Sie nickte den beiden Sanitätern zu, bevor sie sich wieder Nick zuwandte und ihn eingehend untersuchte. Die beiden Sanitäter versuchten, Mona in ihre Mitte zu nehmen, doch sie wehrte sich und blieb sitzen.

„Ich hätte ja gerne mit der Mutter gesprochen“, wandte sich die Ärztin an Tessa, nachdem sie ihre Untersuchung abgeschlossen hatte, „aber es geht offensichtlich nicht.“ Ihr Blick ging zu Mona hinüber.

„Ich vermute einen plötzlichen Kindstod, eher selten bei einem Kleinkind seines Alters. Er ist doch ein Jahr alt?“

„Knapp darunter.“ Tessa schüttelte den Kopf.

„Es ist auf jeden Fall ein Todesfall mit ungeklärter Ursache“, fuhr die Ärztin fort. „Ich werde deshalb leider die Polizei einschalten müssen.“

„Ich habe Nick umgebracht“, murmelte Mona. Tessas Hoffnung, dass es die Ärztin überhört haben könnte, erfüllte sich nicht, denn sie wandte sich an ihre Cousine.

„Das können Sie gleich der Polizei erzählen“, sagte sie, während sie eine Nummer in ihr Handy tippte.

***

Tessa hielt die beklemmende Atmosphäre im Zimmer nicht mehr aus und flüchtete. Die ernste Miene der Ärztin, die hilflos umherstehenden Sanitäter, das tote Kind, und vor allem die verwirrte Mona verdichteten sich in ihrem Bauch zu einem Knoten, der ihr buchstäblich die Luft abschnürte. Sie setzte sich auf einen Stuhl und fühlte ihre Knie zittern.

In ihrem Hinterkopf regte sich der Gedanke, dass sie vernünftigerweise Monas Eltern anrufen sollte. Dazu durchringen konnte sie sich allerdings nicht. Ihr Blick fiel aus dem Fenster, wo eine kleine Gruppe von Menschen sich aufgeregt unterhielt. Eine Frau mit einer Milchkanne in der Hand reckte ihr Kinn bedeutungsvoll zu dem Rettungswagen vor der Tür. Genau in diesem Augenblick fuhr ein Streifenwagen der Polizei vor. Ideales Timing, dachte Tessa, gleich werden auch Tante Agnes und Monas Vater hier auf der Matte stehen.

„Sind Sie Mona Huber?“, fragte der jüngere der beiden Polizisten. Er zog seine Mütze, und Tessa bemerkte den Abdruck, den sie in seinen kurz geschnittenen Haaren hinterlassen hatte. Das Gesicht des älteren war von einer auffallenden Narbe geprägt, die sich von seinem Unterkiefer bis zu den Ohren zog.

Tessa schüttelte den Kopf, ging vor den beiden her zur Treppe und zeigte ihnen das Schlafzimmer. Die Ärztin redete leise auf Mona ein, einer der Sanitäter sprach in sein Handy.

„Für uns bleibt hier nichts mehr zu tun“, sagte sie zu dem jüngeren Polizisten und gab ihm die Hand, „ein Todesfall ungeklärter Ursache, alles Weitere muss eine Obduktion klären.“

„Ja, ich habe die Kripo bereits informiert, Inspektor Lange muss auch gleich hier sein“, antwortete er und beugte sich über das Bett.

„Sind Sie die Mutter?“, richtete sich der ältere Polizist an Mona, doch sie blieb stumm.

Die Haustürklingel schrillte. Tessa lief los, um die Tür zu öffnen.

„Arthur Lange, Kriminalpolizei“, begrüßte sie ein etwa 50-jähriger, hagerer Mann, während er ihr einen Dienstausweis unter die Nase hielt. An seiner Seite stand eine junge Frau mit stämmigen Beinen und gedrungenem Körperbau. Sie murmelte einen Namen, den Tessa nicht verstand, weil im gleichen Augenblick der Mercedes ihres Onkels vor der Tür hielt. Mit zorngerötetem Gesicht stieg er aus und kam zur Haustür, Tante Agnes trippelte hinter ihm her.

„Was zum Henker geht hier vor, Tessa?“, brüllte er sie an, „muss ich daheim von aufgeregten Anrufern erfahren, dass hier ein Sanitätswagen steht? Und jetzt steht auch noch die Polizei vor der Tür. Wo ist Mona?“

Tessa konnte nicht umhin, die Rangfolge der Bedeutung zu registrieren. Mona kam an letzter Stelle.

Er trat so nahe an sie heran, dass sie spontan einen Schritt zurückwich, auf seiner Oberlippe glänzte Schweiß. Tante Agnes griff nach seinem Arm, er schüttelte sie ab.

„Ich habe es gewusst, dein Besuch hier bringt nur Ärger", zischte er, und Tessa wischte die Speicheltröpfchen ab, die auf ihrer Wange gelandet waren.

Die Polizisten folgten den Geräuschen von oben. Alfred Huber ging ihnen nach. Tessa bezwang ein hysterisches Auflachen. Die Situation oben im Schlafzimmer würde sehr schnell sein Mütchen kühlen, auch ohne ihr Zutun.

Tessa fühlte sich vollkommen gelähmt. Das Geschehen ringsum erreichte sie nur noch als zerfetzte Splitter. Das Getrappel von Schritten im Obergeschoss, aufgebrachte Männerstimmen, ein schrilles Kreischen, das sie Tante Agnes zuordnete, der beruhigende Ton der Ärztin, ein kleiner Metallsarg, der nach draußen getragen wurde. Mona, die mit hängendem Kopf der absurden Prozession folgte, Alfreds geballte Fäuste und schließlich ein kleines, schwarzes Kätzchen, das zusammengerollt auf dem Sofa schlief.

Hatte sie der hagere Kriminalpolizist gebeten, sich für ein Gespräch zur Verfügung zu halten, oder war dieser Gedanke nur ein Produkt ihrer wirren Fantasie? Sie würde es früh genug herausfinden.

***

Tessa saß offenbar schon lange im Sessel ihrer Großmutter, so verspannt wie sie sich fühlte. Monas Benehmen heute erinnerte sie an den Tag des Begräbnisses ihrer Großmutter. Rigoros schön, tränenlos, unberührt, distanziert stand sie am Grab, erhaben über den Kummer der anderen. Warum war Mona so gefühllos?

Sicher, da waren auch andere Erinnerungen an sie beide, an Ferien und nicht enden wollende Sommertage, an ihre ‚Waldwohnung', eine mit Stroh möblierte Höhle, an flirrende Hitze und Mücken am Badesee, gemeinsam erduldeten Hausarrest, wenn sie wieder einmal die Zeit vergessen hatten, an die Schwierigkeiten, den Namen Mona statt des bayerischen *Moni* durchzusetzen.

Allerdings erinnerte sie sich auch wieder daran, wie sich Mona aus heiterem Himmel verschließen konnte. Tessa fühlte ihre Hilflosigkeit, ihr Unbehagen von damals und ihre Grübeleien darüber, was sie wohl wieder falsch gemacht haben könnte.

Dann gab es noch diese ganz besonderen Sommerferien, an die sie bis jetzt nie mehr gedacht hatte. Plötzlich drängten sie mit Macht in ihr Bewusstsein, als hätten sie nur auf das Stichwort „Unbehagen" gewartet.

Sie mochte in der zweiten Grundschulklasse gewesen sein, und weil es ihre ersten Ferien überhaupt bei Großmutter waren, hatte ihre Mutter sie ein paar Tage begleitet. Mona und sie hatten Hüpfkästchen auf die Straße gezeichnet, bevor sie ein paar Nachbarskinder wegen ihrer Kleinmädchenspiele hänselten und zum Räuber-und-Gendarm-Spielen mitnahmen. Ludwig war auch dabei, erinnerte sich Tessa und fühlte das gleiche Befremden wie damals. Er musste doch mindestens 18 gewesen sein und sein Argument, er müsse schließlich ein Auge auf seinen kleineren Bruder haben, überzeugte sie heute so wenig wie in ihrer Kindheit.

Sie versteckten sich am Waldrand, und was dann geschah, wusste sie nicht mehr. Sie erinnerte sich nur daran, allein heimgekommen zu sein, und an die vielen aufgeregten Fragen, wo sie denn *Monika* gelassen hätte, auch dass sie zur Strafe in ihr Zimmer geschickt wurde. Alle suchten Mona.

Es folgten bedrückende Tage. Sie durfte nicht mehr zum Spielen nach draußen. Mona lag die meiste Zeit in ihrem abgedunkelten Zimmer und sprach kein einziges Wort. Sie hörte noch die Gesprächsfetzen der Erwachsenen, die immer dann verstummten, wenn sie in die Nähe kam. Sie spürte jetzt wieder die Beklemmung von damals, auch als sie mit ihrer Mutter im Zug saß, der sie zurück nach Hamburg brachte.

Und jetzt hatte Mona ihr Kind umgebracht.

Das Kätzchen miaute vor der Terrassentür und unterbrach Tessas Grübeleien. Sie stand auf, schwerfällig, als wäre sie in den wenigen Stunden um Jahre gealtert. Sie öffnete die Tür und die kleine Katze wischte hinaus. Würde sie zurückkommen? Nein, sicher hatte sie ein Zuhause. Wo war ihr Zuhause? Ihr war schrecklich kalt. Das Geräusch eines Schlüssels in der Haustür ließ sie zusammenzucken. Sie hörte Onkel Alfreds herrischen Bass und Tante Agnes' Gemurmel. Waren sie etwa allein zurückgekommen?

„Wo ist Mona?" Tessa fing die beiden auf dem Weg nach oben ab. Ganz langsam drehte sich Onkel Alfred um und kam die Treppe wieder herunter, bis er dicht vor ihr stand.

„Meine Tochter Monika", sagte er akzentuiert, „ist daheim, wo sie hingehört. Wir haben ja gesehen, wohin die hirnrissige Idee, dass sie unbedingt hier bei dir wohnen muss, geführt hat. Und dir, liebe Teresa, gebe ich jetzt einen Rat, den du in deinem eigenen Interesse befolgen solltest." Bedrohlich streckte er seinen Zeigefinger aus. „Pack deine Sachen zusammen und fahr zurück nach Hamburg, wo du hingehörst. Monika ist viel zu labil für deinen großstädtischen Einfluss." Er spuckte das Wort aus wie ein Schimpfwort. „Glaubst du, wir wüssten nicht, warum sie bei uns daheim am besten aufgehoben ist? Ich habe nicht das geringste Bedürfnis, meine Tochter wegen dir auch noch in der Klapse zu sehen."

Tessa fühlte sich, als hätte er sie geschlagen. Die beleidigenden Anschuldigungen nahmen ihr den Atem und setzten Worte frei, die sie nicht mehr kontrollieren konnte. „Nicht jeder ist scharf auf deine Ratschläge, Onkel Alfred. Weißt du, ich muss schon eine ganze Weile ohne deinen Zuspruch leben. Außerdem bin ich hier, weil ich ein Erbe von meiner Großmutter zu regeln habe. Diese Angelegenheit werde ich mit oder ohne deinen Segen zu Ende bringen."

„Bis du dein Erbe antreten kannst, liebe Teresa", er lachte gehässig, „wird noch einige Zeit ins Land gehen. Ich gedenke nämlich nicht, diese sogenannte Verzichtserklärung meiner Frau anzuerkennen. Die soll sich erst einmal ein Rechtsanwalt anschauen."

„Das wirst du aber müssen." Zum ersten Mal meldete sich ihre Tante zu Wort, mit bebender Stimme zwar, aber unmissverständlich.

Alfred Huber drehte sich zu ihr um und schüttelte den Kopf. „Sieh an, sieh an", sagte er, „nun meine liebe Agnes, das werden wir weder jetzt noch hier ausdiskutieren. Und jetzt lasst uns endlich unsere Arbeit tun, damit wir heimkommen." Er fasste Tante Agnes am Arm und zog sie hinter sich her nach oben.

Tessa wäre ihm am liebsten nachgelaufen, musste sich aber erst einmal hinsetzen. Ihr Herz hämmerte. Schwindel erfasste sie, begleitet von einem seltsamen Summen in den Ohren. Ihr Magen revoltierte und erinnerte sie daran, dass sie den ganzen Tag lang noch nichts gegessen und getrunken hatte. Sie belegte ein Vollkornbrot mit Salami und trank ein großes Glas Wasser dazu. Langsam erholte sie sich. Aber heiße Wut kochte in ihr hoch.

Sie bezwang den Drang, ihrem Onkel nachzulaufen und ihm den Frust und die Trauer dieses Tages um die Ohren zu schlagen. Glaubte denn dieser selbstgerechte Dorfschulze, er müsste nur drohen und alle knickten ein? Diese diktatorischen Allüren mochten ihm vielleicht in seiner Familie und seinem Gemeinderat durchgehen.

Sie würde ihm die Stirn bieten, allerdings nicht, indem sie sich provozieren ließe. Sie brauchte mehr Informationen. Was ging eigentlich in dieser Familie vor? Wenn Mona tatsächlich psychisch krank war, warum war sie dann nicht in Behandlung? Tessa wusste die Antwort, kaum, dass sie den Gedanken zu Ende gebracht hatte. Die Schande, eine Verrückte in der Familie zu haben, durfte natürlich nicht publik werden. Hier in diesem Kaff galt so etwas als Makel, vor allem für einen omnipotenten Bürgermeister.

Tessa hörte Türenschlagen und einen laufenden Wasserhahn im Bad im Obergeschoss. Was taten die beiden eigentlich da oben? Ihr Schlafanzug und ihre Unterwäsche mussten noch im Bad liegen. Wühlten sie etwa in ihren persönlichen Sachen? Tessa rannte nach oben. Vor dem Schlafzimmer lag ein Berg Schmutzwäsche, hinter der geschlossenen Tür hörte sie das ärgerliche Gemurmel eines mühsam unterdrückten Streits.

Um zu verstehen, worüber ihr Onkel und ihre Tante stritten, hätte sie näher zur Türe gehen müssen. Tessa gestand sich ein, dass sie die Tatsache, von ihrem Onkel beim Lauschen erwischt zu werden, davon abhielt.

Sie holte ihre Wäsche aus dem Bad und brachte sie ins Gästezimmer, als die Schlafzimmertür aufging. Sie verstand nur ein paar Wortfetzen: „... keine Zeit mehr, dann musst du eben heimlaufen." Sie hörte ihren Onkel über die Treppe poltern und kurz darauf das Starten eines Motors.

Ersticktes Weinen drang durch die Schlafzimmertür, und ehe sie lange überlegen konnte, ging Tessa hinein. In den offenen Fenstern lagen die abgezogenen Federbetten. Tante Agnes saß auf der nackten Matratze, die Hände vor dem Gesicht, ihr Körper bebte.

Tessa setzte sich neben ihre Tante und legte ihr die Hand auf den Arm. Mit einer schroffen Bewegung schüttelte diese ihre Hand ab und rückte ein Stück zur Seite. Immerhin nahm sie die Hände vom Gesicht und schaute Tessa an, auch wenn ihr Blick flackerte.

„Tante Agnes", begann Tessa, „ich weiß, wie schlimm dieser Tag auch für dich ist, selbst für mich ist er ein Albtraum, und ich kannte Nick ja erst wenige Tage."

„Gar nichts weißt du", kam eine barsche Erwiderung, „maß dir bitte nicht an, auch nur ansatzweise verstehen zu wollen, wie sehr mich der Tod meines Enkels trifft. Nick war viel mehr für mich, er war ja praktisch mein Kind, Mona hat ihre Verantwortung auf mich abgeladen." Ihre Stimme brach.

„Ich würde es aber gerne verstehen. Willst du es mir nicht erzählen?"

„Was sollte das bringen? Aber so ist die heutige Zeit, sinnloses Geschwätz, Worte, die gar nichts ändern, aber Hauptsache, man hat darüber geredet." Agnes stand abrupt auf, schüttelte die Federbetten auf, legte sie zurück auf die Matratzen und schloss die Fenster.

„So denkst du also. Ist das der Grund, warum Mona nicht in Behandlung ist, obwohl ihr ein therapeutisches Gespräch wahrscheinlich helfen würde?"

Agnes, die einen frischen Kopfkissenbezug aufknöpfte, erstarrte in ihrer Bewegung, kurz zwar, fast unmerklich, aber Tessa wusste, dass sie ihre Tante getroffen hatte.

„Weißt du, es ist keine Lösung, wenn man eine junge Frau sozusagen unter Verschluss hält und darauf hofft, dass nur ja niemand etwas merkt, und sich die kleine Störung irgendwie von selbst auswächst. Selbst ich habe nach den wenigen Tagen hier gemerkt, dass mit Mona etwas nicht stimmt. Glaubst du, Tante Agnes, die Leute in Pfarrhofen sind blind?"

„Mona hat alles, was sie braucht. Wir sind keine armen Leute. Nicht viele junge Frauen in ihrer Situation können es sich leisten, daheim zu bleiben bei ihrem Kind, das sie viel mehr braucht, ihr aber auch mehr gibt als irgendeine fragwürdige Karriere. Und meine Tochter war eine zufriedene junge Mutter, bevor sie sich durch diese Erbschaft die Flausen in den Kopf gesetzt hatte, unbedingt ausziehen zu müssen."

Agnes' Stimme klang trotzig, ihre ganze Haltung drückte Ablehnung aus. Sie wollte ganz einfach nicht verstehen, erkannte Tessa, mit Vorwürfen würde sie nicht weiterkommen.

„Warum behandelst du mich eigentlich als Feindin, Tante Agnes? Du bist die Schwester meiner Mutter, die einzige noch lebende Verwandte, die ich habe. Warum bist du so abweisend? Ich will doch Mona nichts Böses, ich mache mir nur Sorgen um sie."

Ein Schatten flog über das Gesicht ihrer Tante. War es Bedauern? Hatte die Rüstung ihrer Abwehr einen Riss bekommen?

„Das alles hat nichts mit dir persönlich zu tun, Teresa", sagte Agnes mit unerwarteter Wärme. „Es ist einfach nur so, dass du Mona nicht guttust. Dir hat das Leben böse mitgespielt in den vergangenen Jahren. Ich weiß das. Aber der frühe Verlust deiner Eltern hat dich eben auch schneller erwachsen gemacht. Ich bewundere dich dafür, wie schnell du dein Leben in Hamburg neu organisiert hast und nach vorne schaust. Aber von einer solchen Haltung ist Mona noch weit entfernt. Sie war bislang nur der Liebling ihres Vaters und hoffnungslos verwöhnt." Mit einer müden Geste strich sich Agnes die Haare aus der Stirn, bevor sie fortfuhr: „Einem solchen Schock wie dem Tod ihres Kindes ist meine Tochter nicht gewachsen. Sie braucht jetzt ihre Familie, um darüber hinwegzukommen. Ganz sicher braucht sie jetzt nicht dich und deine Lebensform als Vorbild, Teresa. Deshalb meine ich wirklich, dass du nach Nicks Beerdigung wieder nach Hamburg fahren solltest. Du musst keine Angst um dein Erbe haben. Ich habe zum Bau unseres Hauses längst mein Erbteil bekommen und habe nicht vor, den Wunsch meiner Mutter zu missachten, ganz egal, was mein Mann jetzt sagt."

„Danke, Tante Agnes, aber darum habe ich mich auch nicht gesorgt. Es gibt ganz andere Fakten, auch wenn wir beide sie bislang erfolgreich ausgeklammert haben. Dieser Kommissar hat mir unmissverständlich gesagt, ich dürfe nicht abreisen und solle mich für ein Gespräch zur Verfügung halten. Immerhin behauptet Mona, Nick umgebracht zu haben."

Agnes zuckte zusammen. „Das ist doch ausgemachter Blödsinn, Tessa, das weißt du doch auch. Natürlich fühlt Mona sich schuldig, wenn sie aufwacht, und ihr Kind liegt tot neben ihr."

„Hat sie das ausgesagt bei der Polizei? Durfte sie deshalb gleich wieder mit zurück?"

Agnes zog mit routinierten Bewegungen die Bezüge über die Betten und wies mit bestimmtem Kopfschütteln Tessas Hilfe zurück. „Sie hat überhaupt nichts gesagt, aber selbst der Polizist konnte erkennen, dass sie unter Schock steht. Er hat uns geraten, zum Arzt zu gehen und ihr etwas Beruhigendes verschreiben zu lassen, bevor er sich wieder mit ihr unterhält. Und genau das werden wir tun, wenn ich hier fertig bin. Dr. Freibert ist unser Hausarzt. Er kennt Mona schon seit ihrer Kindheit und wird wissen, was zu tun ist."

„Weiß man denn schon, wann Nick beerdigt werden kann?"

„Er muss erst obduziert werden, sagte der Kommissar, bevor die Leiche freigegeben werden kann. Vor Ostern wird es wohl nichts mehr werden."

Agnes raffte die Schmutzwäsche zusammen und trug sie nach unten, wo sie sie etwas ratlos vor der Treppe liegen ließ, bevor sie einen Putzeimer mit Wasser füllte.

„Das Zimmer kann doch ich putzen, Tante Agnes, du musst noch so vieles erledigen heute", sagte Tessa und Agnes sah sie dankbar an, während sie schon nach der Türklinke griff.

„Danke, Tessa, und wenn du mir vielleicht noch die Wäsche mit dem Auto bringen könntest, ich werde sie lieber daheim waschen."

„Warte, Tante Agnes, ich fahre dich heim", rief Tessa und nahm ihre Jacke von der Garderobe. Doch ihre Tante war schon gegangen.

***

Jan Niemeyer parkte seinen Caddy vor dem ‚Roten Ochsen'. Er hatte den letzten O-Ton im Kasten. Langsam verdichtete sich das Bild von den Machenschaften des Bürgermeisters von Pfarrhofen, auch wenn er es jetzt noch nicht veröffentlichen konnte. Bis zur nächsten Gemeinderatssitzung musste er noch warten. Eigentlich hätte er sich noch ein paar Meinungen der Bürger von der Straße gewünscht, aber die Straßen von Pfarrhofen waren nicht die Spitalstraße in Schweinfurt. Ein Dorfgasthof war nicht die schlechteste Alternative und eine wahre Klatschquelle. Er musste allerdings seine Einschätzung korrigieren, als er die Wirtsstube betrat. Lediglich vier ältere Männer, offenbar Rentner, spielten Karten an diesem frühen Nachmittag. Schlag ins Wasser, dachte er, beschloss aber trotzdem, etwas zu trinken und eine Kleinigkeit zu essen.

Ein mürrischer Mann mittleren Alters brachte ihm die Karte. Jan bestellte eine Apfelsaftschorle. „Warten Sie, ich würde gerne noch etwas essen", fügte er hinzu, als sich der Kellner – war es ein Kellner oder der Besitzer? – wieder umwandte.

„Um diese Zeit hat die Küche geschlossen, ich kann Ihnen höchstens eine Brotzeit anbieten. Auf der letzten Seite", fügte er hinzu, als Jan ihn fragend ansah.

Jan entschied sich für einen Wurstsalat und änderte seine Getränkebestellung auf ein Radlerbier. Bei dem Gedanken an die Kombination Wurstsalat und Apfelschorle streikte schon jetzt sein Magen.

Er nahm seine Notizen zur Hand und rekapitulierte, was er bis jetzt recherchiert hatte. Auch wenn er sehr vorsichtig dachte, einige Gemeinderäte würden wie immer einknicken, zeichnete sich hier ein richtiger Skandal ab. Der Bürgermeister hatte doch tatsächlich vor einigen Jahren erst gemeindeeigene Grundstücke aufgekauft und sie dann zum Bau des geplanten Windparks gewinnbringend wiederverkauft.

Wenn er diese Katharina Bauer richtig verstanden hatte, behauptete der Bürgermeister zwar, der Gemeinderat hätte diesen persönlichen Kauf abgesegnet, aber für Jan stank die Sache gewaltig. Nun, er würde abwarten müssen, zu früh loszuschlagen, gefährdete alles. Die Frau würde allein kämpfen müssen, so viel verstand Jan von Gemeindepolitik, hatten sich doch alle anderen

Gemeinderäte auf seine Anfragen hinter ihrer Schweigepflicht verschanzt und ihm lediglich nebulöse Andeutungen gegeben. Er würde Katharina Bauer dazu bringen müssen, ihren Verdacht in einem Interview – am besten kurz vor der entscheidenden Sitzung – zu formulieren. Bisher zierte sich die Dame allerdings noch.

Eine Frau in den Sechzigern brachte Jan den Wurstsalat. Sie rückte das Blumensträußchen auf dem Tisch drei Zentimeter zur Seite und wischte ein imaginäres Fusselchen weg. Dabei musterte sie Jan aus den Augenwinkeln und zog sich hinter ihren Tresen zurück, als er sie anlächelte.

Der Wurstsalat schmeckte gut und Jan machte der Wirtin dafür ein Kompliment. Sie nickte dankend und wandte sich den Kartenspielern zu, die sie zu sich herwinkten. Jan hatte noch nicht herausgefunden, in welches Spiel die vier sich verbissen hatten. Es musste Konzentration erfordern, da außer dem energischen Klopfen mit dem zwischenzeitlichen Ruf *Trumpf fast* keine Kommunikation stattfand.

Er zerbrach sich noch den Kopf, mit welchem Dreh er sich nicht allzu offensichtlich in die Unterhaltung einschalten könnte, als einer der Spieler, ein großgewachsener Mann mit Brille und deutlicher Stirnglatze, aufstand, eine Schachtel Zigarillos aus der Hemdtasche zog und mit einem Aschenbecher vom Tresen im Nebenraum verschwand. Spannend, dachte Jan, es gibt also einen geheimen Raucherraum in diesem Gasthaus. Er stand auf und ging zur Toilette, in der festen Absicht, sich bei seiner Rückkehr in die Nähe der Kartenspieler zu setzen. Vielleicht führte sein Interesse an deren Spiel ja zu irgendeiner Art von Kommunikation.

Als er zurückkam, sah er seine Absicht durchkreuzt, die Kartenspieler hatten die Karten hingelegt und fixierten gebannt einen neu hinzugekommenen Rettungssanitäter, der mit irgendeinem Mixgetränk in der Hand auf ihren Tisch zuging.

„Jetzt red schon, Eugen!“, sagte einer mit deutlich geröteter Nase und kratzte sich an seinem verzottelten Bart. „Lass dir doch nicht jedes Wort aus der Nase ziehen.“

„Nein, warte.“ Der Raucher kam aus dem Nebenraum zurück und ließ seine Zigarillos wieder in der Hemdtasche verschwinden. „Ich will schließlich auch hören, was da heute los war.“

Notgedrungen setzte sich Jan wieder auf seinen Platz, nur um festzustellen, dass er viel zu weit vom Geschehen entfernt war, um irgendetwas zu verstehen. Er bemerkte einen einarmigen Banditen in der Ecke neben dem Tisch der Kartenspieler und schlenderte zum Tresen, misstrauisch beäugt von den Einheimischen.

„Haben Sie wohl etwas Kleingeld für mich?“, fragte er den Wirt, der ihm die Karte gebracht hatte, und erntete einen ärgerlichen Blick. Auch er wollte offenbar zuhören und sah sich gestört.

„Der Kleine war schon tot, als wir kamen“, berichtete der Sanitäter.

Jan legte einen 10-Euro-Schein auf die Theke, nahm die Münzen und beschloss, sich wieder auf seinen Platz zu setzen. Irgendein häusliches Drama, dachte er enttäuscht. Seine Interventionen hatten noch nicht den dörflichen Klatsch erreicht.

„Und der Bürgermeister?“, hörte er gerade. Er hielt inne und ging jetzt doch zum Spielautomaten. „Der kam erst mit der Polizei und der Gerichtsmedizin“, erhaschte Jan wieder einen Gesprächsfetzen. Was hatte der Bürgermeister mit der Polizei zu tun? „Die Polizei hat sie mitgenommen“, drang es durch das Geklimper des Automaten. Wen mitgenommen? Vielleicht war es vernünftiger, nach Hause zu fahren und den Polizeibericht abzurufen. Was er hier tat, war billigste Boulevard-Manier und seiner unwürdig. Er hatte schließlich seine ganz offiziellen Quellen.

„Kaum entfernt sich seine Tochter aus seinem Dunstkreis“, einer der Männer lachte jetzt unverhohlen hämisch, „passieren solche Tragödien. Unser Huber wird den Tag verfluchen, an dem ihm dieser Besuch aus Hamburg hier ins Dorf geschneit kam.“

Hamburg, das Wort aktivierte sofort Jans Antennen und transportierte das Bild eines Mädchens mit kurzem Haar und Rehaugen in seinen Kopf, ein Bild, das sich in den vergangenen Tagen viel zu oft in seine Gedanken geschlichen hatte. Sprachen die hier von der gleichen Frau? Er musste sich nicht an die Begegnung erinnern, sie war präsent. Zwei junge Frauen mit einem Kinderwagen, eine dunkle Schönheit und eben jene Rehäugige.

Die Dunkle war die Tochter des Bürgermeisters, rassig, ohne Zweifel, aber ein bisschen zu viel von allem, etwas zu gewollt dieser ganze Glanz. Ja, und da war dieses Kind im Buggy. Jan hatte gar nicht so genau wissen wollen, zu wem es gehörte. Ging es etwa um dieses Kind?

Stopp befahl er seinen Gedanken. Was ging ihn eine junge Frau aus Hamburg und deren totes Kind an. Sicher gab es auch einen Vater, in dessen Arme sich die trauernde Mutter flüchten konnte. Er, Jan, war hier wahrlich nicht gefragt.

Er musste schauen, dass er hier wegkam, zurück zu seiner Story. Über tote Kinder berichtete der Rundfunk wahrlich nicht. Er ging zur Theke, um zu zahlen, und wandte sich zum Gehen.

„Umgebracht? Ihr eigenes Kind? Das ist ja ein Ding“, hörte er gerade noch die aufgeregte Stimme eines Mannes, als er schon die Klinke in der Hand hatte.

Jan rannte fast zu seinem Auto, ließ sich in den Sitz sinken und schloss für einen Moment die Augen. Was für ein Durcheinander in seinem Kopf. Auf der einen Seite sein Jagdinstinkt, auf der anderen der Wunsch, das Gehörte am besten ganz schnell zu vergessen. Aber er war viel zu sehr Reporter, um solche Informationen zur Seite zu schieben. Zunächst brauchte er eine solide Information und keine Gerüchte. Er griff nach seinem Smartphone. Drei Anrufe waren schon wieder eingegangen. Die mussten warten. Erst rief er seine E-Mails ab. Hier war er doch schon, der Polizeibericht. Er überflog die Einzelheiten des Einsatzes in Pfarrhofen und blieb bei den letzten Zeilen hängen. *Die Leiche des Kleinkindes wurde in die Gerichtsmedizin gebracht, ob ein Fremdverschulden vorliegt, wird die Autopsie klären müssen.*

Hm – diese Meldung konnte sich auswachsen, sein journalistischer Instinkt war geweckt. Er musste einfach mehr wissen, auch wegen seiner zwiespältigen Gefühle. Jan wählte Telefonbuch.de im Netz seines Smartphones und gab Anneliese Koch ein. Immerhin hatte er sich den Namen gemerkt. Er würde sich einen guten Vorwand ausdenken müssen, aber er würde diese beiden jungen Frauen besuchen. Pietät hin oder her.

***

Tessa räumte den Staubsauger weg, goss das Putzwasser in den Garten und wrang den Lappen aus. Die körperliche Arbeit hatte die Erstarrung gelöst, in der sie seit dem Morgen gefangen war. Schmutzwäsche, Kinderwagen und Windeln waren bereits in ihrem Auto verstaut. Oberflächlich gesehen erinnerte bereits jetzt nichts mehr daran, dass für einige Tage ein kleiner Junge hier gewohnt hatte. Sie spürte einen Kloß in ihrem Hals, wusste aber auch, wenn sie dem Bedürfnis zu weinen jetzt nachgab, würde sie Mona heute nicht mehr unter die Augen treten können. Und sie musste Mona sehen.

Ihr Handy klingelte. Tessa kramte es aus den Tiefen ihrer Tasche und lächelte zum ersten Mal an diesem Tag, als sie die Stimme am anderen Ende erkannte.

„Tessa, bist du verschollen, oder hast du die Liebe deines Lebens kennengelernt?"

„Amelie, wie schön, dich zu hören."

„Wie geht es dir da unten? Hast du schon deine Reichtümer geordnet? Und, vor allem, wann kommst du zurück? Du fehlst uns nämlich. Dirk ist ohne dich nicht in seiner Mitte, hat er erklärt. Er lässt dir viele Grüße bestellen, wenn ich ihn gerade richtig verstanden habe. Er steht nämlich gerade wieder auf dem Kopf."

Dirk und sein geheiligtes Yoga. Tessa hatte Mühe zu antworten. Die ferne Normalität, die aus Amelies Worten klang, transportierte den mühsam unterdrückten Kloß in ihrer Kehle nach oben. Sie musste schlucken.

„Ich wäre auch gerne bei euch, Amelie, das darfst du mir glauben."

„Was ist los? Du klingst gar nicht gut."

Wieder einmal war Tessa erstaunt über die Sensibilität, die Amelie unter ihrer Burschikosität versteckte.

„Ich bräuchte mehrere Stunden, Amelie, um dir alles zu erklären. Aber ja, ich halte mich ganz gut unter den Umständen hier. Und wie geht es dir? Kommst du klar bei Stefan?"

„Ja, alles im grünen Bereich, aber so kommst du mir nicht davon. Was meinst du mit den Umständen bei dir? Erzähle!"

Tessa gab ihrer Freundin einen Abriss der jüngsten Geschehnisse und stellte fest, wie unglaublich sie sich in einem einigermaßen sachlichen Bericht anhörten. Als sie geendet hatte, blieb es für einige Sekunden still am anderen Ende.

„Das ist ja schrecklich!“ Amelies Fröhlichkeit war wie weggeblasen. „So einen Albtraum kann man doch nicht aushalten. Setze dich auf der Stelle in dein Auto und komm zurück zu uns.“

„Es gibt wenig, was ich im Augenblick lieber täte, Amelie, aber ich käme mir wie eine Verräterin vor. Außerdem“, sie hörte selbst, wie verzagt sie klang, „dieser Kommissar erlaubt mir gar nicht abzureisen. Ich kann dir auch noch gar nicht sagen, wie lange ich hier noch festgehalten werde.“

„Soll ich zu dir kommen?“

„Nein. Um Himmels willen, Amelie, du musst mir doch die Stelle bei Stefan warmhalten. Untersteh dich, unser Arrangement zu gefährden.“ Tessa fiel es schwer, ihre Rührung zu verbergen. „Aber, wenn du von Zeit zu Zeit anriefest, wäre das sehr schön.“

„Das tue ich gern. Du liebe Zeit, fast hätte ich den Grund meines Anrufs vergessen bei all deinen Katastrophenmeldungen. Du wirst es nicht glauben, dein Daniel hat gestern bei uns geklingelt und nach dir gefragt. Ich habe ihm lediglich gesagt, du seist verreist, aber nicht wohin. Ich hoffe doch, das war dir recht?“

„Das war mir sogar sehr recht, Amelie, der Kerl ist Geschichte.“ Jetzt, da sie es ausgesprochen hatte, merkte Tessa, dass es die Wahrheit war. Sie hatte überhaupt nicht mehr an Daniel Lermeer gedacht, seit sie in Pfarrhofen war.

„Das erleichtert mich, Tessa. Du hast wahrlich etwas Besseres verdient. Und pass auf dich auf, hörst du?“

„Ich werde mein Bestes tun.“

Als Tessa aufgelegt hatte, spürte sie endlich einmal wieder Energie. Mochte es daran liegen, dass sie einfach mit jemandem geredet hatte, der ihr nicht feindlich gegenüberstand, oder daran, dass Daniel vergebens nach ihr gesucht hatte. Egal. Als sie aufschaute, sah sie auch das Kätzchen wieder vor der Terrassentür.

Dankbar ließ sie es herein, und schüttete ihm Milch in den kleinen Napf. So ging es nicht weiter, es war zurückgekommen, also würde sie Katzenfutter kaufen und der kleinen Katze einen Namen geben. Schoko passte doch ganz gut zu ihrem schwarzen, ins Bräunliche changierenden Fell. Hungrig leckte es die Schüssel aus und sprang auf einen Sessel, als ob es dahin gehörte, und fing an, sich hingebungsvoll zu putzen.

Tessa griff zu ihrem Autoschlüssel. Jetzt hatte sie die Kraft, nach Mona zu sehen.

Am Ende der Straße hatte sich ein kleiner Stau gebildet, ein Monstrum von einem Schlepper mit einem Anhänger voller Silage stieß rückwärts in seinen Hof und behinderte dadurch einen LKW. Kurzerhand fuhr Tessa in die Seitenstraße, es führten schließlich viele Wege zum Haus ihrer Verwandten.

An der Ecke entdeckte sie *Petra's Sammelstelle*, sie hatte den Laden fast schon vergessen. Das Schild mit dem heute unvermeidlichen sächsischen Genitiv war neu gestrichen und wäre ohne diesen ärgerlichen Fehler in seiner Aussage beinahe originell gewesen, handelte es sich bei dem Lädchen doch tatsächlich um die ehemalige Milchsammelstelle und diente als dörflicher Treffpunkt. Petra kannte sie noch von früheren Ferien, nur wenige Jahre älter als sie, war inzwischen verheiratet und ziemlich in die Breite gegangen. Tessa hatte sich bei der Beerdigung ihrer Großmutter mit der ehemaligen Spielkameradin unterhalten.

In ihrer Sammelstelle war nicht nur die Lotto-Annahmestelle untergebracht. Es gab auch Gebäck, Zeitschriften, Zigaretten. Petra hatte auch immer einen frischen Kaffee, und die wenigen Stehtische waren fast immer belegt.

Spontan hielt Tessa an, mit ein wenig Glück hatte Petra auch Katzenfutter. Der kleine Platz vor dem Laden war gepflastert. In einer Ecke warteten schon ein paar Stühle und Tischchen aufeinandergestapelt auf den Frühling.

Petra stand mit geröteten Wangen hinter ihrer Kasse – die moderne Scanner-Kasse war verdeckt von einer antiken Registrierkasse – in angeregter Unterhaltung mit einer Frau, die einen Säugling auf dem Arm trug.

Bei Tessas Anblick verstummten die beiden. Die Frau mit dem Säugling lief mit einem gebieterischen Jessica zu einem kleinen Mädchen, das gerade dabei war, die Regale auszuräumen.

„Teresa, wie schön dich zu sehen", flötete Petra, aber der falsche Ton hinterließ bei Tessa den Eindruck, genau zu wissen, worüber die beiden gerade gesprochen hatten. Natürlich war der

Sanitäter- und Polizeieinsatz das Dorfgespräch, dachte sie. Eine solche Sensation bekam man schließlich nicht alle Tage.

„Ich suche Katzenfutter, Petra", gab sie zurück, „mir ist ein schwarzes Katzenjunges zugelaufen. Und sage mir jetzt bitte nicht, du wüsstest, wem es gehört. Ich will es nämlich nicht mehr hergeben."

„Nein, keine Ahnung. Katzenfutter ist hinter dem zweiten Gang in der Ecke."

„Einen Kaffee würde ich dann auch noch gerne trinken."

„Gerne, ich habe frischen Apfelkuchen dazu."

Tessa nahm einen Korb, legte auch noch Butter, Vollkornbrot, etwas Käse und Äpfel hinein, fand auch Katzenfutter in allen möglichen Varianten, von Thunfisch bis Hähnchen, und ging zurück zur Kasse.

„Möchtest du den Apfelkuchen?", fragte Petra und stellte eine dampfende Tasse Kaffee mit dem Kuchen auf ein Tablett. Tessa nickte.

„Gib mir doch auch noch eine Süddeutsche", verlangte Tessa, zahlte und ging zu einem der Tische. Am Nebentisch war ein älterer Mann mit beginnender Stirnglatze damit beschäftigt, einen Lottozettel auszufüllen. Seine verbliebenen grauen Haare waren lang und in einen Pferdeschwanz zusammengefasst.

Was hat wohl diesen Alt-68er nach Pfarrhofen verschlagen?, dachte Tessa, als die Tür aufging und Friedrich Bastheimer hereinkam. Sein Gesicht leuchtete auf, als er Tessa sah, und sie spürte, wie sie errötete. Alte Muster sterben wohl nie, flog es ihr durch den Kopf. Himmel, sie war erwachsen inzwischen.

Auch Bastheimer trug ein Tablett mit Kaffee und Kuchen und kam geradewegs auf sie zu. Ein schiefes Lächeln galt dem Mann am Nebentisch, bevor er sich an Tessa wandte.

„Es freut mich, dich hier zu treffen, Teresa. Wie geht es dir bei all den Aufregungen?"

Sein anteilnehmender Blick wärmte Tessa. Vielleicht war dies ja eine richtige Chance, dachte sie. Mit ihrem ehemaligen Lehrer konnte sie doch vertrauensvoll über Mona sprechen. „Sie wissen bereits?"

„Nun, was glaubst du, wie schnell so ein Ereignis in Pfarrhofen die Runde macht." Er wischte sich einen Krümel vom Mund.

„Ich müsste blind und taub sein, um nicht erfahren zu haben, was heute Morgen geschehen ist. Ziemlich traumatisch für dich, nicht wahr?“

„Ja, und dabei hatte ich gerade begonnen, Nick lieb zu gewinnen“, sagte Tessa verzagt. „Für Mona muss sein Tod doch die Hölle sein.“

„Ganz sicher“, gab Bastheimer nachdenklich zurück. „Wie geht es ihr denn?“

„Ehrlich gestanden, habe ich sie seit heute Morgen nicht mehr gesehen. Die Polizei hat sie mitgenommen, weil sie behauptet hat, sie hätte ihr Kind umgebracht.“

„Blödsinn“, sagte Bastheimer schroff, „sie muss sehr durcheinander sein, um so etwas zu sagen. Ist sie etwa in Polizeigewahrsam?“

„Nein, sie ist wieder zu Hause. Aber, Herr Bastheimer, ich wage es ja fast nicht zu sagen, aber Mona war in den letzten Tagen so seltsam, dass ich selbst auch nicht mehr weiß, was ich glauben soll. Sie ist desorientiert, war es auch schon vor Nicks Tod. Ich denke, sie ist krank und braucht professionelle Hilfe.“

„Ja, sie ist labil, aber ich denke, sie braucht einen Neuanfang. Und, Teresa“, er legte beschützend seine Hand auf die ihre, „so hart es klingt, nach der ersten Trauer um ihren Sohn kann ihr das auch gelingen. Er war behindert, der kleine Nick, und wäre es immer geblieben, weißt du. Damit muss eine junge Frau auch erst fertigwerden.“

„Aber“, instinktiv zog Tessa ihre Hand weg, „ein solches Kind liebt man doch in aller Regel noch viel mehr.“

„In aller Regel vielleicht“, gab Bastheimer leise zurück, „aber nicht, wenn man sich schuldig an dem Zustand des Kindes fühlt.“

„Warum denn schuldig, um alles in der Welt?“

„Du warst lange nicht mehr hier vor dem Tod deiner Oma. Mona ist zusammen mit Carolin in allerschlechteste Gesellschaft geraten. Und eine Schwangerschaft mit Drogen führt eben manchmal zu einem solchen Ergebnis. Soll sie sich nicht schuldig fühlen? Aber immerhin ist sie jetzt clean und zu Hause. Wenn ich das von meiner Carolin nur auch sagen könnte.“

„Sie haben nie mehr etwas von ihr gehört?“

„Nein, obwohl die Polizei jeden Stein umgedreht hat.“ Bastheimer wandte sich ab, um sich zu schnäuzen, doch Tessa bemerkte die versteckten Tränen in seinen Augen, als er sie wieder ansah. „Siehst du, auch ich fühle mich schuldig. Wenn ich nur wüsste, was ich falsch gemacht habe. Sie ist jetzt schon fast drei Jahre verschwunden. Alles nur auf den Tod ihrer Mutter zu schieben, wäre doch zu einfach ... Weißt du, was am besten wäre?“ Seine Stimme gewann wieder an Kraft. „Nimm deine Cousine mit nach Hamburg. Sie kann sich jetzt wirklich einen Studienplatz suchen mit ihrer Begabung. Geld habt ihr beide doch jetzt. Ein Ortswechsel, eine neue Aufgabe, weg aus all der Enge hier. Mona wird ein neuer Mensch, glaube mir. Ich muss jetzt leider gehen, Teresa, aber du kannst jederzeit auf mich zählen, wenn du einfach nur mal reden möchtest. Und wenn ihr beide euch dazu entschließen solltet, nach Hamburg zu gehen. Auf mich könnt ihr zählen, falls der Huber Terror macht.“

Tessa nickte zustimmend. „Was sehr wahrscheinlich ist, so besitzergreifend wie er ist.“

Sehr nachdenklich setzte sie sich in ihr Auto. Das musste sie alles erst einmal verdauen. Aber wahrscheinlich hatte Bastheimer gar nicht so unrecht. Nur, dass sie absolut kein Bedürfnis hatte, Mona über die Zeit in Pfarrhofen hinaus um sich zu haben. Und gar in Hamburg? Nein, mit Sicherheit nicht.

Und warum hatte er selbst nicht sein Rezept beherzigt? Er war doch in Pfarrhofen geblieben, wo ihn alles an seine verschwundene Tochter erinnern musste. Gut, er hatte sich in eine Vielzahl von Aufgaben gestürzt, leitete den Kirchenchor und die Blaskapelle und war aktiv in der Jugendarbeit. Offenbar brauchte er es, dass die Bevölkerung ihn als eine Art Heilsbringer verehrte. Und diese tat es vielleicht gerade deshalb, weil er sie lehrte, wie man Tragödien überwand.

Der Gedanke an Carolin machte Tessa traurig. Sie konnte verstehen, dass sie abgetaucht war. Sie selbst wurde ja auch kaum mit dem Tod ihrer Eltern fertig. Wie viel unerträglicher musste es sein, die eigene Mutter erhängt auf dem Dachboden aufzufinden. Carolin hatte wohl die massive Anklage so verstanden, dass sie auch nicht mehr mit diesem Vater zusammenleben wollte.

Es war schon fast dunkel, als sie zum Haus ihrer Tante kam.

Die Haustür stand offen, und Tessa hörte Stimmen im Garten. Sie lud die Schmutzwäsche, den Kinderstuhl, das Windelpaket und die Plastiktüte mit Nicks Kleidern in Tante Agnes' ‚Gebrauchsküche' ab und ging nach hinten durch in den Garten.

Das Bild, das sich ihr bot, schnitt ihr ins Herz. Mona, ganz in Schwarz gekleidet, saß auf einer Gartenbank mit einem so leeren Blick, dass ihre dramatische Erscheinung wie eine Farce wirkte. Zum ersten Mal wurde Tessa deutlich, wie Mona ihr Leben inszenierte, angefangen von Designerklamotten bis hin zu ihrem Sport-BMW. Damit wollte sie die Leere übertünchen. Eine Welle tiefen Mitleids erfasste Tessa.

Vor ihr kniete Sonja und streichelte unablässig Monas Hand, ohne dass diese mit irgendeiner Regung erkennen ließ, ob sie es überhaupt bemerkte.

Aus der offenen Kellertür – richtig, dahinter befand sich ja die Waschküche – drangen die leisen Stimmen von Agnes und ihrer Schwägerin Marietta. Die beiden Anwesen, das pompöse Haus von Alfred und Agnes und das wesentlich bescheidenere von Alfred Schwester, hatten gemeinsame Außenanlagen. Der Hof vor Mariettas Haus war nur durch einen Gemüsegarten getrennt von Agnes' gestriegeltem Rasen.

Im Hof spielten Sonjas jüngere Pflegegeschwister ein Hüpfspiel und hatten mit Pflasterkreide Kästchen auf die H-Steine gemalt. Die neunjährige Klara und der achtjährige Niels versuchten vergebens, den fünfjährigen Jeremy davon abzuhalten, ständig dazwischen zu laufen. Nun konnte man Marietta wohl kaum für ihre Namen verantwortlich machen, Tessa hätte es jedoch gerne getan, entsprachen die Namen der Kinder doch ganz einem Klischee neuer deutscher Namensgebung.

„Eins, zwei, Polizei,
drei, vier, Offizier,
fünf, sechs, alte Hex,
sieben, acht, gute Nacht,
neun, zehn, auf Wiedersehn,
elf, zwölf, böse Wölf,
dreizehn, vierzehn, kleine Maus,
ich bin drin, und du bist raus!"

Treffend, dachte Tessa, als sie Klaras Gesang zuhörte. Ob die Kleine das Wort Polizei heute einmal zu oft gehört hatte?

„Mona?" Tessa setzte sich zu ihrer Cousine auf die Gartenbank, „magst du reden?" Mona ließ nicht erkennen, ob sie sie überhaupt gehörte hatte, deshalb stand Tessa wieder auf und folgte den Stimmen im Waschraum. „Tante Agnes, ich habe die Wäsche gebracht und noch einige andere Dinge von Nick", begann sie, als ein markerschütternder Schrei von draußen hereindrang. Agnes und Marietta ließen die Wäschestücke fallen, die sie in der Hand gehalten hatten und eilten hinaus, Tessa hinterher.

Niemand hätte sie auf das vorbereiten können, was sich ihr darbot. Ihr gefror das Blut in den Adern. Mona war es, die so laut schrie. Sie war aufgesprungen und hatte Sonja an der Kehle gepackt, wobei sie immer wieder „Hör auf, hör auf!" schrie, bis Agnes sie von der Kleinen weggezerrt hatte.

Tessa lief davon, sie rannte um das Haus herum durch den Garten, bis sie mit klopfendem Herzen in ihrem Auto saß. Sie ließ den Kopf aufs Lenkrad sinken und schloss die Augen, doch sie sah immer noch Sonjas Gesicht vor sich mit seinem Ausdruck von nackter Angst, gemischt mit Fassungslosigkeit. *Bist du wieder einmal geflüchtet,* meldete sich ihr stiller Ermahner, und Tessa begriff, dass dies kein Ausweg war. Sie schloss ihr Auto ab und ging zurück.

Die Szene hatte sich nur unwesentlich verändert. Tessa hörte Mona in der Waschküche schluchzen, während Agnes und Marietta streng auf sie einredeten. Jetzt saß allerdings Sonja mit dem gleichen leeren Blick auf der Bank wie zuvor Mona. Warum ließ ihre Pflegemutter sie jetzt allein?

Vorsichtig setzte sich Tessa neben das Mädchen und verbuchte es als kleinen Erfolg, dass es nicht zurückwich. Alle tröstlichen Worte erschienen ihr banal. Sie hoffte, dass Sonja auch ihre schweigende Anwesenheit als Zuspruch verstünde. Die Kleine zitterte. Tessa legte ihren Arm um sie und zog sie an sich. Sonja weinte.

„Ja, lass es heraus", flüsterte sie, „so ist es gut." Beruhigend strich sie Sonja über das Haar. „Du bist sehr erschrocken, nicht wahr?" Ein fast unmerkliches Nicken. „Aber du weißt auch, dass Mona dich nicht wirklich verletzen wollte, oder? Sie hat nicht dich gemeint, Sonja. Die ganze Situation ist auch für sie zu viel. Ich weiß, dass dich Mona sehr liebhat."

„Meinst du?"

„Ich meine es nicht nur, ich bin davon überzeugt. Es tut ihr sicher jetzt schon leid, und sie wird dir das auch bald sagen. Lass ihr einfach noch ein bisschen Zeit." Erneute Tränen. „Ich habe seit heute ein Kätzchen, magst du es dir einmal ansehen?" Heftiges Nicken. „Wir fragen deine Mama, dann kommst du mit, und wir füttern es gemeinsam. Möchtest du?"

„Sonja geht nirgends mit hin."

Wie eine Erscheinung aus einem schlechten Traum stand plötzlich Alfred vor ihnen. „Was ist das denn für ein Auftrieb hier? Oben sieht es aus wie in einem Schweinestall und alle sind verschwunden. Agnes!", brüllte er, „wo seid ihr denn alle?"

Mistkerl, dachte Tessa, was zum Teufel geht dich eigentlich Sonja an? Sie wollte aber wegen des Kindes keinen Streit mit diesem Familientyrannen, der ihr Onkel war.

„Hier in der Waschküche", rief Agnes. „Du bist aber schon früh wieder da."

„Wie es scheint, gerade rechtzeitig", gab er mit einem bösen Blick auf Tessa zurück und ging der Stimme seiner Frau nach.

„Du kannst gerne auch morgen kommen, Sonja", sagte Tessa und strich ihr über den Kopf. „Das Kätzchen ist dann auch noch da."

„Ich will auch dein Kätzchen sehen." Die kleine Klara hatte ihr Hüpfspiel aufgegeben.

„Sicher nimmt dich deine Schwester mit, wenn sie mich besucht, aber erst die Mama fragen, gell."

„Ihr sollt doch nicht fremde Leute belästigen." Unbemerkt war Marietta neben sie getreten. „Kommt jetzt mit heim, ihr beiden, es gibt Abendessen."

„Also, dagegen möchte ich mich doch verwahren", protestierte Tessa, „erstens bin ich nicht fremd und zweitens belästigen sie mich nicht."

„Teresa hat eine Katze, ich möchte sie gerne anschauen und Sonja auch", quengelte Klara, als sie an der Hand ihrer Mutter zum Haus ging. „Biiitteeee!"

„Naja, wenn ihr morgen für die Schule gelernt habt, gehen wir mal hin."

„Aber es sind doch Ferien", hörte Tessa noch, bevor Marietta in der Haustür verschwand.

Ohne die Kinder war es plötzlich sehr still im Garten. Eigentlich könnte sie gleich gehen, dachte Tessa, ihre Verwandten würden sie gewiss nicht vermissen. Doch ihre gute Erziehung siegte. Ohne einen Abschiedsgruß würde sie sich nicht davonstehlen.

„Du kannst die Augen jetzt nicht mehr länger verschließen", hörte sie Agnes sagen, als sie die Tür zur Waschküche aufmachen wollte. „Mit Mona muss etwas geschehen." Auch wenn Tessa weit von sich gewiesen hätte, dass sie lauschen wollte, sie konnte nicht anders, sie musste einfach abwarten.

„Mona kommt wieder in Ordnung, wenn sie ein paar Tage lang ihre Medikamente genommen hat", brummte Alfred. „Achte du lieber darauf, dass Teresa ihre Nase nicht in unsere Angelegenheiten steckt. Ich kann weiß Gott im Moment nicht noch mehr Aufregungen verkraften. Du weißt, dass sie im Gemeinderat den Aufstand proben. Halte mir wenigstens ein bisschen den Rücken frei."

Tessa ging jetzt doch, ohne sich zu verabschieden. Noch verstand sie, wenn sie nicht erwünscht war.

***

Das Kätzchen sprang maunzend auf sie zu, als sie die Haustür aufschloss. Im Flur entdeckte sie eine winzige Pfütze, offenbar war ihre neueste Mitbewohnerin noch nicht stubenrein. „Schoko", sprach sie sie an und streichelte ihr dunkles Fell. Sie würde gleich morgen ein Katzenklo besorgen müssen.

Und irgendetwas zum Spielen, dachte sie, als sie in die Küche kam und die Fragmente einer zerfetzten Zeitung auf dem Boden sah. Tessa füllte den Napf mit Katzenfutter, wischte die Pfütze weg und sah, dass der Anrufbeantworter blinkte.

„Lange, Kriminalpolizei", hörte sie die Stimme des Hageren, „Frau Hennigsen?" *Wer hatte ihm denn ihren Namen verraten*? „Ich würde mich gerne mit Ihnen unterhalten, ein Telefongespräch hätte fürs erste genügt, aber da ich Sie nicht erreiche, komme ich morgen Vormittag bei Ihnen vorbei."

Du mich auch, dachte Tessa, als sie ihre Einkäufe verstaute. Sie schnippelte einen Apfel in eine Müslischüssel, füllte mit Joghurt und Haferflocken auf und ging mit ihrem Abendessen und einer Tasse Tee ins Wohnzimmer. Schoko stand vor der Terrassentür und miaute. Sie würde die Tür über Nacht einen Spalt offenlassen, damit die Katze sich an ihr neues Zuhause gewöhnen konnte, beschloss sie.

Geistesabwesend drückte sie auf die Fernbedienung, und ein Fernsehsprecher berichtete von einer aktuellen Fragestunde im Bundestag wegen des Afghanistan-Einsatzes der Bundeswehr.

Wie mussten sich all die jungen Frauen fühlen, deren Männer dort in Kunduz für eine fragwürdige Mission ihr Leben aufs Spiel setzten? Unwillkürlich gingen ihre Gedanken zurück in ihre Kindheit. Sie erinnerte sich an das Hochgefühl, wenn ihr Vater nach wochenlanger Abwesenheit zurückkam. Sie dachte an die freudigen Tage seines Besuchs und an den Schmerz, wenn er sich wieder verabschiedete, um für eine endlose Zeit zurück auf seine Bohrinsel in der Nordsee zu gehen.

Sie hatte nie ganz verstehen können, warum er wieder abreiste, wenn sie doch seine kleine Prinzessin war, wie er versicherte. Er hatte ihr jeden Wunsch erfüllt, so lange er da war. Sie gingen in den Zoo, ins Kino, ins Schwimmbad, seine Besuche erschienen Tessa immer wieder wie ein einziges großes Fest. Sie hatte ihrer Mutter die Schuld gegeben. Warum wehrte sie sich nicht, obwohl auch sie Tränen in den Augen hatte, wenn er wieder ging?

Es klingelte. Tessa ging hinaus, um zu öffnen.

„Ist Mona hier?" Christian stand draußen, grau im Gesicht. „Stimmt es, dass die Polizei sie mitgenommen hat? Sie habe ihren Sohn erstickt, erzählt man sich. Ich will nicht aufdringlich sein, ich möchte nur wissen, wie es ihr geht."

„Du bist nicht aufdringlich. Mona ist daheim bei ihren Eltern. Hat der Dorfklatsch also auch dich schon erreicht."

„Ja, in Pfarrhofen wird wahrscheinlich heute den ganzen Tag über nichts anderes geredet. Würdest du mir bitte die echte Version der Dinge jenseits der vielen Gerüchte erzählen?"

„Ich werde es versuchen, aber komm doch erst einmal herein. Einen Kaffee?"

„Nein, danke. Ich trinke ohnehin viel zu viel Kaffee. Ein Glas Wasser wäre wunderbar."

Tessa berichtete, während Christian reglos lauschte. Nur ein kleines Zucken unter seinem rechten Auge verriet seine Anspannung.

„Und weißt du, was das wirklich Schlimme ist?", schloss Tessa ihre Ausführungen. „Seitdem ich Mona heute mit Sonja gesehen habe, ist der Dorfklatsch für mich gar nicht mehr so weit hergeholt. Mona lebt schließlich hier, vielleicht wissen die Leute ja, wovon sie reden."

Christian nickte, und Tessa war dankbar dafür, dass er ihre Ängste nicht gleich als Nonsens abtat. „Was denkst du denn, Christian?"

„Ich beobachte Mona schon eine ganze Weile. Dir wird nicht entgangen sein, dass sie mir nicht ganz gleichgültig ist. Deshalb bin ich aber noch lange nicht blind. Sie kommt mir vor wie ein Dampfkochtopf, dessen Ventil verstopft ist. Aber bislang bin ich davon ausgegangen, dass sie ihre Aggressionen gegen sich selbst richtet. Ich habe sie einmal erwischt, wie sie ihren Oberarm blutig kratzte, weißt du."

„Könnte es sein, dass die Aussicht auf Unabhängigkeit, die durch unser Erbe in greifbare Nähe gerückt ist, die Dinge jetzt eskalieren ließ?"

„Ich bin kein Psychologe", Christian räusperte sich, „aber möglich wäre es schon. Sie hasst die Art, wie ihr Vater sie behandelt, kann sich aber nicht wehren, abhängig wie sie ist. Einerseits ist die schöne und kluge Mona Hubers familiäres Aushängeschild, andererseits ist sie ihm als Mensch ziemlich egal. Eine gefährliche Kombination, wenn du mich fragst, noch dazu, wenn man weiß, wie sehr Mona ihren Vater im Innersten vergöttert." Christian stand auf und ging zur Haustür. „Wie auch immer Tessa, halte mich auf dem Laufenden."

Was blieb? Mehr Fragen als Antworten.

Im Fernsehen lief eine Rateshow und Tessa ließ sich berieseln, ohne dem Geschehen auf dem Bildschirm wirklich zu folgen. Ein erneutes Klingeln weckte sie aus ihrer Trance. Würde sie heute noch einmal Ruhe finden?

Sie ließ sich Zeit mit dem Aufmachen und hörte kurz darauf, wie ein Schlüssel herumgedreht wurde.

„Wo ist Mona?“ Diesen Refrain kannte sie doch. Die Frage beeindruckte sie deshalb nur am Rande, selbst wenn Onkel Alfred wie ein Westernheld breitbeinig mitten im Flur stand. Ein ausgestreckter Arm mit Pistole hätte gut zu ihm gepasst.

„Ich habe sie unten im Keller eingeschlossen, weißt du“, antwortete sie sarkastisch, „der Schlüssel hängt dort an der Wand, vielleicht willst du sie ja befreien.“

„Du, du ...“, schnaubte er.

Will er mich schlagen? Tessa ging einen Schritt zurück. „Ich habe keine Ahnung, wo Mona ist“, antwortete sie müde, „als ich sie zum letzten Mal gesehen habe, war sie gerade dabei, Sonja zu erwürgen. Aber bitte“, Tessas Arm umfasste in einer ausholenden Bewegung die ganze Wohnung, „du kannst sie gerne suchen.“

Alfred zuckte und seine massige Gestalt schien in sich zusammenzusinken. „Verzeih mir, Teresa“, murmelte er unerwartet betreten, „du musst mich für ein Monster halten, dabei bin ich einfach nur außer mir vor Angst um meine Tochter. Sie ist auf ihr Zimmer gegangen, aber jetzt ist sie nicht mehr im Haus. Ich hatte gehofft, sie wäre hier.“

Mit unsicheren Schritten ging er zur Tür. Tessa spürte einen Anflug von Mitleid. Wie viel Angst steckte wohl hinter all seinem despotischen Gehabe? Nun – wir ernten, was wir säen.

***

Regentropfen prasselten an das Fenster. Wind zerrte an den Ästen der Bäume. Als hätte der Frühlingssturm, der den ganzen Tag hinter der Sonne gelauert hatte, nur auf die Abendstille gewartet, um sich mit ganzer Wucht zu entladen. Er trieb faserige Wolken über den dicken Vollmond, der mit kaltem Licht Fratzen von Ungeheuern auf die Wände malte.

Wie war das noch? Der erste Sonntag nach dem Frühlingsvollmond war Ostern. Sie brauchte nicht viel Fantasie, sich in dieser urgewaltigen Mondnacht germanische Rituale vorzustellen, der

Frühlingsgöttin Ostera geweiht, von der das Fest bis heute seinen Namen hatte. Die Auferstehung des Herrn war sehr viel später, auch wenn sich die Kirche geschickt festverwurzelter heidnischer Bräuche bediente.

Tessa hörte, als sie ins Bett ging, die Fenster klappern und kurz darauf den Knall einer zuschlagenden Tür, dazu ein leises Kratzen wie von Fingernägeln auf Glas.

Die Terrassentür! Sie hatte sie für die Katze offengelassen. Barfuß rannte sie hinunter ins Wohnzimmer. Keine Katze. Mit ganzer Kraft stemmte sie sich gegen den Sturm, um die Klinke drehen zu können. Tut mir leid, Schoko, du musst woanders Unterschlupf suchen, dachte sie und ließ die Rollos herunter.

Das Haus ächzte unter dem Sturm, dennoch musste sie wieder eingeschlafen sein, denn als sie aufwachte, war es still draußen. Der Regen plätscherte unentwegt weiter. Tessa schaute auf die Uhr. 3.15 Uhr. Regnete es irgendwo herein? Es klang, als ob es gluckerte. Tessa öffnete ängstlich die Tür. Da, die Katze zwängte sich zwischen ihren Beinen durch ins Schlafzimmer. Ihr Fell war nass.

„Wo kommst du denn her, Schoko?" Die Katze war doch noch draußen, als sie ins Bett gegangen war. Es war jemand im Haus. Wo kam nur das Plätschern her? Sie musste sich Klarheit verschaffen. Zitternd zog sie ihren Bademantel über und ging in den Flur. Jetzt hörte sie es ganz deutlich. Das Wassergeräusch kam aus dem Badezimmer. Sie hatte offenbar den Wasserhahn nicht zugedreht.

Resolut drückte sie die Türklinke, von innen abgesperrt. Wer war im Haus? Tessa lief auf der Suche nach irgendeiner Art von Waffe in die Küche. Dort brannte das Licht und Monas Lederjacke hing über dem Stuhl.

Tessa wurde es flau vor Erleichterung. Nur Mona schaffte es wie selbstverständlich, um eine solche Zeit heimzukommen und zu duschen. Auf dem Tisch stand eine offene Weinflasche, die mit Sicherheit nicht aus dem Kühlschrank stammte, daneben ein Tablettenröhrchen. Valium.

Das Röhrchen war leer

Ihr Magen krampfte sich zusammen. „Mona, mach auf!" Sie hämmerte gegen die Tür. Kein Wasserrauschen mehr. Gott sei

Dank. Bewusstlos war ihre Cousine noch nicht. „Mach die Badezimmertür auf, Mona!" Tessa zwang sich, ruhig und unaufgeregt zu sprechen. „Ich muss sonst die Tür einschlagen, und das werde ich schaffen, glaube mir."

Keine Reaktion. Tessa spürte, wie ihr der Schweiß aus allen Poren lief, gleichzeitig war ihr schrecklich kalt. „Mona, bitte, dreh jetzt ganz langsam den Schlüssel um, hörst du?" – Stille.

„Ich zähle jetzt bis zehn, Mona, wenn du dann nicht aufgemacht hast, rufe ich die Polizei. Ich weiß, was du vorhast. Du willst doch sicher die heutige Nacht nicht auf dem Polizeirevier verbringen oder in die Psychiatrie eingewiesen werden. Die sind da nämlich nicht zimperlich."

Tessa wartete mit klopfendem Herzen, während sie tatsächlich leise bis zehn zählte. „Ich hole jetzt mein Handy", sagte sie, und da hörte sie Schritte im Bad. Die Tür ging einen Spalt auf. Rasch stellte Tessa ihren Fuß dazwischen und öffnete sie ganz.

Dahinter stand Mona, ausgezogen bis auf den Slip, ihre Kleider lagen in einem Haufen auf dem Boden, die rechte Hand war zur Faust geballt, sodass die Knöchel weiß hervortraten. Auf dem Hocker neben der Badewanne stand ein großes Saftglas voll Wein.

„Was hast du denn da?", fragte Tessa sanft. „Komm, gib es mir!" Sie nahm Monas Hand und löste ihre Finger. „Gib die Tabletten her, Mona. Du willst doch nicht wirklich sterben."

Aus Monas Kehle drang ein Laut, halb Schrei, halb Schluchzen, und sie ließ die Tabletten in Tessas Hand fallen. Es waren bestimmt fünfzig! Das hätte gereicht, wenn ich nicht aufgewacht wäre, dachte sie, warf die Tabletten in die Toilette und spülte nach.

Sie zog Mona in ihre Arme. „Komm jetzt ins Bett", sagte sie beruhigend, „wir reden morgen darüber. Du bist ja ganz erschöpft."

Mit herabhängenden Armen ließ sich Mona Tessas Umarmung gefallen und folgte ihr willenlos, als diese sie an der Hand aus dem Badezimmer zog.

Mona flüsterte etwas und Tessa verstand nicht gleich, was sie sagte. Doch Mona wiederholte es, dieses Mal lauter: „Wenn ich nicht hier bei dir bleiben kann, bringe ich mich wirklich um, Tessa. Ich finde einen Weg. Ihr könnt mich nicht immer beobachten."

***

Jan Niemeyer stellte seine Laufschuhe auf den Balkon, stopfte den verschwitzten Laufdress in die Waschmaschine und ging unter die Dusche.

Zumindest mit seinem Morgenlauf konnte er einigermaßen zufrieden sein, 15 km mit einem vernünftigen pace von zehn Stundenkilometern und das trotz hügeligen Geländes.

Sein bohrendes Unbehagen hatte die morgendliche Anstrengung dennoch nicht ganz tilgen können. Er braute sich einen Latte macchiato und beobachtete, wie sein sündteurer Kaffeeautomat, Blickfang der kleinen, aber feinen Küche, schmurgelte und zischte

Das kleine Maisonette-Appartement hatte er ganz auf seine Erfordernisse eingericht.et, funktional und spartanisch mit einem Studio, das über eine Wendeltreppe zu erreichen war. Das Studio war sein Lebensmittelpunkt und bot einen überwältigenden Blick über die sanften Hügel am Stadtrand von Schweinfurt. Der Giebel war mit hellgrau lasiertem Holz verkleidet und ließ die Balken frei. Die beiden Computer, die er für seine tägliche Arbeit brauchte, standen direkt unter dem Fenster. Obwohl es im Sommer höllisch warm werden konnte, hätte er um nichts in der Welt diese Aussicht aufgegeben.

Der Wohnbereich enthielt eine ganze Wand von Einbauschränken und eine bequeme Schlafcouch mit einem Sessel daneben. Als einzigen Blickfang hatte er sich einen großen, grob gezimmerten Esstisch, den er in einem alten Bauernhaus gefunden hatte, gestattet. Er hatte den Tisch und die passenden Stühle dazu selbst abgelaugt. Jetzt harmonierte er ausgezeichnet mit dem Fußbodenparkett.

Er stellte den Kaffeepott auf den Tisch und bestrich ein Vollkornbrot mit Butter, zögerte jedoch kurz, als er seine eigene Stimme in den Regionalnachrichten mit einem Bericht über das Projekt „Jugend forscht" an der hiesigen Realschule hörte.

Anmoderation zu lang, befand er, das muss ich noch treffender schaffen.

Ehrliche Bestandsaufnahme war unerlässlich für eine wirklich gute Arbeit. Jan war mit dieser Maxime bisher gut gefahren, schließlich zählte er mit seinen knapp dreißig Jahren zur ersten Garnitur der Korrespondenten des Bayerischen Rundfunks. Er war erst seit wenigen Monaten selbständiger Korrespondent. Seinen Traum, Journalist zu sein, ja, den hatte er mit Fleiß, Zähigkeit und Ausdauer verwirklicht. Eigentlich war er Betriebswirt. Arbeitsplatz bei der Sparkasse.

Er hatte die Messlatte für seine Arbeit hochgelegt. Schwieriger war es schon, sich eine integre Persönlichkeit zu erhalten. Er war sich der Verführbarkeit bewusst, die hinter den oft servilen Bemühungen um seine Person lauerte. Das Interesse all der Menschen gilt deiner Funktion, nicht dir, musste er sich von Zeit zu Zeit erinnern, nimm dich nicht so wichtig. Du bist kein Messias, der anderen Menschen sagen muss, was sie zu denken haben. Nicht du, die Nachricht steht im Mittelpunkt.

Und es gab genug abschreckende Beispiele von Kollegen, die dies vergessen hatten. Moderatoren, die sich im Fernsehen gegenseitig zu Talkrunden einluden, Journalisten, die erst einmal vom riesigen Medienecho berichteten und dann erst vom eigentlichen Anlass und sich gerne auch selbst ablichten ließen. Narzissten allesamt, keinen Deut besser als die Politiker, denen sie genau dies vorwarfen.

Umso mehr belastete ihn deshalb sein Verhalten vom Vortag, nagte an ihm und pochte wie ein vereiterter Zahn. Was war nur in ihn gefahren? Spionieren in einer Dorfkneipe gehörte wahrlich nicht zu seinem Standard-Repertoire. Gut, er hatte immerhin nicht seinem Impuls nachgegeben, die beiden jungen Frauen unter einem Vorwand zu besuchen. Ein schwacher Trost.

Jan räumte das Frühstücksgeschirr in den kleinen Geschirrspüler, den er nur durch wahre Rechenakrobatik in seiner winzigen Küche untergebracht hatte, und machte sich an die Arbeit.

Der Mann mit seiner Bechterew-Erkrankung, der sich nicht unterkriegen ließ und zu seiner alljährlichen Wallfahrt nach Santiago de Compostela startete, hatte ihn beeindruckt.

Gut, dieses spektakuläre Ziel musste es schon sein, damit der Rundfunk auf ihn aufmerksam wurde. Jan lächelte. Er hatte kein Problem mit dieser kleinen Schwäche seines Interview-Partners.

Er nahm den USB-Stick aus dem Aufnahmegerät und steckte ihn in den Computer. „Ich plane immer kleine Etappen", hörte er den Mann, „bei mir geht es eben langsamer als bei normalen Wallfahrern, die – ähm ..."

Dieses *ähm* musste er wegschneiden. Schneiden, dieser Begriff aus der vordigitalen Zeit traf es ja nun überhaupt nicht mehr.

Markieren, Wegklicken, fertig. Er hatte inzwischen Routine und erkannte die *ähms* bereits an den Schraffierungen, die ihm der Bildschirm zeigte. Und er konnte jetzt ungestraft das Fenster öffnen, wenn es in seinem Studio zu heiß wurde, ohne Angst haben zu müssen, dass der Wind all die kleinen Band-Fitzelchen durcheinanderwirbelte.

Jan arbeitete konzentriert, stellte seinen Beitrag fertig und mailte ihn an den Sender. Sein Notizbuch lag geöffnet auf dem Schreibtisch, seine Aufzeichnungen von gestern schienen ihn anzuspringen. Hintergrundinformationen zu einem ungeklärten Verbrechensfall sind doch das A und O guter Berichterstattung, flüsterten sie ihm zu, und zwei Mandelaugen erschienen ungebeten dazu.

Nein, befahl er sich streng, belüge dich nicht selbst und zitierte einmal mehr sein Vorbild, den leider viel zu früh verstorbenen Moderator Hanns-Joachim Friedrichs. „Einen guten Journalisten erkennt man daran, dass er sich nicht gemein macht mit einer Sache, auch nicht mit einer guten; dass er überall dabei ist, aber nirgendwo dazugehört."

Vergiss diese Augen, Jan!

***

Das Konzert, in dem die Vögel an diesem Morgen wie in einem dramatischen Song-Contest der Natur gegeneinander antraten, war beeindruckend. Doch sie waren es nicht, die Tessa weckten. Woher kam das Geräusch von Stimmen? Sie zog die Vorhänge zur Seite und blinzelte gegen die Helligkeit der Frühlingssonne an. Unter dem Fenster stand niemand.

Sie hatte nicht geglaubt, überhaupt schlafen zu können, doch offenbar hatte ihr Körper sein Recht eingefordert, immerhin war es schon kurz vor zehn Uhr.

Da waren sie wieder, die Stimme einer Frau und eines Mannes, verstrickt in eine Auseinandersetzung voll unterdrückter Wut. Mona? Was ging denn schon wieder vor? Jetzt, im Badezimmer, hörte Tessa ganz deutlich Onkel Alfred und seine Tochter Mona in der Küche. Hatte Mona denn geglaubt, sie könne einfach wieder hier einziehen? Mit der heftigen Gegenwehr ihres Vaters war doch zu rechnen gewesen nach seinem Verhalten in der jüngsten Vergangenheit.

Nun, sie würde sich ganz bestimmt nicht einmischen in den Familienkonflikt. Wenn sie ganz ehrlich war, wünschte sie sich fast, dass ihr Onkel Mona mit nach Hause nähme. Tessa fühlte sich der Verantwortung für ihre Cousine nämlich ganz und gar nicht gewachsen.

Die Badewanne war noch immer mit Wasser gefüllt und das Weinglas stand auf dem Hocker daneben. Tessa schauderte und beeilte sich, die Spuren von Monas Vorhaben zu tilgen. Sie schüttete den Wein aus und putzte die Wanne, bevor sie duschte. Hätte Mona tatsächlich all die Tabletten geschluckt? Und warum war sie dazu eigens hierhergekommen und hatte all den Krach veranstaltet?

Mona wollte sich nicht wirklich umbringen, sondern nur ihren Willen durchsetzen und hier wohnen. Sie ist und bleibt eben eine Dramaqueen.

Tessa nahm sich vor, heute auf jeden Fall nach Schweinfurt zu fahren. Sie brauchte nicht nur ein Katzenklo, sondern auch einen Tapetenwechsel, außerdem konnte es nicht schaden, die Sparkasse, insbesondere die Immobilienabteilung, aufzusuchen. Je eher sie die nötigen Schritte veranlasste, die sie wieder zurück nach Hamburg brachten, desto besser.

Unschlüssig stand sie vor der Küchentür, sie musste wohl in den sauren Apfel beißen und in die Auseinandersetzung der beiden platzen, auch wenn der Streit möglicherweise durch ihre Anwesenheit eskalierte. Sie brauchte ganz einfach ihre Umhängetasche, die auf einem Stuhl in der Küche stand.

„Und wer, bitteschön, würde dir glauben?", sagte Alfred gerade, das *dir* auf eine fast schon beleidigende Art langgezogen, „durchgeknallt, wie du bist?"

„Lasst euch bloß nicht stören", sagte Tessa, als sie die Tür öffnete. „Ich brauche nur einen Kaffee und meine Tasche, dann bin ich weg." Doch wider Erwarten war es Monas Vater, der ging. Mit einem nachdrücklichen „denk daran, Monika" nahm er seinen Hut und schlug kurz darauf die Tür hinter sich zu.

„Dein Vater hat dich gestern Abend schon gesucht. Wo warst du überhaupt?" Tessa bemerkte selbst, wie aggressiv sie klang. „Du musst es mir nicht erzählen, wenn du nicht willst."

„Ich war bei Christian", antwortete Mona trotzig, „dort hätte er mich wenigstens nicht gesucht. Aber, keine Angst!" Monas Miene wurde abweisend. „Mein Vater wird solche Auftritte künftig bleiben lassen."

„Und was macht dich so sicher?", konnte Tessa nicht umhin zu fragen.

„Meinem Vater sitzen die Medien im Genick." Ein kleines, boshaftes Lächeln umspielte Monas Mundwinkel. „Vielleicht denkt er daran, dass ich denen das eine oder andere erzählen könnte."

„Also erpresst du ihn?"

„Er fürchtet, dass ich es versuchen könnte."

Tessa wunderte sich einmal mehr über die vielen Facetten der Persönlichkeit ihrer Cousine. Welche Abgründe versteckten sich wohl dahinter? Schlossen sie auch den Mord an einem kleinen Kind ein? Tessa verbot sich diese Gedanken und wandte sich an Mona: „Ich werde heute Morgen in die Stadt fahren, ich brauche ein Katzenklo für unseren neuesten Familienzuwachs."

„Meinst du die kleine schwarze Katze, die heute Morgen auf meinem Bett lag?"

„Genau die, hast du sie heute Nacht hereingelassen?", fragte Tessa und spürte einen Anflug von Eifersucht, als Mona nickte. Treuloses kleines Biest!

„Bei dieser Gelegenheit kann ich auch einmal im Grundbuchamt nach unserem Erbschein fragen und zur Immobilienabteilung der Sparkasse gehen. Du hast doch sicher nichts dagegen?"

„Kann ich mitfahren?"

Bloß nicht, ich brauche Abstand, dachte Tessa. „Ich denke, das ist keine gute Idee. Musst du nicht Nicks Begräbnis vorbereiten? Du willst doch sicher nicht alles deinen Eltern überlassen, oder?“

Monas Kopf sank auf die Brust und Tessa bereute schon fast ihre Abfuhr. Schnell stellte sie ihre gebrauchte Tasse in die Spüle und griff nach ihrer Tasche. „Ich bin am frühen Nachmittag wieder zurück“, sagte Tessa, als die Türglocke anschlug. Seufzend ging sie zur Tür. Das Haus glich doch wahrhaftig einem Bienenstock, wenn Mona hier wohnte.

„Wollten Sie gerade gehen?“ Vor der Tür stand der Polizeikommissar. „Ich habe gestern auf Ihren Anrufbeantworter gesprochen. Darf ich hereinkommen?“ Verdammt, den Kommissar hatte sie völlig vergessen. Und Mona war hier. Tessa hatte aus irgendeinem Grund angenommen, dass er mit ihr allein sprechen wollte.

„Ja, bitte, meine Cousine ist in der Küche“, sagte sie deshalb.

„Das trifft sich sehr gut, sie wäre die Nächste auf meiner Besuchsliste gewesen.“

Mona kam aus der Küche. Ihr Gesicht versteinerte, als sie den Polizisten sah. „Gehen wir doch alle zusammen in die Küche“, ergriff dieser die Initiative, „wir können uns genauso gut dort unterhalten, während Sie Kaffee kochen. Was ich zu sagen habe, betrifft nämlich viel mehr Sie, Frau Huber, als Ihre Cousine“, wandte er sich direkt an Mona.

Er setzte sich auf einen Küchenstuhl und streckte seine langen Beine von sich, während Mona ihm mit gesenktem Kopf folgte.

„Vielleicht setzen Sie sich besser.“ Widerspruchslos folgte Mona seiner Aufforderung.

„So, und nun erzählen Sie mir doch bitte, wie Sie Ihren Sohn umgebracht haben, Frau Huber.“ Mona schwieg.

„Hat er zu laut geschrien und konnten Sie ihn nicht beruhigen?“, fragte er fast sanft. „Haben Sie ihm dann ein Kissen aufs Gesicht gedrückt, damit er still war? Oder haben Sie ihn so lange geschüttelt, bis er ruhig war?“

Mona schwieg noch immer, doch jetzt traten Tränen in ihre Augen.

Tessa stellte Kaffeetassen auf den Tisch und machte sich an der vor sich hin blubbernden Kaffeemaschine zu schaffen, um ihre Cousine nicht anschauen zu müssen.

„Und Sie?“, fragte er Tessa, als sie Kaffee in die Tassen goss. „Haben Sie überhaupt nichts gehört und tatsächlich so fest geschlafen, wie Sie behauptet haben?“

„Wenn Nick geschrien hätte, wäre ich aufgewacht“, sagte Tessa und wunderte sich kurz über den Nachdruck, mit dem sie ihre Aussage vertrat. Sie war sich nämlich überhaupt nicht sicher, ob sie Nick tatsächlich gehört hätte.

„Natürlich schützen Sie Ihre Cousine“, erwiderte der Kommissar, „aber hier geht es nicht um Verwandtschaftsloyalität, sondern schlicht und einfach um die Wahrheit.“

Abrupt stand er auf, klopfte auf den Tisch und ging zur Tür. „Ich würde Ihnen beiden raten, mir gar nicht erst irgendwelche Geschichten zu präsentieren, wenn ich Sie das nächste Mal befrage. Ich werde die Wahrheit nämlich herausfinden.“

„Einen Augenblick noch, bitte ...“ Tessa lief dem Kommissar nach. „Herr Lange, weiß man schon, wann Nick beerdigt werden kann?“ Sie sah ein verwundertes Aufblitzen in seinen Augen und beglückwünschte sich dazu, seinen Namen gemerkt zu haben. Kein Kunststück, dachte sie. Wenn jemals ein Name zu seinem Besitzer gepasst hatte, dann dieser.

„Nein, damit kann ich leider noch nicht dienen. Es gibt ja noch nicht einmal einen Obduktionsbericht. Sie werden sich schon gedulden müssen.“

Als Tessa zurückkam, fand sie Mona in Tränen aufgelöst. Sie saß am Küchentisch, hatte ihren Kopf auf den Arm gelegt und schluchzte trocken.

„Ja, Mona, es ist gut zu weinen, du darfst deinen Kummer nicht in dich hineinfressen.“ Tessa legte ihren Arm um Monas Schultern und drückte sie an sich. „Willst du nicht wenigstens mir erzählen, was eigentlich geschehen ist?“, fragte sie leise und spürte, wie sich Mona sofort versteifte. „Ich verspreche dir, für mich zu behalten, was du mir anvertraust. Es würde dich doch erleichtern.“

Unvermittelt versiegte Monas Tränenstrom. Sie richtete ihren Blick direkt auf Tessa. „Die Wahrheit ist, dass ich es nicht weiß,

Tessa.“ Sie schaute in die Ferne. „Da ist ein großes, schwarzes Loch. Ich erinnere mich erst wieder daran, dass ich Nick am Morgen hochnehmen wollte. Da war er kalt und steif. Meinst du, ich habe getan, was der Kommissar behauptet?“ Monas Gesichtsausdruck war erbarmungswürdig, und Tessa spürte, wie Entsetzen nach ihr griff.

„Bringt er mich ins Gefängnis?“

„Nein, Mona“, sagte sie fest und wünschte sich, sie könnte selbst daran glauben, „wenn du es tatsächlich getan hast, trifft dich keine Schuld. Dann bist du nämlich krank und kein Fall fürs Gefängnis.“

„Wenn du heute Nacht nicht gekommen wärst ...“, murmelte Mona so leise, dass Tessa sie zunächst nicht verstand. Als sie den Sinn von Monas Worten erfasste, fühlte sie ein Frösteln. Nein. Sie musste ihre Pläne ändern, so konnte sie ihre Cousine auf keinen Fall zurücklassen.

„Magst du mich vielleicht doch nach Schweinfurt begleiten, Mona? Wir könnten ein Eis essen, wenn ich mein Katzenklo gefunden habe. Du musst auch nicht unbedingt mit zur Sparkasse, das schaffe ich allein.“

„Oh ja, ich komme gerne mit. Aber was willst du denn in Schweinfurt auf der Sparkasse?“

„In der Immobilienabteilung fragen, ob sie die Häuser für uns verkaufen, natürlich. Da muss doch bestimmt irgendein Vertrag gemacht werden.“ Tessa hielt inne und runzelte die Stirn. Hatte Mona jetzt den totalen Black-out? „Wir waren uns doch einig, dass wir verkaufen, oder hast du deine Meinung geändert?“

„Nein. Natürlich verkaufen wir. Ich habe auch keine Lust, mich mit Mietern herumschlagen zu müssen.“

„Gut, dann fahren wir. Du wirst mich beraten müssen, wo ich ein Katzenklo finde.“

„In diese Idee hast du dich wohl verrannt, unbedarfte Großstädterin, die du bist.“ Mona schmunzelte. „Du darfst dich getrost von dem Gedanken verabschieden, dass du eine junge Katze, die bereits mit großem Genuss herumstreunt, noch einmal an ein Katzenklo gewöhnen kannst. Diese Investition kannst du dir sparen. Wo ist unser neuer Hausgenosse überhaupt?“

„Auf Mäusejagd, nehme ich an. Und übrigens hat die Katze einen Namen. Ich habe sie Schoko genannt."

„Und davon war sie beeindruckt, nehme ich an", spöttelte Mona. „Warten wir es ab, ob sie jemals auf diesen Namen hört."

***

„Dankeschön, Tessa", sagte Mona, als sie im Auto saßen und bereits auf dem Weg in die Stadt waren. „Fast könnte ich glauben, dass alles gut wird, wenn ich bei dir bin."

Tessa war gerührt und ein wenig beschämt. Mona konnte durchaus liebenswert sein, auch wenn sie dies allzu oft vergessen ließ. „Aber die Schönheiten Schweinfurts musst du mir schon auch noch zeigen, Mona. Es soll ja ein richtiger Touristenmagnet geworden sein mit seinen beiden Museen."

„Das darfst du gerne glauben. Busse aus ganz Deutschland, das Museum Georg Schäfer mit seiner beeindruckenden Architektur und der gewaltigen Spitzweg-Sammlung hat doch tatsächlich einen richtig guten Ruf, ganz zu schweigen von der Kunsthalle, die Gegenwartskunst zeigt. Vor Kurzem erst hat Gunter Sachs hier in seiner Heimatstadt seine Errungenschaften der Pop Art mit Andy Warhol und Roy Liechtenstein ausgestellt. Tja, wo ist die alte, nichtssagende Industriestadt geblieben?" Obwohl Mona spöttisch klang, war doch eine gehörige Portion Stolz durchzuhören.

„Dein Vater wäre sicher auch lieber Oberbürgermeister, oder täusche ich mich?"

„Sag das nicht Tessa, er ist schon gern auch ungekrönter König in Pfarrhofen. Und der geplante Windpark, der schon jetzt bundesweit für Schlagzeilen sorgt. Aber dieses Projekt könnte ihm noch um die Ohren fliegen. Mein Vater hat ein riesiges gemeindeeigenes Grundstück für dessen Bau verkauft und ein paar beträchtliche eigene Parzellen dazu. Der Gemeinderat behauptet jetzt allerdings, er habe nicht gewusst, dass mein Vater diese Grundstücke gekauft hat. Das könnte noch spannend werden."

Warum hörte es sich nur immer so beißend an, wenn Mona von ihrem Vater sprach?

„Und du hast ihm gedroht, damit zur Presse zu gehen, wenn er dich nicht in Omas Haus wohnen lässt? Ist er deshalb jetzt so friedfertig?“

Aber Mona gab keine Antwort mehr. Tessa hatte sich ohnehin über ihre Mitteilsamkeit gewundert. Nun, auch gut, dachte sie. Der Rest der Fahrt verlief schweigend.

Kurz darauf erreichten sie Schweinfurt und Tessa fand wider Erwarten gleich einen ziemlich zentralen Parkplatz unter einer prächtigen Kastanie. Die Knospen der Bäume waren kurz vor dem Aufplatzen und strotzten vor verhaltener Lebenskraft, bald würden sie ihre Blütenkerzen in den Himmel recken. Ihr Anblick machte Tessa ein bisschen wehmütig.

Hermann Hesses *Stufen*, angeblich der Deutschen Lieblingsgedicht, fielen ihr ein. Der *Zauber, der jedem Anfang innewohnt*, war kaum plastischer zu fühlen als beim Anblick einer Kastanie im Frühling. Doch Hesses Gedicht endete mit einem Verweis auf die Todesstunde, und so war es vielleicht gerade die Verheißung, die erbarmungslos auf das Ende jeden Lebens deutete. Und krankten nicht Kastanien schon seit Jahren an einem eigenartigen Virus, der ihre Blätter schon mitten im Sommer verdorren ließ?

„Wir müssen unbedingt einmal einen entspannten Stadtbummel machen, Mona, vielleicht wenn die Kastanien blühen?“

„Die Magnolien vor dem Gericht müssten eigentlich schon blühen. Kommen wir in den nächsten Tagen wieder, wenn ich dann noch überhaupt irgendwo mit dir herumstreifen kann.“

Monas Bemerkung ließ sich nicht entkräften, so gerne dies Tessa auch getan hätte, und so gab es nichts weiter zu sagen. Ihre Cousine steuerte zielgerichtet das Sparkassengebäude an. Tessa folgte ihr.

„Brauchen wir für diese Unterredung nicht einen Erbschein?“, fragte Mona.

„Für den Vertrag sicher“, gab Tessa zurück, „aber ich hatte zunächst an ein unverbindliches Gespräch gedacht. Oder sollen wir gleich auch beim Grundbuchamt nachfragen, ob sie den Erbschein schon fertig haben?“

„Nein, ich denke, dann hätten sie uns geschrieben. Also gut, gehen wir hinein.“

Eine Glastür öffnete sich so beflissen, als hätte sie nur auf ihre beiden Besucherinnen gewartet, und Tessa schmunzelte. Es ist nur eine Türe, sagte sie sich, eine Türe mit Bewegungsmelder, lasse dich nicht von solchen technischen Tricks täuschen. Und doch musste sie zugeben, dass die Wirkung erstaunlich war.

In einem lichtdurchfluteten Foyer standen rote Sesselchen vor einem Tisch. Hinter einem Empfangstresen saß ein junges Mädchen mit granatroten Strähnchen im schwarzen Haar und gepiercten Augenbrauen. Tessa stellte sie sich unwillkürlich in einem Gothic-Outfit vor, auch wenn sie ein Kostüm trug.

Sie lächelte professionell: „Was kann ich für Sie tun?"

„Wir suchen Ihre Immobilienabteilung", antwortete Tessa knapp. „Es geht um einen Verkauf."

„Gerne", flötete die Bankangestellte, „hier in Schweinfurt?"

„Nein, die Anwesen befinden sich in Pfarrhofen."

„Das macht Frau Meiners, haben Sie einen Termin vereinbart?"

„Nein. Wir sind eher zufällig vorbeigekommen, wenn es aber ohne Termin nicht geht ..."

„Nein, Augenblick." Die junge Frau schaute in einen Plan. „Frau Meiners ist gerade in einem Kundengespräch. Wenn Sie also kurz warten möchten, kann Sie unsere Immobilienberaterin sicher dazwischenschieben."

„Wenn es nicht allzu lange dauert, warten wir."

„Nehmen Sie doch Platz, bitte." Sie zeigte auf die roten Sessel, und Tessa und Mona setzten sich. Auf dem Tisch lagen Broschüren über Energiesparen beim Bauen und Modernisieren und verschiedene Hausbesitzer- und Wohnzeitschriften. Tessa blätterte sie durch, ohne allzu viel aufzunehmen. Mona begutachtete ihre Fingernägel. Ihr Gesichtsausdruck wurde zunehmend mürrischer. Tessa befürchtete schon einen nahenden Wutausbruch, als eine Tür aufging und eine hinreißende Frau mit langen, blonden Haaren ein älteres Ehepaar verabschiedete.

Obwohl sie nicht die bankenübliche Uniform eines Kostüms trug, sondern eine Röhrenjeans, die in eleganten schwarzen Stiefeln steckte, kombiniert mit einer Seidenbluse, umgab sie eine Aura von Klasse.

„Frau Meiners“, das gepiercte Mädchen lief hinter seinem Tresen vor und flüsterte der Immobilienmaklerin etwas zu, worauf diese mit ausgestreckter Hand auf Tessa und Mona zukam.

„Ich bin Christina Meiners“, sagte sie und Tessa nannte ihren Namen und stellte Mona vor. Sie war nicht mehr ganz so jung, wie sie auf den ersten Blick gewirkt hatte, in ihren Augenwinkeln zeigten sich erste Fältchen, wenn sie lächelte.

„Allzu viel Zeit habe ich leider nicht, aber wir können gerne einen ausführlichen Gesprächstermin vereinbaren. Aber kommen Sie doch erst einmal herein.“

„Möchten Sie einen Kaffee?“, fragte sie, als Tessa und Mona sich gesetzt hatten.

„Nein, danke. Wir wollen Sie nicht aufhalten. Wir haben zusammen zwei Häuser in Pfarrhofen geerbt, die wir gerne verkaufen möchten, deshalb sind wir gekommen.“

„Drei Häuser“, mischte sich jetzt Mona ein, „es sei denn, du möchtest das Haus, in dem wir jetzt wohnen, gerne behalten.“

Soweit hatte Tessa noch gar nicht gedacht, aber natürlich, Großmutters Wohnhaus gehörte auch zum Erbe. Etwas sträubte sich in Tessa, diese feste Konstante ihrer kindlichen Sehnsüchte zu verkaufen, aber konnten sie sich solche Sentimentalitäten erlauben?

„Und Sie beide bilden eine Erbengemeinschaft?“

„Ja, so nennt man das wahrscheinlich“, antwortete sie.

„Gut. Wir müssen dann einen Vertrag schließen, wenn ich Ihre Interessen vertreten soll. Dazu brauche ich den Erbschein des Amtsgerichts.“

„Den haben wir leider noch nicht“, warf Mona ein. „Können Sie sich die Häuser in Pfarrhofen nicht vorher unverbindlich einmal anschauen?“

„Unverbindlich geht das leider nicht.“ Die Maklerin lächelte. „Wenn ich mir Ihre Immobilien anschaue, muss ich gleichzeitig deren Wert schätzen, und das ist ein ziemlicher Arbeitsaufwand, den wir nur mit einem Vertrag leisten.“

„Nun, allzu lange dürfte die Benachrichtigung des Amtsgerichts nicht mehr dauern, schätze ich“, sagte Tessa.

„Das denke ich auch“, stimmte Christina Meiners zu. „Ich schlage vor, Sie rufen hier an, wenn Sie Näheres wissen.“ Sie zog zwei Visitenkarten aus einem Stapel auf ihrem Schreibtisch. „Dann fertige ich einen Vertrag aus, den Sie beide unterschreiben."

Sie stand unmissverständlich auf und gab ihnen beiden die Hand. „Ich freue mich auf die Zusammenarbeit mit ihnen, die Chancen für einen Verkauf in Pfarrhofen stehen gar nicht so schlecht, auch wenn der Immobilienmarkt in den vergangenen beiden Jahren ziemlich eingebrochen ist."

***

„Das war jetzt aber ein eleganter Rauswurf", bemerkte Mona, als sie wieder auf der Straße standen.

„Ganz Businesslady eben, Zeit ist Geld", stimmte Tessa zu. „Sie muss aber auch taff sein sein in diesem Geschäft, das doch eine Männerdomäne ist. Aber sie erscheint mir kompetent und fair."

„Das wird sich herausstellen", sagte Mona argwöhnisch. „Aber hast du dir den Verkauf unserer Häuser so kompliziert vorgestellt? Erbschein, Verträge und was weiß ich noch alles."

„Du sagst es Mona. Was mich in Rage bringt, ist die Tatsache, dass ohne die Zahlung der Erbschaftssteuer gar nichts geht. Unser lieber Staat sichert sich eben auf jedem Sektor ab."

„Das überrascht dich aber jetzt nicht wirklich, oder?"

„Nein, aber jetzt gehen wir ein Eis essen", entschied Tessa spontan. „Das haben wir uns verdient." Es war Zeit, etwas Glanz in den Alltag zu bringen, bevor Mona wieder in eine ihrer düsteren Stimmungen versank. Über sich selbst erstaunt erkannte Tessa auf einmal, was alle Menschen in Monas Umgebung fortwährend taten. Sie packten sie in Watte, um nicht mit ihren Launen umgehen zu müssen. Deshalb war sie so verwöhnt. Postwendend schämte sie sich ihrer Gedanken. Mona trauerte, sie musste sich fürchterlich fühlen.

Sie ergatterten einen Tisch vor dem Café ‚Vorndran', weil ein junges Paar gerade aufstand. Die ganze Stadt schien sich hier versammelt zu haben, um die wärmende Frühlingssonne zu genießen.

Mona bestellte einen Eisbecher und Tessa einen Cappuccino grande.

Aus dem offenen Portal der Johanniskirche drang Orgelmusik, die Tessa daran erinnerte, dass in ein paar Tagen Ostern war. Dies erklärte wohl auch die besondere Geschäftigkeit der Menschen. Tessa ließ ihre Augen umherwandern, sie blieben an einem jungen Mann hängen, der gerade einem Passanten ein Mikrophon vor die Nase hielt. Tessas Herz stolperte. Das war doch ...

Als hätte er ihren Blick gespürt, wandte sich der Mann um und schaute direkt in ihre Richtung. Er schien nicht mehr zu hören, was sein Interviewpartner zu erzählen hatte, denn er nickte nur kurz und kam geradewegs auf ihren Tisch zu.

Der Mann, so abrupt verlassen, sah sich wohl um die einmalige Chance gebracht, sich selbst im Rundfunk zu hören und stand noch eine Weile wie festgewurzelt, bevor er enttäuscht weiterzog.

„Anschluss Anneliese Koch, erinnere ich mich richtig?“, fragte der Rundfunkreporter mit verschmitztem Lächeln. „Darf ich mich zu Ihnen setzen?“

„Sehr gerne.“ In Monas zwei kleinen Worten lag eine Verheißung, die wohl jedem Mann das Gefühl gegeben hätte, der Einzige auf diesem Globus zu sein, dachte Tessa. Der junge Mann strahlte. Tessa fühlte einen bitteren Geschmack im Mund, den sie mit einem Schluck Cappuccino hinunterspülte.

Jan Niemeyer. Warum hatte sich Tessa bloß den Namen gemerkt?

„Und Sie beide genießen auch den wunderbaren Frühlingstag?“, fragte er, seine Augen glitten dabei eher beiläufig über Tessa.

„Fragen Sie das heute alle Passanten?“ Mona klang ein wenig provokant, während Tessa verblüfft beobachtete, welche Veränderung mit ihrer Cousine vor sich ging. Ihr Oberkörper straffte sich, ein weiches Lächeln trat an die Stelle ihres mürrischen Gesichtsausdrucks, sie rutschte etwas näher an ihren Gesprächspartner. Tessa musste an eine Mittagsblume denken, deren Blüten sich der Sonne öffnen.

„Nein, obwohl Sie es fast getroffen haben. Ich mache eine Reportage über Osterbräuche, öffentliche und private. Sie können gerne auch dazu beitragen. Hält sich der Osterhase in Ihrer Familie an ein ganz besonderes Ritual, beispielsweise?“

Bei seiner letzten Frage wandte er sich direkt an Tessa, in seinen Augen blitzte der Schalk. Sie hatte das Gefühl, als schaue er direkt in ihr Innerstes. Einen Sekundenbruchteil später galt sein Interesse jedoch wieder Mona: Hatte sich Tessa seinen Blick nur eingebildet?

Mona jedoch schaute an ihm vorbei über den Platz. Waren da nicht Tränen in ihren Augen?

„Mit Eierfärben und selbstgebackenen Osterhasen können wir leider nicht dienen", sagte sie spitz, „aber in Pfarrhofen gibt es einen traditionellen Markt am Ostermontag, der ziemlich populär ist. Da verkaufen die Leute Kunstgewerbegegenstände, Kerzen, Honig oder Handarbeitsartikel. Der Erlös dient immer einem anderen sozialen Zweck. Darüber könnte der Rundfunk doch auch einmal ..."

Mona, die über Tessas Schulter gesehen hatte, brach abrupt ab, stand auf, griff nach ihrer Tasche und verschwand im Innern des Cafés. Unwillkürlich drehte sich Tessa um und schaute Friedrich Bastheimer mitten ins Gesicht. Er sah Mona nach mit einem wütenden Blick. Tessa fühlte sich, als hätte etwas Eisiges nach ihr gegriffen. Schnell wandte sie sich wieder ab.

„Und Sie?", fragte Jan Niemeyer. „Helfen Sie auch mit bei diesem Ostermarkt?" Er klang ruhig und sachlich, der liebevoll spöttische Ton, der sein Gespräch mit Mona begleitet hatte, war verschwunden.

„Sie haben eine neue Brille, sie steht Ihnen gut", sagte Tessa zusammenhanglos und stellte erschrocken fest, dass sie ihre Gedanken laut ausgesprochen hatte.

Jan Niemeyer hatte eine solche Antwort wohl auch nicht erwartet, denn er verstummte, und Tessa stellte fest, dass er doch tatsächlich errötete. Was war nur in sie gefahren? Allerdings stand ihm die Brille wirklich sehr gut. Sie hatte einen schwarzen Rand und ließ sein Gesicht konturierter, sehr viel männlicher erscheinen.

„Hallo, Herr Niemeyer, sehr schön, Sie einmal persönlich zu treffen, wenn man Ihre Stimme aus dem Radio schon lange wie einen guten Freund kennt."

Wie herangezoomt stand Friedrich Bastheimer plötzlich vor Tessa und zog sich einen Stuhl vom Nebentisch heran. „Hallo

Teresa“, grüßte er sie mit strahlendem Lächeln. Welch eine Verwandlung, dachte sie überrascht.

Sein Strahlen schloss Mona mit ein, die zurückgekommen war, und Tessa fragte sich, ob sie nicht die falschen Schlüsse zog. Vielleicht hatte Bastheimers wütender Blick ja gar nicht Mona gegolten und hatte sie nur zufällig gestreift?

Monas Verhalten war allerdings auch eigenartig, sie beachtete weder Bastheimer noch alle anderen am Tisch. Was war denn nur jetzt wieder mit ihr los?

„Wir haben gerade über den Ostermarkt in Pfarrhofen gesprochen“, brach Niemeyer das verlegene Schweigen.

Bastheimer griff die Bemerkung begierig auf. „Eine sehr schöne Sache, eine Aktion, bei der das ganze Dorf zusammenhilft. Wir sind alle stolz auf unseren Markt. Dieses Jahr erhält unser Kindergarten den Erlös. Ich würde mich ganz besonders freuen“, sagte er enthusiastisch zu Jan, „wenn ich auch Sie dort begrüßen dürfte.“

„Ach, gehören Sie zu den Initiatoren?“

„Ohne Herrn Bastheimer geht in Pfarrhofen gar nichts“, ließ sich plötzlich Mona vernehmen, und Tessa musterte sie argwöhnisch, verwundert über deren aufrichtigen Ton. Halb erwartete sie noch einen bitterbösen Zusatz, aber Mona fuhr ernsthaft fort: „Herr Bastheimer ist nicht nur Lehrer, sondern die Seele der Jugendarbeit, er dirigiert die Blaskapelle und leitet unseren Kirchenchor.“

„Ja, wir singen Gounods Cäcilienmesse im Festgottesdienst am Ostersonntag, und ich habe die berechtigte Hoffnung, dass dies eine denkwürdige Aufführung wird, wenn auch nur mit Orgelbegleitung. Aber immerhin haben wir eine Pauke für das Sanctus.“

Bei jedem anderen hätte die Bemerkung selbstgefällig geklungen, dachte Tessa, es war wohl nur Bastheimers Charisma zuzuschreiben, dass sie, davon weit entfernt, Neugier weckte.

„Das bringt mich zu dir, Mona“, sagte er jetzt verhalten, während er die Stirn runzelte. „Fühlst du dich überhaupt der Aufgabe gewachsen, den Sopran-Solopart zu singen, nach dem schrecklichen Verlust, der dich getroffen hat? Sonst müsste ich mich an eine gute Bekannte wenden, die sicher gerne aushelfen würde.“ Als Mona murmelte, das schaffe sie schon, fuhr er fort: „Überlege es dir erst einmal, wir entscheiden dann bei der Probe morgen. Jeder hat schließlich Verständnis dafür, wenn du nach dem Tod deines Kindes an Ostern nicht jubilieren kannst wie alle anderen."

„Deines Kindes?", fragte Jan Niemeyer verständnislos, während sein Blick von Mona zu Tessa hin und her flog, „aber ich dachte ... ich meine ..."

Er brach ab und Tessa ging ganz langsam auf, was er gedacht hatte.

Schließlich hatte sie den Kinderwagen geschoben, als sie ihm das erste Mal begegnet waren. Deshalb hatte er sich also zu ihnen an den Tisch gesetzt, er war auf eine Story aus. Die Enttäuschung schmeckte ätzend wie Säure.

Er räusperte sich und begann von neuem, seinen Blick auf Tessa gerichtet: „Ich habe nicht gewusst und dachte ... Ach, es ist völlig unerheblich, was ich dachte. Entschuldigen Sie!"

Jan Niemeyer stand auf, suchte in der Jackentasche nach seiner Geldbörse und ging zur Bedienung, die geschäftig Tische abräumte. Kurz darauf sah ihn Tessa mit langen Schritten über den Platz davongehen.

***

„Also würdest du kurzfristig einspringen, Hanne?" Friedrich Bastheimer nickte in den Telefonhörer. „Ich danke dir schon jetzt, grüße Max recht herzlich."

Er legte auf und atmete langsam aus, er hatte doch tatsächlich die Luft angehalten während des Gesprächs. Von vornherein hätte er sich den Gedanken aus dem Kopf schlagen sollen, Mona den Solopart singen zu lassen. Wobei – so weit hergeholt war die Idee nicht gewesen. Sie hatte einen Sopran, der unter die Haut ging, außerdem hatte sie, im Gegensatz zu seinen anderen Chormitgliedern, das musische Gymnasium besucht und dort im Chor gesungen. Wenn nur Verlass auf sie wäre! Schon vor dem Tod ihres Söhnchens hatte er ein mulmiges Gefühl, aber sei's drum. Hanne war ein Profi, auch wenn ihre Stimme immer ein bisschen blechern klang.

Eine Probe mit ihr würde reichen.

Die Cäcilienmesse war zwar ein ehrgeiziges Projekt, aber zu schaffen. Und er würde sie sich nicht von äußeren Widrigkeiten kaputtmachen lassen, schon gar nicht, nachdem er bei dem Rundfunk-Korrespondenten so laut getönt hatte. Was hatte der überhaupt an Monas Tisch zu suchen?

Friedrich griff nach seiner Jacke. Jetzt galt es, erst einmal eine vernünftige Probe durchzustehen.

Die Luft war in seinem ehemaligen Klassenzimmer vollkommen abgestanden. Das war jetzt der Proberaum im alten Schulhaus. Friedrich Bastheimer öffnete die Fenster und schloss sie gleich wieder, nachdem ihm ein prüfender Griff auf den Heizkörper sagte, dass die Heizung nur auf Sparflamme lief. Verdammt, er hatte doch in der Gemeindeverwaltung Bescheid gesagt. Da läuft überhaupt nichts rund in deiner Verwaltung, lieber Alfred, dachte er mit aufwallendem Ärger.

Dann eben die kostspieligere Variante. Er griff nach seinem Handy. „Manfred, ja hier ist Friedrich, schön, dass ich dich noch erwische. Kannst du noch einmal deinen Heizlüfter mitbringen? Hier ist es mal wieder eiskalt. Er liegt noch im Kofferraum? Gut, dann bis gleich."

Friedrich legte die Partitur auf den Notenständer und räumte die Stühle zur Seite. Heute würden die Chormitglieder stehen müssen. Es wurde langsam ernst.

Er hörte Lachen und das Zuklappen der Haustür. Die ersten trafen ein. Ernst Hinterleitner mit seiner Pflegetochter Sonja, hinter ihm Katharina Bauer, gefolgt von Christian Pfister.

„Behalte deine Jacke an, Ernst, bis Manfred Remminger seinen Heizlüfter angestellt hat. Du kannst deinem Schwager sagen, dass seine Verwaltung ein einziger Schlamperhaufen ist. Es ist lausig kalt hier."

„Nicht nur seine Verwaltung lässt zu wünschen übrig", sagte Katharina Bauer spitz.

„Wir haben hier keine Neuauflage eurer Gemeinderatssitzung, sondern Chorprobe", griff Friedrich ein. Das war der Nachteil eines kleinen Dorfes. Alle kannten sich viel zu gut.

Manfred Remminger kam natürlich fast als letzter. Friedrich ärgerte sich. Das Geräusch des Heizlüfters würde stören.

„Stell das Thermostat am besten gleich auf 25 Grad, so lange Mona noch nicht da ist. Wir müssen es dann wieder ausmachen, ihr müsst euch eben warmsingen.“

„Weißt du, wo sie steckt, Sonja?“

Friedrich wollte das süffisante Lächeln von Amanda Wirt besser nicht kommentieren. Sie würde die Gelegenheit nur allzu gerne wahrnehmen und über Mona herziehen. Es war ein Konflikt so alt wie die Welt zwischen diesen beiden: alte Jungfer versus junge strahlende Frau. Aber solange sie in Gedanken mit Mona beschäftigt war, würde sie ihn wenigstens mit ihrem hündischen Angehimmele verschonen.

„Als wir gegangen sind, ist gerade ein Polizeiauto vorgefahren“, antwortete Ernst Hinterleitner anstelle seiner Tochter. „So schnell taucht sie wahrscheinlich nicht auf.“

Er hatte es kommen sehen, dachte Friedrich, eine der letzten Proben vor der Aufführung, und sein Solo-Sopran fehlte. Vielleicht sollte er Hanne gleich für morgen dazu bitten, das würde nichts werden mit Mona.

„Dann proben wir eben erst einmal das Sanctus, dazu brauchen wir Mona nicht. Bist du bereit, Christian?“ Christian Pfister blätterte in seinen Noten und schien ihn nicht zu hören.

„Christian! Wir singen das Sanctus. Und jetzt Ruhe bitte!“

Friedrichs Augen fanden zufällig Sonja, deren sehnsuchtsvoller Blick an Christian hing. Schwieriger Fall, dachte er. Ob Christian von der Schwärmerei des Mädchens wusste? Er biss sich auf die Lippen, griff in seine Hosentasche und nahm die Stimmgabel heraus.

„So erst einmal summen, bitte.“ Er schlug die Anfangstöne an. „Erst piano und dann die Stimmen anschwellen lassen, genauso wie später beim Gesang.“ Er lauschte.

„Ja, recht so, und jetzt, Christian, schau bitte auf meinen Einsatz, es sind nur ein paar Takte Vorspiel.“ Friedrich setzte sich ans Klavier.

Christian begann mit den ersten beiden Sanctus, doch Friedrich schüttelte den Kopf. „Nein, viel mehr piano bitte, noch einmal!“ Christian Pfister begann von neuem. „Ja, das war schon besser, aber bitte das zweite *Deus Sabaoth* ein klein wenig perlender, genauso wie später beim *glora tua nach dem Jesum caelum eternam*. Ja? Noch einmal ohne Unterbrechung bitte."

„Ja, so müsste es gehen und jetzt der Chor: nein, bitte einen gleichmäßigen Einsatz. Sie sollten vielleicht zu mir schauen, anstatt in Ihre Noten. Ich spiele es Ihnen vielleicht besser noch einmal vor."

Friedrich ging zum CD-Player und legte Charles Gounods Cäcilienmesse mit den Regensburger Domspatzen auf. Perfekte Klänge. Vielleicht verlangte er ja zu viel, schließlich dirigierte er einen Laienchor.

„So haben Sie das jetzt im Ohr? Dann noch einmal bitte!" Er hob die Arme in einem großen Bogen und nahm seine Bewegung sofort etwas zurück, er wollte schließlich nicht aussehen wie ein Pierrot im Zirkus.

„Nein, der Choreinsatz ist bei Takt 22, nicht später, tut mir leid, aber noch einmal von vorne. Übrigens, Herr Meisner, haben Sie Ihre richtige Brille auf? Ich habe den Verdacht, dass Sie nicht richtig sehen können." Er hörte den alten Mann seinem Nachbarn etwas zuflüstern und sagte begütigend: „Ich weiß, Herr Meisner, Sie beherrschen auch das hohe a im Weihnachtsoratorium und Sie sind eine wirkliche Stütze des Chors, es kann also nur an Ihrer Brille liegen." Er suchte erneut die Blicke seiner Chormitglieder. „Wir singen jetzt das ganze Sanctus ohne Unterbrechung durch. Könnten Sie sich also bitte konzentrieren. Was ist denn noch, Frau Wirt?"

„Wissen Sie, Herr Bastheimer, ich kann einfach nicht neben jemandem singen, der die ganze Zeit auf sein Handy schaut und nicht auf den Dirigenten."

Friedrich seufzte. „Sie haben es gehört, Frau Bauer, vielleicht kontrollieren Sie Ihre SMS später. Geht das? Ich danke Ihnen."

„Christian, bitte!" Der Tenor begann und erstaunlicherweise setzte der Chor richtig ein und das Sanctus klang plötzlich richtig gut. Friedrich Bastheimer wischte sich den Schweiß von der Stirn.

„Das war wirklich gut, gerade. Wir singen es noch einmal so durch, und dann machen wir eine kleine Pause. Vielleicht ist ja Mona bis zum *Benedictus* endlich hier."

Friedrich gab den Ton an und summte leise mit, als es an der Tür klopfte. Resigniert ließ er die Arme sinken und öffnete die Tür. „Ja, bitte?"

Vor ihm stand ein großer hagerer Mann, eskortiert von zwei Polizisten in Uniform und hielt ihm einen Ausweis hin.

„Es tut mir leid, wenn ich Ihre Chorprobe stören muss, aber ich würde gerne mit Mona Huber und Sonja sprechen."

„Mona Huber ist heute Abend nicht gekommen", bemerkte Friedrich und beobachtete Sonja, die sich zögernd aus der Gruppe löste. Sie war aschfahl im Gesicht. Was hatte denn das zu bedeuten?

„Es ist überhaupt nichts Schlimmes", hörte er den Kommissar zu der Kleinen sagen. Offensichtlich war ihm ihre Angst nicht entgangen. „Ich möchte nur wissen ..."

Den Rest verstand Friedrich nicht mehr, die Tür war schon wieder geschlossen. „Es bleibt uns wohl nichts anderes übrig, als für heute abzubrechen", wandte er sich an den Chor.

„Morgen Abend wieder, gleicher Ort, gleiche Zeit. Vielen Dank für Ihre Mühe, ich wünsche Ihnen noch einen schönen Abend."

***

Das Telefon klingelte, als Tessa die Haustür aufschloss. Sie stellte ihre Einkäufe auf den Küchentisch und nahm den Hörer ab. Tante Agnes – genau das hatte ihr gefehlt.

„Tessa? Ist Mona in der Nähe?"

„Nein, ich bin gerade erst vom Einkaufen gekommen, sie scheint nicht da zu sein."

Natürlich nicht. Tessa hatte ihrer Tante verschwiegen, dass Mona die ganze Nacht nicht zu Hause war. Sie war ziemlich einsilbig gewesen nach ihrer beider Rückkehr. Das war Tessa gerade recht. Sie hatte mit ihren eigenen verwirrten Gefühlen zu kämpfen gehabt. Jan Niemeyer und sein eigenartiger Abgang hatten sie beschäftigt. Mona wollte zur Chorprobe. Als sie danach nicht zurückkam, hatte sie gehofft, sie wäre heim zu ihren Eltern gegangen.

„Vielleicht schaust du mal genauer nach, sie könnte doch oben sein. Ich müsste sie nämlich ziemlich dringend sprechen."

Sollte sie ihre Tante aufklären? Warum stellte sie sich eigentlich schützend vor ihre Cousine? Weil sie nicht schon wieder in einen Familienkrach gezogen werden wollte, war die einfache Antwort.

„Es hört sich nicht so an, als ob jemand oben wäre. Aber kann sie dich denn nicht zurückrufen?"

„Dieser Kommissar war gerade da. Er hat gestern Abend schon nach ihr gefragt. Er wollte sie in der Chorprobe suchen." Tante Agnes stockte. „Es ist dumm gelaufen gestern Abend. Marietta war auch da und hat dem Kommissar unbedingt sagen müssen, wie oft Sonja auf Nick aufgepasst hat."

„Wie kam sie denn dazu?" Tessa klemmte den Hörer zwischen Schulter und Ohr und begann, ihre Einkäufe in den Kühlschrank zu räumen.

„Ach, ich weiß nicht, sie wollte sich wahrscheinlich nur wichtigmachen. Jedenfalls wollte der Kommissar dann auch noch Sonja sprechen." Agnes räusperte sich. „Und ich möchte gern wissen, was er gestern von Mona wollte. Aber ich kann ja auch gleich mal zu euch rüberkommen."

„Nein, das brauchst du nicht, ich sage Mona, sie soll dich gleich zurückrufen." Sie legte den Hörer auf, ohne die Antwort abzuwarten.

Wo sollte sie denn schon wieder ihre Cousine suchen? Unruhig ging Tessa in der Küche auf und ab. Christian, dachte sie, im Zweifelsfalle immer Christian und wählte seine Nummer.

„Ist Mona bei dir, Christian?", überfiel sie ihn, kaum dass er abgehoben hatte, „oder hast du zumindest eine Ahnung, wo sie sein könnte?"

„Ja, sie ist hier bei mir, und ich möchte jetzt bitte nicht hören, dass irgendjemand sie sucht. Sie saß gestern Abend auf meiner Treppe, als ich von der Chorprobe kam, wie das sprichwörtliche Häufchen Elend, dann hatte sie einen Zusammenbruch. Es hat mich fast die ganze Nacht gekostet, sie einigermaßen zu beruhigen."

„Das ist schön von dir Christian, aber es wäre auch nett gewesen anzurufen, meinst du nicht?"

„Sorry." Wenigstens klang er beschämt. „Aber ich habe wirklich nicht daran gedacht."

„Es hilft aber jetzt alles nichts.“ Tessa ging, den Hörer ans Ohr gepresst, ins Wohnzimmer und ließ die Katze hinaus. „Tante Agnes hat gerade angerufen, der Kommissar wird gleich hier auftauchen, es wäre gut, wenn Mona dann da wäre.“

Am anderen Ende der Leitung blieb es still. „Bist du noch da, Christian?“

„Ja, ja, aber das gefällt mir überhaupt nicht.“

„Danach wird die Polizei nicht fragen.“ Tessa meinte, ein Auto vorfahren zu hören und ging ans Fenster. Ein weißer Kombi fuhr vorbei.

„Wie auch immer, bitte schau, dass Mona schleunigst hier auftaucht, du kannst sie ja begleiten, wenn du unbedingt den Ritter Lancelot spielen musst.“

Vielleicht sollte sie Jan Niemeyer auch gleich anrufen, dachte Tessa mit schmerzlichem Sarkasmus, dann müsste er keine Umwege machen und käme zu seiner Story aus erster Hand. Sie befüllte die Kaffeemaschine und deckte den Wohnzimmertisch, als sie Motorengeräusche hörte. Erleichtert stellte sie fest, dass Christian und Mona angekommen waren und nicht etwa der Kommissar.

Der Mann mit Pferdeschwanz, den sie neulich bei Petra gesehen hatte, überquerte die Straße und blieb bei Christian stehen. Gestikulierend erzählte er ihm irgendetwas und Christian nickte dazu. Was verband wohl ausgerechnet diese beiden? Andererseits, in Pfarrhofen kannte wohl jeder jeden, die beiden musste überhaupt nichts verbinden.

Mona wirkte abwesend und beteiligte sich nicht am Gespräch, mit hängenden Armen stand sie neben Christians Auto. Tessa sah ihre kleine Katze auf der anderen Straßenseite. Ihr stockte der Atem, als diese gerade noch vor einem Auto über die Straße rannte. Sie hatte sie doch gerade erst hinausgelassen, wo kam sie denn nur her?

Ausgerechnet diesem seltsamen Alt-68er strich sie um die Beine, doch Mona nahm die Katze auf ihre Arme. Die Bemerkung, die der Mann dazu machte, ließ sie unkommentiert und kam zur Tür.

„Wer ist denn das? Der ist mir vor ein paar Tagen schon aufgefallen“, fragte Tessa, als sie Mona die Tür öffnete. Christian schien unentschlossen, er wartete anscheinend auf ein Zeichen Monas, ihn zu begleiten und setzte sich in sein Auto, als dieses ausblieb.

„Du meinst Henry? Eigentlich heißt er Heinrich Mosbacher, nennt sich aber Henry Leicht. Er ist Fotograf und träumt von einer eigenen Ausstellung, eine verkrachte Existenz, die sich für genial hält. Biedert sich ständig bei Christian an."

„Es war auch ziemlich offensichtlich, dass du ihn nicht magst", sagte Tessa, doch Mona zuckte nur mit den Schultern.

„Du hast Kaffee gekocht, das ist sehr gut."

„Deine Mutter hat den Kommissar angekündigt, und ich dachte, wir sollten ihm eine Tasse Kaffee anbieten. Danke übrigens, dass du so schnell gekommen bist."

Die Türklingel schrillte und Tessa ließ Kommissar Lange herein.

„Es wird nicht lange dauern, was ich Ihnen zu sagen habe, doch ein paar Fragen habe ich noch", begann er. Mona führte ihn ins Wohnzimmer, wo er sich in einen Sessel setzte.

„Kaffee?", fragte Tessa und füllte die Tassen, als Lange nickte.

„Ich bin gekommen, um Ihnen zu sagen ...", er trank einen Schluck Kaffee. Tessa fragte sich, was nun kommen würde.

„Ja, also, ich wollte Ihnen das Ergebnis der Obduktion persönlich mitteilen und nicht am Telefon, weil ich, wie schon gesagt, noch ein paar Fragen habe." Tessa hätte ihn fast unterbrochen, der Kommissar hatte ein Händchen für gelungene Dramaturgie. Sie warf verstohlen einen Blick auf Mona und sah, dass sie blinzelte.

„Also die Obduktion hat ergeben, dass beim Tod Ihres Sohnes ein Fremdverschulden ausgeschlossen werden kann." Lange räusperte sich. „Der Obduktionsbericht hat plötzlichen Kindstod als Todesursache festgehalten. Unser Gerichtsmediziner ist sich in dieser Frage ganz sicher."

Er ließ seine Aussage wirken. Tessa bemerkte in der Stille das Surren einer Biene, die am Fenster vergeblich versuchte, in die Freiheit zu gelangen. Mona war in ihrem Sessel versunken.

„Was mich allerdings immer noch beschäftigt", Lange richtete sich auf und verschränkte die Hände ineinander, „ist die Frage, weshalb Sie behaupten, Sie hätten Ihren Sohn umgebracht. Können Sie mir das erklären?"

Mona gab keine Antwort, wiegte ihren Oberkörper vor und zurück und schüttelte dabei immer wieder den Kopf.

„Könnte es sein, dass Sie ihren Sohn so vernachlässigt haben, dass Sie glauben, an seinem Tod schuld zu sein? Ihre Tante hat gestern etwas angedeutet, das in diese Richtung weist." Er fixierte Mona mit scharfem Blick. „Ist es denn so?"

Keine Antwort. Der Kommissar stand auf.

„Nun, wie auch immer. Damit müssen Sie selbst fertigwerden. Mangelnde Muttergefühle allein sind noch kein Straftatbestand." Mit ernster Miene wandte er sich an Tessa. „Vielleicht können Sie Ihre Cousine überzeugen, dass sie professionelle Hilfe sucht. Sie scheint mir doch recht labil. Ich darf mich jetzt von Ihnen verabschieden."

Schon an der Türe, wandte er sich noch einmal um. „Sie können jetzt also alles Notwendige für die Beerdigung veranlassen, der Leichnam Ihres Kindes ist ab sofort freigegeben."

Tessa erwartete, dass Mona zumindest ansatzweise erleichtert reagieren würde, jetzt, da der Kommissar gegangen war und ihre Unschuld feststand, doch sie ließ keine Gefühlsregung erkennen. Sie stand wortlos auf und sah in den Garten, allein das Zittern ihrer Schulten sagte Tessa, dass sie das Gehörte verstanden haben musste.

Hilflos beobachtete Tessa ihre Cousine, sie konnte kaum etwas tun, um sie aus ihrer Apathie zu reißen. Sie fasste einen Entschluss. Einerlei, was Mona dazu sagen mochte, jetzt brauchte sie ihre Mutter. Tessa griff zum Telefon.

Nur wenig später klingelte Tante Agnes. Tessa bemerkte die tiefen Schatten unter den Augen ihrer Tante und fühlte Mitleid mit ihr. Auch sie hatte es wahrlich nicht leicht in diesen Tagen. Sie berichtete ihr noch im Flur von dem Besuch des Kommissars und sah zumindest in Agnes' Miene einen Ausdruck von Entlastung.

„Mona, siehst du, ich habe es doch immer gewusst, dass es nicht sein kann, dass du Nick etwas angetan haben könntest." Fast vorsichtig näherte sich Agnes ihrer Tochter und legte ihren

Arm um deren Schultern. „Komm her,“ sagte sie und versuchte, Mona zu sich umzudrehen.

Doch sie schüttelte ihre Mutter ab und zischte: „Lass mich ganz einfach zufrieden mit deinem Gesülze.“

Tessa beobachtete, wie der Gesichtsausdruck ihrer Tante verfiel. „Ist Nicks Leiche freigegeben?“, wandte sie sich an Tessa. „Das hat der Kommissar doch hoffentlich gesagt, oder?“

„Ja, hat er“, antwortete Tessa.

„Wir müssen sofort zum Pfarrer wegen der Beerdigung. Es wird sicher nicht leicht werden, gerade jetzt in der Karwoche mit all den vielen Gottesdiensten. Aber das lässt sich nun nicht ändern.“

Typisch, dachte Tessa, Tante Agnes braucht einfach ihren Aktionismus.

***

Nick wurde am Karsamstag-Morgen begraben in einer protestantisch-strengen Zeremonie, da Glocken und Orgel nach katholischem Ritus an diesem Tag zu schweigen hatten. Die Kirche des kleinen Ortes war bis auf den letzten Platz gefüllt. Tessa fragte sich unwillkürlich, wie viel von diesem beeindruckenden Ansturm echter Trauer und ehrlichem Mitgefühl und wie viel der Neugier geschuldet war. Außerdem war Nick doch immerhin der Enkel des Bürgermeisters. Es konnte sicher nicht schaden, gesehen zu werden. Der Bürgermeister selbst stand wie ein Fels in der Kirchenbank. Mona und ihre Mutter verschwanden fast an seiner Seite. Schwarz und blass. Neben Tessa saßen Marietta, ihr Mann und die drei Kinder.

Der Pfarrer, ein rotgesichtiger Mann mit weißem Haarkranz und beträchtlichem Leibesumfang, sprach von der Parallele zur Grabesruhe Jesu Christi und dem Trost, der daraus zu schöpfen war, wenn Gott ein unschuldiges Kind an seine Seite zurückholte.

Die Gemeinde sang Trauerlieder ohne Orgelbegleitung – auch dies wegen des Karsamstags – und dem Gesang haftete etwas Beklemmendes an. Es tat Tessa gut, dass jegliches Pathos fehlte.

Düstere Wolken, aus denen leichtes Schneegrieseln fiel, hingen am Himmel, als die Trauergemeinde dem kleinen, weißen Sarg zum Friedhof folgte. Tessa zog den schwarzen Wollmantel, den sie sich von Mona geliehen hatte, fester um sich. Der Winter war rechtzeitig zum Osterfest zurückgekehrt.

Mona stand reglos wie eine Granitskulptur am Grab. Keine Tränen. Es war seltsamerweise ihr Vater, der hemmungslos schluchzte, als der Pfarrer mit den Worten „Staub bist du, zu Staub kehrst du zurück“ drei Schaufeln Erde auf den Sarg warf.

Tessa trat in die zweite Reihe zurück, als die Gemeinde mit Beileidsbekundungen an der Trauerfamilie vorbeidefilierte. Sie empfand die Prozession als geschmacklos, doch offenbar schienen Tante Agnes und Onkel Alfred sie zu erwarten.

Etwas abseits stand Marietta und lud viele der Trauergäste zum anschließenden Leichenschmaus in den ‚Roten Ochsen‘ ein.

Die Leute standen in mehr oder weniger zusammengewürfelten Grüppchen vor dem Friedhof. Tessa kam sich unendlich verloren vor. Tante Agnes hatte Mona untergehakt. Tessa hatte den Eindruck, als wollte Agnes ihre Tochter weniger stützen als vielmehr abführen. Eine ältere Frau mit Oberlippenbart, der Familienähnlichkeit nach eine Verwandte Onkel Alfreds, steuerte auf sie zu.

„Du musst Monas Cousine sein? Aus Hamburg?“ Tessa nickte, doch die Frau ging nicht weiter. „Das ist doch eine durch und durch schreckliche Geschichte.“

Obwohl ihre Stimme angemessen gedämpft klang, hörte Tessa etwas Lauerndes durch. Sie fühlte sich angewidert. „Was genau meinen Sie mit schrecklich?“, gab Tessa zurück, ganz bewusst das vertrauliche Du meidend, „ist das nicht jeder Trauerfall?“

Doch die Frau hatte kein Ohr für Zwischentöne. „Na ja, die Umstände meine ich, und Mona, wir wissen doch ganz genau ...“

Tessa biss sich auf die Lippen und bedachte die Lästerin mit einem abweisenden Blick, für den sie aber immun schien. „Sie waren dabei in der Nacht, als der Kleine starb, habe ich gehört?“ Tessa schwieg. Sie würde die Neugier der intriganten alten Schachtel ganz gewiss nicht befriedigen.

Rettung nahte, als sie Christian sah, der neben einem blonden Mädchen ihres Alters stand und in ihre Richtung winkte. Tessa kam die junge Frau vage bekannt vor. Ohne jeden Skrupel ließ sie die Schnüfflerin stehen und ging zu Christian hinüber.

„Tessa, die Dame hier scheint dich zu kennen." Christian sah fremd aus in schwarzer Jeans und schwarzem Blazer. Tessa musterte die junge Frau, und noch immer ließ sie ihr Gedächtnis in Stich.

„Hallo, Tessa, dir stehen tausend Fragezeichen auf der Stirn, habe ich mich denn so verändert? Ich bin ..."

„Margit", schloss Tessa. „Deine Stimme habe ich sofort erkannt. Ja, ein bisschen hast du dich schon verändert, aber die Stupsnase ist geblieben, es ist ja auch wirklich schon lange her."

Margit war eine Klassenkameradin von Mona aus dem Gymnasium und hatte sie einmal im Sommer besucht. Tessa erinnerte sich, dass Mona die meiste Zeit während dieser Ferien schmollte, weil sich Margit auf Anhieb mit ihr besser verstanden hatte. Sie hatten sich Trio infernale genannt, Tessa, Margit und Carolin. Mona war eher die lästige Dreingabe, die sie ertragen mussten. Sie hatten sie das spüren lassen, gestand sich Tessa widerwillig ein, Kinder waren schon kompromisslos ehrlich und, ja, auch erbarmungslos.

„Nur schade, dass wir uns unter solchen Umständen wieder begegnen müssen."

„Kommst du auch mit in den ‚Roten Ochsen'?", fragte Tessa und sah Christian nach, der die Gelegenheit nutzte und an Monas Seite eilte.

„Eigentlich wollte ich gleich wieder fahren, aber jetzt, nachdem ich dich getroffen habe, gehe ich natürlich mit."

„Weißt du noch?", begann Margit und zwei verschmitzte Grübchen zeigten sich auf ihren Wangen.

„Wie könnte ich jemals Carolins Vater in Boxershorts vergessen", antwortete Tessa und konnte ihr Kichern nicht unterdrücken. Sie schaute sich um, doch der Trauerzug war schon vorausgegangen.

„Der Vorschlag kam übrigens von dir, du wolltest doch Carolin retten", jetzt lachte auch Margit. Tessa erinnerte sich, wie sie Carolin während ihres Hausarrests besuchen wollten. Sie waren in das nächstbeste offene Fenster der Bastheimer'schen Wohnung eingestiegen und im Schlafzimmer gelandet, wo sich Carolins Vater gerade von seinem Mittagsschlaf erhob. Ihre Aktion hatte dazu geführt, dass sie schließlich alle Hausarrest bekamen.

„Mein Gott, wir sind doch das Allerletzte", bemerkte Margit mit plötzlich aufwallendem Schuldgefühl, so eine traurige Geschichte. Und wir kichern hier herum wie die Schulmädchen."

„Offensichtlich fordern gerade Beerdigungen zum Lachen heraus", sagte Tessa nachdenklich. „Wahrscheinlich kann der Mensch nur ein gewisses Maß an Schmerz ertragen."

„Aber, jetzt erzähle doch, was machst du jetzt? Und wohnst du immer noch hier in der Gegend?"

„Nichts Spektakuläres, Tessa. Nach dem Abitur bin ich zum Landratsamt Schweinfurt und auf die Beamtenfachhochschule gegangen. Jetzt bin ich Verwaltungsinspektorin z.A. und werde in den einzelnen Sachgebieten herum geschoben."

„Und was ist aus dir geworden? Mona hat mir erzählt, deine Eltern sind bei einem Unfall ums Leben gekommen."

Tessa berichtete von ihrem Studium und von den jüngsten Ereignissen, als sie den Gasthof erreichten und plötzlich vor Mona standen, die als einzige noch draußen stand.

„Mona, es tut mir so leid." Margit umarmte ihre Schulfreundin. „Das alles ist eine so furchtbare Tragödie, ich weiß nicht, wie ich sie ertragen könnte."

„Danke, Margit, aber ich erlebe den heutigen Tag wie in graue Watte gepackt. Unser Doktor hat mir heute Morgen eine Beruhigungsspritze gegeben." Mona befreite sich aus Margits Umarmung. „Aber diesen Auftrieb da drinnen mache ich nicht lange mit, das kann ich dir versichern. Wenn mir noch ein einziger sein geheucheltes Beileid ausspricht und dabei kaum die Sensationslust verbergen kann, fange ich an zu schreien. Da hilft dann auch kein Valium mehr."

„Wo bleibt ihr denn?" Agnes stand vorwurfsvoll in der Gasthaustür. „Mona, es ist unhöflich, die Trauergäste allein zu lassen. Komm jetzt!"

Die Trauerfeier fand im Nebenzimmer statt, die Falttüren zum Gastzimmer waren offen, aber offensichtlich reichten dort die Plätze nicht aus, denn einige schwarz gekleidete Menschen saßen noch im Gastraum. Eine Bedienung deckte die Tische dort mit Kaffeekannen, Kuchen- und Wurstplatten. An der Theke lümmelte dieser Henry herum mit einem Schnapsglas in der Hand.

Tessa erkannte unter den Trauergästen den jungen Krankenpfleger wieder. Auch an die Mitglieder des Gemeinderates erinnerte sie sich. Die Querelen des Rates schienen sich also nicht auf den privaten Bereich auszudehnen. Sie sah auch Friedrich Bastheimer und den Pfarrer, wie es sich gehörte, neben dem Bürgermeister.

Neben Christian war noch ein Platz frei und Tessa wollte darauf zusteuern, doch Monas Hand krallte sich in ihren Arm. „Bitte, komm mit mir, Tessa, lass mich nicht allein." Notgedrungen setzte sie sich in den Kreis der Familie und schaute bedauernd zu Christian, an dessen Seite Margit Platz nahm.

„Natürlich sind wir jetzt alle an Monikas Seite", hörte sie ihren Onkel und Bürgermeister dem Pfarrer versichern, „dazu ist eine Familie doch da. Im Leid zusammenzustehen."

Tessa warf einen Blick auf ihre Cousine, aber diese schien ihren Vater nicht gehört zu haben. Glücklicherweise dachte sie und stimmte mit Mona überein. Je eher sie dieses emotionale Pulverfass verließ, umso besser. Pfarrhofen brauchte nicht noch einen Skandal.

„Iss wenigstens ein Brötchen, Mona", flüsterte sie ihrer Cousine zu, „dann gehen wir. Jeder wird verstehen, wenn du dich heute nicht gut fühlst."

Dankbar nickte Mona.

Wenig später, als der Geräuschpegel stieg und die ersten Biere und Schnäpse geordert wurden, stand sie auf. „Ich gehe jetzt, Tessa", flüsterte sie ihr zu. „Würdest du mich bitte entschuldigen?" Fast unbemerkt verschwand sie durch die Falttür.

„Lass sie gehen", wandte sich Tessa an ihre Tante, als diese aufsprang und ihr nachgehen wollte. „Mona geht es überhaupt nicht gut, entschuldige sie bitte bei den Gästen. Ich kümmere mich um sie."

Sie wurde von Margit aufgehalten, die ihr nachgegangen war. „Warte doch, Tessa. Wenn du schon gehen musst, gebe ich dir wenigstens meine Telefonnummer. Vielleicht können wir uns ja auf einen Kaffee treffen, solange du noch hier bist."

„Danke, Margit. Ich habe mich gefreut, dich zu treffen." Sie drückte Margit die Hand. „Und auf die Tasse Kaffee komme ich sicher zurück. Aber du verstehst doch, dass ich jetzt nach Mona sehen muss."

„Ja, natürlich, und ich wünsche dir viel Kraft!"

***

„Ach komm, gib dir einen Ruck, Uli. Immerhin ist dieser Markt in Pfarrhofen eine Benefiz-Veranstaltung."

Jan Niemeyer hielt mit der einen Hand sein Handy ans Ohr gedrückt, während er mit der anderen seinen Kühlschrank einräumte. Er hatte das Wochenende bei seinen Eltern in Würzburg verbracht und verstaute all die Leckereien, die ihm seine Mutter noch zum Abschied mitgegeben hatte. Seine Lieblingsmarmelade war auch dabei.

„Das weiß ich auch, dass Ostern ist und jede Menge Events anstehen." Jan schlug die Kühlschranktür zu. „Du musst übrigens nicht so brüllen, ich verstehe dich gut. Ein Fünf-Minuten-Beitrag sprengt deine Regionalnachrichten wirklich nicht, und du würdest mir einen großen Gefallen tun. Ich habe doch noch diesen Beitrag über die dubiosen Grundstücksverkäufe des Pfarrhofener Bürgermeisters in der Mache. Und wo finde sonst ich so viele usual suspects auf einem Haufen?"

Jan runzelte die Stirn, während er hin- und herlief und dabei zuhörte.

„Danke dir, du hast etwas gut bei mir", schloss er sein Gespräch erleichtert. Es war immer wieder ein Kampf um die Beiträge, aber so hatte sich der Redakteur noch selten angestellt. Als hätte er gespürt, wie wichtig ihm dieser Markt war. Und – so ganz unrecht hatte Uli ja nicht. Es war ein Markt wie viele andere und kaum einer Erwähnung im Rundfunk wert, gestand sich Jan ein. Waren es wirklich nur die „üblichen Verdächtigen", die ihn mit aller Macht dorthin zogen? Er beschloss, die Antwort auf diese Frage zu vertagen. Jetzt würde er erst einmal am zweiten Osterfeiertag nach Pfarrhofen fahren.

***

Orgelbrausen und Glockengeläut empfingen die Gläubigen am Ostersonntag nach der Prozession in der Kirche, gerade als der letzte Ton des Te Deum der Blaskapelle verklungen war. Die Messdiener schwenkten die Fahnen und das Wabern des Weihrauchnebels legte sich mit seinem Duft auf jenen kritischen Teil ihres Verstandes, der den Ritus als Pomp abtun wollte. Es lag lange zurück, dass Tessa an einem Ostermorgen die Messe besucht hatte. Sie fühlte sich tief berührt. Christ ist erstanden sangen die Kirchenbesucher, allesamt in Festtagskleidung. Tessa sang die aus Kindertagen vertraute Weise mit.

Der Chor begann mit dem *Kyrie Eleison* von Gounods Cäcilienmesse und die schlichte Schönheit verursachte ihr Gänsehaut. Sie hörte Monas strahlenden Sopran mit dem Gloria und konnte es fast nicht fassen, dass diese einen Tag nach Nicks Beerdigung fähig war, die Partie zu singen. Ihre Cousine steckte doch wahrlich voller Überraschungen.

Der Pfarrer predigte vom Sieg des Lebens über den Tod, wovon der auferstandene Christus zeuge. Tessa erwischte sich bei dem Wunsch, wieder wie als Kind an die Osterbotschaft glauben zu können. Ein Leben nach dem Tod wäre doch zutiefst tröstlich. Wie viele der Gläubigen hier dies wohl ehrlich taten?

Friedrich Bastheimers Orgelvorspiel zum Sanctus riss sie aus ihren Betrachtungen. Unendlich zart schien es aus der Ferne des Himmelsraums zu kommen, und ebenso leise setzte Christian mit seinem Tenor ein. Mehrere Köpfe flogen nach hinten zur Empore, als die Pauke den Gesang des Chores akzentuierte. Tessa war tief beeindruckt von der Leistung des Pfarrhofener Kirchenchores. Es musste Bastheimer an den Rand seiner Möglichkeiten gebracht haben, dieses Werk mit Laien einzustudieren. Tessa nahm sich vor, die CD zu kaufen.

Die Orgel beschloss den Ostergottesdienst mit einer Bach-Toccata. Draußen wünschte man sich gegenseitig frohe Ostern, während die Chormitglieder mit leuchtenden Augen die vielen Glückwünsche zu ihrem Gesang entgegennahmen. Vor allem Mona galt die Bewunderung. Tessa fragte sich, wo sie blieb. Wollte sie denn keine Anerkennung für ihre Leistung? Umso mehr allerdings sonnte sich ihr Vater in dem allgemeinen Lob.

Tante Agnes lud Tessa zum Festtagsessen ein, und sie versprach zu kommen, obwohl sie eigentlich den Tag lieber alleine verbracht hätte. Sie musste dringend noch einige Zeichnungen anfertigen, die sie zum Semesterbeginn vorlegen wollte. In zwei Wochen sollte sie zurück in Hamburg sein, bis dahin war doch wohl hoffentlich die Erbschaft hier in Pfarrhofen abgewickelt.

Sie bemerkte, dass Christian sich aus der Gruppe löste und mit schnellen Schritten hinunter zur Straße ging, wo Monas BMW gerade um die Ecke bog. Hatte er Radar-Antennen, wenn es um Mona ging?

Er wechselte einige Worte mit ihr und winkte in Tessas Richtung.

„Magst du gleich mitfahren?“, fragte Mona. „Du kommst doch zum Essen? Denke nicht einmal daran abzusagen“, fügte sie hinzu, als sie Tessas Miene sah. „Ich bestehe darauf.“

„Ja, ja, ich habe schon zugesagt, als mich deine Mutter gefragt hat.“ Tessa stieg ins Auto. „Ciao, Christian“, sagte sie und fuhr los.

„Glückwunsch, Mona! Ich habe gar nicht gewusst, wie gut du singen kannst. Hast du schon einmal daran gedacht, deine Stimme ausbilden zu lassen?“, fragte Tessa. Doch Mona zuckte nur mit den Schultern. „Warum bist du übrigens gleich losgefahren? Alle wollten dir nach der Messe gratulieren.“

„Ich hatte keine Lust auf das Geschleime. Morgen hauen mich die gleichen Leute wieder in die Pfanne.“

„Verzeih, Mona, aber du lädst sie ja auch regelrecht dazu ein mit deinem abweisenden Verhalten. Sowas wirkt arrogant. Die Menschen beneiden dich, weil du so vieles kannst. Du hast doch alles im Übermaß. Schönheit, Reichtum, Talente.“

Tessa hielt inne. Sprach sie denn wirklich nur von den anderen? Alles, was sie angeführt hatte, galt doch viel mehr für sie selbst. Peinlich berührt erkannte sie das Ausmaß ihres eigenen Neides auf ihre Cousine.

„Sei vorsichtig mit deinen Wünschen“, gab Mona zurück. „Das haben schon die alten Chinesen erkannt und hinzugefügt: ‚Sie könnten in Erfüllung gehen‘.“ Tessa schluckte. Mona schien ihr mitten ins Herz geschaut zu haben.

„Hilfst du mir, die Sachen für den Markt zusammenzutragen?“, fragte Mona leichthin, als sie das Auto abschloss. „Meine Mutter hat den ganzen Winter über gebastelt, gestrickt und gehäkelt. Sie glaubt doch tatsächlich, den Leuten gefällt dieser ganze Krempel.“

Tessa war überrascht, Marietta in der Küche vorzufinden. Offenbar war wieder ein familienübergreifendes Gemeinschaftsmahl geplant.

„Es duftet himmlisch hier“, sagte sie. „Irgendwie riecht es nach Sonne und Süden.“

„Es gibt Lammfilets in Balsamico-Soße mit Rosmarinkartoffeln. Ihr könnt schon einmal den Tisch decken“, antwortete Marietta unwirsch, aber ihr Gesicht strahlte vor Stolz.

Die Wohnung schien zu schrumpfen, als die restliche Familie, allen voran Onkel Alfred, aus der Kirche kamen.

„Trinkst du einen mit, Ernst?“, dröhnte Alfred und öffnete den Kühlschrank, „ich brauche einen Obstler nach so viel Feierlichkeit.“

„Kümmere dich lieber um den Tischwein, bevor du schon jetzt zu trinken anfängst,“ sagte Agnes vorwurfsvoll. „Wir sind alle gespannt auf den Rotwein, von dem du schon seit Tagen erzählst. Wir essen gleich und Wein sollte doch atmen, oder?“

„Macht nicht so einen Krach“, tadelte Marietta ihre Sprösslinge. Klara und Niels hüpften zusammen mit Jeremy um Sonja herum, die vergeblich versuchte, ihre Geschwister zu beruhigen.

„Sonja hat einen Freeuund“, wiederholten sie immer wieder den gleichen Sing-Sang, auf den jetzt auch Alfred aufmerksam wurde.

„Was erzählt ihr da, Sonja ist erst zwölf?“, fragte er.

„Wir haben sie nach der Kirche mit Paul gesehen“, gab Klara Auskunft. „Er hat sie im Gesicht gestreichelt. Und neulich hat er nach der Schule auf sie gewartet.“ Tessa sah, wie Sonja errötete, und sie tat ihr leid. Sie hätte es selbst auch nicht geschätzt, so im Zentrum der Aufmerksamkeit zu stehen.

„Der Junge wird ihr gesagt haben, wie schön sie gesungen hat“, stand sie der Kleinen bei. „Und das hat sie tatsächlich“, fügte sie hinzu, als ihr Handy klingelte. Sie ging hinaus.

„Sag mal, checkst du eigentlich überhaupt deine E-Mails in dem Kaff, in dem du gerade steckst?“, hörte sie Amelies Stimme. „Eine Kommilitonin von dir, Paula oder so, hat gestern angerufen und dich gesucht. Sie haben dir anscheinend einen Fragebogen geschickt wegen deiner Praktikantenstelle."

Tessa durchfuhr es heiß. Hatte sie denn ihr ganzes normales Leben ausgeblendet, seit sie in Pfarrhofen war? Für dieses Praktikum hatte sie sich schon bei den Dreharbeiten vor einigen Wochen gequält. Und Daniel hatte ihr versprochen, sich für sie einzusetzen. Wollte sie überhaupt noch einmal mit ihm zusammenarbeiten? Gleichwohl, sie würde sofort nachsehen. Sie dankte Amelie, wechselte noch ein paar Worte mit ihr und ging zurück ins Esszimmer, wo die ganze Familie schon um den Tisch zusammensaß.

„Kann ich nach dem Essen mal deinen Computer benutzen, Mona?", fragte Tessa. „Ich muss unbedingt meinen Posteingang durchschauen."

„Kein Problem, er ist in meinem Zimmer. Wir sollten ihn sowieso mitnehmen. Denkst du mit daran?"

„Ziehst du jetzt Schritt für Schritt ganz hier aus?", brummte ihr Vater, doch er klang vergleichsweise milde. Tessa hatte noch ganz andere Töne im Ohr. Mona schien sich tatsächlich durchgesetzt zu haben. Sie selbst wusste keineswegs, ob sie sich darüber freuen sollte.

Das Essen hielt, was sein Duft versprochen hatte. Tessa fragte mehr aus Höflichkeit denn aus Überzeugung, ob sie beim Aufräumen helfen könne, und ging nach oben, als ihr Angebot unisono abgelehnt wurde.

Sie öffnete die falsche Tür, ins Schlafzimmer wollte sie sicher nicht, fand schließlich Monas Zimmer, wobei sie sich fragte, ob sie sich nicht täuschte. Dieses Kinderzimmer hier, das sie noch von früher kannte, konnte sie unmöglich mit der erwachsenen Mona in Verbindung bringen. Eine hellblaue Tapete, Blümchengardinen und ein überdimensionaler Vorhang in gleichem Muster über dem Bett, der dieses wohl zu einem Himmelbett gestalten sollte. Verblüfft bemerkte sie eine Vielzahl von Stofftieren auf dem Bett.

Tessa sah sich um, sie befand sich im Zimmer einer Zehnjährigen, von einem Computer war hier weit und breit keine Spur. Sie schloss die Tür mit solchem Nachdruck, als könne sie dadurch ihre Beobachtung löschen, fand sich endlich in einem Raum mit Schreibtisch wieder, auf dem der Bildschirmschoner eines Computers blinkte.

Tessa setzte sich davor, dankbar, dass sie nicht nach einem Passwort gefragt wurde. Sie gab ihre webmail-Adresse ein, als ihr Blick auf die Schriftstücke neben dem Computer fiel. Eine Menge Rechnungen, Protokolle von Gemeinderatssitzungen und eine von Heinrich Mosbacher quittierte Rechnung über Fotoarbeiten in Höhe von 4000 Euro.

Sie war offenbar in Onkel Alfreds Büro gelandet. Hatte Mona denn keinen eigenen Computer? Tessa beschloss gerade, lieber wieder von hier zu verschwinden, als Onkel Alfred plötzlich neben ihr stand.

„Was schnüffelst du hier herum?“, fragte er barsch. „Bring meine Papiere nicht in Unordnung.“

„Ich habe nur Monas Computer gesucht“, antwortete sie lahm.

„Mona hat einen Laptop. Den Computer hier benutze ausschließlich ich. Also gehst du am besten gleich wieder.“ Der letzte Satz war überflüssig.

Tessa fragte sich, ob sie Monas Vater vielleicht doch zu schwarz beurteilte. Einen freischaffenden Künstler unterstützen, das war immerhin eine noble Geste. Das hatte sie ihrem Onkel nicht zugetraut.

***

Der Morgen des Ostermontags zeigte sich als die pure Verheißung auf einen sonnigen Frühlingstag und Jan schaute nach Wolken mitten in all dem Blau. Eigentlich hielt er sich nicht für einen pessimistischen Menschen, doch zu viel Vollkommenheit machte ihn misstrauisch. Sie forderte geradezu heraus, einen Makel zu entdecken. Nein, dachte er, warum sich gegen die Schönheit sperren? Carpe diem, wenn schon Klischee, dann richtig. Er fuhr an den Straßenrand und suchte aus den CDs im Handschuhfach Beethovens Pastorale und philosophierte zu ihren Klängen über den Ursprung von Klischees. Waren sie nicht zu solchen geworden, weil sie eben doch oft der Realität entsprachen?

Die Feuerwehr sperrte die Straße am Ortsrand von Pfarrhofen und leitete ihn zu einem provisorisch angelegten Parkplatz auf einer Wiese. Der Ort schien viele Besucher zu erwarten. Es war warm, als er aus dem Auto stieg. Jan zog seine Jacke aus und legte sie auf den Rücksitz.

Pappschilder wiesen ihm den Weg, doch eigentlich musste er nur der Blasmusik folgen, die deutlich bis hierher zu hören war. Er fand den Festplatz und stellte überrascht fest, dass sich schon jetzt am Vormittag viele Menschen zwischen den Marktständen tummelten.

Eine Girlande aus Fichtenzweigen, geschmückt mit unzähligen bunten Ostereiern, zog sich über den Eingang, der flankiert wurde von Blumentrögen mit Tulpen und Narzissen.

Gleich hinter dem Eingang pries ein Korbmacher seine Waren an. Gegenüber befand sich ein Stand mit verschiedenen Lammfellen. Also doch Kommerz, dachte er, natürlich ließen sich die Händler eine solche Gelegenheit nicht entgehen.

Eigentlich waren solche Märkte ein einziger Anachronismus, die heutige Gesellschaft war im Gegensatz zu dem bäuerlichen Leben früherer Tage nicht mehr darauf angewiesen, ihren Alltagsbedarf auf zwei, drei Märkten im Jahreskreis zu decken. Und die sogenannte Brauchtumspflege war doch eine einzige Absurdität. Wenn Traditionen erst einmal gepflegt werden mussten, waren sie doch längst mausetot.

Eine Töpferin drehte vor einer interessierten Menschentraube ihre Scheibe. Jan ließ sich anstecken. Gebannt beobachtete er ihre sensiblen Künstlerhände, die dem nassen Ton eine Form gaben. Sie schien die Zuschauer überhaupt nicht zu bemerken, voll konzentriert auf ihr Werk.

Pure Nostalgie dachte er im Weitergehen, die Zeiten waren früher auch kein Jota besser als heute. Er sah Stände mit Stiefmütterchen und allen möglichen Frühlingsblumen, ein Imker verkaufte Honig und schenkte an einem Stehtisch Met aus.

Im Zentrum des Marktes war ein freier Platz mit Tischen und Bänken, die schon fast alle besetzt waren. Hinter dem Podium, auf dem die Bläser saßen, entdeckte er ein Zelt. Der Duft von gebratenem Fleisch mischte sich mit dem süßen Aroma gebackener Crêpes. Jan kaufte einen dieser mit Puderzucker bestäubten Pfannkuchen und setzte sich an einen Tisch.

Die Bläser beendeten ihr Musikstück, räumten ihre Noten weg und klappten die Notenständer zusammen. Auf das Podium drängten sich jetzt Männer und Frauen in Tracht. Jan entdeckte unter ihnen die Tochter des Bürgermeisters. In ihrem Dirndl mit weißer Schürze schien sie ihm wie die Inkarnation des strahlenden Frühlingstages.

Sie war in einen hitzigen Streit mit einem etwa zwölfjährigen Mädchen verwickelt und ihr Gesichtsausdruck entsprach überhaupt nicht ihrer Erscheinung. Da haben wir den Makel, dachte Jan, und fühlte sich trotz der offenkundigen Bestätigung seiner Gedanken enttäuscht.

Der Dirigent, in ihm erkannte Jan den Gast des Eiscafés von Schweinfurt wieder, verbeugte sich nach allen Seiten, bevor der Chor *Geh' aus mein Herz und suche Freud* anstimmte.

Jan ließ seine Augen umherwandern, da entdeckte er die junge Frau mit den Rehaugen hinter einem Stand mit Handarbeiten. Wie von einer geheimen Kraft gezogen stand er auf und schlenderte in ihre Richtung. Was soll denn das jetzt, schimpfte er sich in Gedanken. Willst du etwa ein Spitzendeckchen kaufen?

Sie verpackte etwas in eine Papiertüte, nahm einen Geldschein entgegen und gab der Frau vor dem Stand das Wechselgeld heraus. Jan bewunderte ihre wenigen harmonischen Bewegungen und fühlte sich von dem Lächeln, mit dem sie die Kundin bedachte, dunkel berührt. So hat sie dich noch nie angelächelt, dachte er und fühlte sich ausgeschlossen.

Sie drehte den Kopf zur Seite, und jetzt entdeckte sie ihn. Die letzte Spur des Lächelns verschwand von ihrem Gesicht, es wurde fahl. Sie trug Jeans und ein einfaches Polo-Shirt mit einem Goldkettchen am Hals. Jan musste beinahe lächeln. Größer konnte der Kontrast zu ihrer Cousine, der atemberaubenden Sängerin dort auf dem Podium, kaum sein. Jan hatte den unbestimmten Verdacht, dass das genau ihre Absicht war.

„Kann ich Ihnen helfen?", fragte sie sehr förmlich. Jan meinte, ein Funkeln in ihren Augen zu sehen, bevor sie hinzufügte: „Möchten Sie vielleicht einen bestickten Tischläufer kaufen?" Sie breitete ein weißes Stück Stoff aus, auf dem Frühlingsmotive mit

Vögeln zu sehen waren. „Oder hier, die gehäkelten Topflappen kann ich ebenfalls sehr empfehlen."

„Sie sollten sich nicht lustig machen über Ihre Waren", antwortete Jan und drohte mit dem Finger. „Das wirkt nicht gerade verkaufsfördernd."

„Ich danke Ihnen sehr für die Unterweisung in Verkaufspsychologie", gab sie zurück, „aber ich kenne meine potenziellen Käufer, und Sie gehören ganz eindeutig nicht dazu." Jetzt stahl sich ein Lächeln in ihre Mundwinkel, „oder sagen wir so, ich kann mir einfach nicht vorstellen, was Sie an diesem Stand hier fesseln sollte."

„Können Sie das wirklich nicht?"

Der Blick, den sie ihm zuwarf, elektrisierte Jan, doch sie wandte ihre Augen schnell wieder ab und strich eine Haarsträhne aus dem Gesicht. Jan hätte gerne die Stelle berührt, an der sie gelegen hatte, doch in diesem Augenblick kam ihre Cousine, stellte sich neben sie, und der Augenblick war vorbei.

„Welche Ehre, wir haben die Beachtung des Rundfunks gefunden", zwitscherte sie, von perlendem Lachen begleitet. „Aber ich sage Ihnen etwas", sie beugte sich zu ihm hinüber und erlaubte Jan dabei einen Blick in ihren Dirndl-Ausschnitt, „hier bei uns finden Sie wenigstens Artikel, die von den Pfarrhofener Frauen selbst gefertigt wurden, und nicht den üblichen Ramsch."

„Ja, Sie haben recht. Darum geht es mir. Für eine Reportage ist nur der Non-Profit-Aspekt entscheidend." Jan konnte kaum seine Augen von ihrem Dekolleté lassen und bemerkte erst jetzt den spöttischen Blick ihrer Cousine. Obwohl sie sich Mühe gab, unbeteiligt zu wirken, erinnerte sie Jan an einen Igel, der sich bei drohender Gefahr zusammenrollt.

Was war er nur für ein Esel, schalt er sich. Konnte er seine männlichen Reflexe, auf die primitivsten visuellen Reize sofort zu reagieren, nicht besser im Zaum halten?

Jan wandte den Blick zur Seite und stellte fest, dass sich inzwischen eine beachtliche Menschen-Ansammlung vor dem Stand eingefunden hatte, die plötzlich alle irgendetwas kaufen wollten. Nun, wenn seine Anwesenheit dem Umsatz diente, sollte es ihm recht sein.

Er räusperte sich und fragte aufs Geratewohl eine der herumstehenden Damen: „Sticken Sie auch? Wie lange braucht man denn für so einen Tischläufer?“

„Das kann Ihnen meine Mutter besser sagen, sie hat das alles organisiert“, mischte sich Mona ein und Jan dachte, nein, nicht ausgerechnet die Frau des Bürgermeisters. „Oder Sonja“, sie ging zu dem Mädchen, mit dem sie auf dem Podium gestritten hatte, und nahm sie mit sich hinter den Stand.

„Hier, sehen Sie“, sie nahm einen gerahmten Gobelin, der van Goghs Brücke von Arles zeigte, „ist das nicht ein richtiges Kunstwerk? Daran hat Sonja den ganzen Winter gestickt.“

„Ich gehe jetzt einen Kaffee trinken“, unterbrach die Rehäugige die Begeisterung ihrer Cousine, „es sind genug Verkäufer hier.“

Jan hätte am liebsten seinen Einsatz abgebrochen und wäre ihr gefolgt, aber schließlich war er ein Profi. „Das ist ja wirklich ganz außergewöhnlich“, wandte er sich an das Mädchen. „Ich bin beeindruckt, so viele Farben. Ich kann mir vorstellen, dass man beim Arbeiten sehr konzentriert sein muss.“

„Ja, man muss dazu schrecklich viel zählen, aber ich hatte das Muster im Computer, da konnte ich es wenigstens vergrößern.“

„Weißt du was? Wir gehen jetzt ein Eis essen oder etwas trinken, dann kannst du mir alles in Ruhe erzählen. Ich könnte auch eine Tasse Kaffee vertragen.“ Prüfend schaute Jan in die Runde, aber es schien niemandem aufgefallen zu sein, warum er gerade jetzt unbedingt einen Kaffee brauchte.

„Oh ja, gerne.“ Das Mädchen strahlte ihn an, während sie neben ihm herging. „Da drüben sitzt Tessa, gehen wir doch zu ihr.“ Jan hatte sie längst gesehen und beglückwünschte sich zu seiner Idee, jetzt hatte er immerhin auch ihren Namen erfahren.

„Sie heißen Tessa“, sagte er mit Wärme, als er neben dem Mädchen ihr gegenüber Platz nahm, „das hat mir die junge Dame hier gerade erzählt. Und wie weiter?“ Erfreut stellte er fest, dass eine feine Röte von ihrem Hals ausgehend ihr Gesicht überzog.

„Eigentlich Teresa“, sagte sie, „Teresa Hennigsen.“

„Aus Hamburg“, führte Jan fort, „und ich bin Jan Niemeyer und bin auch kein Einheimischer. Ich komme aus Würzburg. Trinken wir etwas anderes als Kaffee darauf, dass wir uns jetzt endlich kennen?“

„Ich muss gleich wieder gehen“, sie schaute über den Platz, „zumal Mona gerade kommt und Tante Agnes allein bei der Arbeit gelassen hat.“ Und schon stand sie auf und räumte den Platz für ihre Cousine.

„Und du holst dir jetzt ein Eis oder was auch immer du magst, Sonja“, wandte er sich an das Mädchen und drückte ihr einen Zehn-Euro-Schein in die Hand, „und dann erzählst du mir alles.“

Sonja rannte los und kam mit einem großen Eisbecher zurück. Auf halbem Weg stieß sie mit dem Chordirigenten zusammen, der ihre Entschuldigungen mit finsterer Miene kommentierte, während er mit einem Taschentuch seine Weste abwischte.

„Ich habe ihn überhaupt nicht vollgekleckert!“

„Er wird einfach nur erschrocken sein“, beruhigte sie Jan. Sonja begann zu erzählen. Amüsiert hörte er zu, die Kleine bemerkte kaum, dass er während ihres Redeflusses sein Aufnahmegerät auf den Tisch gelegt hatte. Endlich wieder mal ein natürlicher Redebeitrag.

***

„Sind denn 4,50 € nicht ein bisschen wenig?“ Helene Obermeier begutachtete kritisch den Hohlsaum der leinenen Tischsets. „Wer hat denn die Preise festgelegt?“

„Tante Agnes meinte, es wäre vernünftiger, nicht allzu viel zu verlangen, die Leute könnten ja gerne aufrunden. Außerdem haben wir hier ja noch den Spendenkorb.“

Tessa bemühte sich um einen besonders freundlichen Ton. Es kümmerte sie wirklich nicht, dass Jan Niemeyer immer noch mit Mona und Sonja am Tisch saß und sich angeregt zu unterhalten schien.

„Außerdem laufen die Geschäfte vielleicht deswegen heute so gut, weil die Sachen nicht zu teuer sind“, fügte sie hinzu und lächelte erleichtert ihre Tante an, die gerade zum Stand kam.

„Tante Agnes, du kannst sicher besser begründen, warum du die Preise so niedrig angesetzt hast.“

„Bis jetzt sind wir gut damit gefahren, Helene, aber niemand wird dir verwehren, mehr zu bezahlen.“ Ihre Tante lachte, ein seltener Anblick, der Tessa verwunderte.

„Aber du solltest nicht zu lange von deinem Zelt fernbleiben, es ist ein ziemlicher Andrang da drinnen. Außerdem hatte dieser Rundfunkreporter eine fantastische Idee. Er meinte, Sonjas Stickbild sollte man nicht einfach so verkaufen, sondern versteigern, natürlich im Zelt. Vielleicht solltest du das Mikrophon nehmen und die Aktion ankündigen."

„Das fehlte noch." Dennoch lächelte Helene Obermaier geschmeichelt. „Für solche Dinge ist dein Mann besser geeignet. Wo steckt er denn eigentlich?"

Was mischte sich da für ein Ton ein?

„Eigentlich solltest du das besser wissen, er ist doch den ganzen Tag im Zelt. Frag ihn doch einfach, ob er es übernimmt. Er wird sich ganz bestimmt nicht sträuben."

„Wann soll denn das Ganze stattfinden?"

„Ich nehme doch an am späten Nachmittag, wenn die meisten Besucher da sind. Aber fragen wir doch den Rundfunkmann nach seiner Meinung." Ihre Tante hakte die Wirtin unter, wandte sich aber noch einmal zu Tessa um. „Bleibst du noch etwas hier, Tessa? Ich komme gleich wieder. Übrigens ganz herzlichen Dank, du machst das großartig heute. Auf dich ist wenigstens Verlass."

Es war schon immer die große Stärke grauer Mäuse, verlässlich zu sein, dachte Tessa bitter, während ihr Blick wieder zu einem ganz besonderen Tisch wanderte. Nun, ihr Gastspiel hier in Pfarrhofen war ohnehin bald beendet, dann hatte wieder ihr Studium Vorrang. Vielleicht reichte ein Vorschuss aus ihrem Erbe dazu, dass sie sich die Reise nach Barcelona leisten konnte. Sie hatte sich für ihre Diplomarbeit ein Szenenbild für eine potenzielle Verfilmung von Carlos Ruis Zafons *Schatten des Windes* vorgenommen. Eine Recherche an den Originalschauplätzen wäre schon sehr förderlich.

„Na, Tessa, so in Gedanken versunken?" Tessa sah auf. Friedrich Bastheimer stand vor ihr. „Das finde ich aber überhaupt nicht nett von deinen Verwandten, dass sie dich die ganze Arbeit hier allein tun lassen."

Er lächelte sie an. Der Lehrer hatte zielsicher ihren wunden Punkt berührt. „Eine interessante Erfahrung, so ein Verkauf", sagte sie kurz. „Die Cäcilienmesse gestern war wunderschön, eine fantastische Leistung, Herr Bastheimer, ich gratuliere Ihnen dazu.

Es war sicher nicht einfach, mit einem Laienchor so etwas Anspruchsvolles einzustudieren", versuchte sie abzulenken.

„Es freut mich, dass es dir gefallen hat. Hast du schon gehört, dass Sonjas Stickbild versteigert werden soll? Schau doch mal hinüber", er lachte gutmütig, „wie sie sich in der Medienaufmerksamkeit sonnt."

Und nicht nur sie, flog es Tessa durch den Kopf. „Ich gönne es ihr. Das Mädchen macht zuweilen doch einen recht gedrückten Eindruck oder interpretiere ich da etwas Falsches hinein?", fragte sie.

„Sagen wir so, Marietta Hinterleitner tut sicher ihr Bestes, aber Sonja ist ein sensibles Mädchen und sie doch eher eine bodenständige Frau. Aber ich denke, du machst dir unnötige Gedanken. Sie ist eine ehrgeizige, erfolgreiche Schülerin. Das wäre sie nicht, wenn sie ernsthaften Kummer hätte. Und sie steckt mitten in der Pubertät."

„Dann bin ich ja beruhigt, Sie haben als Pädagoge da sicher mehr Erfahrung. Wahrscheinlich sehe ich Gespenster nach all den Aufregungen."

Friedrich Bastheimer schaute lächelnd zu Sonja hinüber. Tessa folgte seinem Blick. An dem Tisch hatten sich jetzt auch Christian, der Krankenpfleger und verschiedene andere Chormitglieder, die Tessa schon im ‚Roten Ochsen' kennengelernt hatte, eingefunden. Ein etwa 16-jähriger Junge stand mit reichlich verkniffenem Gesicht hinter Sonja, die Hände in den Taschen vergraben, die personifizierte Aggressivität. Aber zumindest Mona war glücklich im Kreis ihrer Bewunderer.

Auf eine Bemerkung von ihr drehten sich alle Köpfe in Tessas Richtung, und jetzt stand Mona auf, Sonja und Jan Niemeyer im Gefolge, kam sie zu ihr her.

„Tessa, denk dir", sprudelte es aus Sonja heraus, „ich darf mit Herrn Niemeyer in sein Studio und zusehen, wie er die Radiosendung vorbereitet."

„Du bist jetzt eben ein richtiger Star." Tessas Stimme klang ein wenig brüchig, aber es schien niemandem aufzufallen.

„Haben Sie sich nicht schon lange eine Pause verdient?", fragte Jan Niemeyer. „Ich denke, Ihre Cousine würde Sie gerne ablösen.

Begleiten Sie mich ins Zelt? Wir werden Sonjas Bild versteigern und wir könnten zusammen alles Wesentliche veranlassen."

„Dankeschön, eine Pause wäre tatsächlich wunderbar. Aber ich bin definitiv nicht die richtige Person für die Vorbereitung einer Versteigerung. Das kann Mona viel besser, sie kennt schließlich die Leute hier, ich nicht." Tessa hörte selbst, wie pikiert ihre Bemerkung klang, und fügte versöhnlicher hinzu: „Wann soll das große Event denn stattfinden?"

„Gegen drei Uhr haben wir ausgemacht", antwortete Jan.

„Ich fahre kurz nach Hause, lege ein bisschen die Füße hoch, dann komme ich wieder."

Enttäuscht wandte sich Jan ab. So sah es jedenfalls aus.

***

Es war schon kurz nach drei, als Tessa auf die Uhr sah, der Tee, der vor ihr auf dem Küchentisch stand, war kalt geworden, und ihre Beine, die auf einem Stuhl lagen, waren taub. Verdammt, sie hatte nicht eingeplant einzuschlafen, da hätte sie sich ja gleich auf die Couch legen können. Sie stand zu schnell auf und ihr rechtes Bein knickte ein. Knapp entging sie einem Sturz.

Sicher war die Versteigerung schon in vollem Gange, dennoch zwang sie sich dazu, langsam zu gehen. Es war überhaupt nicht schlimm, wenn sie zu spät kam.

Eine eigentümliche Stille lag über dem Festplatz, als Tessa näherkam. Sie vermisste die Klänge der Blasmusik und die Lautsprecherdurchsagen, die doch zu hören sein mussten. War etwa schon alles vorüber?

Tante Agnes und Marietta standen gestikulierend vor dem Zelt, Alfred eilte mit dem Gemeinderat Remminger auf sie zu, von hinten kam Christian zusammen mit dem Krankenpfleger und alle machten einen zutiefst ratlosen Eindruck.

Alfred sah Tessa zuerst, er zeigte in ihre Richtung und Agnes setzte sich in Bewegung.

„War Sonja bei dir, Tessa? Sie sollte doch längst hier sein, hat sie etwa die Zeit vergessen?"

„Nein, ich war zu Hause, und ich habe sie auch nicht mehr gesehen, seit ich gegangen bin."

„Vor etwa einer Stunde war sie mit diesem Paul zusammen, sie haben Zuckerwatte gegessen“, sagte der Krankenpfleger.

„Ich weiß nicht mehr genau, wann es war, aber ich habe sie mit Mona gesehen, sie gingen zum Ausgang“, fügte Manfred Remminger hinzu.

„Sollen wir ohne sie anfangen?“, fragte Marietta erregt. „Dieser Jan Niemeyer wird nicht warten wollen, bis ein Mädchen mit Starallüren geruht aufzutauchen.“

„Fragen wir ihn doch einfach.“ Christian ging zum Zelteingang, und Tessa folgte ihm.

Jan Niemeyer stand etwas verloren vor der Brötchentheke. Tessa stellte ihm Christian als besonderen Freund Monas vor. Sofort redete Christian aufgeregt auf Niemeyer ein.

Eine bange Ahnung erfasste Tessa. Niemals hätte Sonja die Zeit vergessen. Wo war sie also? Und dass Mona auch fehlte, trug nicht dazu bei, sie zu beruhigen.

„Sie haben Sonja auch nicht mitgebracht“, sagte Jan zu Tessa, als sie vor ihm stand. „Ich hatte die Hoffnung, sie wäre bei Ihnen. Vielleicht sollten wir die Versteigerung verschieben“, schlug Jan vor, „da hat Monas Freund Christian absolut recht, ohne das Mädchen macht das alles nicht viel Sinn.“

„Irgendetwas ist passiert“, sagte Tessa und sah an Jans besorgter Miene, dass er der gleichen Meinung war. „Wir sollten sie suchen, sie hätte diesen Termin niemals leichtsinnig versäumt.“

Inzwischen kam der Bürgermeister mit Agnes, Remminger und Marietta im Schlepptau, auf sie zu.

„Ich weiß nicht, wie Sie die Angelegenheit einschätzen“, wandte sich Jan an den Bürgermeister. „Ich schlage eine Durchsage vor, dass wir später beginnen.“

Alfred Huber nickte und ging zum Mikrofon. „Meine sehr verehrten Damen und Herren“, begann er, „es hat einen kleinen Zwischenfall gegeben, die Versteigerung wird um eine kleine Weile verschoben. Ich verspreche Ihnen aber, dass es nicht allzu lange dauern wird. Bleiben Sie also hier, in der Zwischenzeit wird unsere Blaskapelle Sie weiter unterhalten.“

„Glaubst du ernsthaft, dass da noch etwas draus wird? Wir dürfen die Leute nicht zu lange hinhalten“, verstärkte Remminger jetzt auch noch die Bedenken des Bürgermeisters.

„Diese verdammte Göre, wahrscheinlich ist sie mit diesem Paul unterwegs. Durchstöbern wir doch die einschlägigen Ecken." Huber lachte anzüglich. „Ihr wisst schon, solche, in denen ihr euch in diesem Alter auch verkrochen hättet. Wir bilden Gruppen und suchen ganz systematisch das Gelände ab. Gnade ihr Gott, wenn wir sie finden."

Kurze Zeit später traf Tessa hinter dem Zelt Jan Niemeyer. Sie erkannte einen ihrer Mieter wieder, der mit einem Maßkrug in der Hand gerade ein Mädchen etwa in Sonjas Alter anpöbelte. Sollte sie ihn in die Mangel nehmen? Sie verzichtete darauf und ging weiter, weil sie gerade jetzt nicht unbedingt von ihm erkannt sein wollte.

„Was mich ernsthaft beunruhigt", sagte sie zu Jan, „ist die Tatsache, dass Mona auch nirgendwo zu sehen ist. Oder haben Sie eine Ahnung, wo sie sein könnte?" Schon wieder klang die Bemerkung viel zu spitz, konnte sie denn nicht ihre Gefühle beherrschen?

„Sie verstehen hier etwas ganz und gar falsch, habe ich den Eindruck", gab Jan ernst zurück. „Ich bitte Sie nur um eines, haben Sie einfach nur noch eine kleine Weile ein bisschen mehr Vertrauen in mich."

Schweigend setzten sie ihren Weg fort und erreichten einen kleinen, baumbestandenen Bach, über den eine Brücke zu einem Pfad hügelaufwärts führte, auf dem bereits eine Gruppe von Männern ging.

Sie hielten an einem Gebüsch, vor dem Tessa eine einzelne, ganz in Schwarz gekleidete Frau sitzen sah. War das nicht Mona? Sie hatte offenbar ihr Dirndl gegen Jeans und ein schwarzes T-Shirt ausgetauscht.

Alarmiert begann sie loszulaufen.

Mona saß im Gras, das Gesicht in den Händen verborgen, während einer der Männer sich im Gebüsch zu schaffen machte. „Wir müssen nicht mehr weitersuchen", sagte er, und jetzt bemerkte Tessa in dem Busch zwei Mädchenbeine in weißen Söckchen, seltsam verdreht und absolut regungslos. Sie hörte einen Schrei. Es war ihr eigener.

***

Die Stimme kam von weit her, weich und warm nannte sie ihren Namen. Sie musste zu einem Traum gehören, der nun zu Ende war. *Tessa*, klang es nun wieder, diesmal drängender. Sie wusste, dass man auf das Öffnen ihrer Augen wartete.

Als sie es tat, blickte sie in Jan Niemeyers besorgtes Gesicht. Sie lag auf dem harten Boden und ihre Hände spürten Gras. Sofort war alles wieder da, Gebüsch und Gras und zwei bestrumpfte Mädchenbeine. Jan Niemeyers Arm lag um ihre Schultern. Eigentlich wollte sie sich nicht bewegen, dieses Gefühl von Geborgenheit noch eine Weile auskosten, aber schon nahm er ihre Hand, um ihr aufzuhelfen.

Die Stelle im Gebüsch war von Menschen umringt, die alle seltsam tatenlos dastanden, Mona mit hängenden Armen daneben. Irgendjemand sprach aufgeregt in sein Handy und ein anderer sagte: „Stopp, nicht anfassen!"

Jan Niemeyer drehte ihren Kopf zu Seite. „Nicht mehr hinschauen", sagte er, „gehen wir ein Stück zur Seite."

„Ist Sonja ...?" Tessa widerstrebte es auszusprechen, was sie dachte.

„Ja, ich fürchte, sie ist tot. Wir können nichts mehr tun."

„Hat Mona sie umgebracht?", brach es aus Tessa heraus.

Jans Miene wechselte von Sorge in Bestürzung. „Was bringt Sie denn auf diesen Gedanken?"

„Sie saß doch daneben und ..." Tessa stotterte und verwünschte sich für diese Bemerkung. „Sorry, ich bin wohl noch immer weggetreten." Sie wischte sich über die Stirn.

„Ja, Sie haben mir einen gehörigen Schrecken eingejagt, einfach so umzukippen. Haben Sie denn heute überhaupt schon etwas Vernünftiges gegessen?"

„Ja, doch, nein, aber ich kann jetzt auch nicht daran denken." Tessa fühlte einen sauren Geschmack im Mund, und sie hatte Mühe, ihren Mageninhalt bei sich zu behalten.

„Treten Sie zur Seite!", hörte sie die wohlbekannte Stimme von Kommissar Lange, der mit einem Pulk von Männern und Frauen näherkam. Einige trugen weiße Overalls, ein schmächtiger Mann mit Glatze eine Arzttasche. Tessa erkannte auch die stämmige Frau wieder, die Lange schon an dem Tag von Nicks Tod begleitet hatte. Auf einer Wiese parkten mehrere Polizeiautos.

„Halt!“, rief der Kommissar zwei Männern zu, die sich anschickten zurückzugehen. „Ich brauche noch Ihre Personalien und Ihre Aussagen. Von allen.“ Er sah in die Runde und sein Ton duldete keinen Widerspruch. „Schmidt“, befahl er einem uniformierten Polizisten, „begleiten Sie die Leute dort hinüber“, er schaute zum Festplatz. „Ich komme dann nach.“

Der Uniformierte winkte die Umstehenden zu sich und zögernd folgten sie ihm.

Der Kommissar hielt Mona auf. „Frau Huber, nicht wahr?“, wandte er sich an sie. „Sie neben einem toten Kind? Das ist ein bisschen viel Zufall, finden Sie nicht? Nun, wir werden uns eingehend unterhalten müssen.“ Er warf einen kritischen Blick auf Tessa. „Das gilt auch für Sie.“ An die Adresse von Jan Niemeyer gewandt fügte er hinzu, seine Stimme ätzend vor Spott: „Welch eine freudige Überraschung, der Rundfunk noch vor der Polizei am Tatort. Am besten gehen Sie auf der Stelle. Ich habe Ihnen nichts zu sagen.“

„Aber ich möglicherweise Ihnen.“ Entschlossen ging Jan auf den Kommissar zu.

Tessa wandte sich ab und sah Marietta den Feldweg heraufstürmen. Alfred und Agnes folgten ihr und konnten kaum mit ihr Schritt halten.

Der Kommissar trat ihnen in den Weg. „Keine weiteren Zuschauer, bitte!“

„Aber ich bin die Mutter, ich muss Sonja sehen.“

„Besser nicht“, antwortete Lange und seine Stimme klang unerwartet sanft.

Tessa ging an ihrer Tante und ihrem Onkel vorbei, ohne auf ihre Fragen zu antworten. Ihr Herz war ein Eisklumpen und ihre Beine zitterten. Ihr Gang war der einer alten Frau. Welch ein unerwarteter Glücksfall für den Rundfunk-Korrespondenten, flog es ihr durch den Kopf. Der jähe Tod eines Mädchens war doch eine echte Topmeldung, viel geeigneter als der langweilige Bericht über einen Ostermarkt, ein journalistisches Sahnehäubchen sozusagen.

Hatte sie tatsächlich angenommen, dass er sich die Sensation entgehen lassen würde? Aber irgendjemand würde doch ohnehin darüber berichten, meldete sich eine leise Stimme, die Tessa sofort zum Schweigen brachte. Sie brauchte keine zweite Erfahrung wie die mit Daniel. Was bist du doch für ein egozentrisches Geschöpf, dachte sie, Sonja ist tot, und du denkst an deine Amouren.

Vor dem Festplatz wartete der Polizist in Uniform. „Gehen Sie bitte zum Erste-Hilfe-Zelt", sagte er, „wir brauchen Ihre Personalien."

„Die kennt Kommissar Lange, ich bin Tessa Hennigsen", antwortete sie müde. „Er weiß auch, wo meine Cousine und ich wohnen, darf ich bitte nach Hause gehen?"

„Das muss der Kommissar selbst entscheiden. Vielleicht warten Sie hier einfach mit den anderen."

Sie schaute sich suchend um, fand aber nirgends einen freien Stuhl, also setzte sie sich auf eine Steinrabatte, die um einen erst frisch gepflanzten Baum gezogen war. Ein Junge mit einer Bratwurst lief vorbei. Der Geruch stülpte ihren Magen um.

Noch immer drängten sich die Besucher auf dem Festplatz, stellte Tessa überrascht fest, doch das lärmende Treiben war abgebrochen. Stattdessen überall Gemurmel. Spürbare Spannung. Sie wandte sich ab, als sie zwei Männer sah, die einen Metallsarg zum Tatort brachten. Für Sonja! Ein Mann mit einer Fernsehkamera und eine Frau mit Mikrofon drängten sich mit Ellbogengewalt durch die Gruppen. Der Polizist, der noch immer vor dem Rot-Kreuz-Zelt stand, hielt sie auf.

Tessa widerte der Wortwechsel und die aufdringlichen Forderungen der beiden Journalisten an. Sie stand auf und ging ins Zelt, wo sie drückendes Schweigen empfing. Sie setzte sich auf eine Bank, hatte aber plötzlich das Gefühl, keine Luft mehr zu bekommen. Voller Unruhe ging sie wieder hinaus.

Sie sah Mona näherkommen, eskortiert wurde sie vom Kommissar und der Polizistin in Zivil. Hatten sie Mona etwa Handschellen angelegt? Nein, sie hatte sich getäuscht, sie gingen nur sehr eng nebeneinander. Heftig gestikulierend folgte Onkel Alfred. Agnes nickte dazu.

Das Fernsehteam setzte sich in Bewegung. Der Kommissar bot ihrem Wortschwall mit einer gebieterischen Geste und einem Kopfschütteln Einhalt. „Kein Kommentar", hörte sie ihn sagen, „nicht zu diesem Zeitpunkt. Geben Sie sich keine Mühe. In zwei

Stunden stehe ich Ihnen auf dem Revier zur Verfügung. Und, nein, hier haben Sie keinen Zutritt", setzte er hinzu, als er den Zelteingang erreicht hatte. Von Jan keine Spur.

Tessa konnte sich nicht entscheiden, ob sie erleichtert oder enttäuscht sein sollte.

„Wir kennen uns ja schon." Die Kommissarin mit den stämmigen Beinen drückte Tessa die Hand. „Mein Name ist Gerda Baier." Sie zog ein Notizbuch aus der Jackentasche. „Sagen Sie mir bitte Ihren Namen und Ihre Adresse." Sie schrieb sie auf und fügte hinzu. „Kommissar Lange hat auch noch einige Fragen, dann können Sie gehen." Sie warf einen Blick über die Schulter in die Ecke, in der Lange mit Mona und ihren Eltern saß und ihr winkte.

„Sie können gleich mit mir gehen, offenbar ist der Kommissar jetzt soweit."

„Tessa Hennigsen, nicht wahr?" Er gab ihr die Hand. „Ihre Personalien hat meine Kollegin ja schon notiert. Erzählen Sie mir doch jetzt einmal, wann Sie Sonja zum letzten Mal gesehen haben und wie Sie den Nachmittag verbracht haben."

Seine Stimme wirkte sanft, doch Tessa ließ sich nicht täuschen. Sie zählte auch zu den Verdächtigen. „Ich war mit kurzen Pausen den ganzen Vormittag am Stand und bin gegen eins nach Hause gegangen. Da war Sonja noch mit mehreren Leuten am Stand. Gegen drei Uhr bin ich zur Versteigerung wieder zurückgekommen."

„Hmm, hat Sie jemand zu Hause gesehen?"

„Nein, ich war allein und bin auch kurz eingeschlafen. Verstehe ich das richtig? Sie möchten nicht mehr und nicht weniger als ein Alibi von mir?"

„Sagen wir so, es wäre hilfreich, wenn Ihre Angaben jemand bestätigen könnte."

Der Kommissar sah sie abwartend an. Tessa zermarterte sich das Hirn. Aber ihr fiel niemand ein, der sie gesehen haben könnte. „Nein, tut mir leid", sagte sie resigniert, „ich fürchte, damit kann ich Ihnen nicht dienen."

„Nun gut, das wäre dann für den Augenblick alles. Wir werden sicher noch miteinander reden müssen. Sie sind doch die nächsten Tage noch in Pfarrhofen?"

Als Tessa nickte, fügte er hinzu: „Sie sollten uns auf jeden Fall informieren, wenn Sie wegfahren wollen."

Tessa wandte sich zum Gehen, drehte sich aber noch einmal um. Mona saß mit hängendem Kopf auf der Bank. Ihr Vater stand mit aschfahlem Gesicht und mahlenden Kiefern neben ihr. Tante Agnes weinte.

„Kann denn meine Cousine auch gleich mit mir zurückgehen?"

„Dem steht von unserer Seite aus nichts im Wege."

„Monika kommt mit nach Hause", sagte Alfred knapp. Tessa hatte gar nicht vor zu intervenieren. Ihr war es lieber, sich jetzt nicht auch noch um Mona kümmern zu müssen, gestand sie sich ein.

„Komm, steh auf, wir gehen heim", hörte sie ihren Onkel überraschend mild zu seiner Tochter sagen. „Du brauchst jetzt erst einmal Ruhe." Er fasste sie am Arm und hakte sie unter. Willenlos ließ sich Mona wegführen.

Tessa glaubte, gegen eine Wand zu laufen, als sie aus dem Erste-Hilfe-Zelt traten. Es schien, als hätten sich alle Marktbesucher dort versammelt.

Wie auf das Zeichen eines imaginären Taktstocks verstummte das Geraune, und die Wand wich zurück. Der Fernsehreporter, der einem Mann sein Mikrofon reichte, hielt abrupt in seiner Bewegung inne und fixierte eine Schrecksekunde lang Mona, bevor er sich rücksichtslos durch die Menge drängte.

Er verstellte mit seinem allgegenwärtigen Mikrofon Mona den Weg. „Sie haben doch die Tote gefunden. Was hat Sie veranlasst, genau dort zu suchen. Können Sie uns das sagen? Eine kurze Stellungnahme genügt", prasselten seine Fragen auf sie nieder. Mona drehte den Kopf zur Seite.

„Meine Tochter hat einen Schock, können Sie das nicht sehen?", donnerte Onkel Alfred. „Wir werden Ihre Fragen nicht beantworten, also lassen Sie uns bitte weitergehen."

„Einen Schock? Und was genau hat diesen Schock verursacht?" Der Reporter ließ sich nicht beirren. „War es lediglich der Umstand, dass sie die Leiche gefunden hat, oder steckt mehr dahinter?"

Onkel Alfred schob ihn mit einer einzigen Armbewegung zur Seite und ging weiter mit dem Ergebnis, dass sich der Reporter jetzt vor Tessa platzierte. „Sie waren doch auch am Tatort. Können Sie uns etwas berichten? Wie haben Sie sich gefühlt?"

Tessa sah die Kamera direkt auf ihr Gesicht gerichtet und sagte: „Wenden Sie sich doch bitte an Kommissar Lange, und über meine Gefühle möchte ich schon gar nicht sprechen."

Die Menschen, die den Atem angehalten hatten, so schien es, begannen wieder verhalten zu murmeln, als der Mann sich abwandte.

Einige Schritte hinter ihrer Familie beobachtete Tessa, dass sich die Menge teilte wie ehemals das Rote Meer auf Befehl von Moses, um die drei durchzulassen. Mona verdeckte ihr Gesicht mit der Hand.

Kurz vor dem Parkplatz hörte Tessa die ersten Rufe. „Mörderin, Hure!", schallte es aus dem Gewimmel. „In den Knast gehörst du."

Mona begann zu laufen. Tessa sah die feindlichen Mienen, die sich auch ihr zuwandten. Auch sie lief schneller. Da flog der erste Stein. Er verfehlte Mona nur knapp. Onkel Alfred fuhr mit quietschenden Reifen davon.

Tessa hetzte über den Parkplatz, als sie ihre Ferienfreundin Margit aus dem Auto steigen sah.

„Markt in Pfarrhofen", rief sie, „ich habe darauf gezählt, dich hier zu treffen, aber dass du mir gleich über den Weg läufst." Überrascht blieb sie vor Tessa stehen.

„Um Himmels willen, was ist denn mit dir los? Ist dir schlecht? Du siehst aus wie ein Geist."

„Geh nicht dahin, Margit. Es ist so furchtbar." Tessa stammelte: „Ein Mädchen – ist – umgebracht – worden."

„Wie, was?" Auf Margits Gesicht malte sich der Schrecken. „Kennst du sie?"

„Ja, aber ich muss weg von hier. Die Menschen", Tessa deutete in eine unbestimmte Richtung, „sie sind gefährlich. Ich ruf dich an."

***

Jan schloss die Tür zu seinem Studio und wendete dem beruflichen Bereich seiner Wohnung nachdrücklich den Rücken zu. Als könne er damit auch die Gedanken ausschließen, dachte er ironisch und schenkte sich einen doppelten Whisky ein. Er hatte den Laphroaig von seinem letzten Urlaub in Schottland für besondere Anlässe aufbewahrt und heute war ein solcher.

Das Wort besonders meinte ja dem Wortsinn nach nicht zwingend, dass der Anlass schön sein musste.

Wahrscheinlich hatte er gerade den besten Rundfunk-Beitrag seiner noch jungen Karriere abgeliefert, und dennoch fühlte er sich leer und ausgebrannt. Er sah noch immer die strahlenden Augen des Mädchens, während sie erzählte, und er sah ihren leeren, in den Himmel starrenden Blick, bevor ihr der Kommissar die Augen schloss.

Aktueller konnte Rundfunk kaum sein, die letzten Worte eines Mordopfers für ein wenig Gänsehaut im heimischen Wohnzimmer. Oh ja, er hatte sensibel berichtet, mit allem notwendigen Respekt, ohne jede Sensationshascherei, und dennoch war er der Versuchung erlegen, einen Beitrag senden zu können, den so kein anderes Medium vorweisen konnte.

Sein Redakteur hatte gejubelt, warum fühlte er sich dann so grottenschlecht?

War es denn wirklich nötig, dass der Hörer so hautnah bei einem Verbrechen dabei sein musste? Gehörte es tatsächlich noch zur Informationspflicht eines Journalisten, davon zu berichten?

Jan ging in seinem Wohnzimmer auf und ab und stellte sich immer wieder die gleiche Frage, ob er richtig gehandelt hatte. Er sah zum ersten Mal die Schattenseiten seines Berufs. Da half auch nichts, dass er sich sagte, dass wohl jeder Korrespondent dieses Material mit Kusshand verwendet hätte.

Er war nicht jeder, verdammt noch mal.

Und da war noch etwas ganz anderes, etwas, das Jan seit dem Nachmittag zu verdrängen versuchte. Tessas Blick, bevor sie ihn einfach stehen ließ und davonging, ein Blick zwischen Erkennen, Enttäuschung und Verachtung. In diesem kleinen Augenblick hatte sie erfasst, was ihn antrieb, und sich abgewendet.

Er konnte nicht mehr so tun, als wäre ihm egal, was sie dachte. Nicht mehr, seit sie nach ihrer kurzen Ohnmacht die Augen aufgeschlagen hatte und ihn ein elektrischer Schlag traf. Alles, was er sich immer erträumt hatte, war in diesen Augen gelegen, etwas, das sein Bemühen um die beste aller Nachrichten schal werden ließ. Sie war nicht, wie so viele seiner Bekanntschaften, beeindruckt von dem, was er tat. Ihr ging es um das, was er war, und es hatte nicht genügt.

Schluss jetzt, befahl er sich. Du kennst dieses Mädchen doch gar nicht, und zum Spielball deiner Hormone wirst du nicht werden, vor allem dann nicht, wenn das Ziel deiner Begierde aus einer mörderischen Familie stammt.

***

Agnes faltete das letzte Bettlaken des Wäschestapels zusammen und zog den Bügeleisen-Stecker aus der Steckdose. „Es ist genug Agnes", hörte sie die Stimme ihrer Mutter, „siehst du nicht, dass alles längst blinkt. Von wem hast du nur diesen Perfektionismus? Von mir sicher nicht."

Habe ich überhaupt eine gute Eigenschaft von dir geerbt, Mama, oder waren alle Familientugenden ausschließlich in meiner Schwester vereint? So waren doch die Rollen in unserer Familie verteilt, dachte sie, während sie das Bügelbrett aufräumte. Sie hatte tun können, was sie wollte, immer hatte Margarete im Mittelpunkt gestanden. Sie war die Klügere, Hübschere und hatte ihre Eltern um den Finger gewickelt. Wann hatte sich ihre Schwester denn einmal um die Alltagspflichten gekümmert? Der Gedanke schmerzte heute noch genauso wie früher.

Agnes hatte geglaubt, nachdem ihre Schwester als Fremdsprachen-Sekretärin nach Hamburg gegangen war, würden ihre Eltern auch sie endlich wahrnehmen, aber sie hatte sich getäuscht. Auch die abwesende Margarete taugte immer noch als leuchtendes Vorbild.

Aber den begehrtesten Mann des Dorfes hatte sie geheiratet. Sie sah noch immer die fassungslose Miene ihrer Mutter vor sich, als sie ihre Hochzeit mit Alfred Huber ankündigte, und ein triumphierendes Lächeln umspielte ihre Lippen. Alfred wollte sie heiraten, keine der anderen, die ihm zu allen Zeiten nachliefen. Und zu diesem Zeitpunkt konnte er noch nichts wissen von der üppigen Mitgift, die sie bekam.

Eigenartig, ihre Eltern waren bei Margarete viel kleinlicher gewesen. Ihr hatten sie nur die Hochzeit bezahlt. Hatten sie etwa Angst davor, dass sie, Agnes, ohne entsprechende finanzielle Ausstattung als alte Jungfer verkümmern musste?

Oben schlug eine Tür, und Agnes sammelte sich wieder. Warum fielen ihr denn ausgerechnet heute die alten Geschichten wieder ein? Sie hatte doch schon lange nicht mehr darüber nachgedacht. Sorgte sie sich etwa darum, dass bei einem Skandal um Mona alles den Bach hinunterging, wofür sie geschuftet hatte?

Entschlossen legte sie die Bügelwäsche in einen Wäschekorb und ging aus dem kleinen Werkraum im Keller nach oben in die Wohnung. Sie würde sich ihre Tochter vorknöpfen, und Mona sollte am besten gar nicht daran denken, ihr nicht Rede und Antwort zu stehen. Sie musste wissen, woran sie war.

Agnes fand Mona im Wohnzimmer. Ihr Vater saß ihr mit unglücklichem Gesicht gegenüber und redete beruhigend auf sie ein.

„Es gibt gleich Abendessen", verkündete sie. „Wir sind ohnehin spät dran heute."

„Dass du ans Essen denken kannst", sagte ihr Mann müde. „Ich kriege heute sicher nichts runter."

„Irgendjemand muss sich schließlich um die Ordnung kümmern. Wir können nicht alle hier rumhängen und jammern."

Agnes seufzte, während sie Platten mit Käse und Wurst belegte und Brot schnitt. Wann hatte ihr Mann eigentlich in der Vergangenheit danach gefragt, wie es ihr ging? Wenn er es jemals getan hatte, war es ihr entfallen.

Sie konnte sich allerdings sehr genau an seinen Gesichtsausdruck erinnern, als er seine Tochter, sein absolutes Ebenbild, zum ersten Mal im Arm gehalten hatte. So glücklich hatte sie ihn vorher nicht und nachher nie mehr gesehen. „Ist sie nicht ein richtiger Lichtblick, Agnes?" Sie war zusammengezuckt bei seiner Formulierung. Lichtblick? War denn das Eheleben mit ihr so trist?

Die Stimmung beim Abendessen war gedrückt, Mona war genauso schweigsam wie ihr Vater, und Agnes fühlte schmerzhaft, wie sehr sie Nicks Kleinkind-Gebrabbel vermisste. Mona stocherte in ihrem Salat herum. Alfred schob schon nach einem Brot die Wurstplatte zur Seite.

„Ich muss noch ein Angebot fertigmachen“, verkündete er und stand auf. Monas verzweifelten Blick sah er nicht.

Agnes stand nicht auf, um den Tisch abzuräumen. Sie würde hier und jetzt mit Mona reden und ihr keine Gelegenheit geben, sich in ihrem Zimmer zu verkriechen.

„Ich bin auch noch da“, sagte sie mit aller ihr möglichen Wärme und legte ihre Hand auf die ihrer Tochter. „Dafür hat man schließlich eine Mutter, dass man sich ihr anvertraut.“

„Ach“, gab Mona mit spöttischem Lachen zurück, „das ist mir neu. Wann hast du dich jemals dafür interessiert, wie es mir geht?“

„Das ist ungerecht, Mona, und das weißt du auch. Du hast mich doch immer ausgeschlossen. Du warst immer in erster Linie die Tochter deines Vaters. Ich war für dich doch nur eine Randfigur.“

„Große Mühe hast du dir nicht gegeben, das zu ändern.“

„Wie sollte ich auch? Dein Vater hat dir jeden Wunsch erfüllt, und ich war diejenige, die dir auch einmal etwas verbieten musste. Ihr beiden habt mir doch keine Chance gegeben. Und wer war denn schließlich da, als du angekommen bist und schwanger warst? Dein Vater nicht! Ich kann ja verstehen, dass du dich geweigert hast, den Namen von Nicks Vater preiszugeben. Alfred hätte ihm die Seele aus dem Leib geprügelt. Aber mir hättest du es doch erzählen können. Oder hast du dich geschämt zuzugeben, dass Nick im Drogenrausch auf der Rückbank eines Autos gezeugt wurde? War es so?“

Mona stand auf, ging ans Fenster, drehte Agnes den Rücken zu.

„Siehst du, du gibst mir schon wieder keine Antwort. Wie war das denn heute Nachmittag mit Sonja?“ Agnes spürte, wie sich ihre Hilflosigkeit in Zorn wandelte. „Wir, deine Eltern, müssen doch Bescheid wissen. Du kannst hier nicht die unnahbare Diva spielen. Du hast offenbar noch immer nicht begriffen, um was es geht. Das ganze Dorf verdächtigt dich. Zu Recht Mona? Wie sollen wir dich denn schützen, wenn wir nichts wissen.“

„Ich hätte Sonja niemals töten können“, sagte Mona kaum hörbar. „Da wäre ich ja ein Monster.“

„Und was macht dich da so sicher? Wenn du den gleichen Aussetzer hattest wie neulich im Garten ...“

„Nein, niemals!“ Mona setzte sich an den Tisch, schlug die Hände vors Gesicht und begann zu weinen. „Ich habe sie doch gerngehabt.“

„Kannst du dich denn nicht erinnern?“, fragte Agnes aufgebracht. Sie musste sich zusammenreißen. Gleich würde sie die Fassung verlieren.

„Ich war mit Christian verabredet“, begann sie stockend zu erzählen. „Er ist nicht gekommen und da lag auf einmal Sonja im Gebüsch.“

„Hast du das deinem Vater auch so erzählt?“ Agnes ging auf, dass sie sich jetzt wirklich Sorgen machen musste. Als Mona den Kopf schüttelte, fügte sie hinzu: „Dann werde ich das jetzt tun, du brauchst einen fähigen Rechtsanwalt, fürchte ich.“

Aufgewühlt stellte Agnes das Geschirr zusammen und trug es in die Küche.

Ihre Tochter, eine Mörderin. Nein, diese Schande würde sie nicht ertragen. Sie würde die erforderlichen Schritte in Angriff nehmen, wenn es ihr Mann nicht tat. Auf keinen Fall würde sie dulden, dass alles kaputtging, wofür sie bisher gelebt hatte.

***

Tessa saß vor ihrem Zeichenblock und quälte sich mit der Skizze eines Trödelladens. Sie hatte dieses Szenenbild für einen Nachkriegsfilm ausgewählt, weil es ihr spannend erschienen war. Ein Trödelladen barg so viele Möglichkeiten für eine Zeichnung, dass sie ursprünglich gefürchtet hatte, ihre vielen Ideen gar nicht zu Papier bringen zu können. Jetzt war ihr Kopf leer. Nicht irgendein Trödelladen war die Maßgabe, sondern der Laden eines notgeilen, alten Sacks. Wie schuf sie am besten eine solche Atmosphäre? Vielleicht eine durchgelegene alte Couch? Halb verdeckt hinter einem schmuddeligen Vorhang?

Sie skizzierte einige Linien und klappte ihren Block wieder zu. So wurde das nichts, das hier sah aus wie ein Bauplan, wo war denn ihr Gefühl für Formen geblieben?

Fliehen aus dem Gedankenkarussell, das wollte sie. Jetzt schien ihr das, was sie hier tat, plötzlich ganz und gar entbehrlich, ein müßiges Spielchen für übersättigte, gelangweilte Zeitgenossen und nicht das wahre Leben. Sie warf ihren Stift auf den Block und kochte Wasser für einen Tee.

Aus Trauer, Schmerz und Enttäuschung konnte kein kreatives Schaffen entstehen. Sie lebte ja nicht in einem luftleeren Raum.

Aber irgendwie musste sie sich beschäftigen, sonst würden ihre Ängste sie auffressen. Einmal ganz davon abgesehen, dass sie schon wieder drauf und dran war, sich in einen falschen Mann zu verlieben. Sie hatte seinen besorgten Blick und seine Stimme missinterpretiert. Was sollte denn dieser Jan auch an ihr finden, wenn die aufregende Mona ihn viel mehr brauchte?

Bleib auf dem Teppich, Mädchen, bald bist du ohnehin wieder in Hamburg und hast ihn vergessen.

Der Briefkastenschlitz klapperte und Tessa sah durchs Fenster, dass der Postbote gerade wieder in sein Auto stieg. Sie holte die Post, der Frühjahrskatalog eines Versandhauses, noch an ihre Großmutter adressiert, und Briefe für sie und Mona vom Nachlassgericht. Sie wunderte sich. Woher hatten die ihre Pfarrhofener Adresse? Richtig, sie hatte sie ja dem Notar angegeben. Sie überflog den Brief, fand eine Gebührenaufstellung darin und die Mitteilung, dass sie ihren Erbschein abholen könne.

Na also, wenigstens eine erfreuliche Mitteilung. Jetzt kam Bewegung in die Dinge. Tessa griff zum Telefonhörer, um Mona Bescheid zu sagen, legte ihn aber nach kurzem Nachdenken wieder hin. Das hatte Zeit, sie wollte jetzt ganz bestimmt nicht mit ihrer Cousine reden, sie würde es noch früh genug tun müssen.

Tessa schob den Katalog in ein Schubfach im Wohnzimmerschrank und fand dabei ein Fotoalbum. Sie zögerte, es herauszunehmen. Wollte sie sich denn wirklich all den Erinnerungen stellen? Ja, der Gedanke hatte etwas Tröstliches, so verloren, wie sie sich fühlte.

Ihre Großmutter hatte alles festgehalten. Die erste Seite hatte sie ihren Töchtern gewidmet. Die Hochzeitsbilder ihrer Eltern und von Tante Agnes blickten Tessa entgegen. Der altbekannte Schmerz erfasste sie. Jung, lebensfroh und verliebt schauten ihre Eltern in die Kamera. Etwas hochmütig dagegen Agnes und Alfred. Rasch blätterte sie weiter. Sie fand Bilder, die sie als Kleinkind im Sandkasten zeigten, eine heulende Mona daneben, Fotos von ihrer Erstkommunion und das Bild vom Abschlussball ihres

Tanzkurses. Dazwischen Ansichtskarten, die sie aus dem Urlaub an ihre Großeltern geschickt hatten.

Zwischen den letzten Seiten lag ein Brief, auf dem Tessa die Handschrift ihrer Mutter erkannte. Sie nahm ihn in die Hand und bemerkte am Datum des Poststempels, dass ihn ihre Mutter nur zwei Tage vor ihrem Unfall an Großmutter abgeschickt hatte.

Tessa zauderte. Der Brief war schließlich nicht für sie bestimmt. Doch ihre Neugier siegte. Ihr traten Tränen in die Augen, während sie las. Ihre Mutter dankte für die harmonische Geburtstagsfeier, die Großmutter ausgerichtet hatte, und für den erholsamen Aufenthalt zu Hause. Sie berichtete stolz von den Studienerfolgen ihrer Tochter und von ihrer eigenen Freude über einen lukrativen Übersetzungsauftrag. Ein ganz normaler Brief, der Tessa einmal mehr ihren Verlust vergegenwärtigte.

Beim letzten Absatz jedoch stockte ihr der Atem. *Wir müssen unbedingt sehr bald über Agnes reden, Mama,* schrieb ihre Mutter, *ich kann dir unmöglich auf diesem Wege von meinem Verdacht berichten. Er ist zu ungeheuerlich, um ihn niederzuschreiben. Ich werde deshalb in Kürze noch einmal nach Pfarrhofen kommen. Ich muss das mit dir persönlich besprechen.*

Was hatte ihre Mutter denn damit gemeint? Und sie war nicht mehr dazugekommen zu erzählen, was sie bedrückte. Es musste etwas Gravierendes sein, das sich Tante Agnes zuschulden hatte kommen lassen.

Nachdenklich und verwirrt legte Tessa das Album wieder an seinen Platz.

Vor der Terrassentür stand die Katze und miaute, gedankenverloren ließ Tessa sie herein. Ob sie herausfinden konnte, was ihre Mutter über ihre Schwester entdeckt hatte? Sie wusste, dass sie keine Ruhe finden würde, sie musste nachforschen.

Als sie den Katzennapf füllte, klingelte das Telefon. Einen Herzschlag lang hoffte Tessa, dass sich eine ganz besondere Stimme melden würde, bevor sie sich diesen Gedanken verbot. Es war eine Männerstimme, allerdings eine andere. Sie war verzerrt und klang wie das Nuscheln eines Betrunkenen: „Hau ab von hier, du Fotze, geh zurück nach Hamburg und nimm am besten deine Hure von Cousine gleich mit."

Aufgelegt.

Tessa erstarrte. Das war wie ein Schlag ins Gesicht. Entsetzen ließ ihren Körper zittern. Sie brach zusammen.

***

Tessa schob ihren Einkaufswagen durch die Regalreihen des Supermarkts von Pfarrhofen. Wie schon bei ihrem ersten Besuch war sie beeindruckt von dem ansehnlichen Sortiment, den die Kette in einer so kleinen Gemeinde vorhielt, und von der Anzahl von Kunden an einem ganz normalen Werktag. Sie bedauerte dennoch, dass es den Tante-Emma-Laden ihrer Kindheit nicht mehr gab.

Unschlüssig stand sie vor der Käsetheke und stellte fest, dass sie offensichtlich den Strom der geschäftigen Käufer behinderte. Im Gegensatz zu ihr schienen alle ganz genau zu wissen, was sie wollten. Eigentlich hätte sie auch gar nicht so dringend einkaufen müssen, aber sie hatte Leben um sich gebraucht, nachdem sie nach dem unsäglichen Anruf verloren in der Wohnung herumstand.

Jetzt, da sie schon da war, konnte sie auch ein paar Vorräte einkaufen. Ein Salat Niçoise zum Abendessen wäre schön. Tessa drehte den Wagen und stieß prompt mit dem einer Frau, in dem ein Kleinkind saß, zusammen. Sie entschuldigte sich und entdeckte hinter der Frau Monas Krankenpfleger aus dem ‚Roten Ochsen'. Er hatte sie auch gesehen, dessen war sich Tessa sicher, aber er wandte sich ostentativ ab und studierte konzentriert das Regal vor ihm. Verlegenheit – oder etwas anderes, etwas Feindlicheres? Sie zuckte mit den Schultern und ging weiter. Es war anscheinend keine so großartige Idee, hier auf ein kurzes, banales und vor allem ganz normales Gespräch zu warten. Tessa ging zur Kasse und bezahlte.

Während der kurzen Zeit ihres Einkaufs hatte sich ihr Auto aufgeheizt, die Frühjahrssonne hatte schon beträchtliche Kraft. Sie kurbelte die Scheiben herunter und drehte das Radio auf.

Da dudelten die letzten Takte eines Uraltsongs von Peter Maffay, bevor der Sprecher auf die folgenden Regionalnachrichten verwies. Was war das denn? Hatte sie versehentlich den automatischen Sendersuchlauf eingeschaltet? Tessa streckte schon die

Hand nach dem Tuner-Knopf aus, als ihre Finger wie von einem elektrischen Schlag getroffen zurückzuckten.

Die samtene Stimme von Jan Niemeyer sagte: *„Nichts verdeutlicht wohl anschaulicher die Brutalität eines Verbrechens als die Lebensfreude und das Vertrauen des Opfers nur eine Stunde vor der Gewalttat, dokumentiert in einem Augenblick, der eigentlich als Krönung einer außergewöhnlichen Leistung gedacht war. Doch hören Sie selbst."*

Tessa hörte, wie Sonja von dem ganz besonderen Stickbild erzählte.

Wider Willen lauschte sie Jans Reportage und musste einräumen, wie wenig reißerisch und sensibel er sie gestaltet hatte. *Für Hinweise aus der Bevölkerung ist die Kriminalpolizei dankbar,* schloss Jan. Tessa wischte sich die Tränen aus den Augen.

Ihr Herz war bleischwer, als sie losfuhr. Der Beitrag hatte alle ihre verdrängten Ängste wieder an die Oberfläche gezerrt. Ob Mona ihn wohl auch gehört hatte? Auch der Gedanke an ihre Cousine ließ sich nun nicht mehr länger wegschieben. Sie schämte sich dafür, aber wenn sie an Monas aggressive Aufwallung Sonja gegenüber dachte, konnte sie Mona nicht mehr als Täterin ausschließen. Sollte sie der Polizei davon erzählen? Niemand sonst aus ihrer Familie würde es tun. Auch sie brachte es nicht fertig. Mona war immer noch ihre Cousine, eigentlich viel mehr die Schwester, die sie nie hatte. Sie fühlte sich zerrissen und gefangen in einer verknoteten Zwangslage.

Die Stille im Haus ihrer Großmutter hatte nichts Beruhigendes. Im Gegenteil. Immer noch waberte der unflätige Ton des anonymen Anrufs durch die Räume wie Giftgas. Tessa bekam keine Luft mehr. Sie musste raus hier.

Ein Lauf durch die Felder würde die grauen Nebel von Angst und Bangigkeit vertreiben. Wie gerne würde sie mit jemandem sprechen. Aber hier gab es niemanden, dem sie ihr Herz ausschütten konnte.

Der Duft frisch gebrühten Kaffees, vermischt mit dem von frisch gebackenen Brötchen wehte auf die Straße, als Tessa an Petras Laden vorbeikam. Ihr Magen knurrte. Sie drehte um und ging hinein. Durch die Felder laufen, das konnte sie auch später.

„Hallo Petra, deinem Kaffeeduft kann man nicht widerstehen. Kannst du mir etwas dazu empfehlen?", fragte sie aufgeräumt, aber ihre selbst verordnete Munterkeit verflog, als sie Petras Miene sah. Ein eisiger Blick traf sie. Ohne auch nur den Ansatz eines Lächelns zeigte Petra auf belegte Brötchen und Croissants und machte sich nicht einmal die Mühe einer nichtssagenden Antwort.

„Gib mir einen Milchkaffee und ein Käsebrötchen." Petra stellte wortlos den Kaffee auf die Theke, verpackte das Brötchen in eine Tüte und knallte das Wechselgeld daneben, bevor sie Tessa den Rücken zudrehte.

Offenbar bin ich aus irgendeinem Grund geächtet in Pfarrhofen, dachte sie kopfschüttelnd. Die zweite abweisende Reaktion an diesem Tag. Das konnte kein Zufall sein. Weil sie mit Mona verwandt war?

Hatte das Dorf so schnell den Stab gebrochen über ihre Cousine? Immerhin ersparte die Einigkeit über ein gemeinsames Feindbild die Notwendigkeit, nachdenken zu müssen. Diesem Zweck hatten doch auch Sündenböcke gedient, die in einem ausgeklügelten Ritual erst mit Schuld beladen und dann in die Wüste getrieben wurden, wenn sich Tessa an ihre vergangenen Bibelstunden richtig erinnerte.

Wilder Zorn stieg in Tessa auf. Diese selbstgerechten, ignoranten Idioten waren entweder unfähig oder zu bequem, auch nur ein bisschen differenziert zu denken. Es stand noch keineswegs fest, dass Mona an Sonjas Tod schuld war. Und selbst wenn, ihre Cousine war schlimmstenfalls krank und nicht bösartig.

Tessa bemerkte einen Schatten auf den Tisch fallen und schaute auf, vor ihr stand der Mensch, den sie am wenigsten hier erwartet hätte: Jan Niemeyer. „Sie hier?", rief sie ungläubig.

„Das war mein Text", antwortete Jan, während er den anderen Stuhl an dem kleinen Tischchen vorzog, „darf ich?"

Tessa nickte. „Und er ist ebenso wenig originell wie meiner. Was hätten Sie übrigens getan, wenn ich nein gesagt hätte?"

„Dann wäre ich stehen geblieben." Er lächelte. Wie ein Kobold sieht er aus, fand Tessa.

„Sie wären nicht weitergegangen, wie es sich für einen wohlerzogenen Mann geziemt?"

„Ganz sicher nicht", sagte er fest. Tessa fühlte sich wohl. War das ein kleiner Flirt?

„Kommt hier keine Bedienung?“ Jans Blick ging suchend zur Tür.

„Nein, Sie müssen hineingehen und sich etwas aussuchen.“

Als Jan aufstand, ging die Tür auf und Petra kam an ihren Tisch. „Was darf ich Ihnen bringen?“, fragte sie mit kokettem Augenaufschlag in Jans Richtung. Vielleicht kommen Sie am besten mit, ich habe nämlich keine Speise- und Getränkekarte.“ In vertraulichem Ton fügte sie hinzu: „Wir haben normalerweise Selbstbedienung.“

Aha, dachte Tessa, die Regeln werden also den Anlässen angepasst. Durch die offene Tür hörte sie Petra auf Jan einreden, der nur einsilbig antwortete.

Jan kam mit einem Cappuccino und einem Croissant zurück. „Auch eine, die die Neugier fast umbringt“, kommentierte er die kurze Unterhaltung.

„Aber nun zu Ihnen“, begann er ernst, „ich bin dankbar für diesen außergewöhnlichen Zufall heute. Wie geht es Ihnen? Ich habe mir Sorgen um Sie gemacht. Sehr stabil wirkten Sie nämlich nicht gestern, auch wenn Sie mit hocherhobenem Kopf weggingen.“

„Ach“, entgegnete Tessa spitz, „dafür hatten Sie sich aber ganz gut im Griff, finden Sie nicht?“

„Weil Ihr vernichtender Blick mir gar keine andere Wahl ließ, als genau dort zu bleiben, wo ich war.“

„Und Sie lassen sich von einem einzigen Blick aus dem Konzept bringen? Offensichtlich gab es weit Wichtigeres für Sie als mein Befinden.“

„Wenn es so wäre, hätte ich wohl kaum noch einmal Ihre Nähe gesucht, nicht wahr? Aber, stopp jetzt“, Jan hob abwehrend die Hand. „Ich schlage vor, wir beginnen noch einmal ganz von vorn, irgendwie scheinen wir ständig aneinander vorbeizureden. Vielleicht könnten Sie ja wenigstens für eine kurze Weile Ihre Stacheln einziehen.“

Tessa schwankte. Sie hätte ihm so gerne geglaubt, aber sie konnte nicht ganz vergessen, wie fasziniert er Mona angesehen hatte, und heute war sie nicht da. *Gib ihm wenigstens eine Chance*, flüsterte ihr eine Stimme im Kopf zu, während eine andere entgegnete, *es wird noch viel mehr schmerzen als mit Daniel, wenn er nur mit dir spielt.*

„Einverstanden", sagte sie, während sie ihm die Hand hinstreckte. „Was also bringt Sie nach Pfarrhofen, Hintergrundrecherchen für Ihre Top-Story?" Bekümmert schüttelte er den Kopf. „Nein, streichen Sie den letzten Teil, er klingt nach einer Zicke. Ich habe verstanden, dass es Ihr Beruf ist, auch von Straftaten zu berichten. Übrigens habe ich Ihre Reportage gehört, sie war sehr feinfühlig. Sonja hat in Ihnen einen guten Anwalt gefunden."

Jan strahlte. „Danke. Ich hatte noch ein Gespräch mit einer Gemeinderätin vor der Sitzung, die für übermorgen angesetzt ist. Das Gespräch ist geplatzt, und mein nächster Termin mit einem anderen Gemeinderat ist erst heute Abend. Ich muss also noch zwei Stunden totschlagen. In den ‚Roten Ochsen' möchte ich wirklich nicht. Dieses kleine Café ist also genau richtig. Dass ich Sie hier getroffen habe, nehme ich als Geschenk."

„Warum kommen Sie nicht so lange mit zu mir, ich mache uns beiden einen Salat", hörte sich Tessa sagen, noch bevor sie ihre Zunge zügeln konnte.

„Habe ich jetzt richtig gehört, ist das eine Einladung?" Jan klang überrascht.

„Ja, und Sie dürfen gerne einen Wein mitbringen, unsere Petra hier hat eine ganz gute Auswahl."

„Und Sie sind nicht verschwunden, bis ich wiederkomme?" Eifrig stand Jan auf. „Es hätte nämlich keinen Sinn. Ich würde herausfinden, wo Sie wohnen und vor Ihrer Türe lagern, bis alle Nachbarn zu reden anfingen."

„Nein." Tessa lachte. „Sie können sich darauf verlassen, dass ich auf Sie warte."

***

Die Katze wartete vor der Tür, Jan bückte sich, hob sie auf seinen Arm. Sie schnurrte zufrieden. „Sie sollten sich ein Beispiel nehmen", sagte er augenzwinkernd. „Ihre Katze weiß, was sich gehört, *sie* zeigt nur ihre Samtpfötchen."

„Bilden Sie sich nichts ein, sie kann durchaus auch ihre Krallen ausfahren. Außerdem ist sie absolut amoralisch. Sie schenkt ihre Zuneigung wem und wann sie will. Ich habe sie erst seit ein paar Tagen und glaubte eigentlich, ich hätte sie adoptiert, aber es ist genau umgekehrt."

Jan sah sich um, eine Einrichtung im Stil der 80er-Jahre, hell und freundlich, aber gediegen und grundsolide. Sie passte überhaupt nicht zu Tessa.

„Es ist das Haus meiner Großeltern", sagte sie, als könne sie Gedanken lesen. „Kommen Sie mit in die Küche?"

Jan beobachtete sie, während sie eine Schüssel mit Knoblauch ausrieb, den Salat wusch und Zitronensaft in die Schüssel presste. Ihn beeindruckten ihre zielsicheren Bewegungen.

„Kann ich helfen?", fragte er höflich.

„Gerne, wenn Sie mit einem Dosenöffner umgehen und eine Weinflasche öffnen können."

„Viel trauen Sie mir offenbar nicht zu. Aber Sie täuschen sich. Ich bin durchaus fähig, eine schmackhafte Mahlzeit auf den Tisch zu bringen."

„Seien Sie vorsichtig, ich könnte Sie noch auf diese Aussage festnageln." Sie lachte, als sie ihm eine Dose Thunfisch, einen Dosenöffner und einen Korkenzieher hinlegte.

Jan entkorkte die Flasche, goss Wein in zwei Gläser und prostete ihr zu.

„Auf den neuen Anfang", sagte er und Tessa nahm einen Schluck.

„Mmh, Ihr Weingeschmack kann sich sehen lassen. Aber die Rangfolge, in der Sie zugewiesene Aufgaben erledigen, gibt mir doch zu denken. Es gibt übrigens Salade niçoise, falls Sie sich fragen sollten, wofür der Thunfisch gedacht ist."

Tessa deckte den Tisch und eine Weile aßen sie in einträchtigem Schweigen. Seine Komplimente zu ihrer Kochkunst hatte sie mit einem schlichten *Danke* entgegengenommen. Jan fiel auf, dass sie – obwohl sie doch heftig mit ihm flirtete – ohne falsche Koketterie auszukommen schien. Schule, Werdegang und berufliche Ziele hatten sie bereits abgehandelt, als Tessa in knappen Worten vom Unfalltod ihrer Eltern berichtete.

„Jetzt fallen doch ein paar Puzzleteile an den richtigen Platz. Das Leben ist nicht gerade freundlich mit Ihnen umgegangen. Haben Sie deshalb solche Angst vor weiteren Verletzungen?"

„Vielleicht", gab sie zu, „aber hat nicht jeder Mensch Ängste? Haben Sie etwa keine?"

„Ja, natürlich, aber Sie lenken ab, und zwar ziemlich geschickt." Jans Lächeln war ironisch. „Ich kann durchaus der Versuchung widerstehen, über mich selbst zu reden."

„Haben Sie sich das in vielen Interviews antrainiert?"

„Möglich, aber zu diesem Beruf braucht man schon ein grundlegendes Interesse am anderen, wenn man gut sein will. Es gibt viel zu viele Selbstdarsteller in meinem Gewerbe." Jan hielt inne. „Sie haben es schon wieder getan!"

„Was habe ich getan?"

„Abgelenkt."

Tessa stand auf und räumte die gebrauchten Teller in die Spüle. Sie wollte Zeit gewinnen.

„Sie können mir vertrauen, Tessa!" Konnte er Gedanken lesen? Er nahm ihre Hände in seine, als sie sich wieder gesetzt hatte, und Tessa spürte die Wärme, die von der Berührung ausging. Rasch entzog sie ihm ihre Hände und begann zu erzählen, widerstrebend zunächst, dann immer lockerer. Es wurde ihr leicht dabei.

Sie sprach von der Trauer nach dem Tod ihrer Eltern, eigentlich der Wut, die sie empfunden hatte, und von ihrer Einsamkeit, von den widersprüchlichen Gefühlen ihrer verbliebenen Familie gegenüber, von dem Erbe ihrer Großmutter, von ihren Ängsten um Mona und dem gleichzeitigen Beschützerdrang, den sie ihr gegenüber hatte.

„Dabei ist es widersinnig, dass ausgerechnet ich meine Cousine beschützen soll", schloss sie ihren Bericht. „Sie hat doch alles, sie ist reich, klug und zieht mühelos alle Menschen in ihren Bann, wenn sie es darauf anlegt. Streiten Sie es bitte nicht ab", setzte sie hinzu, als sie sah, dass Jan den Kopf schüttelte. „Auch Sie sind von ihr fasziniert."

„Das will ich doch gar nicht", räumte Jan ein. „Mona ist ein durch und durch schillerndes Geschöpf, aber nur auf den ersten Blick. Sie hat von allem ein bisschen zu viel. Ein denkender

Mensch fragt sich unwillkürlich, warum sie so dick aufträgt. Da muss doch ein Haken sein.“ Jan räusperte sich. „Ich denke, Ihre Cousine ist eine Blenderin, eine Frau mit unzähligen Masken, aber ihre eigentliche Persönlichkeit verbirgt sie. Vielleicht kennt sie sich nicht einmal selbst.“

„Und jeder Mann, auf den sie trifft, fühlt sich berufen, diesen geheimen Schatz zu heben.“ Tessa seufzte. „Glauben Sie mir, ich weiß, wovon ich rede.“

„Nein, Tessa. Sie müssen nicht neidisch sein auf Mona. Warten Sie“, Jan hob beschwichtigend die Hand, als Tessa ihm ins Wort fallen wollte, „es ist nur allzu natürlich, dass Sie es sind. Aber Sie haben doch so viel mehr. Wärme, Charaktertiefe und Mut. Sie müssen nicht mit Mona konkurrieren. Und vor allem, Sie sind doch selbst eine schöne junge Frau. Können Sie das nicht sehen?“

„Oh nein, dazu fehlt eine ganze Menge“, wehrte sie ab. „Sagen Sie das bitte nicht mehr.“

„Das kann ich nicht versprechen“, lachte Jan.

„Wie auch immer“, Tessa goss noch einen Schluck Wein in ihr Glas, „ganz akut habe ich sehr große Angst um Mona. Schließlich besteht doch die realistische Gefahr, dass sie ins Gefängnis muss. Und keiner wird sehen, dass Mona nicht die klassische Täterin ist, sondern sehr, sehr krank.“ Tessa schluckte. „Ich fürchte, Mona leidet an Schizophrenie, und ihre Familie ist zu verbohrt, um ihr zu helfen.“

„Und Sie haben sich vorgenommen, sie zu retten? Verlangen Sie da nicht etwas viel von sich?“

„Auf jeden Fall werde ich sie zu einem Psychiater schleppen, notfalls auch gegen den Willen ihrer Familie.“

„Nein, Tessa, lassen Sie sich bitte nicht da hineinziehen. Es macht mir eine Heidenangst, wenn Sie es tun. Wenn Mona so schwer gestört ist, werden dies auch die Ermittler erkennen. Und für Sie ist jede Einmischung regelrecht gefährlich.“

Er kann ja richtiggehend leidenschaftlich sein, stellte Tessa fest und erkannte, wie sehr sie seine Sorge anrührte. Sie schwieg. Jede Bemerkung von ihr hätte sich falsch angehört und den Augenblick zerstört.

In Jans Gesicht arbeitete es. Bereute er seinen Ausbruch? Er schien Tessas Schweigen gar nicht zu bemerken und warf einen Blick auf seine Armbanduhr.

„Und für mich ist es Zeit. Sie bringen mich dazu, alle meine Regeln in den Wind zu schlagen, Tessa." Er stand auf und ging zwei Schritte zur Tür. „Ich muss jetzt gehen, sonst komme ich zu spät zu meinem Termin. Vielen Dank auch für das wundervolle Abendessen."

„Vielleicht haben Sie recht", sagte Tessa leise. „Ich sollte mich wirklich nicht zu sehr engagieren und so bald wie möglich wieder nach Hause fahren."

Offenbar war es die Resignation in ihrer Stimme, die ihn innehalten ließ. Er ließ den Türgriff los und kam zu ihr zurück.

„Nicht, Tessa", sagte er und zog sie an sich. „Du bist doch schon zu Hause." Er strich ihr über die Haare. „Du musst es nur noch erkennen." Sein Kuss war sanft und kurz wie der Flügelschlag eines Falters.

***

„Bis wann kann ich denn mit dem umfassenden Obduktionsbericht rechnen?" Kommissar Lange lauschte in den Telefonhörer. „Ach ja, nun das ist mehr, als ich zum jetzigen Zeitpunkt erwartet hatte. Haben Sie vielen Dank."

Er beendete das Gespräch und stand auf. Durch das offene Fenster drangen der Verkehrslärm des abendlichen Berufsverkehrs und auch dessen Abgase. Nachdrücklich machte er das Fenster zu, setzte sich wieder an seinen Schreibtisch, auf dem sich die Akten stapelten und öffnete das E-Mail-Fach seines Computers.

Er fand die Datei des Gerichtsmediziners, auf deren Kopfleiste dick unterstrichen *unter Vorbehalt* stand, und begann zu lesen. Heftiger Zorn stieg in ihm auf. Welches Monster auch immer für den Tod des Mädchens verantwortlich war, es würde nicht damit durchkommen. Lange schwor sich, alles daranzusetzen, diese Bestie zu fassen. Er griff erneut zum Telefon.

„Schön, dass ich Sie noch erreiche, Herr Dr. Reutter", begann er, „und ja – ich weiß, dass Sie sich noch nicht festlegen können.

Aber ein paar Fragen können Sie mir doch beantworten. Das Mädchen wurde von hinten erdrosselt, schreiben Sie?“

Aufmerksam hörte Lange zu, griff nach einem Kugelschreiber und einem Zettel. „Der Täter muss Sonja von hinten überrascht haben?“, wiederholte er ungläubig, „und hat sie mit einem Seil, einer Schnur oder einem Band erdrosselt. Habe ich das richtig verstanden?“ Er nickte bestätigend zur Antwort des Gerichtsmediziners. „Sie haben recht, dazu braucht man ein gewisses Maß an Körperkraft. Könnte eine junge, sportliche Frau diese Kraft aufbringen? ... Durchaus, meinen Sie? Und der Täter war entweder entschieden größer oder erhöht gestanden?“ Er schüttelte den Kopf. „Ja, ich weiß“, sagte er abschließend und legte lächelnd den Hörer auf. Es bereitete diesem ausgekochten Halunken doch immer wieder den gleichen Spaß, darauf hinzuweisen, dass es nicht die Aufgabe des Gerichtsmediziners sei, den Täter zu finden. Er könne nur die Fakten darlegen.

Nachdenklich stützte Lange den Kopf auf die Hände. Also konnte er diese Mona nicht aus seinen Überlegungen ausklammern. Die Frau war im höchsten Maße psychotisch und schon deshalb unberechenbar. Aber es schien ihm alles zu eindeutig. Andererseits, war nicht meistens das Offensichtliche auch tatsächlich die Lösung? Aber einen Mord eiskalt zu planen, passte nicht zum Profil einer Durchgeknallten. Im Affekt ja, aber jemanden von hinten zu erdrosseln erforderte Planung. Oder doch nicht

Seufzend griff er zu der Zeugenliste. Es lief doch wieder einmal auf mühselige Kleinarbeit hinaus. Es wäre aber auch zu schön gewesen, wenn unter den Fingernägeln der Toten Hautreste gefunden worden wären, als eine Visitenkarte des Mörders sozusagen.

Er druckte den vorläufigen Obduktionsbericht aus, griff zu seiner Jacke und klopfte an der Tür zum Nachbarbüro. „Gerda, hier ist der vorläufige Obduktionsbericht“, sagte er zu seiner Kollegin, „vielleicht fällt dir ja etwas auf, das mir entgangen ist.“ Er legte den Bericht auf ihren Schreibtisch und wischte geistesabwesend über die Ränder, die eine Tasse darauf hinterlassen hatte. „Wir kommen wohl um die übliche Laufarbeit nicht herum und brauchen Verstärkung", sagte er müde. „Allein schaffen wir beide das ohnehin nicht."

„Und du glaubst ernsthaft, dass wir für diesen Fall eine Soko bewilligt bekommen? Ich habe da so meine Zweifel. Dazu ist der Fall nicht spektakulär genug." Gerda Baier drehte an ihrem Kugelschreiber. „Aber zunächst einmal, gewöhne dir den missverständlichen Gebrauch von Personalpronomen ab, *wir* bedeutet doch wieder einmal, dass ich mich darum kümmern soll."

„Du hast es erfasst, bist halt ein kluges Mädchen", gab der Kommissar mit schiefem Grinsen zurück. Er schaute auf seine provisorische Liste, bevor er sie auf Gerdas Schreibtisch legte. „Da haben wir noch einiges vor uns. Also gib dein Bestes. Ich werde jetzt noch einmal nach Pfarrhofen fahren und mir diesen Christian Pfister vorknöpfen. Immerhin haben ihn einige Zeugen zusammen mit dem Mädchen gesehen."

***

Pfarrhofen war wie ausgestorben in diesen frühen Abendstunden. Lange wunderte sich. Wo waren die lärmenden Kinder an einem so schönen Frühlingstag? Er war doch hier mitten im Ort. Suchend sah er sich nach der Hausnummer um und hoffte, dass ihm der Navigator keinen Blödsinn erzählt hatte mit seiner Behauptung, er sei jetzt am Ziel.

Etwas ratlos stand er vor dem Bauernhof, an dem er die Hausnummer schließlich gefunden hatte. Aber warum sollte ein junger IT-Experte nicht in einem Bauernhof wohnen? Lange fragte sich, ob in seinem Kopf nicht zu viele Klischees verankert waren.

Aus einem Nebengebäude drang das Wummern von Bässen irgendeines Pop-Songs. Lange folgte ihnen. Er stieg die Außentreppe zur Wohnung hinauf und klingelte lange und energisch. Christian Pfister öffnete ihm in einem T-Shirt und ausgeleierter Jogginghose. Seine Haare waren ungekämmt und die schwarzen Bartstoppeln kontrastierten auffallend zu seinem blassen Gesicht. Pfisters Augen verengten sich zu Schlitzen, als er den Kommissar erkannte.

„Darf ich hereinkommen?", schrie Lange gegen den Lautstärkepegel an, und prompt drehte der junge Mann die Musik ab.

„Bitte sehr." Pfister räumte einen Stuhl neben seinem Schreibtisch frei und Lange bestaunte die Vielzahl der technischen Geräte, die in den relativ kleinen Raum gequetscht waren.

„Möchten Sie eine Tasse Kaffee? Ich habe gerade frischen gekocht." Als Lange nickte, öffnete der junge Mann die Tür zu einer erstaunlich aufgeräumten Küche und kam mit einem Kaffeebecher, einer Wärmekanne und Kondensmilch zurück.

„Ich würde mich gerne noch einmal mit Ihnen über den Tod von Sonja unterhalten", begann der Kommissar. „Vielleicht ist Ihnen ja noch das eine oder andere dazu eingefallen."

„Wie sollte es? Ich kann ja noch nicht einmal begreifen, dass Sonja tot sein soll. Seit gestern bin ich nicht mehr ich selbst. Auf meine Arbeit kann ich mich überhaupt nicht konzentrieren und überhaupt", mit einer hilflosen Geste zeigte er auf seine Umgebung, „so ein Verhau herrscht hier normalerweise nicht."

„Sind Sie ganz sicher, dass Sie das Mädchen zum letzten Mal hinter dem Zelt gesehen haben, wo sie angeblich ein Betrunkener angepöbelt haben soll?"

„Warum zweifeln Sie an meiner Aussage? Ja, da habe ich Sonja zum letzten Mal gesehen. Oh Gott. Ich werde sie nie mehr sehen."

„Ihr Tod scheint Ihnen auffällig nahe zu gehen. Sonja soll in Sie verliebt gewesen sein, habe ich gehört."

„Von wem denn? So ein Schwachsinn, wir haben uns gut verstanden, haben im gleichen Chor gesungen. Das ist alles."

„War es nicht vielmehr so", fuhr Lange ungerührt fort, „Sie haben die Schwärmerei des Mädchens ausgenützt und haben sie vom Festplatz weggelockt, um sie zu verführen? Dann sind die Dinge eskaliert und ... Was dann geschehen ist, würde ich gerne von Ihnen erfahren."

Christian Pfisters Gesicht wurde aschfahl. „Nein, natürlich war es nicht so", stammelte er. „Sie sind ja krank. So etwas überhaupt nur zu denken."

„Mäßigen Sie sich, junger Mann, ich tue nur meine Arbeit." Seine Stimme wurde drohend: „Wenn Ihnen die Kleine so am Herzen liegt, sollten Sie froh darüber sein."

„Wenn Sie so arbeiten, führt es ins Nichts, das kann ich Ihnen versprechen", antwortete Pfister aufgebracht. „Sie sollten nach dem wahren Schuldigen suchen und nicht Unschuldige verdächtigen.“

„Haben Sie einen Tipp für mich? Kennen Sie denn den Täter?“ Langes Stimme war kalt. „Vielleicht Mona Huber?“

„Also schließen Sie sich auch der Meinung des Mobs da draußen an?“ Christians Kinn deutete auf einen imaginären Punkt außerhalb des Zimmers. „Mona ist ein ganz und gar warmherziger Mensch, auch wenn sie manchen Spießern etwas exaltiert erscheint.“ Seine Stimme war leidenschaftlich geworden. „Zu so einer Tat wäre sie niemals fähig.“

„Schön, wenn Sie sich da so sicher sind.“ Der Kommissar stand auf. „Ihnen würde es sicher helfen, wenn Sie jemanden finden, der bezeugen kann, wo Sie zur Tatzeit waren.“

***

Liebe ist Seligkeit, ist Licht und Leben schmetterte Fritz Wunderlich die Arie des Herzogs aus Rigoletto, und Tessa sang inbrünstig mit, während sie vor dem Badezimmerspiegel Mascara auftrug. Sie hatte den Rigoletto in Großvaters betagter Sammlung von Langspielplatten gefunden und auf volle Lautstärke gedreht. Der schmelzende Gesang traf exakt ihr Lebensgefühl an diesem Morgen. Sollten sich die Nachbarn doch beschweren, ganz Pfarrhofen war ihr heute ziemlich egal. Sie hatte noch lange in der Küche gesessen, nachdem Jan gegangen war und versucht, ihre Gefühle zu analysieren. Trotz aller vorsichtiger Einwände ihres Verstandes war sie immer nur zu einem Ergebnis gekommen: Dies war der Beginn von etwas ganz Großem. Sie wusste nicht, wo es hinführen würde, aber es ging tiefer als alles, was sie bisher gefühlt hatte. Er hatte kein Wort von einem Wiedersehen gesagt, auch mit keinem Wort von Liebe gesprochen. Und doch wusste Tessa sicher: Sie konnte sich Jan Niemeyer nicht mehr entziehen.

Spontan hatte sie den Zettel mit Margits Telefonnummer in ihrer Tasche gesucht und für heute Mittag ein Treffen mit ihr vereinbart. Sie musste einfach über Jan reden, auch wenn es wahrscheinlich niemand hören wollte.

Und jetzt sollte sie besser fahren, wenn sie nicht zu spät kommen wollte.

Sie konnte ja auch gleich ihren Erbschein abholen, wenn sie schon in der Stadt war.

Das Lokal, in dem sie sich mit Margit verabredet hatte, hieß Soul and Bowl und lag in der Brückenstraße. Tessa hatte irgendetwas Alternatives erwartet, doch das Lokal entpuppte sich als eine Mischung aus Café, Restaurant und Bistro. Ebenso kunterbunt war auch das Publikum. Ältere Damen, Schüler und die üblichen Yuppies in Anzug und Krawatte mit ihren Laptops und wichtigen Mienen teilten sich in seltener Einigkeit die Tische.

Tessa ergatterte gerade noch einen Tisch neben der Tür und studierte die Speisekarte, als Margit etwas atemlos hereinkam.

„So ist es immer. Wenn du einmal pünktlich Mittagspause machen willst, ruft garantiert der Chef an und textet dich zu. Wartest du schon lange?"

Ungestüm hängte Margit ihre Jacke über die Stuhllehne und winkte der Bedienung.

„Ganz langsam, Margit, komm erst einmal runter." Tessa lachte. „Ich habe gerade erst einen Blick in die Speisekarte geworfen und weiß noch überhaupt nicht, was ich bestellen soll."

Margit atmete erleichtert auf. „Nett hier, nicht wahr? Aber dich kann man wohl kaum mit einer solchen Kneipe beeindrucken, du bist sicher anderes gewöhnt."

„Warum denn? Ich bediene in einem Pub, der sehr ähnlich ist, allerdings kann er mit diesem Speisenangebot hier nicht konkurrieren."

Die Bedienung, eine viel zu dünne Mittdreißigerin mit gelangweiltem Gesichtsausdruck, fragte nach ihren Wünschen, und Tessa bestellte eine Folienkartoffel mit Quark, Margit einen Chefsalat.

„Ich finde es großartig, dass du mich so schnell angerufen hast, Tessa. Eigentlich habe ich gar nicht erwartet, dass du Zeit für mich hast." Margit stockte, als Tessa sie fragend ansah. „Es ist nicht einfach für mich, weil du mich wahrscheinlich für neugierig hältst, aber ich frage trotzdem", fuhr Margit mit gesenktem Blick fort. „Weißt du, wir im Landratsamt haben auch Radio gehört gestern. Das Mädchen, das umgebracht wurde, stimmt es, dass es die Pflegenichte des Bürgermeisters war?"

„Ja, es ist leider wahr." Das ganze damit verbundene Elend, das sie seit Jans Besuch so erfolgreich verdrängt hatte, brach sich wieder Bahn. Plötzlich wollte Tessa auch gar nicht mehr mit Margit über Jan reden. Ihr war, als würden ihre Gefühle beschmutzt, wenn sie sie in diesem Zusammenhang ausbreitete. Nein, sie würde sie – wie in einem Kästchen verschlossen – für sich behalten.

„Und weißt du, was man sich bereits hinter vorgehaltener Hand erzählt? Mona hätte die Kleine umgebracht. Ist denn die Polizei auch dieser Meinung? Und hat sie Mona mitgenommen?"

„Das scheint dich ja nicht zu überraschen." Tessa fühlte sich peinlich berührt, Mona war schließlich Margits Klassenkameradin gewesen. Ihre Antwort war barsch. Aber, wer war sie denn, Margit etwas anzulasten, was sie selbst immerhin für möglich hielt. „Entschuldige. Ich reagiere etwas empfindlich auf diesen Klatsch. Das Dorf hat Mona schon vorverurteilt, ohne irgendetwas zu wissen. Man hat mit Steinen nach ihr geworfen."

„Du musst dich nicht entschuldigen." Margit strich ihr tröstend über die Wange. „Ich weiß nicht, wie ich mit einem solchen Dilemma umgehen würde. Schließlich geht es ja um deine Familie."

„Hör mal, Margit", Tessa gab sich einen Ruck, „wie gut kennst du eigentlich Mona? Hast du sie in den letzten beiden Jahren nach der Schule noch einmal getroffen? Ich kann nämlich wahrlich nicht behaupten, sie zu kennen, obwohl sie meine Cousine ist."

„Sagen wir so," Margit zögerte, „auch ich habe nicht unbedingt Monas Nähe gesucht. Sie ist mir einfach zu ... zu, ach ich weiß nicht, launisch vielleicht? Aber warum fragst du?"

„Mona ist so seltsam", brach es aus Tessa heraus. „Sie hat Erinnerungslücken und manchmal scheint mir, als steckten in der einen Person zig andere. Ich fürchte fast, sie ist schizophren."

„Hmm", Margit nickte bestätigend. „Und deshalb kannst du auch nicht ruhigen Gewissens sagen, Mona ist unschuldig. Ich verstehe dich, Tessa."

„Hast du etwa auch Ähnliches beobachtet?"

„Nein, nicht direkt", sagte Margit ernst. „Aber ich habe mich öfter mit Carolin über Mona unterhalten, als sie noch hier war. Mein Gott, ist sie wirklich schon über zwei Jahre verschwunden?

Das ist auch etwas, was ich bis zum heutigen Tag nicht fassen kann."

„Ja, und?", insistierte Tessa. „Was hat Carolin denn gemeint?"

„Nun, sie hat nur äußerst widerwillig über Mona gesprochen. Aber einmal konnte sie nicht an sich halten und hat ganz klar behauptet, dass Mona psychotisch wäre. Absolut unberechenbar, eine lebende Zeitbombe." Leise fuhr Margit fort: „Aber diese Aussage hat ihr gleich leidgetan, sie wollte sie auf der Stelle zurücknehmen und hat hinzugefügt, dass Mona zu bedauern sei."

„Zu bedauern? So habe ich das nie gesehen", räumte Tessa ein. „Mir scheint, dass ich wirklich keine Ahnung habe, wer meine Cousine eigentlich ist."

„Du, Tessa", Margit sah auf ihre Armbanduhr. „Meine Mittagspause ist leider zu Ende. Ich muss gehen. Aber du hast ja meine Telefonnummer. Du kannst mich gerne jederzeit anrufen, wenn du reden willst."

***

In Gedanken versunken fuhr Tessa zurück. Auf halbem Wege fiel ihr ein, dass sie nun doch vergessen hatte, den Erbschein beim Nachlassgericht abzuholen.

Monas BMW stand vor der Türe. Tessa verkrampfte sich. Wie soll ich mit Mona umgehen? Will sie wieder einziehen? Bin ich einem Zusammenleben mit ihr gewachsen?

Mona saß auf der Treppe. In ihren Armen die Katze. Schoko sah eigenartig aus. Tessa brauchte nur zwei Schritte bis zur Treppe. „Was ist denn, Mona?" Tessas Stimme überschlug sich, aber Mona sah sie nicht an und summte ein Wiegenlied. „Ist irgendetwas mit Schoko?" Sie riss Mona das Kätzchen aus dem Arm. Es war steif und sein Kopf war nach hinten verdreht. Schoko war tot. Jemand hatte der Katze das Genick gebrochen.

***

Fast im Schritttempo fuhr Jan durch die Hauptstraße in Pfarrhofen. Vor dem Haus, in dem Tessa wohnte, stand ein Z4. Verdammt! Jan schlug mit der Hand aufs Lenkrad, jetzt hatte sie anscheinend Besuch, er hatte sich doch auf den Überraschungsbesuch bei ihr so gefreut. Die reichlich bemessene Zeit bis zur Gemeinderatssitzung konnte er also mit der Rekapitulation seiner Notizen verbringen. Im ‚Roten Ochsen' oder in dem Straßencafé gleich um die Ecke? Weder noch, entschied er sich, auf all die Anbiederungsversuche, die nur der Befriedigung der Neugier dienten, konnte er gerne verzichten.

Jan fuhr aus dem Dorf hinaus, parkte auf einem Feldweg, verrückte den Sitz und machte es sich bequem. Er nahm seine Notizen zur Hand und las eher lustlos durch, was er von den Gemeinderäten erfahren hatte. So spektakulär erschien ihm die Story plötzlich gar nicht mehr. Im Handschuhfach fand er eine Country-CD und schob sie in den Player. *You are the one* sang Jack Ingram und Jan warf wie elektrisiert seine Notizen auf den Beifahrersitz.

Genau das war das Problem. Dieses Mädchen war wirklich „die eine", und er war gerade dabei, die einzige Familie, die sie noch hatte, zu demontieren. Er hatte den Konflikt doch von Anfang an kommen sehen. Warum ließ er sich dann hineinziehen? Private Verquickungen waren bei einer verantwortungsvollen Arbeit von Übel, das hatte Hajo Friedrichs klar erkannt und nicht von ungefähr als die Prämisse für sein eigenes Schaffen vorausgesetzt.

Offenbar musste er sich jetzt entscheiden. Er durfte nicht darauf hoffen, dass Tessa es tolerierte, wenn er den Bürgermeister als raffgierigen Sack entlarvte, der die Interessen seiner Gemeinde mit Füßen trat. Aber Jan wusste auch ganz genau, dass er nie mehr in den Spiegel schauen konnte, wenn er die Öffentlichkeit nicht aufklärte. Die Bürger von Pfarrhofen hatten ein Recht auf die Wahrheit.

Er musste es einfach darauf ankommen lassen, dass Tessa die bittere Pille schlucken würde. Und eigentlich war es doch ganz einfach. Eine Frau, die nicht mit der Wahrheit leben konnte, war dann eben doch nicht *die eine.*

Zumindest nicht für ihn.

Jan verstaute die Notizen in seiner Aktenmappe und fuhr zum Rathaus.

Die Ratsmitglieder standen noch in kleinen Grüppchen vor der Tür. Er verwünschte sich dafür, dass er zu früh hier war, als sich

Katharina Bauer von ihrer Gruppe löste und auf ihn zuging. Mit Argusaugen beobachteten die anderen Räte, wie sie ihm die Hand gab.

Er hätte es gerne vermieden, dass sie zwei und zwei zusammenzählten, wenn der Bericht gesendet wurde. Oder wollte die Dame kneifen und ihm jetzt mitteilen, dass sie ihren Antrag zurückzog? Ein kleiner Teufel flüsterte ihm ein, dass er ja dann die ganze Reportage sausen lassen könnte.

„Wollen Sie etwa Ihren Antrag zurückziehen?", fragte er und erwischte sich dabei, dass seine Frage ganz und gar nicht missbilligend klang.

„Nein, wie kommen Sie denn darauf? Ganz im Gegenteil, ich konnte Manfred Remminger überzeugen, mich zu unterstützen."

„Dann wäre es wohl besser, wenn wir beide hier nicht so konspirative Gespräche führten. Ich sage das in Ihrem Interesse", setzte Jan hinzu, als sich die Miene der Gemeinderätin verdunkelte. „Sie müssen schließlich hier weiterleben, und der Bürgermeister und seine Freunde im Gemeinderat können Ihnen das Leben ganz schön schwer machen."

„Meinen Sie, das wüsste ich nicht?", entgegnete sie aufbrausend. „Ich kann es aushalten, wenn mir der Wind ins Gesicht bläst. Sie müssen mich nicht für eine Umfallerin halten." Sie warf Jan einen vorwurfsvollen Blick zu und ging zurück zu ihrer Gruppe.

Ein Auto fuhr vor, aus dem Hans Agerich, die Allzweckwaffe des *Schweinfurter Tagblatts,* stieg. Jan spürte, wie sein Adrenalinspiegel in die Höhe schoss. Jagdfieber, dachte er und fühlte sich zum ersten Mal an diesem Tag richtig gut. Der Reporter hatte keine Chance, wenn Katharina Bauer Wort gehalten und nur ihn informiert hatte. Sein Bericht würde bereits morgen früh die Bombe platzen lassen. Agerich hatte wieder einmal das Nachsehen.

„Erwartet der Bayerische Rundfunk etwa eine Sensation?", fragte Agerich, als er auf Jan zutrat. „Ihr seid doch sonst nicht bei einer ganz normalen Sitzung anwesend." Agerichs kläglicher Schnurrbart, der seine Mundwinkel umrahmte wie eine ausgemusterte Zahnbürste, zitterte bei seinen Worten. Er strich über die wenigen Haare, die seine Glatze bedecken sollte, und zupfte an seinem verwaschenen Pullover. „Oh, der Herr Bürgermeister kommt“, sagte er und knuffte Jan in die Rippen, „gehen wir hinein.“

Im Sitzungssaal roch es muffig. Es war viel zu warm. Offenbar hatte die Sonne den Raum während des Tages aufgeheizt. Niemand hatte es für nötig befunden, ein Fenster zu öffnen. Auch Pfarrhofen hatte nach der Gebietsreform nicht der Versuchung widerstehen können, sein Rathaus aufzumotzen. Es bestand jetzt vor allem aus viel zu viel Glas mit eher dekorativen als zweckmäßigen Jalousien.

Der Bäcker Ludwig Götz zerrte bereits an seinem Krawattenknoten und flüsterte Ernst Hinterleitner etwas zu. Dieser nickte ergeben und öffnete weit die Fenster. Typus ewiger Lakai, dachte Jan, als er die Szene beobachtete und setzte sich neben Agerich an den Pressetisch, der mit Gläsern, Mineralwasser und Kaffeetassen gedeckt war. Auf den Besucherstühlen nahm ein junges Paar Platz. Ein gewichtiger älterer Mann in Lodenjoppe und Kniebundhose setzte sich neben sie.

Die mollige Sekretärin des Bürgermeisters schwirrte mit Kaffeekannen und Gebäcktellern um die Räte herum und beschenkte auch die Medienvertreter mit ihren Gaben. Ihr verführerischer Augenaufschlag war an Hans Agerich verschwendet. Er griff stattdessen ohne falsche Scheu nach einem Croissant.

Der Bürgermeister griff nach der Sitzungsklingel. Es wurde still. Mit ernster Miene begrüßte er die Anwesenden und sandte ein ebenso liebenswürdiges wie falsches Lächeln zu Jan und Hans Agerich.

„Wir haben nicht allzu viel im öffentlichen Teil“, verkündete er, „mir liegen nur Bauanträge und ein Antrag der GRÜNEN-Fraktion vor, der rasch erledigt sein dürfte. Dafür habe ich für die nichtöffentliche Sitzung einige Punkte, die einer ausgiebigen Diskussion bedürfen.“

„Das kennen wir“, flüsterte Agerich Jan zu, „es gibt nichts Schlimmeres als Sitzungen, in denen sie glauben, Zeit zu haben.“ Sein kurzes Lachen klang eher wie ein Bellen. „So schnell kommen wir nicht davon. Bis dann endlich alle mit anderen Worten das gleiche noch einmal gesagt haben, kann es dauern.“

„Es freut uns sehr, dass auch unser normales Alltagsgeschäft das Interesse der Medienvertreter findet“, sagte der Bürgermeister jetzt, „vielen Dank, dass Sie zu uns gekommen sind. Aber nun wollen wir unverzüglich in die Tagesordnung einsteigen. TOP 1, Bauanträge.“

Der Protokollführer, ein ergrautes Männchen mit dicken Brillengläsern, legte vor jeden Gemeinderat einen Bauplan hin. Jan hatte die Vision, wie der Bürgermeister mit hochgekrempelten Hosenbeinen in eine Tagesordnung stieg, während die Ratsmitglieder ihm im Gänsemarsch folgten. Irgendjemand wollte einen Wintergarten bauen, ein anderer ein Carport und ein dritter eine Garage mit Flachdach. „Der kriegt die Feuchtigkeit nie mehr aus seiner Garage. Flachdächer haben sich doch längst überholt“, behauptete ein Gemeinderat, und sein Nachbar fragte, ob denn Flachdächer überhaupt im Bebauungsplan vorgesehen seien. Jan erheiterte es, wie viel geballter Bau-Sachverstand sich in den Reihen des Gemeinderats verbarg. Er fragte sich, wie denn die Architekten ohne die Ratschläge der Pfarrhofener Gemeinderäte überhaupt existieren konnten.

Schließlich genehmigten die Räte die Bauanträge doch ohne Einwände, und die Besucher standen auf und gingen.

Die Anschaffung neuer Funkgeräte für die Freiwillige Feuerwehr erhitzte die Gemüter wegen der hohen Kosten, und der geplante neue Verputz für den gemeindlichen Bauhof fand auch nicht ungeteilte Zustimmung.

„Wären wir nicht da, hätten sie schon längst alles abgenickt“, brummte Agerich und schenkte sich eine weitere Tasse Kaffee ein. „Wir hören uns noch diesen GRÜNEN-Antrag an, dann gehen wir“, schlug er vor.

„Von Frau Bauer und Herrn Remminger habe ich noch einen Antrag“, ließ der Bürgermeister nun verlauten, „er liegt Ihnen vor.“ Er deutete mit einer unbestimmten Bewegung auf den Tisch „und, mit Verlaub, liebe Kollegen“, wandte er sich an die beiden GRÜNEN-Räte, „ich verstehe nicht ganz, was Ihnen dabei unklar ist. Es geht um Grundstücksverkäufe der Gemeinde an die Betreibergesellschaft des Windparks im Westen Pfarrhofens“, erläuterte er mit Blick auf Jan und Agerich, während Katharina

Bauer aufstand und den Antrag in zweifacher Ausfertigung auf den Pressetisch legte.

„Die Gemeinde hat vor ein paar Jahren einige gemeindliche Grundstücke, unfruchtbares Ödland übrigens, veräußert und dafür gutes Geld erhalten. Was ist für Sie jetzt nach all den Jahren daran zu beanstanden?“ Pures Unverständnis lag in den Worten Alfred Hubers. „Oder haben Sie erst jetzt entdeckt, dass einigen Feldhamstern mit dem Windpark die Lebensgrundlage entzogen wurde?“

In sein ironisches Lachen stimmten einige Gemeinderäte ein, bevor Katharina Bauer sagte: „Nein, Herr Bürgermeister, wir wollten Ihnen gerne heute noch einmal dafür danken, dass Sie dieses unfruchtbare Ödland – über Ihre Wertung dieses Biotops können wir gerne an anderer Stelle streiten – einer so sinnvollen Nutzung zugeführt haben. Wenn ich es hier richtig interpretiere ...“ Katharina hob dabei einen alten Notar-Vertrag in die Höhe, und der Bürgermeister sagte: „Einspruch, verehrte Frau Bauer, der Erlös aus Grundstücksverkäufen ist nichtöffentlich, das wissen Sie ganz genau.“

„Hat die Gemeinde damals einen sechsstelligen Betrag erhalten?“, fuhr Katharina Bauer ungerührt fort, „eine Summe, die unserem gemeindlichen Haushalt sicher sehr zupass kam. Ich möchte jetzt nur gerne wissen, wie viel Hektar Grund eigentlich damals insgesamt verkauft wurden?“

„Wieso insgesamt?“, blaffte der Bürgermeister. „Das steht alles im Protokoll von damals.“ Seine Hand wedelte unwirsch in Richtung Protokollführer, der eifrig ein Blatt Papier aus seinem Stapel zog.

„Bemühen Sie sich nicht“, warf jetzt Manfred Remminger ein, „dieses Protokoll haben wir auch gelesen. Da steht lediglich ganz lapidar, *der Gemeinderat billigte einstimmig einen Vertrag mit der EUROPA-WINDPARK* und so weiter, und so weiter.“

„Wir haben aber Kenntnis davon“, mischte sich Katharina Bauer wieder ein, „dass die gemeindlichen Flächen nur ein Drittel der insgesamt verkauften Fläche betrugen. Den weitaus größeren Teil verkaufte damals nämlich der Privatmann Alfred Huber.“ Sie machte eine Pause. „Soweit ich weiß, waren Sie aber damals auch schon Bürgermeister, oder? ... Warten Sie bitte ab, liebe Kollegen“, versuchte sie die lautstarken Beanstandungen einiger Räte zu dämpfen, „natürlich darf auch ein Bürgermeister Land verkaufen, so er es denn hat. Pikant wird die Sache nur, wenn er eben dieses Land gerade mal ein Jahr vorher für einen Spottpreis und quasi en passant von der Gemeinde gekauft hat. Und natürlich war der Preis gerechtfertigt für Ödland“, kam sie irgendwelchen Beanstandungen zuvor, „es fragt sich nur, woher der Bürgermeister denn damals wusste, wie viel mehr das Land nur wenige Monate später wert sein würde. Für mich riecht ein solcher Kuhhandel doch ein bisschen unappetitlich, meine Damen und Herren. Das ist nämlich nicht mehr und nicht weniger als Gebrauch von Insider-Wissen und damit Amtsmissbrauch. Und deshalb“, sie musste sich wegen des aufbrandenden Tumults unterbrechen, „und deshalb beantragen wir einen gemeindlichen Untersuchungsausschuss.“

Bürgermeister Alfred Huber war blass geworden. Was er sagte, ging im allgemeinen Aufruhr unter.

Agerich zischte Jan zu. „Das haben doch Sie überhaupt erst inszeniert, Herr Kollege, so vertraut wie Sie mit der Dame geplaudert haben, als ich ankam.“

„Ach, sind wir jetzt wieder beim Sie?“, fragte Jan und setzte hinzu: „Es wird halt seine Gründe haben, warum ich es vorher erfahren habe. Nehmen Sie es sportlich, Agerich, das nächste Mal haben wieder Sie die Nase vorn.“

„Ich unterbreche die Sitzung“, brüllte der Bürgermeister gegen den Lärm der Ratsmitglieder an, „wir machen eine Pause von zwanzig Minuten.“

Jan packte seine Unterlagen in seine Aktentasche und ging. Er hatte die Informationen, die er brauchte, und würde seinen Bericht noch heute Abend in die Redaktion schicken. Bis zu den letzten Regionalnachrichten des Tages um 22 Uhr würde er es schaffen.

***

Tessa saß auf dem Bett im Gästezimmer ihrer Großmutter, den Laptop auf den Knien, und hörte Mona unten in der Küche rumoren. Schon seit Stunden saß sie hier und brachte es nicht über sich, das überfällige Gespräch mit ihrer Cousine zu führen.

Das Bild von Mona, die Wiegenlieder singend die tote Katze in ihren Armen hielt, wollte nicht weichen. Tessa hatte nicht die Kraft gefunden, sich mit der Situation auseinander zu setzen und war in ihr Zimmer geflüchtet. Sie hatte gehofft, dass die Tränen über den Tod der kleinen Katze ihre Anspannung lösen würden. Doch ihre Gefühle waren noch genauso verworren wie vor Stunden. Trauer, Verzweiflung. Angst. Hilflosigkeit.

Sie wollte im Internet die Symptome einer Schizophrenie recherchieren, bis ihr einfiel, dass es hier keinen Internet-Anschluss gab. Konnte sie denn überhaupt noch klar denken? Tessa klappte ihren Laptop zu. Hatte Mona der Katze das Genick gebrochen? Oder doch nicht? Sie traute sich nicht, ihre Cousine zu fragen. Aber hier herumzusitzen, führte auch nicht weiter. Irgendetwas musste sie tun.

Christian hatte doch einen WLAN-Anschluss, sie würde dort suchen.

Tessa schloss leise die Zimmertür auf und schlich die Treppe hinunter. Der Gedanke, dass sie sich vor ihrer eigenen Cousine eingeschlossen hatte, ließ sie schaudern. Soweit waren sie also schon gekommen.

Sie zögerte, die Haustüre zu öffnen, weil sie fürchtete, noch immer den Leichnam der Katze auf der Treppe vorzufinden, und war erleichtert, dass er verschwunden war. Die Erleichterung währte allerdings nur für den Bruchteil einer Sekunde und wurde verdrängt von der Frage, was Mona wohl mit Schoko angestellt hatte.

Tessa wusste, dass sie wieder einmal flüchtete, und dennoch konnte sie mit jedem Schritt, der sie vom Haus entfernte, freier atmen.

Christian sah fürchterlich aus, als er Tessa öffnete. Der Blick, der sie aus rotgeränderten Augen traf, war wild, seine Haut unter den Bartstoppeln fahl. Der arme Junge, dachte sie in einer Aufwallung von Mitgefühl. Sicher nagten Misstrauen und Zweifel genauso an ihm trotz seiner blinden Liebe zu Mona.

Ihr fehlte allerdings die Kraft, sich mit Christians Gefühlen auseinanderzusetzen. Sie fragte ihn lediglich, ob sie seinen Computer benutzen dürfe. Wortlos drückte er ein paar Tasten.

Tessa gab „Schizophrenie“ bei Google ein. *Die Symptomatik ist ausgesprochen vielfältig. Zu den Hauptsymptomen der Schizophrenie gehören Denkstörungen, veränderte Sprache und Halluzinationen. Formale Denkstörungen: Die formalen Denkstörungen fallen im Gespräch als Zerfahrenheit auf. Der Denkablauf ist verzerrt. Ein geplanter Gedankengang wird nicht durchgehalten, ist sprunghaft, unlogisch und wird manchmal abrupt abgebrochen.*

Tessa hielt inne. Das passte nur zu gut. Leider! Widerwillig las sie weiter. *Inhaltliche Denkstörungen: Sie äußern sich am deutlichsten als Wahn. Dabei handelt es sich um eine falsche Beurteilung der Realität, die oft nicht korrigierbar ist. Häufig kommen Verfolgungs-, Beeinflussungs- und Bedeutungswahn vor. Beim Bedeutungs- oder Beziehungswahn beziehen die Betroffenen die zufälligsten Ereignisse der Umgebung auf sich selbst.* Auch das traf zu. *Veränderte Sprache: Die Sprache wirkt oft manieriert, unnatürlich in Intonation und Artikulation.*

Tessa durchfuhr es heiß, sie dachte daran, wie Mona mit Sonja sprach. Hatte sie nicht vollkommen Sonjas kindliche Laute kopiert?

Tessa las weiter. *Halluzinationen: Die Halluzinationen stehen in Beziehung zum Wahndenken. Es sind Sinneswahrnehmungen, die die Betroffenen für wirkliche Sinneseindrücke halten, obwohl der entsprechende Sinnesreiz nicht vorhanden ist. Halluzinationen können alle Sinnesbereiche betreffen, meistens sind sie jedoch akustischer Natur. Charakteristisch ist das ‚Stimmenhören'. Die Stimmen unterhalten sich über den Betroffenen, kommentieren sein Handeln und geben ihm auch Befehle.*

Hatten diese Stimmen Mona den Befehl gegeben, Sonja umzubringen?

Ich-Störung: Die Betroffenen empfinden die Grenzen zwischen dem eigenen Ich (Gedanken, Gefühle, Körper) und der Umwelt als durchlässig und verschwommen. Sie erleben sich selbst als fremd und unwirklich. Es kann zu einem Gefühl der Fremdbeeinflussung oder Gedankeneingebung von außen kommen. Darüber hinaus können die Betroffenen den Eindruck haben, dass ihre Gedanken mitgehört, von anderen gelesen, von außen blockiert oder entzogen werden. Die Betroffenen leben gleichzeitig in einer wirklichen und einer wahnhaften Welt.

Störungen der Emotion und Motivation: Es treten Stimmungsschwankungen auf, zuweilen auch eine leere, grundlose Heiterkeit. Die Gefühle sind unangepasst. Sie stimmen nicht mit der Rede oder mit dem Gehörten überein. Auch Gefühlsäußerungen oder der mimische Ausdruck passen oft nicht zur Situation.

Tessa klickte den Artikel weg. Sie hatte genug gelesen. Nur, was fing sie mit diesem Wissen an? Sie musste ihre Gedanken mit einem vertrauenswürdigen Menschen teilen, einem Menschen, der klar denken konnte und sich nicht von der Philosophie *was nicht sein darf, ist nicht* leiten ließ. Christian fiel aus, wenn sie ihn so beobachtete, wie er brütend hinter einem der anderen Bildschirme saß und ihn anstarrte.

Jan? Sicher, Jan war genau dieser Mensch. Nur wusste Tessa nicht, ob sie gerade ihn mit Schizophrenie in ihrer Familie verschrecken sollte. Er würde sie fallen lassen wie eine heiße Kartoffel. Und warum willst du das nicht gleich wissen, fragte sie sich. Das wäre doch ein Test für die Ehrlichkeit seiner Gefühle.

„Die Polizei verdächtigt mich." Christians Worte fielen in die angespannte Stille wie eine Detonation. „Der Kommissar hat mir seine Meinung unmissverständlich um die Ohren geschlagen."

„Aber warum solltest du Sonja töten?", fragte sie ungläubig.

„Sie war angeblich in mich verliebt, und ich habe die Situation ausnützen wollen."

„Lass diesen Blödsinn, Christian. Anscheinend hast du nicht die geringste Ahnung, wie polizeiliche Verhöre ablaufen. Genauso hat der Kommissar auch mich behandelt. Er behandelt jeden so, bis er Näheres weiß. Hängst du deswegen so herum?"

„Ist das wirklich so? Hat dich der Kommissar tatsächlich auch so verhört? Oder sagst du das jetzt nur, um mich zu trösten?"

„Ich will dich nicht trösten, ich will auf dich zählen können. Es hilft nämlich keinem von uns und am allerwenigsten Mona, wenn du dich gehenlässt. Vielleicht solltest du erst einmal duschen und dich rasieren, Christian. Ich muss nämlich dringend mit dir reden. Aber nicht jetzt." Tessa unterbrach sich. „Darf ich mir das ausdrucken?" Christian nickte und Tessa zog die Seiten aus dem Drucker, bevor er sie lesen konnte. „Ich muss wieder zurück. Melde dich, wenn du wieder unter den Lebenden weilst."

***

Auf dem Weg zurück fiel Tessa ein, dass sie zu Friedrich Bastheimer mit ihren Sorgen gehen könnte. Er war gebildet und fern von dem eingeschränkten Tunnelblick der Leute in diesem widerlichen Kaff. Sie drehte sich um und ging zu Bastheimers Haus.

Das Haus am Ortsrand von Pfarrhofen war gerade ausgehoben worden in jenem Sommer vor knapp zehn Jahren, als Bastheimers seelenvolles Gitarrenspiel am Lagerfeuer in Tessas pubertärem Gefühlsüberschwang ein solches Chaos anrichtete, dass sie nach diesen Ferien geradezu in Tränen badete, als sie im Zug nach Hamburg saß. Er hatte ihre Schwärmerei sicher bemerkt, gestand sie sich heute ein, und souverän pariert. Wie hatte sie seine männlichen Züge im Widerschein der Flammen bewundert und dieses Lächeln ganz für sie allein, wie sie sich eingebildet hatte, geliebt. In dieses Haus hätten wir kaum einsteigen können, um Carolin von ihrem Hausarrest zu befreien, dachte Tessa, als sie vor dem Holzhaus mit einer Glasfront für das Treppenhaus vom Boden bis zum Dach stand. Die Aktion in der alten Lehrerwohnung im Parterre des Schulhauses wäre ihnen hier gar nicht in den Sinn gekommen. Ein gepflegter Blumengarten mit einigen Gemüsebeeten umgab das Haus, das über einen Anbau nach hinten verfügte. Das Nachbargrundstück musste doch auch ihrer Oma gehören. Tessa erinnerte sich noch an das Gartenhaus, in dem sie viele Sonntage verbrachten.

Jetzt bot das Gartenhaus einen abweisenden Eindruck mit seinen fest verschlossenen Fensterläden und dem wilden Gestrüpp, das bis zu Bastheimers Gartenzaun wucherte. Hatte ihre Großmutter das Grundstück samt Gartenhaus verkauft? Sie musste unbedingt Mona fragen. Auch hier gab es viel Arbeit, wenn das Grundstück Teil ihres Erbes war.

Ein melodisches Glockenspiel antwortete, als Tessa auf die Klingel drückte. Fast zeitgleich öffnete der Lehrer die Haustür. Hatte er etwa hinter dem Fenster gestanden und sie bei ihrer eingehenden Musterung seines Anwesens beobachtet? Peinlich, peinlich, dachte sie.

„Tessa, du? Was für eine nette Überraschung!“, rief er aus und ergriff ihre beiden Hände. „Was führt dich zu mir? Aber komm doch erst einmal herein.“ Er führte sie in ein mit hellen Kiefermöbeln ausgestattetes Wohnzimmer. Bücherregale bis an die Decke, leise Vivaldi-Musik, eine zerknitterte Decke auf der Couch, Blick auf eine große Holzterrasse bis zum Wald. „Mach es dir doch bequem, Tessa!“ Bastheimer faltete mit einer fast verschämten Bewegung die Decke zusammen und legte sie ordentlich an das Fußende der Couch. „Darf ich dir etwas zu trinken anbieten, Kaffee, Tee, Mineralwasser?“

„Ein Glas Wasser wäre wunderbar. Ich will Sie auch gar nicht lange aufhalten und hoffe, dass ich Sie nicht gestört habe.“ Bastheimer ging in die Küche und kam mit einem Glas Mineralwasser zurück. Darin Eiswürfelchen und eine Zitronenscheibe.

„Vielen Dank, Herr Bastheimer, ich fühle mich ja wie in der Bar des Hamburger Atlantik.“

„Aber jetzt erzähle, wo drückt der Schuh“, kam ihr Gastgeber zur Sache. „So sehr ich es mir auch wünschen würde, ich kann mir kaum vorstellen, dass du mich nur aus Höflichkeit besuchst.“

„Es ist nicht so einfach“, begann Tessa, „ich komme mir fast wie eine Verräterin an meiner eigenen Cousine vor, aber ich weiß wirklich nicht mehr, an wen ich mich in diesem Dorf wenden soll. Wie haben Sie – ein weltgewandter, feingeistiger Mann – es hier so lange ausgehalten? Haben hier denn wirklich alle ein Brett vorm Kopf?“

„Sei nicht so streng mit uns Dorfbewohnern, Tessa. Menschliches Fehlverhalten ist nicht auf ein Dorf beschränkt, Menschen haben nun einmal ihre Grenzen. Nur einige wenige können sich darüber erheben. Das ist überall so, nicht nur in Pfarrhofen. Was ist es denn genau, was dir so zu schaffen macht?“

„Es ist immer noch Mona, um es auf den Punkt zu bringen. Schauen Sie mal, was ich herausgefunden habe.“ Tessa reichte ihm den Computerausdruck. „Was da steht, trifft nach meiner Einschätzung eins zu eins auf Mona zu. Haben Sie auch schon beobachtet, welche Charakterschwankungen sie hat?“

„Du vermutest also tatsächlich, Mona sei schizophren? Ich muss leider gestehen, dass ich Mona gar nicht so gut kenne, wie du glaubst. Ich treffe sie bei den Chorproben und sonst eigentlich fast nie. Und, das wissen wir beide, exaltiert war deine Cousine schon immer.“

Tessa berichtete von Monas Verhalten nach dem Tod ihres Sohnes, der eigenartigen Tatsache, dass ausgerechnet sie neben der toten Sonja gesessen hatte, und von der toten Katze.

„Und jetzt weiß ich nicht mehr, was ich tun soll“, schloss sie verzweifelt, „inzwischen habe ich sogar schon Angst, mit ihr unter einem Dach zu wohnen. Soll ich denn dem Kommissar davon erzählen, oder liefere ich sie damit ans Messer? Ich brauche Ihren Rat, Herr Bastheimer. Deshalb bin ich gekommen.“

Bastheimer lehnte sich zurück und rieb sich über die Nase. „Also am vernünftigsten wäre es, wenn Mona einsichtig wäre und einen Arzt aufsuchte. Aber, ich glaube, dass du sie dazu nicht bewegen kannst. Vielleicht wäre es tatsächlich am besten, du würdest diesem Kommissar von deinen Beobachtungen erzählen. Wenn Mona Hilfe braucht, erhält sie sie durch Mitwirkung der Polizei sicher am schnellsten.“ Bastheimer beugte sich vor und sah Tessa ernst an. „Und seien wir doch ehrlich, es besteht doch tatsächlich die Möglichkeit, dass sie im Wahn all die schlimmen Dinge getan hat. Wäre es dann nicht besser, die Polizei würde gleich Bescheid wissen? Mona kann im Sinne des Gesetzes doch gar nicht schuldig sein, wenn sie krank ist. Schlimmstenfalls wird sie aufgrund verminderter Schuldfähigkeit verurteilt, wenn sich herausstellen sollte, dass sie für Sonjas Tod verantwortlich ist. Vielleicht tust du ihr ja letztlich einen großen Gefallen, wenn du gleich zu Beginn der Ermittlungen auf ihre Stimmungsschwankungen hinweist.“ Bastheimer spreizte die Hände. „Aber ich kann dir leider auch nicht raten, was du tun sollst. Entscheiden musst du ganz allein, Tessa. Da kann dir wohl niemand helfen.“

„Ja, das befürchte ich allerdings auch.“ Tessa stand auf. „Haben Sie trotzdem vielen Dank, dass Sie mir zugehört haben. Es hat mich sehr entlastet, überhaupt darüber gesprochen zu haben.“

„Warte, ich bringe dich hinaus.“ Bastheimer folgte Tessa, die bereits zur Tür gegangen war. „Ich mache Licht draußen, es ist inzwischen dunkel geworden. Und pass gut auf dich auf, Tessa, hörst du?“

„Ja, ich werde es versuchen.“

Bastheimer sah Tessa nach, bis sie um die Ecke bog.

***

Ein kalter Wind blies Tessa ins Gesicht, als sie zurückging. Unwillkürlich zog sie ihre dünne Jacke fester um sich. Die Erleichterung, die sie bei dem Gespräch mit Bastheimer empfunden hatte, war schon wieder verschwunden. Es klang so klug, dass sie Mona mit einer Aussage bei der Polizei sogar helfen könne. Doch Tessa hatte ihre Zweifel.

Es war die eine Seite, über einen solchen Schritt zu reden, die andere war, ihn auch zu tun. In Gedanken spielte sie das Gespräch mit dem Kommissar durch, hörte seine Kommentare und wusste plötzlich mit großer Sicherheit, dass sie von sich aus dieses Gespräch nie führen würde. Aber mit Mona, mit ihr musste sie reden, und zwar sofort.

In der Küche brannte Licht. Monas BMW stand noch immer vor der Tür. Tessa hatte gehofft, Mona wäre gegangen. Jetzt gab es für sie kein Zurück mehr.

Eigenartigerweise saß Mona konzentriert am Küchentisch, ihren Laptop auf den Knien und hieb ungestüm auf die Tasten ein. Als Tessa eintrat, klappte sie ihn allerdings sofort zu und warf einen misstrauischen Blick in ihre Richtung.

„Willst du deinen Text nicht speichern?“, fragte Tessa. „Du musst nicht befürchten, dass ich dir über die Schulter schaue. Hast du denn schon zu Abend gegessen? Vermutlich nicht. Ich mache uns beiden ein Omelett. Einverstanden?“

„Danke, Tessa“, sagte Mona mit schiefem Lächeln und öffnete ihren Laptop wieder.

Ich mag sie immer noch, dachte Tessa, als sie Eier, Milch und Mehl in einer Schüssel verrührte.

„Süß oder mit Salz und Pfeffer?“, fragte sie, während Mona ihren Laptop wegpackte und den Tisch deckte. „Ich habe ein Glas von Omas wunderbarem Apfelmus im Kühlschrank gesehen. Sollen wir Apfelmus dazu essen oder soll ich Schinken hineinbacken?“

„Richtig altmodische Pfannkuchen mit Apfelbrei habe ich schon lange nicht mehr gegessen“, sagte Mona, „so heißen deine norddeutschen Omeletts nämlich hier bei uns.“ Sie lächelte spöttisch. „Du wirst hier immer eine Fremde bleiben, Tessa, wenn du dich nicht anpasst.“

„Und wer sagt dir, dass ich nicht genau das bleiben möchte?“

Eine Fremde in Pfarrhofen, dachte Tessa, als sie die Omeletts mit Apfelmus auf den Tisch stellte und Orangensaft in Gläser goss. Sie aßen in einträchtigem Schweigen, bis Monas Blick auf die noch immer halb gefüllte Katzenschüssel in der Ecke fiel. Jetzt half alles nichts mehr, sie musste das Thema anschneiden.

„Was hast du eigentlich mit unserer Katze gemacht?", fragte sie ohne lange Einleitung.

„Ich habe sie draußen im Garten unter dem Holunderbusch vergraben. Es wäre schön gewesen, wenn du mir dabei geholfen hättest", antwortete Mona vorwurfsvoll.

„Nein, ich meine vorher." Tessa räusperte sich und fragte brutal: „Hast du ihr das Genick gebrochen, oder kannst du dich wieder einmal nicht erinnern?"

„Fragst du mich jetzt tatsächlich, ob ich die kleine Katze umgebracht habe?" Mona schüttelte langsam den Kopf, während ihre Augen zu schwimmen begannen. „Und ich habe geglaubt, du wärst anders."

In Tessa regte sich das schlechte Gewissen, aber sie nahm sich vor, jetzt hart zu bleiben. „Kannst du es mir verübeln, wenn ich nicht mehr weiß, was ich denken soll? Es geschehen unaussprechliche Dinge, und immer bist gerade du zufällig in der Nähe, Mona. Dazu hüllst du dich die ganze Zeit in vornehmes Schweigen. Dann sag mir doch, wie es wirklich war!"

„Die Katze lag auf der Türschwelle, als ich angekommen bin." Monas Stimme war nahezu unhörbar, sie klang niedergedrückt. „Fast wäre ich über sie gestolpert. Und sie war bereits mausetot. Das war übrigens Sonja auch, als ich sie gefunden habe. Aber warum sollte mir die Polizei glauben, wenn du es nicht einmal tust?"

„Und daran kannst du dich wirklich erinnern?" Tessa wollte ihrer Cousine nur allzu gern glauben, doch ihre hartnäckigen Zweifel sprachen eine deutlichere Sprache. „Ich muss das wissen, Mona, denn, schau mal, wie soll ich dir denn helfen, wenn ich nicht Bescheid weiß?" Sie griff über den Tisch, um Monas Hand zu nehmen, doch sie zog ihre Hand sofort zurück. „Es wäre schließlich nicht das erste Mal, dass du Erinnerungslücken hast. Bist du dir ganz sicher? Und was hattest du denn während des Markts dort draußen zu schaffen?"

„Ich war verabredet.“ Weitere Erklärungen blieb Mona schuldig.

Tessa spürte die Eifersucht wie einen Messerstich in der Brust. *Mit wem*, hätte sie am liebsten laut gefragt, doch das undurchschaubare Lächeln Monas hielt sie davon ab. Ihre Cousine wollte offensichtlich genau diese Reaktion provozieren.

„Die Polizei verdächtigt Christian“, sagte sie stattdessen, „es wäre also gut, wenn du diesem Kommissar deine Beobachtungen mitteilen würdest.“

„Und wer sagt dir, dass ich das nicht getan habe? Ich bin kein kleines Kind, Tessa.“ Mona stieß missmutig den Stuhl zur Seite und stellte sich mit vor der Brust verschränkten Armen vor den Küchenschrank.

„Dann solltest du dich auch nicht wie ein solches benehmen. Fällt es dir denn wirklich nicht auf, dass du manchmal sogar sprichst wie ein Kind. Du bist offensichtlich sehr krank, Mona, und es hat keinen Sinn, die Augen davor zu verschließen. Ich habe den Eindruck, in dir streiten die widersprüchlichsten Persönlichkeiten miteinander. Ich gehe gerne mit dir zum Arzt. Deine Familie muss das gar nicht erfahren.“ Tessa stand auf, um Mona in den Arm zu nehmen.

„Rühr mich bloß nicht an, ich warne dich“, schrie Mona mit sich überschlagender Stimme, drehte sich blitzartig um, nahm das große Tranchiermesser aus dem Messerblock und richtete es auf Tessa.

Tessa, vor Schreck erstarrt, war unfähig, in irgendeiner Form zu reagieren. Es schien, als hätte sich alles Leben aus ihr zurückgezogen und sie müsse bewegungsunfähig warten, bis Mona zustieß.

„Hau ab, verdammt noch mal“, schrie ihre Cousine, während ihre Hand mit dem Messer zitterte. „Verschwinde, bevor ich mich vergesse.“

Und als hätte ihr Körper auf diesen Befehl gewartet, gelang es Tessa endlich, sich in Bewegung zu setzen. Sie hastete aus der Küche, die Treppe hinauf in ihr Zimmer, wo sie sich wieder einmal einschloss.

***

Helene Obermaier wischte mit dem Fensterleder über das bereits blitzblank glänzende Abtropfsieb auf dem Tresen, immer die Gäste im Blick. Für die Gemeinderäte hatte sie eine große Schüssel Wurstsalat mit Zwiebelringen zubereitet, aber es waren nach der Sitzung nur Manfred Remminger und Katharina Bauer gekommen. Alfred Huber hatte im Moment wohl andere Sorgen als einen Wirtshausbesuch, das ging ihr durch den Kopf.

Eine seltsame Stimmung war das heute Abend. Die beiden Gemeinderäte flüsterten miteinander. Auch die obligatorische Runde der Kartenspieler schien eher lustlos ihrer Pflicht nachzugehen. Jetzt legten sie sogar ihre Karten zusammen und hörten auf.

Helene drehte die Popmusik, die im Hintergrund im Radio spielte, etwas lauter, aber ihre Gäste schienen sie ohnehin nicht zu hören.

Die Gemeinde war nach dem Mord an dem Mädchen in eine Schockstarre gefallen. Ein Abgrund mitten in ihrer heilen Welt. Misstrauten sie jetzt einander?

Helene kannte die Menschen. Das hatte sie hinter der Wirtshaustheke gelernt.

Dieser eigenartige Henry saß heute mit am Kartentisch und hielt jetzt sein leeres Bierglas hoch. Und Walter saß daneben, als hätte er nichts bemerkt. Widerwillig ging Helene, um seine Bestellung aufzunehmen. Wenn es nach ihr ginge, bräuchte sich dieser windige Typ überhaupt nicht mehr hier sehen zu lassen.

Sie zapfte sein Bier, als sie im Radio die Stimme Bürgermeister Hubers hörte. Das war doch wieder dieser Reporter des Ostermarkts.

„Seid doch bitte einmal still“, rief sie in Richtung ihrer Gäste und drehte das Radio lauter.

„Wie? Das bringt der jetzt schon?“ Manfred Remminger sprang auf und stellte sich vor den Tresen. „Was gibt es denn? Haltet doch mal eure Klappe!“ Remminger dreht das Radio voll auf.

Wie sich die Sache jetzt darstellt, hat Bürgermeister Huber sein Insiderwissen angewendet und ein erkleckliches Sümmchen für seine eigene Tasche erwirtschaftet. Der Pfarrhofener Gemeinderat will einen gemeindlichen Untersuchungsausschuss einsetzen. So schloss der Bericht.

Nach einem kurzen Augenblick der Stille fingen alle auf einmal an zu sprechen.

„Klär uns doch auf, Remminger“, rief der sonst so unscheinbare Wolfgang aggressiv, „du bist doch Gemeinderat.“

„Wenn ihr alle durcheinanderredet, sage ich gar nichts“, verschaffte sich der grüne Gemeinderat Respekt, bevor er einen für Helenes Geschmack doch sehr von seiner eigenen Meinung gefärbten Bericht über die Sitzung gab.

„Bleiben wir doch sachlich, Herr Remminger.“ Auch Katharina Bauer schloss sich Helenes Meinung an, wie diese befriedigt feststellte. „Und überlassen es den Pfarrhofener Bürgern selbst, sich ihre Meinung zu bilden.“ In einer verknappten Form teilte sie noch einmal die Fakten mit. Alle hörten zu.

Der Sturm der Entrüstung, mit dem sie wohl gerechnet hatte, blieb allerdings aus. Helene hätte ihr das gleich sagen können. Für solche Spitzfindigkeiten hatten die Pfarrhofener nichts übrig.

„Und? Was ist daran jetzt so schlimm?“ Ausgerechnet ihr Walter fasste die Meinung am Tisch zusammen. „Immerhin hat er damit doch auch für die Gemeinde Geld erwirtschaftet. Und dass die Politiker auf ihren Vorteil aus sind, wissen wir doch. Da macht unser Bürgermeister auch keine Ausnahme.“

„Ein richtiger Fuchs ist er halt, der Huber“, sagte Wolfgang, und Henry fügte mit einem spöttischen Auflachen hinzu: „Der weiß, wie der Hase läuft.“

Mit kaum verhohlener Wut winkte Katharina Bauer Helene zu sich. „Zahlen bitte, ich gehe besser. An diesem Dorf ist Hopfen und Malz verloren.“ Manfred Remminger schloss sich ihr an, nachdem er wortlos einen Zehn-Euro-Schein auf die Theke gelegt hatte. Helenes Antwort „Hier dein Wechselgeld“, quittierte er mit einer verächtlichen Handbewegung.

Auch wenn Helene nicht unbedingt eine Anhängerin der GRÜNEN war, in diesem Falle musste sie ihnen recht geben. Es war doch eine ziemliche Sauerei, was Alfred Huber sich da geleistet hatte. Sie spürte, wie ihr die Enttäuschung über den von ihr so idealisierten Bürgermeister buchstäblich sauer aufstieß. Mit einem Wink rief sie ihren Sohn hinter die Theke und ging in die Küche, um eine ihrer Tabletten gegen Sodbrennen zu nehmen. Alfred war anscheinend nicht nur ein dominanter Ehemann, sondern auch ein Betrüger. Zum ersten Mal nahm in Helene der Gedanke Gestalt an, dass Agnes vielleicht nicht nur zu beneiden war.

Die Atmosphäre im Gastraum hatte sich noch einmal verändert, als Helene wieder zurückkam. Eine vibrierende Spannung lag über dem Tisch, an dem alle in gedämpfter Unterhaltung die Köpfe zusammensteckten. Walter stand, in die Tageszeitung vertieft, hinter der Theke. Helene hätte sich fast gewünscht, er säße noch mit am Tisch. Irgendetwas heckten ihre Gäste aus. Wieder war es Wolfgang, der auf die anderen einredete.

Beiläufig ging sie, mit dem Fensterleder in der Hand, hinüber, sammelte leere Gläser ein und wischte über die Ränder auf der Tischplatte. „Dieses elende Flittchen", hörte sie gerade noch, bevor das Gespräch verstummte.

Es konnte nur um die Tochter des Bürgermeisters gehen, dachte Helene beunruhigt. Schließlich hatte sich gerade Wolfgang wegen Mona zum Narren gemacht. Was brüteten die dort am Tisch wohl aus? Eine Verschwörung? Lächerlich!

***

Tessa erwachte vom penetranten Klingeln des Telefons. Warum ging denn Mona nicht ran? Welcher Mechanismus bringt uns dazu, sofort einen Schuldigen von außerhalb zu suchen, wenn irgendetwas nicht funktioniert?, schoss es ihr durch den Kopf, als sie mit bloßen Füßen die Treppe hinunterlief.

„Christina Meiners hier", meldete sich eine sonore Frauenstimme, und als Tessa nicht reagierte, fügte sie mit einem kleinen Lachen hinzu: „Die Immobilienberaterin der Sparkasse."

„Ach so, jetzt kann ich Sie zuordnen", sagte Tessa, ein kleines bisschen enttäuscht. Sie hatte jemand anderen erwartet.

„Geschieht mir recht, wenn ich so früh anrufe." Tessa schaute unwillkürlich auf die Uhr, es war tatsächlich erst kurz nach acht. „Hoffentlich habe ich Sie nicht wach geklingelt?"

„Nein, das ist schon in Ordnung", log sie.

Christina Meiners fuhr fort: „Ich habe gerade meinen Terminkalender durchforstet und noch einige freie Termine in dieser Woche gefunden." Wo nahm die Frau bloß ihre Tatkraft so früh am Morgen her? „Wir könnten also durchaus Ihren Vertrag angehen. Haben Sie sich schon um einen Erbschein gekümmert?"

„Ja, er liegt im Nachlassgericht bereit, ich muss ihn nur noch abholen", räumte Tessa ein. „Allerdings muss ich mich erst noch mit meiner Cousine beraten. Wann hätten Sie denn Zeit?"

Die Immobilienberaterin nannte einige Termine, aber Tessa unterbrach sie. „Augenblick, ich brauche erst etwas zum Schreiben." Sie fand einen Kassenbon in ihrer Handtasche und notierte die Termine auf der Rückseite. „Wenn Sie mir jetzt noch Ihre Durchwahl geben, rufe ich Sie zurück."

Christina Meiners gab sie ihr und fügte hinzu. „Lassen Sie sich nicht allzu lange Zeit, freie Termine sind bei mir Mangelware."

Geschäftstüchtige Dame, dachte Tessa, als sie Kaffeepulver in den Filter der Kaffeemaschine löffelte und den Rest der Müsliflocken mit Joghurt in einer Schüssel vermischte. *Müsli kaufen nicht vergessen* notierte sie auf der Lasche der leeren Packung, riss sie ab und legte sie auf den Küchenschrank.

Der Kaffee war durchgelaufen. Tessa deckte den Tisch mit zwei Tassen und Tellern. Der Tag gestern stand unter keinem guten Stern, heute würde sie achtsamer mit Mona umgehen. Hatte sie Mona bei ihrer Unterredung zu sehr in die Enge getrieben, wenn sie glaubte, sich mit einem Messer verteidigen zu müssen? Doch ein Rest unterschwelliger Angst ließ sich nicht beschwichtigen.

Offensive ist die beste Verteidigung, dachte sie und rief: „Mona, Frühstück!" durch das morgenstille Haus. Es regte sich nichts. Tessa rief noch einmal. War sie etwa wieder nach Hause gegangen? Doch ein rascher Blick aus dem Fenster überzeugte sie, dass Monas BMW hinter ihrem Golf noch immer vor dem Haus stand.

Gut, dann würde sie erst ins Bad gehen und sich anziehen. Dann musste sie aber ihre Cousine wecken. Vielleicht konnten sie beide nach Schweinfurt fahren und mit dem Erbschein gleich den Immobilien-Vertrag unter Dach und Fach bringen. Die Maklerin hatte doch von einem Termin gleich am Nachmittag gesprochen.

Tessa beeilte sich mit ihrer Morgentoilette und klopfte an Monas Schlafzimmertür. Keine Antwort. Sie öffnete die Tür einen Spalt, um sie gleich darauf ganz aufzureißen.

Das Bett war unberührt, ein gefalteter Schlafanzug lag auf der Decke. Auf dem Stuhl stand Monas kleine Reisetasche. Tessa spürte, wie Ärger und gleichzeitig ein beklemmendes Gefühl in ihr aufwallten.

Sie durchsuchte alle Zimmer im Haus. Wohnzimmer. Terrasse. Abstellraum. Nichts. Ihr Herz raste.

Wo war Mona? Sie ging doch keinen Schritt zu Fuß, wenn es sich vermeiden ließ. Warum sollte sie wieder nach Hause gegangen sein? Der Kaffee war kalt geworden. Tessa goss ihn weg und schenkte sich eine neue Tasse ein. Sie musste nachdenken.

Das Auto! Da hatte sie noch nicht nachgesehen. Tessa sprang auf, verschüttete Kaffee, verbrannte sich die Finger.

Sie riss die Haustür auf und blieb wie angewurzelt stehen. Monas Auto stand auf den Felgen. Alle vier Reifen waren platt. Langsam ging sie zum Auto und schaute in das Innere. Mona saß nicht drinnen. Trotz des Schreckens war Tessa erst einmal erleichtert. Vielleicht hatte Mona das Desaster schon vor ihr gesehen und holte bereits Hilfe? Allerdings erklärte das noch nicht das unberührte Bett.

Zum Teufel mit Mona! Dann würde sie eben ohne sie nach Schweinfurt fahren. Sie ging zurück zum Haus und warf dabei eher zufällig einen Blick auf ihren Golf. Auch die Hinterreifen ihres Golfs waren durchstochen!

Sie hätte heulen mögen vor Wut. Elendes, feiges Gesindel!

Was sollte sie nur tun? Die Polizei einschalten? Oder einfach die nächste Autowerkstatt anrufen?

Tessa nahm die Telefonbücher vom Dielenschrank und blätterte unschlüssig in den Gelben Seiten. Sie fand nur eine Autowerkstatt, Stenzinger und Söhne. Die Anzeige auf der gegenüberliegenden Seite, Ludwig Götz, Pfarrhofen, Brot- und Feinbäckerei, weckte ihren Appetit auf einen Muffin oder zumindest ein frisches, möglichst noch warmes Croissant. Trostessen, dachte sie, ein ausgesprochen ungesunder Reflex.

Sie notierte die Nummer der Autowerkstatt und auch gleich die der Polizeiwache, wusste aber immer noch nicht, wen sie anrufen sollte. Wer machte denn so was? Das Bild von Mona mit dem Tranchiermesser in der Hand flog ihr durch den Kopf. Aber das war Unsinn. Mona würde wohl kaum in einem Anfall von Aggression die Reifen ihres eigenen Autos durchstechen. Nur – so sicher war sie sich wieder einmal nicht.

Tessa wählte die Nummer der Autowerkstatt und drückte sie gleich wieder weg. Sollte sie das Wechseln von Monas Reifen auch gleich in Auftrag geben? Sie konnte doch nicht einfach über deren Kopf weg entscheiden. Aber vielleicht tauchte sie ja in Kürze wieder auf. Tessa wählte erneut.

„Stenzinger", meldete sich eine barsche Männerstimme. Tessa trug dem Mann, offenbar der Besitzer, ihr Anliegen vor. „Vielleicht können Sie gleich kommen, ich brauche mein Auto. Ich wohne im Haus von Anneliese Koch in der Hauptstraße."

„Anneliese Koch? Dann sind Sie wohl ihre Enkelin aus Hamburg?"

„Ganz genau. Und im Übrigen sind die Reifen des BMW meiner Cousine Mona auch platt. Ich weiß allerdings nicht ..."

„Tut mir leid", unterbrach sie der Mann. „Ich habe heute keinerlei Kapazitäten frei, einer meiner Mitarbeiter ist krank und die anderen sind mit dem Werkstatt-TÜV beschäftigt. Suchen Sie sich eine andere Werkstatt."

„Aber ...", sagte Tessa zu dem Besetztzeichen an ihrem Ohr und legte frustriert auf.

Keine Kapazitäten frei, äffte sie ihn nach, während sie wütend auf und ab ging. Das konnte sie jetzt glauben oder nicht. Wusste der Typ etwa Bescheid und steckte mit dem Schuft, der ihre Misere verursacht hatte, unter einer Decke? Niederträchtiges Pfarrhofener Pack!

Ihre Wut verrauchte und Tessa spürte einen Kloß im Hals. Sie hatte bisher geglaubt, menschliche Gefühle in allen Ausprägungen seien ihr geläufig. Freude, Ausgelassenheit, Trauer, Verlassenheit. Doch noch nie war sie konfrontiert gewesen mit so aggressiver Feindschaft. Sie musste sich eingestehen, dass sie damit nicht umgehen konnte.

Es half jedoch alles nichts, sie musste etwas tun. Sie gab sich einen Rück und wählte die Nummer der Polizeiwache. Der Polizist, der ihre Anzeige entgegennahm, versprach im Laufe der nächsten Stunde einen Streifenwagen vorbeizuschicken. Tessa fühlte sich, als hätte sie einen Sieg errungen, und beschloss, sich jetzt doch mit einem Muffin zu belohnen.

Vage erinnerte sie sich an die Brot- und Feinbäckerei Ludwig Götz als ein Eckhaus am Ende der Hauptstraße mit einem wild wuchernden Rosenstock neben der Tür, ein paar Schritte nur. Tessa ging los und hoffte, dort nicht schon wieder auf irgendeine Form der Ablehnung zu stoßen.

Hinter dem Ladentisch stand ein hochgewachsenes, schlankes Mädchen im Teenageralter mit langen, glatten Haaren, deren Farbe zwischen Messing und Kupfer lag. Ausgeprägte Wangenknochen verliehen ihrem Gesicht etwas Exotisches und ihre außergewöhnliche Figur prädestinierte sie geradezu für eine Teilnahme an Heidi Klums eigenartiger Show *Germany's next Topmodel.* Nur ihre Augen passten nicht zu ihrer Erscheinung. Tessa war versucht, ihren Blick als gelangweilt zu bezeichnen, doch das traf es nicht ganz. Irgendein Ausdruck lag in ihnen, den sie nicht ganz einordnen konnte.

Tessas Frage nach einem Muffin verneinte sie. Ihr lauter Ruf *Mama* offenbarte, dass sie kein Azubi, sondern die Tochter des Hauses war. Anscheinend überstieg ein nur minimal von der Norm abweichender Wunsch ihre Fähigkeiten.

Die rundliche Frau mit den Apfelbäckchen, die kurz darauf in den Laden kam, entsprach schon eher Tessas Bild von einer Bäckersfrau, denn sie war so freundlich, dass es auch schon fast wieder unangenehm war. Dir kann es aber wirklich niemand recht machen, dachte sie, als sie das dicke Stück Eierlikörkuchen, das sie statt eines Muffins kaufte, mitnahm.

Der Streifenwagen der Polizei stand bereits hinter ihrem Golf, als sie zurückkam. Tessa schaute unwillkürlich auf ihre Uhr. Es waren kaum zehn Minuten seit ihrem Anruf vergangen. Ein uniformierter Beamter, ein langer, schmaler Typ mit Vollglatze, besah sich den Schaden, während sein Kollege mit einem Handy am Ohr noch auf dem Fahrersitz des Streifenwagens saß.

„Wir waren gerade in der Nähe", beantwortete er ihre unausgesprochene Frage. Anscheinend hatte er ihren Blick auf die Uhr bemerkt. „Tessa Hennigsen?", fragte er. „Haben Sie bei uns angerufen?"

„Ja, ich wusste mir keinen anderen Rat."

„Eine üble Sache, das hier“, bestätigte er, „es war ausgesprochen vernünftig, uns einzuschalten. Wann haben Sie denn den Schaden bemerkt?“

„Heute Morgen, als ich wegfahren wollte, vor etwa einer Stunde, genauer gesagt.“

„Gehört der BMW Ihnen?“, fragte der andere Polizist, der sich von seinem Handy getrennt hatte, im Näherkommen. Er war ebenso groß wie sein Kollege, doch unter seinem Uniformhemd spannten sich feste Muskeln. Ein dichter Haarschopf wuchs ihm fast bis in die Augenbrauen.

„Nein, meine Ansprüche sind wesentlich bescheidener, der Golf ist mein Auto, der BMW gehört meiner Cousine Mona Huber.“

„Mona Huber?“, gab er zurück und kratzte sich am Kopf. Tessa glaubte, so etwas wie ein wissendes Erkennen aus seinen Zügen abzulesen. „Will sie auch Anzeige erstatten? Wo ist sie denn?“

Das hätte sie liebend gerne auch gewusst, aber sie konnte doch wohl nicht einem wildfremden Polizisten erzählen, dass sie Mona vermisste.

„Im Augenblick ist sie nicht hier“, sagte sie stattdessen, „und ich weiß auch nicht, ob sie den Schaden anzeigen will. Aber ginge das nicht auch telefonisch, nachdem Sie das Auto ja gesehen haben?“

„Nein, so läuft das nicht. Wir schreiben eine Meldung, die sie dann unterschreiben muss, wie übrigens auch Sie. Kommen Sie mit, wir können uns ins Auto setzen.“

Tessa setzte sich zu dem schlaksigen Polizisten auf den Beifahrersitz und beantwortete seine Fragen, während der andere seine Beobachtungen in ein Diktiergerät sprach.

Sie unterschrieb das Protokoll, erhielt eine Ausfertigung, und der Polizist verabschiedete sich.

„Können Sie mir vielleicht eine Werkstatt nennen, die die Reifen auswechselt?“, fragte Tessa noch.

„Hier in Pfarrhofen gibt es doch den Stenzinger“, antwortete er. „Sie sollten es bei ihm versuchen. Oder Sie benachrichtigen den ADAC. Und machen Sie sich keine allzu große Hoffnung, dass wir den oder die Täter schnell finden“, sagte er abschließend. „Ich kann Ihnen nur versprechen, dass wir unser Bestes tun.“

Torsten Schöne, Wachtmeister, las sie auf dem Protokoll, als die beiden abgefahren waren. Jetzt war sie genauso weit wie vorher, dachte sie erbittert, allzu viel hatte der Freund und Helfer auch nicht ausrichten können.

Sie würde wohl oder übel einmal mehr Christian belästigen müssen, dachte sie, während sie sich von dem flaumweichen Eierlikörkuchen trösten ließ. Er konnte noch am ehesten wissen, wo Mona steckte. Vielleicht war sie ja sogar bei ihm.

Den Gedanken, bei ihm anzurufen, verwarf sie wieder. Sie würde die wenigen Schritte zu seiner Wohnung gehen und Sturm klingeln. Wenn sie bei ihm war, traute sie ihr durchaus zu, sich verleugnen zu lassen, aber Lust auf irgendwelche Spielchen, das hatte sie wirklich nicht.

Christians Wohnung machte einen unbewohnten Eindruck. Tessa klingelte trotzdem lange und ausdauernd. Sie hörte weder Musik, noch sah sie die Bildschirme seiner Computer flimmern. Auch sein Kombi stand nicht im Hof, fiel ihr auf, als sie die Treppe wieder hinunterging.

Sie würde sich in Geduld üben müssen, bis sich die Dinge aufklärten, dachte sie, als sie wieder zurück ging. Nicht gerade ihre Stärke. Es sei denn, nein, das nun wirklich nicht. Es sei denn, sie riefe Jan an.

Das wäre doch wirklich zu billig, Tessa, rief sie sich zur Räson. Die arme, hilflose Unschuld kam nicht infrage. Andererseits – er war außer ihren Verwandten der einzige Mensch, den sie so gut kannte. Aber er hätte doch längst selbst anrufen können, wenn er dies gewollt hätte. Er musste doch zwangsläufig glauben, sie trickse ihn aus.

Ungeachtet des stummen Widerstreits ihrer Gedanken blätterte sie bereits im Telefonbuch. Jan Niemeyer, Korrespondent des Bayerischen Rundfunks, fand sie einen Eintrag, daneben eine Handy-Nummer. Sie schlug das Buch zu, als stiegen giftige Dämpfe aus seinen Seiten, nur um es gleich wieder aufzuschlagen.

0173 begann sie, die Mobilfunk-Nummer zu wählen, bevor sie es sich noch einmal überlegen konnte. Klopfenden Herzens hörte sie auf den Klingelton, noch einmal klingeln, dann würde sie auflegen, ganz bestimmt.

„Jan Niemeyer“, hörte sie gleich darauf seine volltönende Stimme.

„Hier ist Tessa Hennigsen“, krächzte sie mit einem Frosch im Hals. „Störe ich gerade?“

„Wie könntest du jemals stören, Tessa!“ Täuschte sie sich, oder klang er tatsächlich so, als ob er sich freute? Und warum hatte er dann nicht selbst angerufen? „Es ist so schön, dass du dich meldest“, sagte er warm, „ich hätte längst angerufen, aber ich habe mich offen gestanden einfach nicht getraut.“

„Nicht getraut?“, wiederholte Tessa ungläubig. „Warum solltest du derartige Skrupel haben? Soweit ich mich erinnere, hatten wir doch ausgemacht, ohne alles Misstrauen ganz von vorne zu beginnen. Das war doch das jüngste Statement, oder nicht?“

„Und dass du deine Stacheln einziehst.“ Jan lachte. „Ganz dunkel erinnere ich mich. Nein, das ist nicht der Grund für meine Feigheit. Denn dass ich ein jämmerlicher Feigling bin, sage ich mir seit unserem Abendessen mindestens alle zehn Minuten.“

„Das schreit aber jetzt nach einer verdammt guten Erklärung, wenn ich mich nicht für ein Monster halten soll“, gab Tessa ebenfalls lachend zurück.

„Hast du nicht Radio gehört?“ Jan war unerwartet ernst geworden.

„Nein, tut mir leid, aber hier überschlagen sich die Ereignisse, ich bin nicht dazu gekommen.“

In einem kurzen Moment der Stille hörte Tessa Jan nur tief atmen, bevor er entgegnete: „Ich weiß nicht, ob das mein Geständnis erleichtert, aber es muss wohl sein. Wenn du Nachrichten gehört hättest, wüsstest du bereits, dass ich eine ausgesprochen unangenehme Wahrheit über Bürgermeister Alfred Huber als Ergebnis der vergangenen Gemeinderatssitzung verbreiten musste. Und es ließ sich nicht vermeiden, auch wenn ich weiß, dass er dein Onkel ist.“ Bei den letzten Worten redete Jan immer schneller, als wollte er hinter sich bringen, was er zu sagen hatte.

„Welche Wahrheit?“, fragte Tessa lapidar. „Es scheint davon einige zu geben. Keine ist angenehm, zumindest nicht nach meinen Beobachtungen, seit ich hier in Pfarrhofen bin.“

„Tja“, – ein tiefer Seufzer –, „offenbar hat er sich durch den ominösen An- und Verkauf einiger gemeindlicher Grundstücke persönlich bereichert. Der Gemeinderat will einen Untersuchungsausschuss einsetzen."

„Warum überrascht mich das nicht?", gab Tessa zurück. „Wahrscheinlich deshalb, weil es haargenau zu dem passt, was ich meinem Onkel zutraue. Er war schon immer ein ausgemachter Kotzbrocken, Jan. Deshalb hättest du dich nicht sorgen müssen."

„Oh, hast du den Sturz eben gehört?"

„Sturz?"

„Ja, von dem Stein, der mir vom Herzen gefallen ist. Was sage ich Stein, es war ein richtiger Gesteinsschlag, der gerade zu Boden ging. Gut, dass dies geklärt ist. Jetzt würde ich dich gerne zum Essen einladen. Es gibt da einige recht ansprechende Italiener in Schweinfurt."

„Ich stehe gar nicht so auf Südländer." Tessa lachte. „Der Hype, der um diese Latin Lover gemacht wird, scheint mir doch sehr überzogen."

„Touché", sagte Jan. „Mit dir zu diskutieren ist eindeutig Florett- und nicht Degenfechten. Geschieht mir recht. Wie du sehr gut weißt, meinte ich die Qualität seines Essens. Auf andere Ideen solltest du besser nicht kommen, liebe Tessa. Also, wie wär's mit heute Abend?"

„Soll das jetzt ein Date werden?"

„Ja, oder doch besser nein. Ich möchte nicht riskieren, dass du wieder deine Stacheln aufstellst. Betrachte es als Dankeschön für dein gelungenes Abendessen."

„Dann bin ich ja beruhigt." Sie durfte nicht zu viel hineininterpretieren. Jan war einfach nur ein sehr netter Mann, mehr nicht! „Ich würde deine Einladung ja liebend gerne annehmen, aber ich habe leider kein Auto und somit auch keine Möglichkeit, in die Stadt zu kommen."

Mit knappen Worten berichtete sie ihm von der Attacke auf die Reifen ihres Golfs und Monas BMW, von ihrer Sorge um Monas Verschwinden und der schroffen Absage der Autowerkstatt. Sie ließ auch den anonymen Anruf und Monas Beinahe-Angriff mit dem Messer nicht aus, verwies auf das seltsame Betragen Petras und das geflissentliche Wegsehen des Krankenpflegers im Supermarkt.

„Und jetzt weiß ich einfach nicht mehr, wie es weitergehen soll“, schloss sie ihren Bericht. „Kannst du mir nicht eine Autowerkstatt empfehlen?“

„Gibt es in Pfarrhofen so etwas wie ein Hotel?“, fragte Jan, ohne auf ihre Frage einzugehen.

„Der ‚Rote Ochse‘ hat zumindest ein paar Gästezimmer“, antwortete Tessa. „Warum?“

„Weil ich dort schlafen werde. Glaubst du denn, ich könnte ein Auge zutun, wenn ich dich allein in diesem Ort weiß. Am besten bestelle ich dort gleich ein Zimmer für dich mit.“

Wärme durchflutete Tessa bei seinen Worten und sie fühlte sich unerwartet geborgen. Wann hatte sich eigentlich zum letzten Mal jemand um sie gesorgt?

„Danke Jan“, gab sie zurück, „ich denke nicht, dass das nötig ist. Aber es ist ein beruhigendes Gefühl, dass du es tun würdest.“

„Du musst nicht im Konjunktiv reden, Tessa. Ich rufe sofort im ‚Roten Ochsen‘ an und frage nach freien Zimmern. Darüber diskutiere ich nicht. Also lasse am besten gleich alle Einwände.“ Jan unterbrach sich, weil er niesen musste und fuhr fort: „Entschuldige, aber jetzt zum Nächstliegenden. Ich kenne natürlich eine Autowerkstatt, und ihr Besitzer schuldet mir noch einen Gefallen. Nach einem kurzen Anruf sollen die dein Auto abholen. Morgen fahren wir dann gemeinsam zurück. Dann kannst du es wieder abholen.“

„Du kannst dir gar nicht vorstellen, wie sehr mich der Gedanke erleichtert, dass ich morgen wieder fahren kann. Über deinen Vorschlag, mir ein Zimmer im Gasthaus zu nehmen, muss ich noch nachdenken. Es könnte nicht nur Gerede darüber geben, sondern auch richtig böses Blut mit meinen Verwandten. Wir sind hier in Pfarrhofen und nicht in Hamburg.“

„Darüber reden wir am Abend. Hör zu, Tessa. Ich habe noch zwei Termine und muss jetzt in die Gänge kommen. Wir sehen uns heute Abend. So gegen halb sieben müsste ich bei dir sein. Und pass bitte auf dich auf bis dahin.“

***

Mona wachte von einem ziehenden Schmerz auf, der sich von ihrem Nacken über den Kiefer bis in ihre Schläfen zog. Sie blinzelte und versuchte, sich zu orientieren. Sie lag auf einem durchgelegenen Sofa, dessen Sprungfedern sich in ihren Rücken bohrten, eine schmuddelige Wolldecke umhüllte sie. Angewidert zerrte sie sie von ihrem Körper und richtete sich auf. Sie wollte aufstehen, aber ihre linke Körperhälfte fühlte sich taub an, ihr Bein war eingeschlafen. Wie war sie bloß auf dieses unsägliche Sofa gekommen – und wo war sie überhaupt?

Ihr Blick irrte umher, fiel auf einen Tisch, auf dem eine halbvolle Wodkaflasche mit mehreren gebrauchten Gläsern stand, an der Wand hing ein Frida-Kahlo-Druck. Jetzt wusste sie wieder, wo sie war. Die Erleichterung darüber nahm ihr fast den Atem. Sie kannte nur einen Frida-Kahlo-Bewunderer.

„Albert!", rief sie. „Wo versteckst du dich?"

Sie hörte Schritte und sah einen bärtigen Kopf in der halbgeöffneten Tür.

„Guten Morgen, meine Schöne. Ich hoffe, du hattest einen angenehmen Schlummer in meiner bescheidenen Klause."

„Naja, mit Abstrichen, erheblichen sogar. Eine neue Couch wäre kein Luxus, wenn ich das so formulieren darf."

Ein gekränkter Ausdruck erschien auf dem Gesicht ihres Gastgebers, genauer gesagt auf dem minimalen Teil davon, der nicht von wuchernden schwarzen Haaren mit sehr viel Grau bedeckt war.

„Undank ist ein unschöner Charakterzug, liebe Mona, ich werde dennoch dein Frühstück zu Ende bereiten." Hoch erhobenen Hauptes drehte er sich um und ging. Mona lachte und reckte ihre verspannten Glieder. Sie fühlte so etwas wie Glück, zum ersten Mal seit langer Zeit.

Sie war einfach losgegangen nach der Auseinandersetzung mit Tessa, die wieder dieses entsetzliche Dröhnen in ihrem Kopf ausgelöst hatte, das sie so ängstigte. Es war ein Tosen in ihren Ohren und im ganzen Körper. Angst, abgrundtiefe Angst. Unwillkürlich griff sie nach ihren Oberarmen, zog den Ärmel ihres T-Shirts hoch und untersuchte sie. Nein, kein neuer Schnitt, kein getrocknetes Blut. Sie hatte richtig gehandelt, das riesige Messer hätte ihr dieses Mal keine Erleichterung gebracht. Ein schneller Spaziergang war die bessere Alternative gewesen.

Dabei war sie Albert begegnet, dem Alltags-Philosophen, der nichts mehr genoss, als wenn man ihn den letzten verbliebenen Existenzialisten nannte. Seinen Traum von einem Philosophie-Studium hatte er nicht verwirklichen können. Eine Psychose hatte ihn beendet, kurz nachdem er sich an der Uni eingeschrieben hatte. Monas Großvater hatte die Betreuung für seinen ehemaligen Lieblingsschüler übernommen.

Seit seinem letzten Aufenthalt in der Psychiatrie wohnte er im Haus ihrer Großmutter und klagte über das asoziale Gesocks, das dieses Haus mit ihm teilte. Albert mochte an die fünfzig sein, oder war er schon älter? Mona konnte es nicht genau sagen, er schien sich nie zu verändern. Nur seine Haare waren grau geworden.

„Du wirst mit Margarine vorliebnehmen müssen, Prinzessin, leider ist die Butter ausgegangen."

Albert trug ein Tablett mit Tassen, Tellern, einigen Brotscheiben, Margarine und Marmelade vor sich her. Die Teekanne neigte sich gefährlich, als er mit einem Fußtritt die Tür zuschlug und seine Schätze vor Mona auf den Tisch stellte. Auch wenn die Kanne eingetrocknete Teeschlieren zeigte – Albert würde sie wohl Patina nennen – hatte er an Servietten gedacht.

„Du bist so ein Schatz, Albert. Weißt du eigentlich, dass ich mich mit dir zusammen ausgesprochen wohlfühle?"

„Aber sicher weiß ich das, alles andere würde mich doch sehr enttäuschen. Uns eint die Gemeinsamkeit existenzialistischer Erfahrungen, liebe Mona."

Schwungvoll goss er Tee in ihre Tasse und reichte sie ihr mit einer angedeuteten Verbeugung.

„Welche Ehre, du nimmst mich also auf in den elitären Kreis der wenigen Zeitgenossen, die du akzeptierst?"

„Ich danke dir sehr, dass du unterscheiden kannst. Viel zu sehr ist doch der Existenzialismus seit Sartre zum Schlagwort für eine Modeströmung geworden. Eine echte freie Lebenshaltung ist elitär."

Mona trank einen Schluck Tee, bevor sie antwortete: „Hat ein Mörder eine freie Lebenshaltung? Ich denke doch Ja, nach deiner

Definition. Ist er deswegen elitär?“ Mona senkte den Kopf. „Ganz Pfarrhofen hält mich für eine Mörderin, Albert. Inzwischen sogar meine Cousine Tessa, ich kann es ihren Augen ansehen. Sie bedrängt mich. Auf andere Weise hat mich auch Sonja bedrängt.“ Monas Stimme wurde schrill. „Ich kann das einfach nicht aushalten. Glaubst du das auch? Bin ich fähig zu töten?“

Albert nahm beruhigend ihre Hände in die seinen, antwortete jedoch erst nach einer kurzen Pause. „Nach Heidegger kann das eigentliche Sein nur darin bestehen, dass vor dem Tod nicht ausgewichen wird. In diesem Aushalten der Möglichkeit des Todes erhält das Dasein seine höchste Eigentlichkeit, indem es, von der Nichtigkeit des Alltags befreit, zur höchsten Anspannung aufgerufen wird. Ich halte dich nicht für eine Person, Mona, die dem Menschen diese seine ureigenste Erfahrung vorenthält, indem sie willkürlich ein anderes Leben beendet.“

„Das ist mir zu abstrakt, Albert, aber dem Ernst, mit dem du deine beziehungsweise Heideggers Ansicht vorgetragen hast, entnehme ich, dass du es nicht glaubst.“ Mona warf Albert ihre Arme um den Hals und drückte ihn. „Danke, Albert“, sagte sie, „ich danke dir von ganzem Herzen.“

„Gerne geschehen.“ Albert schmunzelte, griff nach der Wodkaflasche und füllte zwei Gläser mit einem reichlichen Drittel der Flüssigkeit. Er hob die Gläser ins Licht, verglich prüfend ihren Inhalt, nickte dann und goss Mineralwasser dazu. „Lass uns anstoßen, Prinzessin! Auf eine authentische, ungewöhnliche Lebensart.“

„Du sagst es.“ Mona nahm ihr Glas und ließ es an Alberts Glas klingen. „Nieder mit all der Spießigkeit rings um uns.“

***

Tessa legte langsam den Hörer zurück auf die Basis-Station und lächelte über ihre Achtsamkeit. Als könnten schnelle Bewegungen den Zauberkokon zerstören, in dem sie sich befand. Jan würde heute Abend kommen, sie war nicht mehr allein mit ihren Ängsten. Trotz zerstochener Reifen, trotz noch immer verschwundener Mona war sie glücklich.

Sie nahm ihren Zeichenblock zur Hand und zeichnete mit raschen, sicheren Strichen eine Schneiderpuppe und eine Tiffanylampe auf einem Tisch mit drei Beinen, der von einem umgedrehten Eimer gestützt wurde. Einen Fensterrahmen ohne Scheiben platzierte sie an die Wand und hängte einen indianischen Traumfänger aus Federn davor. Zügig versah sie den Trödelladen mit weiteren Details und betrachtete zufrieden ihr Werk. Es nahm zweifellos Konturen an.

Lautes Scheppern auf der Straße lenkte ihren Blick durchs Fenster, und sie sah einen Abschleppwagen hinter ihrem Golf halten. Aus dem Führerhaus sprang ein Mann in einem ölverschmierten Overall, der erst die Reifen von Monas BMW inspizierte und dann die ihres Golfs. Nach einem vergleichenden Blick auf die Hausnummer mit dem Zettel in seiner Hand klingelte er. Jan hatte sich doch tatsächlich die Hausnummer gemerkt bei seinem einmaligen Besuch hier, registrierte Tessa erfreut.

„Berger, ich komme vom Autohaus Vossiek in Schweinfurt“, stellte er sich vor, „und soll hier ein Auto abholen. Den BMW da?“

„Nein, leider nur den schäbigen Golf dahinter“, berichtigte ihn Tessa.

„Aber bei dem BMW sind doch alle vier Reifen kaputt.“

„Das stimmt, aber er gehört nicht mir, sondern meiner Cousine. Sie muss selbst entscheiden, was mit ihrem Auto geschehen soll. Leider ist sie nicht da.“

„Mir soll's recht sein. Wenn Sie mir noch den Auftragsschein unterschreiben, dann lade ich ihr Auto auf.“

Der Mechaniker schrieb etwas auf einen Vordruck und gab ihn Tessa. Mit einem bangen Gedanken an ihr weiter schrumpfendes Konto setzte sie ihre Unterschrift darunter.

„Die Schlüssel bräuchte ich auch noch.“

Tessa holte sie und schaute zu, wie der Fahrer eine Rampe ausfuhr und ihren Golf trotz der platten Reifen rückwärts hinauffuhr. In diesem Augenblick kam Henry aus einer Seitenstraße, blieb stehen und beobachtete das Manöver mit einem so verschlagenen Lächeln, dass Tessa auf der Stelle erkannte, dass er Bescheid wusste. Offensichtlich war ihm auch gar nicht daran gelegen, diese Tatsache zu verschleiern. Tessa musste an sich halten, um nicht hinüberzulaufen und ihm die unflätigsten Vorwürfe zu machen. Wütend ging sie stattdessen ins Haus und schlug die Tür hinter sich zu.

Sie hörte, wie der Abschleppwagen wegfuhr, und als sie aus dem Fenster sah, war auch Henry verschwunden.

Tessa widmete sie sich wieder ihrem Skizzenblock, spürte aber sofort, dass sie nicht an den Schwung von vorhin anknüpfen konnte. Sie war nur halbherzig bei der Sache und zu aufgebracht über Henrys Verhalten. Resigniert legte sie den Block zur Seite.

Was kümmern dich die Henrys dieser Erde, dachte sie, Jan wird heute Abend kommen. Getröstet setzte sie Teewasser auf, als es erneut klingelte. Mona?, dachte Tessa und stürzte zur Tür. Hat sie keinen Schlüssel dabei?

Doch nicht Mona erwartete sie, sondern jene ältliche Dame, die sich bei der Häuserbesichtigung mit ihrer Cousine so nachdrücklich über die Zustände und den Krach in dem Haus beschwert hatte, in dem zugegebener Weise tatsächlich zweifelhafte Typen wohnten.

„Also, ich mach das nimmer mit, das sag ich Ihnen“, begann sie. „Wenn Sie nicht auf der Stelle mitgehen und das Geschrei beenden, ruf ich die Polizei!“

„Aber was ist denn?“, fragte Tessa beschwichtigend. „Wollen Sie nicht erst einmal hereinkommen und mir in Ruhe erklären, um was es geht.“

„Erklären?“, rief die Frau. Ihr Busen wogte entrüstet. „Nichts erklär ich. Schauen‘s selbst, wie die rumschreien.“

Rasch griff Tessa nach ihrer Jacke, bevor die ganze Straße zusammenlief. Ihre Besucherin schien nicht zu bemerken, dass sie selbst auch nicht gerade gedämpft sprach.

„Saufen mitten am Tag“, setzte sie noch auf dem Weg ihre Tirade fort, „und das Radio brüllt in voller Lautstärke.“

„Aber dagegen werden wir zwei auch nicht viel tun können“, gab Tessa ihrer Befürchtung Ausdruck, „es sei denn, wir holen wirklich die Polizei.“

„Das werden's schön bleiben lassen, wenn's erst seh'n, dass Ihre Cousine, die saubere Mona, das Flitscherl, mittendrin sitzt und am lautesten grölt.“

„Mona sitzt dort im Garten?“

„Ja, mit der Wodkaflasche in der Hand." Die Frau blieb stehen. „Vielleicht wär's ja am besten, ich würde gleich den Herrn Bürgermeister holen?"

„Nein, das lassen wir schön bleiben", antwortete Tessa bestürzt.

Sie erreichten den Garten, und Tessa sah sich in ihren schlimmsten Befürchtungen bestätigt. Es war eine bizarre Versammlung: Das graue Männchen, das Tessa schon bei ihrem ersten Besuch fasziniert hatte, saß rülpsend auf einer Bank mit einer Bierflasche in der Hand. Der Rotgesichtige, der aus dem Fenster gesehen hatte, drehte den Ghettoblaster noch eine Spur lauter. Auf einem umgedrehten Bierkasten saß ein etwa fünfzigjähriger Mann, der nur aus Haaren zu bestehen schien und in der Mitte – als einzige auf einem richtigen Stuhl – saß Mona, die Diva, und sang laut den Beatles-Song *Yellow Submarine*, den Song, der aus dem Ghettoblaster dröhnte. Mit der Wodkaflasche schlug sie dazu auf ihren Knien den Takt.

Tessa glaubte sich mitten in einem schlechten Film, als sie die Stimme der Nachbarin zurück in die Wirklichkeit holte. „Da werden's jetzt alle Hände voll zu tun haben, hier Ordnung zu schaffen."

Tessa drehte sich zu ihr um und sah, wie ein äußerst befriedigtes Lächeln ihre Mundwinkel umspielte, bevor sie hinter ihrer Haustür verschwand.

Zögernd trat Tessa näher. Obwohl sie wusste, dass Monas Fröhlichkeit dem Alkohol entsprang, entdeckte sie noch etwas anderes dahinter, eine Gelöstheit, die sie so noch nie an ihr wahrgenommen hatte. Fast bedauerte sie, dass sie die Party beenden musste. Nur der Gedanke an Onkel Alfred ließ sie eingreifen.

„Mona, du musst mitkommen." Behutsam nahm sie ihrer Cousine die Wodkaflasche aus der Hand und stellte sie auf den Boden. Diese schien es gar nicht zu bemerken.

„Tessa", rief sie, „du kennst meinen besten Freund noch gar nicht." Mona sprang auf und zog den bärtigen Mann von seinem Bierkasten hoch. „Albert, das ist meine Cousine."

Der Mann teilte Monas Euphorie nicht. Eher beschämt stand er neben ihr und gab Tessa nur zögerlich die Hand.

„Es ist vielleicht nicht ganz der richtige Zeitpunkt, neue Freundschaften zu schließen, wenn Sie verstehen, was ich meine", sagte er.

„Wenn Sie es schaffen, dass Mona mit mir kommt, bevor ihr Vater auftaucht, sind Sie schon jetzt mein Freund", gab Tessa zurück, und zu Mona gewandt, sagte sie: „Wir müssen augenblicklich gehen, bevor diese alte Hexe dort drüben deinen Vater anruft, bitte, Mona!"

„Tut mir leid, Prinzessin", kam ihr Albert zu Hilfe, „ich fürchte, deine Cousine hat recht. Du solltest wirklich gehen." Er machte eine bühnenwirksame Verbeugung. „Es hat mich außerordentlich gefreut, dir Gastfreundschaft gewähren zu können."

In Monas Miene spiegelte sich das gesamte Arsenal menschlicher Gefühle, stellte Tessa fest. Euphorie, stille Resignation, Trauer. Ohne ein Wort wendete sie sich ab und ging still und ein wenig schwankend hinter Tessa zum Gartentor.

„Du kannst doch nicht einfach unsere Party kaputtmachen", schrie plötzlich der Rotgesichtige, „bleib doch da, Mona!"

„Halt deinen Mund", wies ihn Albert zurecht, „stell die Musik aus und komm mit herein, sonst kommt hier gleich die Polizei."

Das graue Männchen vor dem Holzstapel verabschiedete sich mit einem weiteren Rülpser.

Tessa hakte Mona, die mehr als unsicher ging, unter und zog sie weg von der Szene. Dabei betete sie, dass ihnen möglichst niemand begegnete. Sie wurde erhört. Sie würde Mona, die wie eine ganze Schnapsdestille stank, ohne große Diskussion sofort ins Bett verfrachten, schwor sie sich, als sie zu Hause angekommen waren. Erstaunlicherweise leistete Mona keine Gegenwehr und ließ sich, von einem heftigen Schluckauf begleitet, von Tessa ausziehen und ins Bett legen. Nur Minuten später war sie eingeschlafen. Die zerstochenen Reifen des BMW hatte Mona nicht bemerkt. Tessa hatte sie auch gar nicht darauf hingewiesen. Morgen war auch noch ein Tag.

***

Erschöpft ließ sich Tessa auf die Couch im Wohnzimmer sinken und legte die Füße hoch. Sie fühlte sich, als hätte sie den ganzen

Tag lang Umzugskartons geschleppt, einen Zustand, den sie seit der Umrüstung der Wohnung ihrer Eltern in eine WG sehr gut kannte. Heute ging ihr allerdings auf, dass seelische Erschöpfung vielleicht noch schwerer wog als körperliche Anstrengung. Tessa fragte sich gerade, welchen Anteil die seelische Erschütterung wohl vor zwei Jahren an ihrer Dauer-Erschöpfung gehabt hatte, als das Telefon klingelte. Nahm denn dieser Tag kein Ende?

„Ist Monika da?", fragte ihr Onkel. Tessa dachte sofort an den Besuch der seltsamen Nachbarin ihres Assi-Hauses. Hatte der alte Drachen doch bei ihm angerufen?

„Warum? Was möchtest du denn von ihr?", versuchte sie Zeit zu gewinnen.

„Ist sie da oder nicht?", kam die schroffe Antwort.

„Sie ist schon da, Onkel Alfred." Tessa versuchte es mit schmeichelnder Stimme. „Allerdings hat sie sich gerade hingelegt und ist auch eingeschlafen. Ich möchte sie nur ungern wecken. Sie schläft so wenig zurzeit."

„Das bringt mich jetzt in Bedrängnis", sagte er überraschend betreten, „und ich weiß nicht, ob ich dich um den Gefallen bitten kann." Also wusste er nichts von Monas letzter Eskapade, zum Glück. „Bei uns hat es einen Unfall gegeben, Marietta ist gestürzt und hat sich anscheinend das Bein gebrochen. Agnes begleitet sie gerade mit dem Krankenwagen ins Krankenhaus, weil Ernst erst noch einen Bau abnehmen muss, und dann haben wir Fraktionssitzung." Er zögerte, bevor er fortfuhr: „Und jetzt sind die Kinder heute Abend allein, weil niemand weiß, wann zumindest Agnes wieder zurückkommt. Könntest vielleicht du ein paar Stunden auf die drei aufpassen, Teresa?"

Alfred als Bittsteller. Tessa hätte die Situation genossen, wenn sie nicht verzweifelt nach einem Ausweg gesucht hätte. In einer guten halben Stunde kam Jan.

„Du meinst, ich soll zu Ernst und Marietta nach Hause kommen, verstehe ich das richtig?"

„Nun ja, wenn es dir nichts ausmacht."

„Doch, das macht mir sehr viel aus Onkel Alfred." Tessa hörte, wie er die Luft einzog, und konnte sich ein kleines Grinsen nicht verkneifen. „Ich war schließlich noch kaum einmal bei deiner Schwester und ihrem Mann daheim und bin daher ziemlich fremd dort. Aber warum muss ich denn unbedingt dorthin kommen? Bring die Kinder doch einfach mit ihren Schlafsachen hierher, sie können gerne hier schlafen. Das riesige Bett, in dem Mona schläft, beherbergt leicht noch zwei kleine Jungen, und für Klara haben wir noch die Couch im Wohnzimmer. Ich wecke die beiden dann morgen früh rechtzeitig zur Schule und Jeremy bringe ich in den Kindergarten."

„Danke, Teresa, das ist wirklich sehr anständig. Ich packe dann ein paar Sachen zusammen und komme gleich mit den Kindern zu dir."

Das war knapp, dachte Tessa, als sie den Hörer auflegte. Hoffentlich wachte Mona nicht auf und Alfred verschwand gleich wieder. Mit den Kindern würde sie schon zurechtkommen.

Aus Monas Schlafzimmer drangen unverkennbar Schnarchgeräusche, und Tessa lächelte. Mona war definitiv aus dem Verkehr gezogen und konnte Jan nicht bezirzen. In manchen Situationen hatte sogar ein Rausch etwas Gutes.

Was sollen denn diese eigenartigen Gedanken, fragte sie sich schuldbewusst. Traust du Jan etwa immer noch nicht?

Sie brachte die Küche in Ordnung und holte den Staubsauger aus dem Abstellraum. Nach kurzem Nachdenken stellte sie ihn wieder zurück und griff stattdessen nach einem Besen. Wie rücksichtsvoll, dachte sie selbstironisch, auf keinen Fall Monas Schlaf stören zu wollen.

Sie hörte Autotüren schlagen und gleich darauf Kinderstimmen und Getrappel. Alfred war also schon da. Tessa ging zur Tür und öffnete, gerade als Niels seine Hand auf die Klingel legte. Ihr durchdringender Ton war geeignet, Tote aufzuwecken, und Niels klingelte mit entzücktem Grinsen gleich noch einmal. Tessa nahm energisch seine Hand weg und hielt sie fest.

Alfred trug in der einen Hand einen Korb, in der anderen hielt er einen Stoffelefanten, vor ihm auf dem Gehsteig standen zwei Schultaschen. Die Türen seines eigenen X5 standen noch offen, und er starrte wie vom Donner gerührt auf die Reifen von Monas BMW.

„Was ist denn das?", japste er.

„Das ist doch offensichtlich", gab Tessa zurück. „Jemand hat Monas Reifen zerstochen."

„Wer um alles in der Welt macht denn sowas?"
„Irgendeiner deiner braven Bürger hier, oder auch mehrere." Tessa bemühte sich erst gar nicht, ihren Sarkasmus zurückzuhalten.
Alfreds Gesichtsfarbe wechselte von Rot zu Grau zu Weiß. Tessa wurde Zeugin, wie der Bürgermeister von Pfarrhofen langsam zu begreifen schien, dass sich sein Imperium auflöste.
„Die Hinterreifen meines Golfs sind übrigens auch zerstochen", fügte Tessa an.
„Wie? Was hast du gesagt?" Soviel zu seinem Interesse an mir, dachte Tessa. Aber offenbar hatte er sie doch gehört, denn gleich darauf blaffte er: „Und da könnt ihr zwei nicht anrufen? Was denkt ihr euch eigentlich? Soll das Auto vielleicht bis zum Sankt Nimmerleinstag hier stehen?"
„Ich habe sehr wohl die Firma Stenzinger angerufen. Man hat mir ganz knapp erklärt, dass die Werkstatt für so etwas keine Kapazitäten frei habe im Moment, wörtlich Onkel Alfred, keine Kapazitäten!" Tessa verschwieg bewusst, dass Mona ihr Auto noch gar nicht gesehen hatte.
Alfred zog sein Handy aus der Hosentasche. Tessa erwischte Jeremy gerade noch, bevor er auf die Straße laufen konnte.
„Seid ihr jetzt von allen guten Geistern verlassen, Stenzinger?", polterte er. „Keine Kapazitäten frei, wenn an Monas BMW die Reifen zerstochen sind?" Kurz hörte er zu und fuhr dann fort: „Was heißt hier nicht gewusst, dass es Monas Auto ist?" Immerhin hatte ihr Onkel so viel Anstand, einen beschämten Blick zu Tessa zu werfen. „Meine Nichte hat angerufen, oder nicht? Ich sage dir eins, Stenzinger. Wenn nicht innerhalb der nächsten Viertelstunde das Auto hier vor dem Haus meiner Schwiegermutter abgeholt wird, verkaufst du mir kein Auto mehr." Wütend klappte er sein Handy zu und sah auf seine Armbanduhr. „Ich muss gehen, Teresa, du kommst doch klar, oder?" Ihre Antwort wartete er nicht ab, stellte den Korb samt Stofftier auf den Gehsteig und fügte hinzu: „Und gib dem Stenzinger Monas Schlüssel."
Es war, als führte der Teufel Regie. Gerade in dem Augenblick, als Alfred Huber in seinen X5 einsteigen wollte, stieg der übers ganze Gesicht strahlende Jan Niemeyer aus seinem Caddy aus,

kam – blind für alles andere – auf Tessa zu und gab ihr einen Kuss auf die Wange.

Der Bürgermeister knallte die Autotür wieder zu und näherte sich Jan langsam und drohend. „Sie ... Sie widerlicher Aasgeier! Sie wagen sich doch tatsächlich noch nach Pfarrhofen, nach all den gezielten Halbwahrheiten, die Sie verbreitet haben“, zischte er, knallrot vor Wut.

Jan, der den Ausbruch Alfreds zunächst verständnislos beobachtet hatte, richtete sich bei seinen letzten Worten zu ganzer Größe auf und antwortete mit so eisiger Stimme, dass Tessa fast Gänsehaut bekam: „Seien Sie vorsichtig mit Ihrer Wortwahl, Herr Bürgermeister, sie bestätigt meine Recherche. Denn es ist doch so, dass dort, wo Aasgeier kreisen, erst einmal Aas sein muss.“

„Was hier ist oder nicht, braucht Sie nicht mehr zu interessieren.“ Tessa fürchtete einen Moment lang, dass Alfred Jan anspucken könnte. „Lassen Sie sich eines gesagt sein, Sie sind ab sofort hier in unserem Ort eine unerwünschte Person!“ Alfred Hubers verächtlicher Blick streifte Tessa, bevor er zu seinem Auto zurückging. „Jetzt weiß ich natürlich auch, woher der Herr Korrespondent seine Informationen hat. Die eigene Familie ein einziges Natterngezücht. Ein Abgrund!“

Die Reifen quietschten auf dem Asphalt, als Huber wegfuhr.

Reglos vor Bestürzung schauten ihm Jan und Tessa nach. Der kleine Jeremy begann zu weinen. Klara drückte mit schreckgeweiteten Augen ihren Elefanten an sich. Niels saß auf der Treppe und hielt sich die Hände vor die Augen.

„Jetzt ist er zu weit gegangen“, fand als erste Tessa ihre Sprache wieder, doch Jan nahm Jeremy auf den Arm und strich ihm mit beruhigendem „sch, sch, nicht weinen, gleich ist alles wieder gut“ über den Kopf und murmelte Tessa zu: „Die Kinder sollen wohl bei dir bleiben?“

Als Tessa nickte, rief er den beiden anderen zu: „So, jetzt gehen wir erst einmal hinein, dann bestellen wir Pizza für uns alle, und dann erzähle ich euch eine Gute-Nacht-Geschichte.“

Tessa bewunderte Jan für seine Souveränität in dieser völlig verfahrenen Situation. Sie freute sich, wie liebevoll er mit ihm völlig unbekannten Kindern umging.

„Ja, kommt mit, Kinder“, schloss sie sich ihm an und nahm Klara und Niels an der Hand. „Ihr wolltet doch neulich schon bei Mona und mir schlafen. Heute dürft ihr es. Das wird ein fantastisches Abenteuer! Das sind übrigens Klara, Niels und Jeremy“, stellte sie Jan die drei vor.

„Welche Pizza wünscht denn die kleine Dame?“, fragte Jan, als sie am Küchentisch saßen, und zog mit einer kleinen Verbeugung einen Notizblock mit Bleistift aus der Jackentasche, sein Handy legte er daneben. „Und was darf ich den jungen Herren bestellen?“

„Vier Jahreszeiten, nein Schinken und Champignon“, krähten Niels und Klara durcheinander. Jan notierte mit betonter Geste die Bestellung und verbeugte sich augenzwinkernd vor Tessa. „Entschuldigung, ich bin ein Rüpel“, sagte er zu den Kindern, „ich habe die Dame des Hauses vergessen. Was wünschen Sie denn, gnädige Frau?“

„Seien Sie vorsichtig mit Ihren Fragen, mein Herr“, gab Tessa schmunzelnd zurück, „sagen wir so, fürs erste reicht mir eine Thunfisch-Pizza.“

Der Pizza-Bote kam, und während des Essens schien sich die Anspannung der Kinder etwas zu lösen. Einmal mehr war Tessa erstaunt über ihre formvollendeten Tischmanieren.

„Eine Geschichte, du hast es versprochen“, forderte Niels, kaum dass er Messer und Gabel zur Seite gelegt hatte.

„Und Versprechen muss man halten, ich weiß“, sagte Jan ernst. „Du heißt Niels?“, fragte er, und als der Junge nickte, fuhr er fort: „Da gibt es eine schöne Geschichte von einem kleinen Jungen, der sein Versprechen nicht gehalten hat und in einen Däumling verwandelt wurde. Magst du sie hören?“

„Niels Holgerssons Abenteuer mit den Wildgänsen“, warf Tessa ein, „erst gestern habe ich Großvaters Gesammelte Werke von Selma Lagerlöf abgestaubt. Warte, ich hole das Buch.“

„Ist es eine schöne oder eine traurige Geschichte?“, fragte Klara.

„Eine schöne natürlich, allzu viele traurige Geschichten sollten Kinder gar nicht kennen“, antwortete er, als Tessa mit dem Buch zurückkam. „Jetzt räumen wir erst unsere Teller ab, dann fange ich an“, sagte Jan, und Tessa fügte bedauernd hinzu: „Schade, dass ich nicht zuhören kann, aber ich mache erst eure Betten. Jeremy schläft ja schon gleich hier ein."

„Kennst du die Geschichte nicht?", fragte Klara.

„Oh doch, Großvater hat sie mir und Mona vorgelesen, als wir so alt waren wie ihr."

Tessa ging so leise wie möglich ins Schlafzimmer, fand Bettzeug und überzog das Bett neben der schlafenden Mona, die sich unruhig umdrehte. Im Wohnzimmer richtete sie das Zweier-Sofa für Klara, während sie Jans Stimme von nebenan lauschte.

„Es war einmal ein Junge. Er war ungefähr vierzehn Jahre alt, groß und gut gewachsen und flachshaarig", las er gerade.

„Was ist flachshaarig?", fragte Klara.

„Nun, er hatte helle Haare, ungefähr wie Stroh oder eben wie Flachs, der hat die gleiche Farbe."

Jan wäre ein wunderbarer Vater, dachte Tessa und verscheuchte den Gedanken gleich wieder, barg er doch einen Wunsch, den sie sich besser nicht eingestand. Sie schlich auf Zehenspitzen zurück in die Küche, einfach nur, um zuzuhören.

„Viel nütz war er nicht", fuhr Jan fort, „am liebsten schlief oder aß er, und sein größtes Vergnügen war, irgendetwas anzustellen."

Jans Stimme ist richtig tröstlich, dachte Tessa, nicht nur für die Kinder. Mit großen Augen hörten sie zu. Tessa wünschte sich die Zeit zurück, als auch sie auf dem Schoß ihres Vaters seiner Stimme lauschte.

Jeremy blinzelte, sah sie und gleich darauf fiel sein Kopf auf die Tischplatte. Er war eingeschlafen. Tessa legte den Finger auf den Mund und trug den Kleinen ins Schlafzimmer. Dann gibt es eben heute Abend kein Waschen und Zähneputzen, dachte sie, während sie ihn vorsichtig auszog und ins Bett legte.

Es klingelte und Tessa eilte nach unten. Ein Monteur der Firma Stenzinger wollte Monas Autoschlüssel. Sie fand ihn schließlich in Monas Jackentasche, zusammen mit einem zerknüllten Zettel, auf dem „Nick123" stand. Monas Handy-Passwort? Aber das ging sie nichts an.

Jan hatte das Buch zugeklappt, als sie zurückkam. „So jetzt Zähneputzen und dann ab mit euch ins Bett", befahl er und die Kinder trollten sich missmutig ins Bad.

„Du darfst mit Jeremy im Bett neben Mona schlafen, Niels", sagte Tessa, als die Kinder in ihren Schlafanzügen zurückkamen. „Und dir habe ich auf dem Zweier-Sofa im Wohnzimmer ein Bett gemacht, Klara. Und jetzt gute Nacht!"

Klara befreite sich energisch, als Tessa sie umarmte, und verkroch sich unter der Bettdecke. Hm, das war wohl ein Übergriff, dachte Tessa, auch Kinder haben berechtigte Vorstellungen von Distanz und Nähe.

„Pst, sei leiser, Niels", rief sie dem Jungen nach, der die Treppe hochpolterte, „denk dir einfach, du bist so winzig wie der kleine Däumling." Sie ging ihm nach, öffnete vorsichtig die Schlafzimmertür und zog die Vorhänge zu, als Niels sich neben Jeremy ins Bett gekuschelt hatte.

Jan stand vor der Haustür und telefonierte, als Tessa zurückkam.

„Ich kann heute Abend wirklich nicht, Uli, und komm mir jetzt bloß nicht mit der Keule der Arbeitsverweigerung. Du weißt genau, dass ich noch nie einen Auftrag abgelehnt habe. Es geht nicht. Punkt. Schick Sebastian hin." Als er Tessa sah, sagte er beiläufig: „Schlechter Empfang hier bei euch."

„Hast du etwa Probleme meinetwegen?", fragte sie.

„Oh ja, riesige, aber jetzt gerade kann ich mit ihnen umgehen. Sie werden nämlich größer, wenn ich nicht bei dir bin", sagte er, während er langsam näherkam und seine Arme um sie legte. „Sie sind vielleicht dauerhaft nur so zu lösen, dass ich nicht mehr von dir fortgehe."

Tessa fühlte ihre Knie weich werden. Sie sah Jans Gesicht in Großaufnahme. Die Haustür und die Umrisse des Flurs verschwammen, als könnten ihre Augen nur das wirklich Wesentliche erfassen. Als er seine Lippen auf ihre legte, zersprang ein Steinbrocken in ihrem Innern und ließ einen Schwall heißer Lava frei, der sich einen direkten Weg bahnte, erst in ihre unteren Körperregionen, dann bis in ihre Fingerspitzen.

Tessa klammerte sich an ihn, als könne sie nur noch so weiter existieren, fest an ihn gepresst, während alles um sie her im Nichts verschwand. Sie hätte nicht sagen können, ob es Sekunden, Minuten oder Stunden gedauert hatte, bis er sich sanft von ihr löste.

„Ich sollte dich nicht so schnell und vor allem nicht so eng mit meinen Problemen konfrontieren", sagte er und nahm sie an der Hand. „Schaffen wir wenigstens so viel Abstand, dass ich wieder denken kann. Komm mit in die Küche, Tessa, und erzähle mir, wie es kommt, dass du in nur einem Nachmittag dreifache Mutter geworden bist." Er lächelte verschmitzt. „Und mich ungefragt zum Vater machst, der Geschichten vorlesen muss."

„Das ist eine lange Geschichte", sagte sie, als Möbel und Wände langsam wieder Konturen annahmen, „gepackt in nur einen einzigen Tag. Magst du ein Glas Wein? Ich müsste noch eine Flasche im Kühlschrank haben."

„Ein Wodka wäre angemessener", gab Jan zurück und fügte hinzu: „Nein, das war nur Spaß, ein Glas Wein wäre wunderbar."

„Die Wodkatrinkerin hier ist ohnehin Mona", sagte Tessa, als sie zwei Gläser einschenkte.

„Ach, schläft sie deshalb schon am Nachmittag?" Jan zog eine Augenbraue hoch.

„Unter anderem, aber ich will mich nicht beklagen, es geht uns allen besser, wenn sie schläft. Aber zunächst einmal möchte ich mich für den Wutausbruch meines Onkels entschuldigen, Jan. Er ist, wie gesagt, ein Unflat."

„Niemand kann sich seine Verwandten aussuchen, Tessa. Außerdem hat er sich mit seinem Verhalten so disqualifiziert, dass ich ihm künftig ohne jeden Skrupel noch mehr auf die Finger schaue. Aber du wolltest mir von deinem Tag erzählen."

„Ja, wie er begonnen hat, weißt du ja bereits. Vielen Dank übrigens für deinen Anruf bei der Firma Vossiek, sie haben kurz darauf mein Auto geholt. Danach kam eine Nachbarin und hat mich aufgeklärt, wo ich Mona finde." Tessa berichtete ihm von dem schockierenden Erlebnis im Garten ihres Mietshauses, von Mariettas Beinbruch und schließlich von Alfreds Anruf. „Schade, dass du nicht erlebt hast, wie er herumgedruckst hat, mich um den Gefallen zu bitten. Onkel Alfred in der Bittstellerrolle, das war einfach zu schön."

„Hmm, und wahrscheinlich der Auslöser dafür, dass er ausgerastet ist. Weißt du, Tessa", Jan streichelte ihre Hände, „wie sehr ich mich auf diesen ersten Abend mit dir gefreut habe? Trotz all der widrigen Umstände?"

„Mir ging es genauso“, gestand Tessa ein.

„Sag das noch einmal, bitte!“ Jan zog sie auf seinen Schoß.

„Ich habe mich auf dich gefreut“, wiederholte sie leise und küsste ihn. „Und wenn du mich verletzt, dann ist es eben so. Ich kann nicht dagegen an.“

„Ich werde dich niemals bewusst verletzen, Tessa, das verspreche ich dir. Und wenn wir aufgewacht sind aus diesem Albtraum, sage ich dir das gleiche wie heute: Am liebsten würde ich dich nie mehr verlieren.“

Die Küchentür ging auf, Tessa schnellte hoch von Jans Schoß und fand sich Mona gegenüber, die blitzschnell ihre Augen zwischen beiden hin- und herwandern ließ.

„Störe ich gerade eine Idylle hier?“, fragte sie argwöhnisch und fügte hinzu: „Kann mir vielleicht einer sagen, was das alles bedeuten soll. Ich wache auf und finde zwei Kinder neben mir. Oh, mein Gott, ist mir schlecht.“

Sie eilte hinaus auf die Gästetoilette. Jan und Tessa hörten Würggeräusche.

„Ich brauche Wasser“, stieß sie aus, als sie wiederkam, „am besten einen ganzen Eimer.“ Sie goss Mineralwasser in ein großes Glas und trank es fast in einem Zug aus. Schwer atmend setzte sie sich an den Küchentisch.

„Also, was soll das alles, Tessa? Und wie kommen Sie hier eigentlich ins Bild, Herr Niemeyer?“, fragte sie. „Mir scheint, ich habe Wesentliches verpasst.“

„Lassen wir doch das förmliche Sie, ich bin Jan, und du heißt Mona, das weiß ich schon“, sagte Jan lächelnd und gab Mona die Hand.

„Was das alles soll, kann ich dir gern sagen“, gab Tessa zurück. „Zunächst einmal begann der Tag damit, dass ich dich wieder einmal vermisst habe. Was denkst du dir eigentlich dabei, immer einfach zu verschwinden? Kannst du dir nicht vorstellen, dass ich mir Sorgen mache? Und dann bei diesen Alkis. Ich kann es wirklich nicht verstehen, Mona.“

„Nein, das kannst du wohl wirklich nicht“, sagte sie, ihre Stimme wurde immer tiefer. „Gib dir am besten auch keine Mühe.“ Sie stand auf und ging ans Fenster, warf einen Blick durch die

Scheiben und riss es auf. „Wo ist denn mein Auto?“, rief sie alarmiert.

„In der Werkstatt, meines übrigens auch“, sagte Tessa. „Jemand hat uns die Reifen zerstochen. Dein Vater hat die Reparatur veranlasst, während er die Kinder zum Übernachten gebracht hat, weil deine Mutter Marietta ins Krankenhaus begleitet. Sie hat sich das Bein gebrochen.“

„Meine Mutter?“

„Nein, Marietta. Aber viel entscheidender ist die Frage, ob du eine Idee hast, wer so bösartig sein könnte, unsere Autos lahmzulegen.“

„Sie wollen mich drangsalieren. Nein, sie wollen viel mehr, sie fordern meinen Kopf.“

„Komm her, Mona!“ Tessa legte den Arm um Monas Schulter. „Setz dich zu uns. Ich mache nur das Fenster wieder zu, es wird kalt.“

„Weißt du denn, wer dahinterstecken könnte?“, warf Jan ein. „So ein Kesseltreiben macht nämlich Sinn, wenn man von sich ablenken will, Mona. Irgendwer richtet ganz bewusst den Scheinwerfer auf dich, dass er selbst im Dunkeln bleiben kann.“

„Danke, Jan“, gab Mona zurück. „Es bedeutet mir sehr viel, dass du das sagst.“

Mit einem lauten Klirren zerbarst plötzlich die Scheibe. Ein Stein verfehlte nur knapp Monas Kopf.

„Runter, auf den Boden, schnell!“, rief Jan und warf sich auf Tessa. Ein zweiter Stein folgte. Sekunden gespenstischer Ruhe verstrichen.

„Bleibt liegen“, befahl Jan. „Ich mache das Licht aus, dann gehen wir in den Flur. Dort dürften wir sicher sein fürs erste. Ihr beiden habt eine ideale Zielscheibe abgegeben vor dem erleuchteten Fenster.“

Auf Knien krochen Mona und Tessa in den Flur, der vom Licht der Straßenlampe, das durch die Scheibe der Haustür fiel, schwach erleuchtet war. Erst jetzt wagte Tessa wieder zu atmen.

„Ich habe durch das Fenster hinausgesehen.“ Jan kam aus der Küche. „Wer auch immer für diesen feigen Anschlag verantwortlich war, ist jetzt weg. Hat dieses Haus eigentlich keine Rollläden?“

„Doch, aber niemand hat sie jemals geschlossen“, sagte Mona.

„Dann tun wir das jetzt. Versuchen wir leise zu sein, dass die Kinder nicht aufwachen.“

Die gute Absicht kam allerdings zu spät, Klara war bereits aufgewacht und tapste mit nackten Füßen aus dem Wohnzimmer. „Es war so laut gerade“, murmelte sie schlaftrunken, „ist ein Gewitter?“

„Nein, mein Schatz, alles ist gut“, beruhigte sie Tessa und nahm die Kleine auf den Schoß. „Am besten, du versuchst weiterzuschlafen.“

„Und warum zitterst du dann?“, folgerte Klara messerscharf und hellwach.

„Ich habe auch Angst vor Gewittern“, log Tessa. „Aber du siehst ja, es donnert nicht.“

„Aber es war laut“, ließ sich Klara nicht abwimmeln.

„Vielleicht ist ein Ziegel vom Dach gefallen, wir schauen morgen nach“, behauptete Jan geistesgegenwärtig. „Geh wieder in dein Bett, Klara. Ich komme dann auch und schlafe auf der anderen Couch neben dir.“

Folgsam ging Klara wieder und zog ihren Stoffelefanten hinter sich her.

„Wie bitte?“, fragte Tessa. „Du gehst nicht in den ‚Roten Ochsen‘?“

„Nein. Ich lasse dich nicht allein hier mit Mona und den Kindern.“ Jan zog bereits sein Handy aus der Tasche und bestellte das reservierte Zimmer ab.

„Schaut einmal her“, rief Mona aus der Küche, „um den Stein ist ein Papier gewickelt. Es ist sogar mit Gummiband festgehalten.“

Sie wickelte das Papier ab und legte es auf den Tisch. *Mörderin* stand da in ausgeschnittenen Zeitungslettern. *Warts nur ab, wir kriegen dich!*

„Ich muss weg, irgendwohin“, stammelte Mona, der alles Blut aus dem Gesicht gewichen war. „Ich bringe auch alle in Gefahr.“

„Damit beschäftigen wir uns morgen.“ Jan faltete den Zettel zusammen, „jetzt gehen wir alle erst einmal ins Bett.“

„Ich kann nicht schlafen.“ Klara kam noch einmal aus dem Wohnzimmer und rieb sich die Augen.

„Doch, Mäuschen, ich komme jetzt auch gleich“, antwortete Jan. „Du kannst gerne das Licht so lange brennen lassen.“

„Augenblick noch.“ Tessa öffnete den Wohnzimmerschrank. „Leider habe ich nur noch eine Wolldecke für dich. Das Bad ist übrigens oben. Gute Nacht, Jan.“

Bevor sie ging, nahm er Tessa in den Arm und küsste ihre Augen. „Schlaf gut, Liebes, keine Angst, ich bin ja hier.“

„Versuche auch du zu schlafen“, rief er Mona nach, die bereits auf der Treppe war, „und schließe die Rollläden.“

***

Mona war schon geduscht und schmierte Pausenbrote für Klara und Niels, als Tessa am nächsten Morgen mit Jeremy auf dem Arm in die Küche kam. Auf das Loch in der Scheibe hatte sie Frischhaltefolie geklebt.

„So früh schon wach? Du überraschst mich, Mona. Konntest du nicht schlafen nach der Aufregung gestern?“

„Ach, es ging eigentlich. Dein Jan hat mir sehr geholfen. Halt ihn fest, Cousinchen, er ist anständig. Er liebt dich! Vorsicht, Niels, dein Kakao!“ Mit einer raschen Bewegung brachte Mona die Tasse, die dem Jungen zu entgleiten drohte, in Sicherheit. „Jeremy, magst du auch einen Kakao?“

Tessa traute ihren Augen kaum. Mona, so fröhlich nach einem solchen Tag! Sie musste die Gelegenheit beim Schopfe packen.

„Mona, ich muss später mit Jan in die Stadt fahren, um mein Auto abzuholen. Willst du mich begleiten? Schon seit Tagen liegt unser Erbschein bereit, und diese Frau Meiners von der Sparkasse will den Vertrag mit uns beiden machen.“

„Warum nicht? Aber warum ist dein Auto in Schweinfurt und nicht bei unserem Stenzinger?“

„Weil ich keinen Papa habe, der ihm Feuer unterm Hintern macht. Das ist allerdings eine andere Geschichte“, gab Tessa säuerlich zurück. „Was ich aber schon lange fragen wollte, Oma hatte doch immer noch dieses Grundstück neben Bastheimers Haus, auf dem das Gartenhaus steht. Gehört das eigentlich noch uns, oder hat sie es verkauft?“

Mona, die gerade Alu-Folie um ein Brot wickelte, hielt inne und setzte sich hin. „Es gehört noch uns“, sagte sie nachdenklich. „Du bringst mich auf eine Idee, Tessa. Ich könnte mich doch dort verstecken, da vermutet mich nun wirklich niemand. Du müsstest mir allerdings etwas zu essen bringen und aufpassen, dass dich niemand sieht.“ Ihr Lachen klang etwas gekünstelt. „Meinst du, du kriegst das hin?“

„Ja, schon, aber dort kann man nicht heizen und überhaupt“, Tessa zuckte mit den Schultern. „Stehen da eigentlich noch Möbel drin?“

„Ein Bett, ein Tisch und zwei Stühle, das reicht. Außerdem gibt es einen Stromanschluss und im Keller steht noch Omas Elektro-Heizlüfter. Heute Abend, wenn es dunkel ist, ziehe ich um.“

„Wäre es nicht vernünftiger, dem Kommissar diesen Drohbrief zu zeigen?“

„Das kannst du ja dann machen, ich habe nicht die geringste Lust auf einen freiwilligen Kontakt mit der Polizei. Für die stehe ich doch schon lange als Täterin fest.“

Tessa hatte erhebliche Bedenken gegen Monas Plan. Ihr war gar nicht wohl bei dem Gedanken an ihre Cousine allein dort draußen im Gartenhaus. Andererseits würde sie sie nicht abhalten können. Ein so verrücktes Vorhaben war ganz nach ihrem Geschmack. Und ich könnte endlich einmal wieder durchatmen, dachte sie. „Ich halte die Idee immer noch für hirnrissig. Wenn das dein Vater mitbekommt, hetzt er mich mit allen Geistern der Hölle, und dich kettet er wahrscheinlich an.“

Tessa warf einen Blick auf die Uhr und klatschte in die Hände. „Meine Güte, ihr müsst los, Kinder. Wir haben beide kein Auto. Sonst kommt ihr zu spät in die Schule. Nehmt ihr Jeremy mit in den Kindergarten?“

„Komm los, Jeremy!“ Klara zerrte an ihrem jüngeren Bruder. „Du bist so lahm wie eine Schnecke.“

„Nach der Schule geht ihr zu Tante Agnes, ja? Sie wird sicher heute Nachmittag mit euch zu eurer Mama ins Krankenhaus fahren.“ Mit einem liebevollen Klaps öffnete sie die Tür. Die Kinder liefen los.

„Auf Wiedersehen“, rief sie ihnen nach, doch nur Niels drehte sich mit einem Winken zu ihr um.

„Willst du dich nicht ein bisschen aufhübschen, wenn du schon mit deinem Liebsten in die große Stadt fährst?“, fragte Mona ein bisschen spöttisch.

„Wenn Jan mit dem Duschen fertig ist, überlege ich‘s mir.“

Es könnte so angenehm sein mit Mona, wenn sie nicht solche Stimmungsschwankungen hätte, dachte Tessa. So entspannt sind wir schon lange nicht mehr miteinander umgegangen. Als Tessas Blick zufällig auf sie fiel, bemerkte sie, dass Mona sie schon eine Weile beobachtet haben musste.

„Du bist schön, Tessa, nur schade, dass du es selbst nicht zu glauben scheinst.“

Tessa hatte schon eine abweisende Bemerkung auf der Zunge, aber der Ernst, mit dem Mona sie ansah, stoppte ihre Absicht. „Danke, Mona“, sagte sie deshalb nur.

Jans Haare waren noch vom Duschen nass, als er mit einem gemurmelten Morgengruß in die Küche kam. „Entschuldigt, dass ich so spät komme, aber ich bin erst gegen Morgen eingeschlafen.“ Eine hilflose Geste unterstrich sein unsicheres Lächeln. „Und deswegen nicht rechtzeitig aufgewacht. Es gibt schon Kaffee, das rettet mich“, sagte er und streichelte kurz Tessas Wange. „Wir müssen dann auch sehr bald losfahren, ich habe einen randvollen Terminkalender für heute“, verkündete er, während er seinen Kaffee im Stehen trank.

„Gib uns zehn Minuten“, antwortete Tessa, während sie ins Bad eilte und sich rasch etwas zurechtmachte. Warum war Jan so abweisend? Bereute er etwa, was er zu ihr gesagt hatte – oder war ihm alles andere zu viel geworden gestern Abend?

Jan und Mona warteten bereits, als Tessa nach ihrer Handtasche griff. Sie hatte den unbestimmten Eindruck, dass er es vermied, ihr in die Augen zu sehen.

„Diesen Drohbrief hier“, er hielt den anonymen Zettel in die Höhe, „nehme ich mit zur Polizei, wenn ihr nichts dagegen habt. Ich werde nämlich diesen Kommissar Lange heute Vormittag noch besuchen. Ich bin der festen Meinung, dass er von der Attacke gestern Abend wissen sollte. Mona zuckte nur die Achseln und Tessa nickte.

Auf der Fahrt schwieg er vor sich hin. Tessa sah die Schatten unter seinen Augen. „Ich müsste noch bei der Bank vorbei, um die Reparatur bezahlen zu können“, merkte Tessa an, als sie die Stadtgrenze erreichten. „Ist das ein großer Umweg?“

„Du musst die Reparatur nicht gleich bezahlen, Tessa. Sie schicken die Rechnung ohnehin an mich. Den Betrag kannst du mir ja irgendwann zurückzahlen, wenn du erst dein Erbe in den Händen hältst und im Geld schwimmst.“ Sein Blick streifte sie zum ersten Mal an diesem Morgen. Tessa sah ein kleines bisschen Wärme. „So. Da sind wir.“ Jan bremste im Hof der Autowerkstatt Vossiek. „Leider muss ich gleich weiter. Wir telefonieren!“

„Schaue nicht wie ein Schaf, Tessa“, sagte Mona, als Jan weggefahren war, „es hat nichts mit dir zu tun, dass er so zugeknöpft ist.“

***

Kommissar Lange erwartete Jan vor seinem Büro, offenbar hatte ihn der Polizist vom Empfang angekündigt. Jan hatte einen Augenblick lang die Vision eines indirekt beleuchteten Obelisken, der hagere Kommissar mitten in dem Rechteck von Licht, das aus seiner Bürotür in den ansonsten stockdunklen Flur schien.

„Schön, dass Sie so schnell kommen konnten“, sagte Lange, drückte Jan die Hand und führte ihn in sein Büro.

Im Zimmer war es sehr warm, feiner Staub flirrte im Gegenlicht. Auf dem Fenster verdorrte eine Topfpflanze, deren traurig herabhängende Blätter in eigenartigem Gegensatz zu den akkurat ausgerichteten Aktenordnern auf den Regalen an der Wand standen. Auch der Schreibtisch zeugte von einer ordnenden Hand, nur ein Schnellhefter lag aufgeschlagen auf der Schreibtisch-Unterlage, weitere Hefter waren, penibel gestapelt, rechts und links davon abgelegt.

Jan zerrte an seinem Hemdkragen, bevor er sich auf den vom Kommissar bereitgestellten Stuhl setzte.

„Warm hier, nicht wahr?“, fragte Lange und öffnete ein Fenster. Es wurde schrecklich laut. Jan musste erschreckt ausgesehen haben, denn Lange schloss das Fenster sofort wieder. „Sehen Sie, deshalb ist es in meinem Büro so warm, sobald die Sonne hereinscheint. Man kann sich an diese Lärmschutzfenster gewöhnen.“

Der Kommissar setzte sich hinter seinen Schreibtisch und legte eine Art Diktiergerät auf den Schnellhefter. Jan beglückwünschte sich für die viel effizientere Aufnahmetechnik, die ihm der Bayerische Rundfunk zur Verfügung stellte. Das Aufnahmegerät des Kommissars stammte wohl noch von Noahs Arche.

„Dies ist natürlich kein Verhör", beeilte sich Lange vorauszuschicken, „aber ich würde das Gespräch mit Ihnen dennoch gerne aufnehmen, wenn Sie es erlauben. Manchmal fällt ein Puzzleteil erst hinterher an seinen richtigen Platz."

„Mich stört das überhaupt nicht", räumte Jan ein. „Ich habe schon von Berufs wegen keinerlei Berührungsängste mit dieser Art von Technik, auch wenn ich normalerweise nicht derjenige bin, der antworten muss ... Das hier wollte ich Ihnen zeigen." Jan griff in die Innentasche seiner Jacke und legte den anonymen Drohbrief auf den Schreibtisch des Kommissars.

Lange setzte seine Brille auf und studierte den Brief mit den aufgeklebten Zeitungsbuchstaben. „Wer hat außer Ihnen das Papier noch in den Händen gehabt?", fragte er und legte seine Brille wieder auf den Schreibtisch. „Auch wenn die Wahrscheinlichkeit, etwas zu finden, nicht sehr hoch ist, muss es doch im Labor auf Fingerabdrücke untersucht werden."

„Nur Tessa Hennigsen und Mona Huber selbst", gab Jan zurück. „Es ist Ihnen doch klar, dass sich die beiden jungen Frauen in unmittelbarer Gefahr befinden. Das ist es, was mir Sorgen bereitet. Und wenn sich die polizeiliche Untersuchung des Mordfalles noch lange hinzieht, kann wohl niemand voraussagen, wozu dieser Mob in Pfarrhofen fähig ist."

Der Kommissar nickte. „Ich verstehe Sie", sagte er. „Wie ich gehört habe, wurden auch die Reifen der Autos von Frau Hennigsen und Frau Huber zerstochen?"

„Ach, das wissen Sie schon? Darauf wollte ich gerade auch hinweisen. Außerdem hat man der Hauskatze der beiden das Genick gebrochen und sie vor die Tür gelegt und Tessa Hennigsen wurde am Telefon – natürlich auch anonym – bedroht. Und Sie können mir glauben", Jan redete sich jetzt in Rage, „hinter all diesen Sadismen kann durchaus jemand stehen, der ein brennendes Interesse daran hat, dass sich der Volkszorn auf Mona Huber und ihre Cousine richtet. Eine psychotische junge Frau, die nicht einmal sicher weiß, ob sie ihr eigenes Kind ermordet hat oder nicht, gibt zum einen ein ideales Feindbild und zum anderen einen exzellenten Sündenbock ab.“

„Nun, so ganz unbedarft sind wir bei der Polizei nicht, Herr Niemeyer“, sagte Lange eingeschnappt. „Wir machen unsere Hausaufgaben, auch wenn die Medien zuweilen nicht davon überzeugt scheinen. Wir ermitteln durchaus in verschiedene Richtungen.“

„Können Sie denn nichts tun, um die beiden Frauen zu schützen?“

„Wenig, Herr Niemeyer, so leid es mir tut, das sagen zu müssen. Ich werde veranlassen, dass öfter ein Streifenwagen durch Pfarrhofen fährt. Das hat durchaus abschreckende Wirkung.“

„Es ist zwar nicht ganz das, was ich hören wollte, aber vermutlich alles, was ich von Ihnen im Moment bekommen kann?“

„Genau, wie schon gesagt, es tut mir leid.“

„Ja, Herr Kommissar. Ich danke Ihnen trotzdem. Allerdings habe ich Ihnen noch mehr zu sagen. Ich habe in Pfarrhofen eine Beobachtung gemacht, die ich Ihnen unbedingt noch mitteilen muss. Bisher habe ich noch mit niemand anderem darüber gesprochen.“

Kommissar Lange hörte Jan mit ernstem Gesichtsausdruck zu, nickte zuweilen und unterbrach ihn nicht. „Danke für Ihr Vertrauen“, sagte Lange, als Jan geendet hatte. „Das deckt sich mit unseren Ermittlungen. Ich bitte Sie eindringlich, auch künftig mit niemandem darüber zu sprechen.“

***

„Mona, Abendessen!“, rief Tessa ins Wohnzimmer, wo ihre Cousine schon seit ihrer Rückkehr aus Schweinfurt vor ihrem Laptop saß und konzentriert schrieb.

Sie nahm die Pfanne mit Rühreiern, Krabben und frischen Kräutern vom Herd und verteilte das Rührei auf zwei Tellern. Mona, die seit dem Besuch auf dem Nachlassgericht und dem Besichtigungstermin mit der Immobilienmaklerin wieder zu ihrer Verschlossenheit zurückgekehrt war, nahm wortlos den Korb mit geschnittenem Baguette von der Anrichte und setzte sich an den Tisch.

„Ich hatte gar nicht damit gerechnet, dass diese Christina Meiners sich gleich heute Nachmittag Zeit für die Schätzung unserer Immobilien nimmt. Bist du auch so erschlagen?"

„Hmm."

„Aber jetzt kommt doch wenigstens Bewegung in die Angelegenheit", versuchte Tessa unbeirrt ein Gespräch zu beginnen. „Erbengemeinschaft Anneliese Koch, das klingt doch richtig gut. Übrigens hast du bemerkt, dass der Typ auf dem Nachlassgericht immer nur mit dir gesprochen hat? Mich hat er nur angeschaut, als er mir zeigte, wo ich unterschreiben soll."

„Nein, ist mir nicht aufgefallen."

„Was für ein Tag", sinnierte Tessa. „Wir sind jetzt ganz offiziell Erbinnen eines Gesamtvermögens von rund 600.000 Euro. Und ich weiß wirklich nicht, wie ich Jan die Rechnung zurückerstatten soll. So ein Widersinn."

„Du hättest dir doch denken können, dass der Staat erst einmal alles einbehält, bis die Erbschaftssteuer gezahlt ist."

„Das war ein Schlag in die Magengrube. Wir können also keinen lausigen Cent abheben, bevor die Häuser verkauft sind. Hoffentlich hat Frau Meiners recht mit ihrer Einschätzung, dass sie für den Verkauf keine Schwierigkeiten sieht."

Tessa war sich bewusst, dass sie plapperte, aber solange sie redete, musste sie nicht über Jan und sein distanziertes Verhalten nachdenken. Ihr war der Tag mit all seinen Aktivitäten gerade recht gewesen.

„Noch etwas, dir ist schon klar, Mona, dass wir jetzt erst einmal dieses Haus verkaufen müssen, wenn Christina Meiners sagt, dass sie dafür vielleicht schon zwei, drei Interessenten hat. Wir brauchen einfach das Geld für die Erbschaftssteuer."

„Ich hätte gern mit Nick hier in diesem Haus gewohnt", sagte Mona leise, „aber jetzt ist es mir egal, was damit geschieht."

„Du weißt, wie sehr mir Nicks Tod leidtut." Tessa streichelte über Monas Wange, zog aber ihre Hand gleich wieder zurück, als diese ihr Gesicht zur Seite wandte. „Es klingt gierig", fuhr Tessa fort, „aber mir würde eine Finanzspritze wirklich sehr helfen. Mein BAföG reicht hinten und vorne nicht."

„Soll ich dir etwas leihen?“, fragte Mona.

„Na, du wirst auch keine Reichtümer angehäuft haben.“ Tessa lachte, ein wenig zu laut und etwas zu aufgesetzt, aber Mona merkte nichts.

„So an die 50.000 Euro dürften schon auf meinem Konto sein“, antwortete Mona lapidar.

„Wie? Das weißt du nicht einmal genau? Und woher hast du so viel Geld?“

„Das hat mein Vater für mich angespart. Ich habe kaum jemals etwas davon angerührt.“

„Dein Papa muss dich sehr lieben, trotz all seiner Brummigkeit.“

„Ja, das tut er wohl“, gab Mona zurück und stellte die gebrauchten Teller in die Spüle. „Da kommt er übrigens gerade und bringt mein Auto zurück.“

„Dann gehe ich am besten nach oben.“ Tessa sprang auf. „Unsere letzte Begegnung war nicht gerade freundschaftlich. Er hat mich mit Jan zusammen gesehen und wäre fast erstickt an seiner Wut.“

„Ach was, wenn ich jedes Mal flüchten wollte, wenn mein Vater brüllt“, wischte Mona den Einwand beiseite. „Er ist einfach ein Choleriker. Das hat er längst weggesteckt.“

„Da hast du deinen Schlüssel wieder“, hörte ihn Tessa sagen, als Mona die Tür aufgemacht hatte. „Hat mich eine schöne Stange Geld gekostet.“

„Dann sollte ich wohl wie ein braves Mädchen danke sagen.“ Mona klang zynisch. „Also herzlichen Dank, Papa.“

„Oh Teresa, das mit den Kindern gestern, ich ...“, stammelte er und räusperte sich. „Also, du hast was gut bei mir ... Apropos Kinder. Die haben doch wohl nicht die Scheibe hier eingeschlagen?“ Alfred besah sich die mit Folie überklebte Scheibe. „Bei uns daheim ist nämlich auch eine Scheibe kaputt, haben wohl rumgetobt und leugnen es jetzt hartnäckig. Das Esszimmerfenster haben sie getroffen. Dann kann ich ja den Glaser gleich auch hierherschicken.“

„Wann war denn das?“, fragte Tessa alarmiert, während ihr Blick auf Mona fiel, die den Finger auf den Mund hielt und ihr bedeutete, still zu sein.

„Muss wohl so vor einer halben Stunde passiert sein. Wenn sie es nicht zugeben, kriegen sie Taschengeldabzug, hat deine Mutter beschlossen.“ Dabei nickte er Mona zu und fragte: „Hat sich der Kommissar eigentlich noch einmal bei dir gerührt?“ Als Mona verneinte, sagte er: „Also dann geh ich mal wieder, muss noch einmal ins Rathaus.“

„Warum sollte ich denn nichts von dem Anschlag sagen, Mona?“, fragte Tessa aufgebracht, als Alfred gegangen war. „Klara und Niels werden für etwas verdächtigt, was sie nicht getan haben, wie wir beide sehr genau wissen.“

„Weil ich es nicht ertragen kann, dass mein Vater mich womöglich auch noch einsperrt. Das tut er nämlich, wenn er weiß, was wirklich passiert ist.“ Nach einer kurzen Pause fügte sie hinzu: „Gehen wir ins Bett, Tessa. Es war ein langer Tag. Ich werde nur noch schnell duschen. Ist das in Ordnung?“

„Ja, natürlich. Aber eines sage ich dir! Gleich morgen früh rufe ich Kommissar Lange an. Es muss doch irgendetwas getan werden“, rief ihr Tessa zu. Mona schloss die Badezimmertür ab.

Tessa erwachte von einem fernen Klingeln, doch bis sie sich aus der Umklammerung des Schlafs befreien konnte, hatte es aufgehört. Ihr kam es vor wie mitten in der Nacht, doch ein Blick auf die Uhr zeigte ihr, dass es erst kurz vor zehn Uhr war. Kein Wunder, dass sie das Telefon nicht früher gehört hatte, sie hatte gerade mal eine halbe Stunde geschlafen. Jetzt war sie hellwach und hatte Durst.

Sie fröstelte, als ihre nackten Füße den Fußboden berührten. Es war eben doch erst April, die Nächte waren noch empfindlich kalt. Tessa schlüpfte in ihre Hausschuhe. Ein Glas Wasser nur und dann wieder zurück ins warme Bett.

Die Tür zu Monas Schlafzimmer stand offen, das Bett war unberührt und das Haus dunkel. Nein, nicht schon wieder, flog es ihr durch den Kopf, ich werde mich nicht ängstigen. Mona war verdammt noch mal alt genug. Hatte sie schon beim Abendessen geplant zu verschwinden? Tessa hätte hellhörig werden müssen bei ihrem Vorschlag, früh zu Bett zu gehen.

Sie goss Mineralwasser in ein Glas und trank einen Schluck, als sie ein Gedanke durchzuckte, so erschütternd und gleichzeitig so logisch, dass sie sich setzen musste. Mona könnte ins Gartenhaus geflüchtet sein.

Sie war sehr ruhig gewesen am Morgen. Fast abgeklärt war sie Tessa vorgekommen, als sie die Kinder für die Schule fertig gemacht hatte, und auch den ganzen Tag über verhielt sie sich vernünftig und verantwortungsbewusst. Das Gartenhaus wäre ideal für den nächsten Suizid-Versuch. Das taten doch Menschen, die einen Selbstmord planten. Sie kamen zur Ruhe, nachdem sie sich endgültig entschlossen hatten.

Tessa dachte an den Abend zurück. Mona war schweigsam gewesen, nachdem sie eigenartig erregt auf ihren Laptop eingehämmert hatte. Der Laptop – Tessa durchfuhr es heiß – hatte Mona einen Abschiedsbrief geschrieben?

Tessa schaute ins Wohnzimmer. Der Laptop lag noch auf dem Tisch.

Sie musste unverzüglich ins Gartenhaus. Tessa eilte nach oben und zog sich an. Wenn sie doch nur wüsste, was genau sie machen sollte. Blinder Aktionismus war keine kluge Alternative. Vielleicht konnte sie ja lesen, was Mona geschrieben hatte, wenigstens versuchen musste sie es.

Sie rannte in den Flur. Monas Schultertasche fehlte, auch ihr Rucksack war verschwunden. Wenn du dich umbringen wolltest, bräuchtest du dazu Handtasche und Rucksack? Sicher nicht, dachte sie. Aber konnte sie denn wissen, was in Mona vorging?

In fliegender Hast durchsuchte sie die Taschen von Monas Jacken, die an der Garderobe hingen. Auch hier nicht der geringste Hinweis auf ihren Verbleib. Zurück ins Wohnzimmer.

Tessa klappte den Laptop auf und schaltete ihn ein. Immerhin begrüßte sie der Bildschirm mit einem fröhlichen *Willkommen.* Immerhin war der Computer nicht passwortgeschützt. Tessa spürte, wie sie noch immer den Atem anhielt und ließ ganz langsam die Luft entweichen.

Sie klickte auf Word, dann auf Datei und rief *zuletzt verwendete Dokumente* auf. Und hier fand sie genau das, was sie vermutet hatte: einen Brief.

Sie schob ihre Skrupel beiseite und begann zu lesen. Es ging hier um Leben und Tod, da war kein Platz für Animositäten.

Liebe Mutter,

kaum beginne ich den Brief an dich, komme ich ins Straucheln. Schon die Anrede stimmt nicht, beide Begriffe sind auf dich bezogen ein Antonym, also das genaue Gegenteil von dem, was sie meinen sollten. Sollte ich Agnes sagen? Das klingt nach guter Freundin. Bleibe ich also bei der Verzerrung. Sie trifft wenigstens unsere Beziehung exakt.

Du weißt schon, wovon ich rede, stimmt's? Du hast es immer gewusst. Allerdings wirst du dich fragen, warum ich gerade jetzt anfange zu reden. Ich bin eine Mörderin, meinen die Leute. Ich habe Schande über die Familie gebracht, ganz laut sagen sie das, die Leute. Das ist doch der Super-GAU für dich, nicht wahr? Also macht es doch nichts mehr aus, wenn ich noch ein bisschen mehr Schande über dich bringe.

Es muss doch der blanke Horror für dich gewesen sein, dass du selbst deine größte Konkurrentin in die Welt gesetzt hast. Hast du deshalb weggesehen? Konntest du nicht ertragen, dass ich Vater etwas geben konnte, was dir fremd ist? Nein, ich denke, du warst eher erleichtert. Sex war nie dein Ding, oder? Du wolltest den Status und den hast du schließlich bekommen. Was macht es schon, wenn der Preis die eigene Tochter ist.

Du hast doch gewusst, was geschieht, wenn du mich zu Vater ins Rathaus geschickt hast, wenn er abends zu spät heimkam. Essen bringen hast du es formuliert. War es dir lieber, wenn er außer Haus seine Neigungen befriedigte? Oder, warum hast du mich nie gefragt, warum ich selbst im Sommer langärmelige Schlabberpullis getragen habe? Du musst doch Vaters Blicke bemerkt haben, als meine Brüste zu wachsen begannen.

Lolita-Komplex, so nennt man das wohl, wenn ältere Männer auf Kindfrauen abfahren. Ich habe es nachgelesen. Vielleicht sollte ich dankbar sein, dass er mich als kleineres Kind einfach nur gerne gebadet hat. Er hat schon gewartet, bis ich „reif" war, nicht wahr? Ich war so gerade 12 geworden, als er mich in die „Liebe" einführte. Und sag jetzt bitte nicht, du hattest keine Ahnung!

Niemand kann ein Mädchen die Liebe besser lehren als der eigene Vater, hat er gesagt, und mich gestreichelt. Die alten Kulturen hätten um diese besondere Verbindung zwischen Vater und Tochter gewusst, hat er sich herausgeredet. Du bist Fleisch von meinem Fleisch, Monika. Es wird niemals in deinem Leben eine innigere Verschmelzung geben, niemand kann dich mehr lieben als ich. Das waren seine Worte.

Ich habe ihm geglaubt, Mutter. Von dir kam nicht viel Liebe und ich habe meinen Vater geliebt, liebe ihn immer noch. Irgendwie kann er doch auch nichts dafür. Und – nein – er hat mich nicht vergewaltigt, zumindest nicht oft und schon gar nicht beim ersten Mal.

Er hat mich geküsst, sehr zärtlich und mich gestreichelt zwischen den Beinen, bis ich gelodert habe dort und ganz nass wurde. Ich habe mich geschämt, glühend geschämt – aber Vater sagte, das müsse ich nicht. Ich dürfe ruhig spüren, dass ich für die Liebe geboren sei, und nur dafür.

Von da an habe ich gewusst, dass ich eine Hure bin, Mutter. Ich war wohl schon immer schmutzig, bin wohl schon verdorben geboren. Es wurde leichter, nachdem ich das einsah.

Außerdem gibt es seit damals verschiedene Monas. Eine für Vater, eine für die Schule und eine für daheim. Bis vor Kurzem gab es noch eine für Nick.

Weil ich gerade Nick erwähnt habe, du fragst dich jetzt sicher nicht mehr, wer sein Vater ist, nicht wahr? Es ist doch schön, wenn solche Dinge in der Familie bleiben. Ich kann es inzwischen verstehen, dass Nick es vorgezogen hat zu sterben. Er konnte nun wirklich am wenigsten dafür, dass er mit geschädigten Genen auf die Welt kam, weil er ein Inzest-Kind war.

Ich habe mich immer gefragt, woran es lag, dass Vater offenbar keine Mütter mochte. Nach der Geburt von Nick ist sein Interesse am Sex mit mir verschwunden. Hat er sich deshalb dann Sonja zugewandt? Sie war im richtigen Alter. Hat er sie auch umgebracht? Sie wollte reden, hat mich bedrängt, sie zu unterstützen. Aber das konnte ich nicht. Wieder ein Abgrund? Es war einfach zu viel.

Ja, Mutter, so nennt man das, Inzest oder deutlicher, Blutschande. Ich bin wirklich gespannt, wie du

Hier endete der Brief, Mona hatte aufgehört zu schreiben, als Tessa ins Wohnzimmer gekommen war. Sie saß wie betäubt, den Laptop auf den Knien. Etwas Galliges stieg ihr aus dem Magen auf. Die Umrisse der Möbel begannen zu wabern wie heißer Teer. Die Mitte ihres Gesichtsfeldes war so schwarz wie ein gähnendes Loch. Der Laptop rutschte auf den Boden.

Tessa fand sich auf dem Teppich, als sie die Augen aufschlug. Der Laptop lag neben ihr wie ein stummes Mahnmal, dass sie nicht geträumt hatte. In ihrem Bauch rumorte es noch immer. Sie rannte ins Bad und übergab sich.

Dieser Brief war in der Tat eine Art Abschiedsbrief. Keine Zeit für Überlegungen! Schnell zum Gartenhaus, zum Glück wusste sie wenigstens, wo sie Mona suchen konnte.

Nein, sie würde nicht laufen. Sie musste das Auto nehmen. Vielleicht kam sie zu spät. Bastheimers Haus, das würde sie doch wohl auf Anhieb finden? Sie fuhr die Hauptstraße entlang, sah Christians Wohnung hell erleuchtet und bog prompt falsch ab. Das Haus, in dem Monas eigenwilliger Freund Albert und die anderen obskuren Mieter wohnten, lag in völligem Dunkel. Inzwischen war sie wieder auf der richtigen Straße. Das Haus des Lehrers ragte vor ihr in der Dunkelheit auf.

Wahrscheinlich gab es einen anderen, offiziellen Zugang zu dem Grundstück mit dem Gartenhaus, aber den würde sie jetzt ohnehin nicht finden. Weiter zu Fuß! Tessa lief durch Bastheimers Garten, der Bewegungsmelder ließ Licht aufflammen. Der Garten war nur durch Büsche befriedet. Immerhin war er nicht eingezäunt.

Sie zwängte sich durch die Hecken. Dornen rissen an ihrer Haut. Im Gartenhaus brannte Licht. Die Türe stand sperrangelweit offen. Monas Rucksack lag im Gras. Das Häuschen war leer.

Es roch muffig und feucht. Tessa sah die aufgeschlagene Decke auf der Liege, auf dem Tisch ein benutztes Glas, daneben eine Taschenlampe und Monas blinkendes Handy.

Tessas Knie wurden weich. Zu spät. Mit der Taschenlampe leuchtete sie in den Garten. Sah sie von irgendeinem der Bäume Monas Beine baumeln? Was immer ihre Cousine getan hatte, hier im Garten war sie nicht.

Aber zum Wald waren es auch nur wenige Schritte und dort gab es genug Bäume. Sie meinte, einen Hund bellen zu hören. Das war eindeutig Hundegebell, gar nicht so weit entfernt. Sollte sie im Wald suchen? Nein, das packte sie nicht. Sie hob Monas Rucksack vom Boden auf. Völlig verstört ging sie zurück ins Häuschen.

Sie durchsuchte den Rucksack und fand Vollkornbrot, abgepackten Schinken und eine Tafel Schokolade. Tessa hielt inne. Irgendetwas passte hier nicht zusammen. Ein Mensch, der sich umbringen will, versorgt sich doch nicht mit Proviant!

Hatte Mona fliehen wollen und dabei den Rucksack verloren? Tessa nahm das blinkende Handy und drückte die Wahlwiederholungstaste. Als letzten Anruf hatte sie Christians Nummer gewählt. Vielleicht war sie ja zu Christian geflohen. Sie würde zu Christian fahren. Er war ihre letzte Hoffnung.

Als Tessa das Häuschen verließ, hörte sie das Hundegebell und aufgebrachte Stimmen aus dem Wald. War dies der Abschaum, vor dem ihre Cousine fliehen musste?

Sie schlug die Tür zu und sah einen flackernden Lichtschein wie von Fackeln im Wald. Sie hastete zu ihrem Auto. Ein kurzer Blick zurück zeigte ihr, dass aus den Holzritzen des Gartenhauses Licht fiel. Sie hatte vergessen, es zu löschen. Allerdings würde sie deshalb bestimmt nicht zurückgehen. Soviel zu deinem Kinderglauben, die Wände wären undurchlässig, liebe Mona. Tessa fuhr los.

***

Jan war von einer eigenartigen Unruhe getrieben, nachdem Tessa seinen Anruf nicht entgegengenommen hatte. Es fiel ihm schwer zu glauben, dass sie so früh ins Bett gegangen sein sollte. Nein, so wurde das nichts, er würde nicht schlafen können, bevor er sich nicht an Ort und Stelle überzeugt hatte, dass alles in Ordnung war.

Er packte einige Sachen und eine Zahnbürste ein und machte sich auf den Weg. Das Gespräch mit dem Kommissar geisterte durch seinen Kopf und sein ungutes Gefühl steigerte sich noch. Am liebsten hätte er dieses ganze unselige Dorf von der Landkarte getilgt. Warum brauchte auch die Polizei so lange, bis sie durchschlagende Maßnahmen ergriff? Und der Kommissar hatte ihm auch noch einen Maulkorb verpasst, um die Ermittlungen nicht zu gefährden.

Als er ankam, sah er das hell erleuchtete Haus. Tessas Golf stand nicht auf der Straße, Monas Z4 hingegen schon. Immerhin war wenigstens sie zu Hause.

Gerade, als er den Finger auf den Klingelknopf legen wollte, bemerkte er, dass die Haustüre nicht verschlossen, sondern nur angelehnt war. Was hatte das zu bedeuten? Seine Ahnung hatte ihn also nicht getrogen, irgendetwas Außergewöhnliches war vorgefallen. Im Wohnzimmer brannte Licht. Auf dem Tisch flimmerte der Bildschirmschoner des Laptops. Er hastete durch das Haus, aber seine Suche nach Tessa und Mona war ergebnislos. Das zerwühlte Bettzeug im Gästezimmer steigerte seine Nervosität. Nimm dich zusammen, befahl er sich, setze dein Hirn ein.

Vielleicht gab ihm ja der Laptop irgendeinen Anhaltspunkt, was zu dem überstürzten Aufbruch der beiden geführt hatte. Jan bewegte die Maus und fand den Brief Monas an ihre Mutter. Er las mit wachsendem Schrecken die Zeilen.

Er musste die Polizei einschalten! Er erreichte nur die Wache. Wie hatte er auch vermuten können, dass Lange noch so spätabends in seinem Büro sein könnte? Er schilderte dem Diensthabenden seine Beobachtungen und bat ihn, unverzüglich Kommissar Lange zu informieren.

Hatten diese Verbrecher nun endlich doch ihr Ziel erreicht und Tessa und Mona verschleppt? Jan ballte die Fäuste in ohnmächtiger Wut. Er hätte seinem Gefühl trauen sollen und nicht erst lange vergeblich anrufen, sondern gleich herfahren sollen.

Aber was sollte er tun und wo anfangen zu suchen? Noch nie hatte er sich so hilflos gefühlt. Alles, was sein Leben bisher ausgemacht hatte, zählte plötzlich nicht mehr. Wenn dieser einen Frau, die er gerade erst gefunden hatte, etwas geschah. Er konnte den Gedanken nicht zu Ende denken. Tränen liefen über seine Wangen. Wann hatte er das letzte Mal geheult? Als kleiner Junge wahrscheinlich.

Eine schrille Sirene riss ihn aus seiner lähmenden Trauer. Er rannte hinaus. Durfte er die Haustür einfach zuklappen? Falls Tessa zurückkäme und hätte keinen Schlüssel? Aberwitzige Gedanken in einem Augenblick, als sein Leben zu zerbrechen drohte. Es machte keinen Unterschied, ob er sie offenließ oder schloss. Der Mob hatte doch bereits, was er wollte.

Die Straße war voller Menschen, die aufgeregt durcheinanderredeten und in eine Richtung rannten.

„Feuer“, schrie jemand, ein anderer: „Das Haus des Lehrers brennt.“ Ein Feuerwehrauto durchpflügte die Menschenansammlung, ein Polizeiwagen mit Blaulicht fuhr hinterher.

Jan folgte ihnen zu Fuß, mit seinem Auto würde er auch nicht besser durchkommen. Jetzt sah auch er den Rauch und eine lodernde Feuersäule.

Ein Gartenhaus brannte. Jan hatte den Eindruck, Benzingeruch wahrzunehmen. Er sah eine Wasserfontäne und knisternde Funken. Sie setzten blitzartig einen abgestorbenen Baum in Brand. Züngelnden Flammen krochen über den Boden, nährten sich aus dem winterdürren Gezweig der Hecken und erreichten den Anbau eines benachbarten Holzhauses.

Trotz der Hitze drängte die Menschenmenge nach vorne. Wie Tiere, wie Hunde auf der Jagd nach Wild.

„Zurück!", schrie ein Feuerwehrmann. Die Polizei versuchte die Menge zurückzudrängen. Ihre Bemühungen erschienen Jan sinnlos. Einen reißenden Fluss kann man auch nicht mit Holzbrettern aufhalten. Hunde bellten. Jan erkannte im zuckenden Licht der Flammen die Gesichter einiger Gemeinderäte. Ludwig Götz, so hieß der Mann mit Hund, fiel Jan ein, und er dachte flüchtig an eine Reportage über das Chaos rings um ihn her.

„Wo ist denn der Huber? Das Gartenhaus gehört doch ihm und seiner Sippe", hörte er jemanden rufen.

„So ist's richtig", schrie ein anderer mit hämischem Lachen, „Hexen gehören auf den Scheiterhaufen."

Jan fühlte die Angst wie eine Eisenfaust sein Herz umklammern. Wo waren Tessa und Mona?

Trotz des Spritzens der Feuerwehr hatten die Flammen längst den Holzanbau in Brand gesetzt, brennende Blätter trieben durch den Wind wie taumelnde Vögel, um sich überall dort niederzulassen, wo sie Nahrung fanden.

„Wo ist denn Bastheimer?", rief ein Feuerwehrmann, „der kann doch unmöglich noch in seinem Haus sein und womöglich den Schlaf des Gerechten schlafen."

„Den habe ich vorhin vom Wald herlaufen sehen", antwortete ein anderer.

„Nein, er muss da drinnen sein", schrie ein Feuerwehrmann, „hört doch, da klopft jemand von innen." Andere Wehrmänner eilten zu ihm und bestätigten: „Ja, das ist eindeutig ein Klopfen, um Himmels willen, schnell, der Anbau bricht gleich zusammen. Los, schwerer Atemschutz!"

Waren Mona und Tessa etwa dort drinnen? Jan wagte nicht zu atmen. Er sah, wie die Feuerwehrmänner mit Äxten und Hacken den Bau bearbeiteten. Nach Minuten, die sich wie Stunden dehnten, fanden zwei der Männer mit Atemschutzmasken Zugang.

Jetzt sah Jan auch Bastheimer. Er bahnte sich einen Weg durch die Menge. Sein Gesicht eine verzerrte Fratze. „Nein", schrie er mit einer Stimme, die nichts Menschliches mehr hatte. „Nein!"

„Da ist eine Frau", rief einer der Wehrmänner aus dem Anbau. „Wir brauchen sofort einen Notarztwagen." Jans Blut gefror zu Eis. Er starrte einen der Männer an, der in sein Handy brüllte. Jetzt, endlich, endlich sah er auch Kommissar Lange.

„Zur Seite", schrie ein Feuerwehrmann, und Jan sah, wie die beiden mit den Atemschutzmasken eine junge Frau heraustrugen. Er schaute wie gebannt auf die Szene, aber er erkannte in ihr weder Tessa noch Mona. Ihr Kopf hing leblos nach unten, ihr langes, blondes Haar streifte am Boden.

„Das ist doch Carolin", rief eine Frau, „Bastheimers Tochter. Mein Gott ist die abgemagert."

„Die schon seit zwei Jahren vermisst wird?", fragte jemand.

„Ja, natürlich, ich erkenne sie zweifelsfrei", antwortete dieselbe Frau. „Er hat sie die ganze Zeit eingesperrt und uns hat er erzählt, sie sei verschwunden."

„Wo ist der Kerl?", hörte Jan jemanden rufen, „dort drüben läuft er. Haltet ihn!"

Jan sah, wie Kommissar Lange und mehrere uniformierte Polizisten ihm nachsetzten und ein Polizeiauto dem Lehrer den Weg abschnitt. Sie fassten ihn, gerade als der Notarztwagen vorfuhr.

Was hätte er normalerweise für eine Reportage über einen solchen Einsatz gegeben. Heute war es Jan gleichgültig. Tessa blieb immer noch verschwunden.

In einem Anflug von schlechtem Gewissen wählte er Ulis Nummer und gab ihm einen kurzen Abriss des Geschehens. „Schick irgendjemanden nach Pfarrhofen", schloss er. Ulis aufgebrachte Frage: „Und was ist mit dir, verdammt noch mal?", beantwortete er nicht und schaltete sein Handy aus.

Hier gab es nichts mehr für ihn zu tun. Er musste Tessa finden, koste es, was es wolle. Er zwängte sich durch die Reihen der Gaffer und sah aus den Augenwinkeln, wie Kommissar Lange den renommierten Chorleiter in Handschellen abführte.

Der Anblick des Kommissars rief Jans Unterhaltung mit ihm wieder wach. Irgendein Detail war dabei wichtig gewesen, ein kleiner Nebensatz, der sich aus den Tiefen seines Gedächtnisses nach oben zu kämpfen versuchte. Er wusste, dass er dieses kleine Puzzleteil gerade jetzt brauchte. Aber seine Erinnerung ließ ihn im Stich. Jan schüttelte den Kopf und ging weg.

***

Tessa ließ ihren Golf auf der Straße stehen und rannte zwei Stufen auf einmal nehmend die Treppe zu Christians Wohnung hoch. Sie klingelte, aber niemand reagierte. Panisch drückte sie auf die Türklinke, die Tür ging auf.

Das Licht brannte und die Muster der Bildschirmschoner zogen ihre Kreise, ansonsten schien die Wohnung verwaist.

„Christian", rief Tessa wider besseres Wissen und öffnete die Tür zur Küche. Eine halbvolle Kaffeetasse stand auf der Anrichte und die Kaffeemaschine war angeschaltet. Christian konnte nicht weit sein, vielleicht hatte er Mona in Sicherheit gebracht. Sie würde erst einmal warten.

Tessa setzte sich an den Computer. Sie wusste zwar, dass Christian allergisch auf fremde Personen an seinen geheiligten Rechnern reagierte, aber sie würde ihn schon wieder beruhigen.

Sie drückte verschiedene Tasten und erwischte offensichtlich eine unbekannte Tastenkombination, denn die Maske der Computerspiele verschwand, und eine Dia-Show ging auf.

Tessa stutzte. Sie blickte auf ein Aktbild von Mona, die auf einem Fell stand. Das offene Haar fiel ihr auf die bloßen Schultern, die linke Hand bedeckte ihre Scham und die rechte ihre Brüste. Ihr Blick war in die Ferne gerichtet.

An irgendetwas erinnerte Tessa diese Haltung. Natürlich, das Foto war Botticellis Geburt der Venus nachempfunden, das Fell diente als Ersatz für die Muschel auf dem Original. Tessa lächelte, ein toller Gag für einen Liebhaber. Mutig, Mona, dachte sie. Also bedeutet dir Christian viel mehr, als du zugibst. Wie oft er wohl dieses Foto schon betrachtet hatte?

Etwas klapperte draußen. Vielleicht war Christian ja zurückgekommen. Sie lugte durch die Tür, aber der Hof lag im Dunkeln. Sie setzte sich wieder an den Computer. Es war durch und durch unverzeihlich, was sie hier tat, aber die Neugier siegte. Sie drückte den Weiter-Pfeil der Dia-Show und erstarrte.

Nein, das war ganz und gar unmöglich, ein böses Versehen. Sie drückte immer schneller weiter und zurück, aber die Bilder verschwanden nicht. Sie waren keine Animation und kein Albtraum, sondern Wirklichkeit, hier auf Christians Rechner.

Das erste Bild zeigte Sonja, nackt an ein eisernes Bettgestell gekettet mit gespreizten Beinen und weit aufgerissenen Augen, ein nackter Mann von hinten, über sie gebeugt, seiner Statur nach in mittleren Jahren. Sein Gesicht war verfremdet.

Sie sah Klara auf dem Boden kniend vor einem anderen Mann, der ihr seinen Penis in den Mund steckte. Unter ihren geschlossenen Augen quollen Tränen hervor, sie sah den kleinen Niels von hinten und auf einem anderen Bild unverkennbar das Mädchen aus der Bäckerei von Ludwig Götz. Ihre langen Haare verdeckten ihr Gesicht, nicht aber ihre Nacktheit.

Tessa drückte die Dia-Show weg, als hätte sie sich verbrannt, und kämpfte mit einem Würgereiz. Sie fühlte sich schmutzig. Tausende Kakerlaken krochen über ihren Körper. So fühlte sie sich. Sie musste auf der Stelle weg hier, dachte sie, war aber völlig unfähig zu irgendeiner Bewegung.

Plötzlich hörte sie draußen verschiedene Sirenen heulen.

Die Schritte auf der Treppe durchzuckten sie wie Stromstöße. Christian stand an der Tür. Schwer atmend. Sein Gesicht aschfahl.

„Sie haben Mona zu Tode gehetzt“, war das erste, was er sagte. „Eine johlende Meute mit Hunden trieb sie durch den Wald. Im alten Steinbruch, da ist sie abgestürzt.“ Er wischte sich über die Stirn. „Sie hat mich angerufen aus dem Gartenhaus, hörte die Verbrecher kommen, aber sie war schon weg, als ich ankam. Ein wahres Kesseltreiben hat dieser Mob veranstaltet.“ Die Worte sprudelten aus ihm heraus, als wollte er sie möglichst schnell loswerden. „Sie rannten zurück, weil einer gesehen hatte, dass die Tür des Gartenhauses wieder zu war. Sie dachten wohl, Mona hätte es noch erreicht. Ich ... ich habe Mona gefunden. Sie lag da unten wie eine zerbrochene Puppe ... Dann ... dann haben sie das Gartenhaus abgefackelt.“ Ein Schluchzer stieg aus seiner Kehle auf. „Ich habe Mona geliebt, Tessa. Ich wollte sie retten und bin zu spät gekommen.“

„*Du* wolltest Mona retten?“, krächzte sie. Christian sah sie prüfend an. Er kniff die Augen zusammen, sein Blick flog von ihr zum Computer und wieder zurück, er begriff.

Tessa wollte aufstehen und fliehen, aber ihre Beine verweigerten den Dienst.

Christian drehte den Schlüssel der Türe um, griff mit einer blitzschnellen Bewegung hinter einen seiner Verstärker, förderte eine Pistole zutage und richtete sie auf Tessa.

„Wie bist du nur in meinen Computer gekommen, du kleine Schlampe. Ich habe dich offenbar unterschätzt.“

„Hör zu, Christian“, begann Tessa und hoffte, dass sie ihre Panik einigermaßen bezwingen konnte.

Doch er unterbrach sie. „Du bist diejenige, die jetzt zuhört, haben wir uns verstanden? Du tust genau, was ich sage, sonst puste ich dir den Kopf weg. Glaube mir, ich drohe nicht nur. Beim zweiten Mal ist es leichter.“

„Beim zweiten Mal? Also hast du Sonja ...“

„Ich musste, Tessa, leider. Sie hatte etwas zu viel Vertrauen gefasst in diesen Jan Niemeyer. Das konnten wir alle nicht riskieren. So, und jetzt keine Bewegung mehr! Die Hände auf die Knie! Auch wenn dich zu erschießen nur die zweitbeste Lösung ist. Aber ich tu es. Du solltest besser nicht daran zweifeln.“

Er hatte auf einmal eine Rolle breiten Klebebands in der Hand und umwickelte, äußerst geschickt mit nur einer Hand, in der anderen hielt er immer noch die Pistole, erst ihre Hände, dann ihren Oberkörper und ihre Füße.

„Ich habe eine echte Chance, weißt du“, sagte er im Plauderton, „ich kann meine Festplatte professionell löschen und niemand kann mir etwas beweisen, vor allem jetzt, nachdem Bastheimer schon verhaftet ist und keiner ihm ein Wort glaubt, wenn Carolin erst redet.“

„Bastheimer? Carolin? Was redest du?“

„Gleich, meine Liebe, ich erzähle dir die ganze Story. Du darfst alles wissen, bevor du den gleichen Weg gehst wie deine Cousine.

Sei nicht ungeduldig, ich befriedige deine Neugier." Sein Lachen war irr. „Du bekommst einen nicht ganz so sanften Schlag auf den Kopf und dann, liebe Tessa, dann musst du leider auch abstürzen. Ich werde mich morgen trauernd an dem Suchtrupp beteiligen, der euch beide findet. Es wird mir nicht schwerfallen zu trauern, denn, ob du es glaubst oder nicht, ich habe Mona wirklich über alles geliebt. Tausendmal habe ich ihr vorgeschlagen, aus diesem Kaff zu fliehen. Sie konnte sich wohl trotz allem nicht von ihrem Vater lösen."

Er setzte sich auf den Stuhl ihr gegenüber, locker die Beine übereinandergeschlagen und hielt die Pistole noch immer auf sie gerichtet. „So, und was möchtest du jetzt genau wissen?"

„Man wird mich finden, Christian. Du kannst damit nicht durchkommen, denk doch mal logisch."

„Weil dein Auto draußen auf der Straße steht, meinst du? Wer sollte sich irgendetwas dabei denken, dass du hier bist? Wir kennen uns ziemlich gut, Tessa. Sowas weiß man in Pfarrhofen."

Wie hatte sie sich nur so fürchterlich in Christian täuschen können?, haderte Tessa mit sich. Hatte er nicht schon immer diesen kalten Blick? Aber sie musste ihm recht geben. Ihre Lage war aussichtslos. Niemand würde nach ihr suchen. Aber vielleicht nach Christian? Sie musste ihn hinhalten, einfach Zeit gewinnen. Eine andere Chance hatte sie nicht.

„Du hast vorhin von euch allen gesprochen", begann sie. „Waren etwa mehrere an diesem ganzen Dreck beteiligt?"

„Dreck nennst du es? Nun wahrscheinlich hast du recht", antwortete er. „Ich kann auch nichts finden an kleinen Kindern. Aber, du hast ja keine Ahnung, was man mit dem Vertrieb solcher Bilder verdient."

Am liebsten hätte Tessa ihm ins Gesicht gespuckt, aber das konnte sie nicht riskieren. Sie zwang sich zu einem sachlichen Tonfall. „Mich umzubringen würde dir nichts nützen. Morgen wissen alle Bescheid, Christian. Mona hat alles schriftlich festgehalten. Ich habe ihre Anklage gelesen."

„Netter Versuch, Tessa." Christian schlug ihr mit der flachen Hand ins Gesicht. „Du solltest nicht einmal daran denken mich anzulügen. Mona wusste nicht, dass ich beteiligt war an dem ganzen Komplott, niemand wusste das, auch die kleine Sonja nicht."

Er machte eine Pause. Ein verschlagenes Lächeln kroch über sein Gesicht. „So schwärmerisch hat sie mir vertraut. Und Mona, die war doch nur beschäftigt mit ihrer Eifersucht auf das Mädchen, als es endlich reif war für ihren Vater."

„Weißt du, man unterscheidet nämlich zwischen echten Pädophilen wie Ludwig Götz und, ja, auch Henry, unseren Fotografen, und den Lolita-Männern wie Alfred und Bastheimer, die sich ihrer Töchter bedienen. Ein schöner Club von Gleichgesinnten, der sich da zusammengefunden hat."

„Dann hat sich also Ludwig schon vor Jahren an Kindern vergriffen", stammelte Tessa. Plötzlich ergab alles einen Sinn.

„Ja, und da muss ziemlich viel Geld den Besitzer gewechselt haben, damit alles schön unter der Decke blieb. Wenn es stimmt, was Mona erzählte. Später hat Götz natürlich seinerseits Alfred erpresst, er muss wohl draufgekommen sein, was zwischen ihm und seiner Tochter lief ... und jetzt genug geplaudert."

Tessa spürte einen Schlag auf ihrem Hinterkopf. Alles wurde schwarz um sie.

***

Jan lief völlig unkontrolliert zurück, weg von der Menge, nur einen Gedanken im Kopf, der alles andere überlagerte. Wo war Tessa? Er musste und er würde sie finden, und wenn er an jeder einzelnen Haustür klingelte. Er rannte durch die Straßen, angetrieben vom Stakkato seines Herzschlags. Blieb stehen, um Luft zu holen, sein Seitenstechen ignorierend. So wurde das nichts, vielleicht sollte er nachdenken. Wo könnte Tessa hingegangen sein? Zu ihren Verwandten? Unwahrscheinlich. Christian? Schon naheliegender. Aber wo wohnte der denn? Er zwang sich zur Ruhe. Gleichzeitig trieb ihn die grenzenlose Angst an. Tessa in Not. Er konnte und wollte es sich nicht vorstellen.

Plötzlich, wie von ganz weit her: ein seltsam gepresster Laut. Jan erstarrte mitten in der Bewegung. Er blickte sich um. Rings um ihn Häuser, dunkel, bedrohlich, ohne einladendes Licht in den Fenstern. Jetzt hörte er es wieder, ein unterdrückter Schrei. Jan bewegte sich instinktiv auf die Quelle des seltsamen Lautes zu. Und jetzt sah er es: Vor ihm stand Tessas Golf, mitten auf der Straße, als wäre er einfach stehen gelassen worden.

Und dort eine Treppe, die zu der einzig beleuchteten Wohnung hier führte. Jan wählte die Nummer des Kommissars, dann stürmte er hinauf. Er hörte verhaltene Stimmen hinter der Tür und wieder diesen seltsam gepressten Laut. Er dachte nicht nach, konnte nicht mehr denken, er musste etwas tun. Höflich klopfen? Nein, er wollte und musste diese Tür aufbrechen. Mit seinem ganzen Körpergewicht warf er sich dagegen, sie bewegte sich keinen Zentimeter. Jan rannte die Treppe wieder hinab, fand irgendein obskures landwirtschaftliches Gerät, das einer Axt ähnelte, und sprang in drei Sätzen wieder die Treppe hinauf. Der erste Schlag spaltete zumindest das Holz, beim zweiten knirschte ein Brett und brach heraus. Beim dritten Schlag hörte er die Sirenen der Polizei. Jan quetschte sich durch die Öffnung im Holz und sah Christian, eine volle Bierflasche in der Hand, über die am Boden liegende Tessa gebeugt. Durch den roten Nebel, der sich vor seine Augen geschoben hatte, packte er Christian an der Kehle und drückte zu, drückte weiter, bis ihn zwei starke Arme wegrissen.

***

„Sie kommt zu sich", hörte sie eine Stimme, die aus der Ferne des Weltalls zu ihr drang. Tessa lag am Boden und blickte in die besorgten Augen von Jan, der ihre Wange tätschelte. Allerdings konnte sie sich nicht bewegen, ihre Hände und Füße waren taub.

„Das war knapp", sagte Kommissar Lange, der aus irgendeinem Grund wieder hinter Jan stand.

„Hat denn niemand ein Messer oder eine Schere, dass wir dieses Klebeband aufschneiden können?", rief Jan.

Sie sah, dass zwei Männer damit beschäftigt waren, die Kabel aus Christians Computern auszustöpseln und sie abzutransportieren.

„Wo ist er?", war das erste, was sie fragen konnte.

„In Handschellen unten im Polizeiauto. Du musst keine Angst mehr haben, Tessa", sagte Jan sanft.

„Der Krankenwagen kommt gleich“, fügte Kommissar Lange hinzu.

„Aber ich brauche doch keinen Krankenwagen, ich bin völlig in Ordnung“, protestierte Tessa.

„Ich denke doch“, widersprach Lange. „Sie haben einen Schock und möglicherweise eine Gehirnerschütterung. Das muss abgeklärt werden.“

„Wie habt ihr mich gefunden?“

„In erster Linie, weil ich dein Auto gesehen habe. Ich habe dich überall gesucht, Tessa. Es war die Hölle. Zum Glück hatte ich noch die Handy-Nummer von Kommissar Lange, er hat sofort zwei und zwei zusammengezählt. Aber das ist eine längere Geschichte, ich erzähle sie dir auf dem Weg ins Krankenhaus.“

Ein uniformierter Polizist schnitt ihre Fesseln durch, und Tessa spürte schmerzhaft, wie das Blut in ihre Hände und Füße zurückströmte. Gleichzeitig begann Tessa unkontrolliert zu zittern. Jemand legte eine Decke um sie.

„Mona ist tot, sie haben sie in den Tod getrieben, diese Monster. Sie ist abgestürzt und liegt im Steinbruch“, rief Tessa und es klang verzweifelt.

„Woher wissen Sie das?“, fragte Lange scharf.

„Christian hat mir alles erzählt, er dachte doch, er dachte ...“ Tessa begann zu schluchzen. Erst jetzt wurde ihr langsam bewusst, dass sie in der Tat nur knapp dem Tod entronnen war.

„Dann können meine Leute die Suchmannschaft nach Hause schicken.“ Kommissar Lange zog ein Handy aus der Tasche und sprach hinein. Dann hörte er konzentriert zu und nickte dabei. „Ich bin gleich da“, sagte er. „Ihr kommt klar hier?“, fragte er einen seiner Leute, und zu Tessa sagte er: „Wir sprechen uns morgen früh.“ Noch bevor sie antworten konnte, war er verschwunden.

Die Tür ging auf. Ein Arzt mit einem dichten Haarschopf und freundlichen Augen beugte sich über sie. „War sie lange bewusstlos?“, fragte er unbestimmt in die Runde.

„Ich denke nicht, vielleicht zwei, drei Minuten“, antwortete der Kommissar. „Wir konnten den Täter überwältigen, bevor Schlimmeres geschah.“

Der Arzt untersuchte die Beule auf ihrem Kopf und maß ihren Blutdruck.

„Fühlen Sie sich schläfrig?“, fragte er Tessa. „Haben Sie Kopfschmerzen oder ist Ihnen übel, haben Sie das Gefühl, erbrechen zu müssen?“ Tessa schüttelte zu an allen Fragen den Kopf. Der Doktor lächelte ihr zu. „Können Sie sich erinnern, was geschehen ist, bevor sie ohnmächtig wurden?“, fragte er.

„Oh ja, nur allzu gut.“

„Dann wissen Sie auch, wo Sie hier sind?“

„Ja, leider, und ich will schnellstens hier raus.“

„Das können Sie auch gleich, wenn Sie mir versprechen, sofort einen Arzt anzurufen, wenn sich Ihr Zustand verschlechtern sollte“, gab er zurück.

„Dann muss ich nicht ins Krankenhaus.“

„Nein, Sie haben Glück gehabt.“

***

Tessa trank die frische Nachtluft, die ihr so köstlich schien wie ein Glas Champagner, als sie endlich auf der Straße stand.

„Wir fahren jetzt gleich zu dir nach Hause, du solltest dich hinlegen“, sagte Jan, den Arm um ihre Schultern gelegt.

„Nein, Jan, wir fahren zum Steinbruch. Ich muss zu Mona, ich finde sonst keine Ruhe. Und es ist mir egal, wenn ich mich deshalb mit dem Kommissar anlege. Also versuche gar nicht erst, mich von etwas anderem zu überzeugen.“

„Fährst du oder ich?“, setzte sie hinzu, als Jan sie zweifelnd ansah.

„Dann ist es wohl besser, wenn ich fahre“, sagte Jan und Tessa gab ihm den Autoschlüssel.

„Wir haben als Kinder immer einen anderen Weg genommen als den durch den Wald“, sagte Tessa, „hoffentlich gibt es ihn noch. Versuchen wir’s.“

Erst jetzt bemerkte sie die dicken Rauchschwaden über dem Ort. „Mein Gott, wenn ich Christian richtig verstanden habe, war ich noch Minuten, bevor sie das Gartenhaus angezündet haben, dort drinnen“, sagte sie leise zu Jan. „Offenbar habe ich das mir vom Schicksal zugeteilte Maß an Glück für die nächste Zeit aufgebraucht. Ich werde mich ab jetzt vorsehen müssen."

„Das hoffe ich doch nicht", gab Jan zurück. „Ich wünsche mir, dass du noch sehr glücklich sein wirst, wenn wir das alles hier überstanden haben."

Der Steinbruch war in das helle Licht vieler Scheinwerfer getaucht, als sie ihn erreichten. Tessa beobachtete, wie sich ein Trupp Menschen vom Wald her einen Pfad herunterschlängelte. Polizisten hielten sie auf.

„Ich schwöre dir, das sind die gleichen Leute, die Mona gehetzt haben wie ein Wild", sagte Jan bitter, und Tessa erkannte in der Tat Ludwig Götz, der einen riesigen Schäferhund an der Leine führte, und Wolfgang Schneider, den Krankenpfleger.

Kommissar Lange war bereits im Steinbruch, begleitet von einem Team Beamter, unter ihnen auch einige in weißen Overalls.

Tessa lief schneller, noch hielt sie niemand auf. Sie erreichte die gespenstische Szene, gerade als Alfred einem Polizisten den Arm weg schlug. „Lassen Sie mich durch", brüllte er, „ich bin ihr Vater."

„Halt, Sie verwischen hier Spuren!", hörte sie Lange sagen, doch es war genauso sinnlos, als wollte er durch die bloße Kraft seiner Worte einen Orkan aufhalten. Alfred schob ihn einfach zur Seite und stürzte mit einem Schrei, den man wohl kaum einem Menschen zugeordnet hätte, auf die zugedeckte Gestalt am Boden. Er riss das Tuch zur Seite. Da lag Mona mit starren Augen. Tante Agnes mit steinerner Miene wie eine der Erinnyen der griechischen Sage stand daneben.

Drei Polizisten zogen Alfred Huber von seiner Tochter weg. Mit hängenden Armen, eingefallenem Gesicht und fast ebenso leblos wie Mona stand er da, als Kommissar Lange sagte: „Herr Huber, kommen Sie freiwillig mit, oder muss ich Sie hier vor aller Augen verhaften?"

„Lass uns gehen, Tessa", sagte Jan und zog sie fort, „hier können wir nichts mehr tun."

***

„Willst du nicht wenigstens versuchen, ein bisschen zu schlafen?"

Es schnitt Jan ins Herz, wie Tessa, mit beiden Händen eine Teetasse umklammernd, auf der Couch saß, hohläugig, blass und zitternd, trotz der warmen Decke, in die sie gewickelt war.

„Es geht nicht, sobald ich die Augen schließe, sehe ich Mona dort liegen, wie sie mit verrenkten Gliedern in den Himmel starrt. Ich fühle mich so schuldig, Jan. Warum bin ich nur nicht früher auf die wahre Ursache von Monas Verhalten gekommen? Ich habe ihr so bitter Unrecht getan."

„Weil du nicht Gott bist."

„Wenn ich doch nur meinen Gefühlen getraut hätte und mit ihr zum Psychiater gegangen wäre. Er hätte sie retten können. Und weißt du, was das Schlimmste ist? Ich kann nicht einmal weinen, fühle auch keine Trauer, nur Schuld."

„Du wirst da wieder herausfinden, Tessa." Jan zog sie an sich. „Ich helfe dir dabei. Manche Dinge sind eben nicht mehr zu ändern, man muss versuchen, damit zu leben."

„Du bist so einfühlsam, Jan." Sie schaute ihn aus traurigen Augen an. „Ich wäre so gerne glücklich, aber ich traue mich nicht. Es kommt mir so ungerecht vor."

„Das verlangt auch niemand von dir, du sollst erst trauern." Er küsste sie zart auf die Nasenspitze. „Du sollst nur wissen, dass ich da bin. Ich kann warten, Tessa. Wenn es sein muss, ein ganzes Leben."

„Danke dir, Jan." Tessa stiegen Tränen in die Augen. „Ich habe schon wieder an deinen Gefühlen gezweifelt, als du gestern Morgen, ist es tatsächlich erst ein paar Stunden her?, auf der Fahrt in die Stadt so unglaublich kühl und in dich gekehrt warst. Ich fürchte, ich muss Vertrauen erst wieder lernen."

„Nein, ich war verwirrt und zutiefst schockiert, Tessa. Ich hätte zu diesem Zeitpunkt nicht reden können. Aber, ich schulde dir eine Erklärung." Er stand auf und schaute in den Garten hinaus, in dem die Vögel jubilierten und ein diffuses Dämmerlicht bereits den Morgen ankündigte. Dann setzte er sich ihr gegenüber. „Erst als ich mit dem Kommissar darüber geredet hatte, konnte ich wieder einigermaßen klar denken. Er war nämlich überhaupt nicht überrascht. Glücklicherweise hatte die Polizei schon in diese Richtung ermittelt. Sie sind über irgendwelche Datenbanken auf andere Fotos von Heinrich Mosbacher, also diesem Henry, gestoßen. Es fehlte ihnen nur noch wenig, um zuzuschlagen."

„Jetzt machst du es aber sehr spannend."

„Ja, ich muss gestehen, es fällt mir immer noch schwer, darüber zu sprechen."

„Als wir da im Wohnzimmer geschlafen haben, die kleine Klara und ich." Jan stockte. „Nun, sie ist in ihr Bett gekrochen, als ich kam, hat ihre Schlafanzughose heruntergezogen und mit angsterfülltem Blick die Beine gespreizt. Ich habe schnell die Decke über sie gezogen, den Anblick konnte ich einfach nicht ertragen, verstehst du?"

Tessa blieb die Luft weg. „Das ist ja abscheulich. Hast du mit ihr geredet, warum sie so etwas tut?"

„Ja, natürlich habe ich sie gefragt. Weißt du, was sie geantwortet hat? ‚Weil du ein Mann bist'. Als würde diese Antwort alles erklären. Ich glaube, ich habe mich zum ersten Mal geschämt, einer zu sein. Wie soll dieses Kind jemals wieder daran glauben können, dass es vertrauenswürdige Männer gibt?" Jan räusperte sich und setzte hinzu: „Und wenn ich nur den Schatten eines Zweifels im Gesichtsausdruck des Kommissars gesehen hätte, ich glaube, ich hätte ihm meine Faust ins Gesicht gerammt."

„Es ist ein so entsetzlicher Abgrund, in den wir hier schauen."

„Und ich denke nicht, dass wir uns jemals ganz davon befreien können, Tessa. Aber du musst jetzt dennoch schlafen, ja? Willst du es wenigstens versuchen? Der Kommissar wird noch einiges von uns wissen wollen."

„Jetzt verstehe ich auch den Brief meiner Mutter, den sie noch kurz vor ihrem tödlichen Unfall an Großmutter geschrieben hat", sagte Tessa, als hätte sie Jan nicht gehört. „Sie muss die Wahrheit herausgefunden haben. Vielleicht hat Großmutter ja auch etwas geahnt, deshalb ihr Wunsch, ich solle ein paar Wochen mit Mona verbringen."

Die Tränen strömten über ihre Wangen, als sie Jan anschaute. „Aber, das werden wir wohl nie mehr mit Sicherheit wissen."

Jan zog sie an sich. „Du bist traurig Tessa, und ich denke, das ist in Ordnung, bevor alles heilen kann." Mit beiden Händen umfasste er ihr Gesicht, um ihr in die Augen schauen zu können.

„Aber du sollst auch wissen, dass du nie mehr allein sein musst, wenn du mich ebenso willst wie ich dich.“

„Es gibt wenig, Jan, das ich so genau weiß.“

Epilog

Der Himmel schien, als sei alle Farbe aus ihm herausgesogen worden an diesem Dezembermorgen. Er präsentierte sich als verwaschenes Fresko in Grau. Die bleiernen Wolken entluden sich nur zögerlich in feinem Nieselregen, der in Schnee überging.

Der Friedhof war menschenleer, als sie durch die Grabreihen zu Monas letzter Ruhestätte ging. Das Grab war mit weißem und violettem Heidekraut bepflanzt und ebenso blitzsauber wie der Grabstein, auf dem sich die Schriftzüge Nikolaus Huber und Monika Huber in leuchtendem Silber noch von denen ihrer Großeltern abhoben. Nun, die Zeit würde auch diesen Unterschied einebnen.

Sie legte die mitgebrachten weißen Rosen auf die dunkle Erde und sagte leise „verzeih mir!", während sie sich ein paar verstohlene Tränen abwischte. So viel Tod, dachte sie im Weggehen, so viel vergeudete Möglichkeiten.

Der Kiesweg knirschte unter ihren Schritten und von ferne drang das Läuten der Kirchenglocken zu ihr her.

Vor der Friedhofspforte traf sie auf Albert, der Tessa mit einem schlichten ‚Grüß Gott' begrüßte und dabei über seinen Bart strich. Er hielt ein rotes Friedhofslicht in der Hand, das er verlegen hinter dem Rücken versteckte.

„Viel zu dunkel heute für meine Prinzessin", murmelte er und ging weiter.

Albert, der Philosoph, dachte Tessa und schloss ihren Golf auf, vielleicht der einzige wahre Freund, den Mona je hatte.

Sie fuhr am Haus ihrer Großeltern vorbei, das, hell verputzt, mit neuen Fenstern und Türen, kaum wiederzuerkennen war. Eine deutsche Aussiedlerfamilie aus Kasachstan hatte es gekauft und kräftig Hand angelegt. Ein paar nostalgische Gedanken hatte sie schon bei seinem Anblick, doch die Erleichterung darüber, dass sie sich nicht mehr kümmern musste, überwog.

Jetzt musste sie nur noch ihre Zeugenaussage beim Prozess überstehen, dann wäre das Kapitel Pfarrhofen endgültig abgeschlossen. Doch vorher würde sie noch Carolin besuchen, die jetzt in einer geheim gehaltenen Wohnung versuchte, ihre traumatischen Erlebnisse zu verarbeiten. Einer ihrer Psychologen hatte Tessa in Hamburg angerufen und ihr von Carolins ausdrücklichem Wunsch, sie zu sehen, berichtet.

Zum Jahresende würde Jan nach Hamburg ziehen, er war beim Norddeutschen Rundfunk untergekommen. Dann gab es auch Jans kleine Wohnung für sie nicht mehr, deren Tür sie gerade hinter sich schloss.

Tessas Handy vibrierte in ihrer Jackentasche. *Jan,* dachte sie, und ihr Herz klopfte schneller, doch es war Margit.

„Hallo Tessa", meldete sie sich, „bist du denn schon angekommen oder noch irgendwo auf der Autobahn?"

„Ich bin gerade in Pfarrhofen mit dem Auto unterwegs", gab sie Auskunft und lenkte ihren Golf an den Straßenrand. „So, jetzt kann ich telefonieren, ich habe angehalten. Was gibt's Margit?"

„Ich wollte eigentlich nur ganz liebe Grüße bestellen, wenn du Carolin besuchst. Sag ihr, dass ich oft an sie denke. Wann gehst du denn zu ihr?"

„Heute Nachmittag, wenn ich Jan gesehen habe. Ich war eben noch an Monas Grab."

„Ja", antwortete Margit und atmete tief. „Wann beginnt denn der Prozess?"

„Morgen früh, ich kann ihn nicht mitverfolgen, weil ich Zeugin bin, aber Jan wird mir detailgetreu berichten."

„Und er wird in bewährter Weise alles für den Bayerischen Rundfunk einfangen, nehme ich an. Wie lange arbeitet er denn noch da?"

„Nur noch bis Jahresende, und er ist voller Erwartung auf seinen neuen Job beim NDR. Es gibt seit jenem Tag im April, den wir alle nicht vergessen werden, ein paar atmosphärische Störungen für ihn beim BR. Sein Chefredakteur scheint ihm immer noch nicht zu verzeihen, dass er nicht gleich aus erster Hand und hautnah von dem Skandal berichtet hat."

Margit seufzte. „Warum treffe ich keinen Mann, der sogar bereit ist, seinen Job in den Wind zu schießen, nur um mich zu retten."

„Den triffst du noch Margit, da ich bin mir ganz sicher. Und, glaube mir, die gleichen Umstände brauchst du bestimmt nicht. Du, ich kann jetzt nicht so lange quatschen, Jan wartet auf mich."

„Siehst du eine Möglichkeit, dass wir uns heute Abend noch kurz treffen können, damit du mir von Carolin erzählst?"

„Das würde ich gerne tun, aber ich fürchte, das schaffe ich nicht. Ich möchte mit Jan noch rekapitulieren, was ich morgen im Gericht sage, weißt du. Aber für ein Telefonat reicht die Zeit schon, ich rufe dich an, wenn ich wieder im Hotel bin. Außerdem hast du mir fest versprochen, mich in Hamburg zu besuchen. Vielleicht tust du es eher, wenn du neugierig bist." Tessa lachte.

„Damit muss ich mich dann wohl zufriedengeben. Ciao, Tessa, ich drücke dir die Daumen für heute Nachmittag."

Es fühlte sich an, als fiele ein Gewicht von Tessa ab, als sie Pfarrhofen hinter sich ließ. Ihr Herz flatterte bei dem Gedanken, jetzt gleich bei Jan zu sein. Immerhin hatten sie sich zwei lange Wochen nicht gesehen. Bei seinem letzten Besuch hatten sie den Abschied von Amelie und Dirk aus ihrer WG gefeiert und die Renovierung ihrer Wohnung geplant. Ihre Wohnung würde wieder eine Heimat werden, wenn sie sie mit Jan teilte.

Sie war jetzt tatsächlich eine wohlhabende Frau, nachdem ihr Monas Erbteil auch noch zugefallen war. An ihre Tante würde sie keinen Gedanken mehr verschwenden, sie konnte sorgenfrei leben, auch wenn Onkel Alfred nie mehr arbeitete. Ob sie dies allerdings schaffte nach Monas Brief? Sie würde noch mehr verbittern, dachte Tessa, aber diesen Weg musste sie allein gehen.

Tessa parkte ihr Auto und überquerte mit eiligen Schritten den Platz zu Jans Wohnung. Bevor sie den Finger auf die Klingel legen konnte, ging die Tür auf und sie sah in Jans strahlende Augen.

„Ich bin hinter dem Fenster gestanden und habe dich kommen sehen", sagte er, bevor er seine Arme um sie legte und alle Überlegungen ausschloss.

***

Sie zehrte noch von dieser Wärme, als sie bei Carolin eintraf. Noch immer war die Freundin von damals blass, mit tiefen Schatten unter den Augen, aber sie hatte Tee gekocht und Kekse bereitgestellt.

„Carolin, wie geht es dir? Kannst du inzwischen darüber reden?“, fragte Tessa teilnahmsvoll.

„Ich lebe“, antwortete Carolin nüchtern. „Das ist mehr, als es Mona vergönnt war. Und, ja, ich kann inzwischen darüber reden dank der Hilfe einer begnadeten Therapeutin. Es ist dieses Gefühl, schuldig oder zumindest mitschuldig zu sein, das dich nicht mehr atmen lässt, Tessa.“

„Wie kannst du dich schuldig fühlen, Carolin? Wenn jemand schuldig ist, dann dein Vater, sonst niemand.“

„Genau daran arbeiten wir, meine Therapeutin und ich, glaube mir. Ich stelle mir allerdings vor, dass Monas Schuldgefühle viel belastender waren. Ich hatte ja wenigstens noch die erbärmliche Rechtfertigung, gefangen zu sein.“

„Hasst du deinen Vater?“

„Hass ist ein gewaltiger Begriff, Tessa. Er bleibt mein Vater.“ Carolin trank einen Schluck Tee, bevor sie weitersprechen konnte. „Aber als ich tagein, tagaus in diesem winzigen Verlies nur mit einer Liege und einem Waschbecken als seine immer bereite Sex-Sklavin eingesperrt war, ja, da habe ich ihn gehasst. Er hat mir nur Wasser gebracht, wenn ich mich ihm verweigert habe, also habe ich meinen Widerstand aufgegeben.“

„Konntest du dich nicht befreien? Ihn niederschlagen und fliehen?“

„Nein, liebe Tessa, dafür hat er schon gesorgt. Aber erspare mir bitte die Einzelheiten. Anfangs hat er gesagt, es sei zu meinem Besten, nur so käme ich von den Drogen los, wenn er mich vor mir selbst bewahrte. Dann wurde die Gefangenschaft zum Selbstläufer.“ Carolin lachte bitter auf. „Nun, zumindest damit hat er recht behalten. Von den Drogen bin ich weg.“

„Entschuldige, wenn ich das frage, Carolin, aber warum hast du überhaupt Drogen genommen?“

„Weil ich nur im Drogenrausch ertragen konnte, dass mich mein Vater missbrauchte, seit ich 12 war.“

„Hat sich deshalb deine Mutter ...?“ Tessa konnte nicht zu Ende sprechen.

„Umgebracht, meinst du? Ja, sie konnte sich nicht verzeihen, es zu spät bemerkt zu haben. Das hat sie mir zumindest geschrieben, bevor sie mich allein in der Hölle zurückließ. Aber Tessa, sag mir bitte, wie Mona damit umging. Sie hat ein Kind von ihrem Vater bekommen. Das zumindest blieb mir erspart."

„Habt ihr voneinander gewusst?"

„Oh ja, wir haben uns ausgesprochen, bevor mich mein Vater eingesperrt hat. Ich habe so gehofft, dass sie Verdacht schöpft und redet, damit eine Untersuchung eingeleitet wird. Aber, sie hatte wohl nicht die Kraft dazu."

„Mona schien manchmal gar nicht sie selbst, so als steckten mehrere Personen in der einen Frau", sagte Tessa. „Sie hat mir Angst gemacht, ich habe sie für schizophren gehalten."

„Persönlichkeitsspaltung", sagte Carolin nachdenklich. „Die Notbremse einer zerbrochenen Seele, Tessa. So langsam begreife ich jetzt, dass auch ich nur deshalb nicht verrückt geworden bin, weil ich alles, was nicht unbedingt überlebensnotwendig war, abgespalten habe."

„Mona wusste nicht einmal, ob sie ihr eigenes Kind umgebracht hat oder nicht, Carolin."

„Sie muss in ständiger Angst gelebt haben, ihre verschiedenen Persönlichkeitsanteile nicht kontrollieren zu können. Kannst du dir diesen Zustand auch nur annähernd vorstellen?"

„Sie hat einen Anklagebrief an ihre Mutter geschrieben." Tessa wiederholte in kurzen Worten, was sie selbst auf Monas Laptop gelesen hatte. „Und am gleichen Tag ist sie tot. Es war so ein Schock, Carolin. Ich bin mir bis heute nicht sicher, ob ihr Tod nicht doch Selbstmord war."

„Vielleicht werden wir das nie wissen, Tessa. Aber ich wünsche mir doch, dass sie dafür bezahlen müssen, alle, die sie in den Tod gehetzt haben. Weiß man denn inzwischen, wer dahinterstand?"

„Oh ja, Kommissar Lange konnte die Bande kurz darauf festnehmen. Beteiligt waren Wolfgang Schneider, Walter, der Sohn der Wirtin vom ‚Roten Ochsen', und Ludwig Götz, Gemeinderat und Kinderschänder in einer Person, wobei der Krankenpfleger wohl der Anführer war. Ja, und dieses Kleeblatt hat dann wohl einige der so aufrechten Bürger Pfarrhofens für sein Vorhaben gewonnen, Lynchjustiz zu üben. Wie weit man sie dafür zur Verantwortung ziehen kann, weiß ich nicht. Aber zumindest für Brandstiftung müssen sie sich verantworten, auch wenn der Brand dich befreit hat."

Völlig aufgewühlt saß Carolin da. „Widerlich, dieser ganze Ort, einfach nur widerlich! Und du musst jetzt auch noch vor Gericht gegen deine eigenen Verwandten aussagen."

„Ich sehe das alles als eine Art Reinigungsprozess."

Es war dunkel geworden draußen während ihres Gesprächs, wie Tessa nach einem Blick aus dem Fenster feststellte.

„Du willst gehen, nicht wahr?", fragte Carolin. Tessa staunte über ihre feinen Antennen.

„Ja, es ist spät geworden und morgen wird ein langer Tag. Bist du mir böse, wenn ich aufbreche?"

„Nein, natürlich nicht. Auch mich hat dieses Gespräch aufgewühlt."

***

In solchen Situationen zünden sich Raucher eine Zigarette an, dachte Tessa, als sie aus dem Gerichtssaal ins Freie trat. Aus den Augenwinkeln sah sie, wie sich einer der Reporter der vielen Medienteams, die sich hier versammelt hatten, löste und auf sie zuging. Sie wandte den Blick ab und ging mit schnellen, festen Schritten von ihm weg und flüchtete in eine Seitenstraße.

Unter all den vielen Medienvertretern auf der Pressebank im Gerichtssaal hatte sie nur Jan gesehen, und er hatte den Daumen in die Höhe gereckt, als sie ihre Zeugenaussage beendet hatte.

Ihre Aussage war gar nicht so unangenehm abgelaufen, wie sie es sich ausgemalt hatte. Der Richter wollte vor allem von ihr wissen, was Christian vor seinem Mordanschlag auf sie von sich gegeben hatte. Christians Satz „Sie war so vertrauensvoll" hatte Staatsanwalt und Verteidiger zu einem heftigen Schlagabtausch veranlasst.

Trotzdem fühlte sich Tessa zerrissen. Allein Christian dort auf der Anklagebank zu sehen, in Anzug und Krawatte und mit steinerner Miene, hatte ihr Übelkeit verursacht. Diesen Mann hatte sie als Freund betrachtet.

Es war ein Mammutprozess zu erwarten, hatte Jan ihr noch gestern Abend erklärt, zu viele Aspekte dieses dörflichen Sumpfs mussten einzeln verhandelt werden. Da gab es den Mord an Sonja, den Kinderschänderring und die Brandstiftung. Obwohl vieles ineinandergriff, waren es doch alles einzelne Straftatbestände.

Am glimpflichsten würde wohl Onkel Alfred davonkommen. Dies hatte zumindest der Kommissar bei ihrem letzten Gespräch gemutmaßt. Nachdem Mona tot war, nicht mehr gehört werden konnte und Tante Agnes sich auf ihr Aussage-Verweigerungsrecht berief, war ihm wohl wenig nachzuweisen. Tessa wünschte sich zwar inbrünstig einen anderen Verlauf, doch wahrscheinlich hatte der Kommissar recht.

Tessa ging zurück und bahnte sich einen Weg durch die vielen Mikrofone zurück zum Gericht. Dort im Gang wäre sie wenigstens einigermaßen sicher vor den vielen Fragen der Reporter, bis Jan aus dem Gerichtssaal kommen würde. Tante Agnes saß auf einer Bank und wandte mit hochmütiger Miene den Kopf zur Seite, als sie Tessa sah.

Als die Tür sich öffnete und ein paar Zuhörer zusammen mit Jan heraustraten, erkannte Tessa einige Pfarrhofener Bürger wieder. Da war Frau Kreuzinger aus der Nachbarschaft ihres ältesten Anwesens. Tessa konnte sich ein schadenfrohes Lächeln nicht verkneifen. Die Gemeinde Pfarrhofen hatte ihr das Haus abgekauft zusammen mit all seinen zwielichtigen Bewohnern. Offenbar war der Kauf immer noch billiger, als Wohnungen für sie bereitzustellen, wozu die Gemeinde verpflichtet war.

Sie sah Manfred Remminger und einige der Gäste des ‚Roten Ochsen'.

„Was sagen Sie dazu, dass Bürgermeister Alfred Huber über Jahre hinweg seine Tochter missbraucht hat?", hörte sie Jans Stimme. Er hatte gerade jene Dame vor dem Mikrofon.

„Das steht noch lange nicht fest", wagte sie zu antworten. „Und wenn! Diese Monika war schon immer ein Flitscherl. Wer weiß, wozu sie ihren Vater gebracht hat."

Tessa war klar, dass jetzt auch der gemeindliche Untersuchungsausschuss zu dem windigen Grundstücksprojekt im Sande verlaufen würde. Die Gemeinde stand zu ihrem Bürgermeister.

Einer der anderen Pfarrhofener Bürger mischte sich ein und ging mit drohend erhobener Faust auf Jan zu. „Lassen Sie sich bloß nicht mehr blicken in unserer Gemeinde", stieß er hervor. „Sie allein haben zu verantworten, dass Pfarrhofen jetzt in allen

Zeitungen steht. Wir wollen Sie hier nicht mehr sehen, hören Sie? Es gibt noch ein paar Leute, die genauso denken wie ich. Also sehen Sie sich vor!"

Jan gab keine Antwort und sprach in sein Aufnahmegerät. „Wir werden diese Aussage nicht kommentieren", sagte er, „und überlassen gerne unseren Hörern hierzu ihre eigenen Schlüsse."

Er schaltete sein Gerät ab und kam auf Tessa zu. „Lass uns gehen!"

„Ja, Jan. Nicht alles ist kaputt. Wir haben nichts mehr zu befürchten für unseren gemeinsamen Weg."

Dank

Die Entstehung dieses Buchs wurde für mich zu einem besonderen emotionalen Spagat. Als ich es zu schreiben begann, wurde in Franken landauf, landab ein ähnlicher Fall heiß diskutiert, ein Fall, der ohne ein Gerichtsurteil wohl viel lieber unter der Decke gehalten worden wäre.

Ich habe mich für eine fiktive Geschichte entschieden, die gleichwohl viel Ressentiments unserer Gesellschaft abbildet.

Sehr vielen wohlmeinenden Ratgebern gilt es hierbei sehr herzlich zu danken. An allererster Stelle möchte ich meinen Verleger und außergewöhnlichen Lektor Gerd Fischer vom mainbook-Verlag, Frankfurt, nennen. Er hat nicht nur den Mut bewiesen, ein so brisantes Thema in sein Programm aufzunehmen, er hat auch wieder mit messerscharfer Präzision alle Ungereimtheiten aufgedeckt. Etwaige verbliebene Fehler gehen ausschließlich auf mein Konto.

Ebenso herzlich möchte ich gleich zuvorderst auch Johanna Bonengel für ihr akribisches Lektorat und die Beseitigung meiner zuweilen überschäumenden sprachlichen Verwirrungen danken. Es war eine Sisyphusarbeit, liebe Johanna, ich weiß, die nicht hoch genug eingeschätzt werden kann. Du bist ohne jeden Zweifel nicht zufällig die Seele der Schweinfurter Kulturszene.

Mein weiterer Dank gilt (wieder einmal) meiner Freundin und bewährter Erstleserin Luise Adamek. Ohne deinen untrüglichen Blick und deine ehrliche Kritik würde ich mich wohl sehr oft verirren.

Danken möchte ich auch Miriam Müller, die mir mit unendlicher Geduld die Arbeitsweise einer Szenenbildnerin nahebrachte. Danke Mimi!

Gleiches gilt für Felix Heitmann, inzwischen ein renommierter Chorleiter, für die Innenschau einer Chorprobe. Danke schön Felix!

Ein Dank auch an Christina Striegel. Ohne dein Vorbild hätte ich niemals eine kompetente Immobilienmaklerin beschreiben können.
Wenn ich Sie, lieber Herr Norbert Steiche, hier an den Schluss setze, hoffe ich, dass dieser Platz in der numerischen Rangfolge eine besondere Heraushebung bedeutet. Sie haben mir nicht nur durch die Erklärung Ihres journalistischen Ehrenkodex' geholfen, sondern mir auch die Arbeit in Ihrem Schneideraum nähergebracht. Ich habe Sie gerne in „Schweigegebot" verewigt. Es waren Ihre Erfahrungen, die dieses Buch prägen. Vielen herzlichen Dank Ihnen!
Vor allem aber danke ich all meinen Leserinnen und Lesern – ohne Sie gäbe es meine Bücher nicht – und all den Buchhandlungen mit ihren wohlwollenden Mitarbeitern, die mich immer wieder unterstützen.
Last but not least danke ich meinem Ehemann Siegfried für sein unerschöpfliches Verständnis und seine moralische Hilfe.